Anchee Min

MADAME MAO

Traducción
CRISTINA PIÑA

Editorial Atlantida
BUENOS AIRES • MEXICO

Título original: BECOMING MADAME MAO
Copyright©2000 by Anchee Min
Copyright© Editorial Atlántida S.A., 2001.
Derechos reservados para México: Grupo Editorial Atlántida Argentina de México S.A.
de C.V. Derechos reservados para los restantes países de América latina:
Editorial Atlántida S.A. Primera edición publicada por EDITORIAL ATLANTIDA S.A.,
Azopardo 579, Buenos Aires, Argentina.
Hecho el depósito que marca la Ley 11.723.
Libro de edición argentina.
Impreso en España. Printed in Spain. Esta edición se terminó de imprimir en el mes
de febrero de 2001 en los talleres gráficos Rivadeneyra S.A., Madrid, España.

I.S.B.N. 950-08-2465-5

A Lloyd, con todo mi amor

Eres lo que tu profundo, irresistible deseo es.
Como tu deseo es, así es tu voluntad.
Como tu voluntad es, así es tu acción.
Como tu acción es, así es tu destino.

-Brihadaranyaka Upanishads IV.4.5

Madame Mao

como Yunhe (1919-1933)
como Lan Ping (1934-1937)
y como Jiang Ching (1938-1991)

Nota de la autora: He tratado de reflejar lo mejor posible los hechos de la historia. Todos los personajes de este libro existieron en la vida real. Las cartas, poemas y citas extensas fueron traducidas de documentos originales.

Prólogo

¿Qué reconoce la historia? Un plato hecho de cientos de gorriones, una bandeja de bocas.

Han pasado catorce años desde su arresto. 1991. Madame Mao Jiang Ching tiene ahora setenta y siete. Se halla en el trono de la muerte. El único motivo por el cual las autoridades siguen posponiendo la ejecución es su esperanza de que se arrepienta.

Pues no, no me voy a rendir. De niña, mi madre solía decirme que debía imaginarme que era pasto: nacida para ser pisoteada. Pero yo me veía como un pavo real entre gallinas. No me están juzgando con justicia. Uno al lado del otro estuvimos Mao Tse-tung y yo, y sin embargo a él se lo considera un dios mientras que yo soy un demonio. Mao Tse-tung y yo estuvimos casados treinta y ocho años. Como lo oyen: treinta y ocho.

Hablo con mi hija Nah. Le pido que sea mi biógrafa. Le permiten visitarme una vez por mes. Se peina como las campesinas —una cacerola a la altura de las orejas— y lleva traje de hombre. Su aspecto es insoportablemente idiota. Lo hace para herirme los ojos. Se divorció y se volvió a casar y ahora vive en Beijing. Tiene un hijo, para el cual mi identidad es un secreto.

No, madre. El tono es firme y obstinado.

No tengo palabras para expresar mi desilusión. Tengo esperanzas en Nah. Demasiadas, quizá. Tal vez sea eso lo que mató su espíritu. ¿Soy diferente de mi madre, que quería lo mejor para mí cuando me vendaba los pies? Nah toma lo que no me gusta y deja caer lo que me gusta. Ha sido así desde que vio cómo me trataba su padre. ¿Cómo

11

puede uno no mojarse los pies si camina todo el tiempo por la orilla del mar? Nah no ve el cuadro completo. No sabe cómo me idolatró su padre alguna vez. No puede imaginarse que era el sol de Mao. No le echo la culpa. No quedaban rastros de esa pasión en el rostro de Mao después de que entró en la Ciudad Prohibida y se convirtió en un emperador moderno. Ni rastros de que alguna vez Mao y yo hubiéramos sido amantes a morir.

La madre le dice a la hija que su padre y ella detestan a los cobardes. Sus palabras no le hacen mella. Nah está demasiado golpeada. Es un pedazo de madera podrida que jamás podrá transformarse en un hermoso mueble. Tanto es su miedo, que la voz le tiembla cuando habla. La madre no puede reconocer nada de sí misma en la hija.

La madre repite la antigua historia de Cima-Qinhua, la valiente joven que salvó a su progenitora de un tumulto sangriento. Un modelo de piedad. Nah escucha, pero no responde. Luego llora, y dice que ella no es como la madre. Que no puede hacer las cosas que hace ella. Y no se le debe exigir que cumpla una tarea imposible.

¿Puedes levantar un dedo?, aúlla la madre. ¡Es mi último deseo, por Dios!

Sálvame, Nah. Cualquier día de estos me meterán una bala en la cabeza. ¿Puedes imaginarlo? ¿No ves que hubo una conspiración largamente planeada contra mí? ¿Recuerdas la mañana en que Deng Xiao-ping fue al funeral de tu padre y lo que hizo? Apenas si me rozó los dedos, ni siquiera se preocupó en estrecharme la mano. Fue como si cuestionara que yo fuera la viuda de Mao. Era consciente de las cámaras, y dejó adrede que los periodistas captaran la escena. Y el otro, el mariscal Ye Jian-ying. ¡Pasó a mi lado con una expresión que sugería que yo había asesinado al Presidente!

Tu padre me puso sobre aviso respecto de sus camaradas. Pero no hizo nada para protegerme. Podía ser desalmado, cuando se lo proponía. Su rostro tenía un resplandor vengativo cuando me hizo esa predicción. Estaba celoso de que yo siguiera viviendo. Le habría gustado que me enterraran con él, como hacían los antiguos emperadores con sus concubinas. Uno nunca debería hacerse ilusiones respecto de tu padre. Me llevó treinta y ocho años conocer a ese zorro mañero. No podía apartar sus manos del engaño. No podía pasar un día sin traicionar. En sus ojos he visto fantasmas que mostraban las zarpas. Un dios viviente. El omnisciente Mao. Una bolsa de cagadas de rata.

Eres historiadora, Nah. Deberías documentar el papel que me cupo en la revolución. Quiero que demuestres mis sacrificios y contribuciones. Sí, tú puedes hacerlo. Olvídate de lo que pensará tu padre de ti. Está muerto. Me pregunto qué ocurre con su espíritu. Me pregunto si descansa en su tumba. Cuidado con su sombra.

Las manos que me estrangularán se acercan con rapidez. Las puedo sentir en mi garganta. Por eso te cuento esto. La muerte no me asusta si sé que mi espíritu vivirá a través de tu pluma para llegar a los labios del pueblo en las generaciones futuras. Cuéntale al mundo la historia de una heroína. Si no puedes editar el manuscrito en China, llévalo afuera. No me traiciones. Por favor.

¡No eres una heroína, madre!, oigo que me replica mi hija. Eres una pobre mujer, loca y enferma. No puedes dejar de diseminar tu enfermedad. ¡Como dijo papá, has cavado tantas tumbas que no hay cuerpos suficientes para poner en ellas!

La cena se ha enfriado. Nah se pone de pie y patea su silla. Con el codo golpea accidentalmente la mesa. Cae un plato y se rompe. Pedazos de cerámica se desparraman por el suelo y la grasa cae sobre el zapato de la madre. Me has matado, Nah. Madame Mao siente de pronto que le falta el aliento. Su mano derecha aferra el borde de la mesa para no caer.

Haz de cuenta que nunca me tuviste, mamá.

¡No puedes renegar de tu madre!

Bien, he perdido todas mis esperanzas. Estoy agotada y dispuesta a salir de escena para siempre. El telón bajará mañana por última vez a las cinco y media de la madrugada, cuando haya cambio de guardia. Por lo general están atontados a esa hora. El guardia viejo estará bostezando mientras sale, al tiempo que el nuevo entra bostezando.

Afuera está oscuro. Una hermosa noche negra sin estrellas. Los funcionarios de la prisión me han puesto vigilancia para que no me suicide. Pero no podrán contra mi voluntad. He guardado suficientes pañuelos y medias como para hacer una soga.

Las paredes de goma emiten un olor espantoso. Pero todo está bien para mí, ahora. Mañana leerán en las noticias: Madame Mao Jiang

Ching se suicidó ahorcándose. El día señalado es el 14 de mayo de 1991. ¿Estoy triste? En realidad, no. He tenido una vida extraordinaria. Los grandes momentos... Ahora que pienso en ellos por última vez, siguen haciendo que mi corazón estalle de entusiasmo...

1

Ha conocido el dolor desde pequeña. Cuando cumple cuatro años, su madre viene a vendarle los pies. Le dice que no puede esperar más. Le promete que después, pasado el dolor, será hermosa. Se casará con un miembro de alguna familia rica y no tendrá que caminar, pues la llevarán en una silla de manos. Los pies de ocho centímetros en forma de loto son un símbolo de prestigio y de clase.

La niña siente curiosidad. Se sienta en un banco descalza. Con los dedos de los pies juega con la pila de tela, toma una banda, luego la deja caer. La madre, mientras tanto, está revolviendo un jarro de pegajoso arroz hervido. La niña se entera de que usará ese arroz como goma. Buena goma, fuerte, no se romperá, dice la mujer. Impide el paso del aire. A las momias se las preservaba de la misma manera. Su madre tiene poco menos de treinta años. Es una linda mujer, con largos ojos almendrados y rasgados que la hija ha heredado. Rara vez sonríe, dice de sí misma que es un rábano en una salsa de desdicha. La niña está acostumbrada a su tristeza, a su silencio durante las comidas familiares. Y está acostumbrada a su propia posición: la hija de la última concubina, el pariente más lejano que reconoce la familia. Su padre tenía sesenta años cuando ella nació. Ha sido un extraño desde el primer momento.

El cabello de su madre es negro como la laca, atado en un rodete sostenido por una horquilla de bambú. Cuando empieza, le pide a la niña que se quede quieta. Su aspecto es solemne, como si estuviera frente a un altar. Toma el pie derecho de la niña, lo lava y lo seca con su blusa. No le dice que es la última vez que verá sus pies tal como los conoce. No le cuenta que, cuando sus pies queden libres, parecerán tortas de arroz en forma de triángulo, con las uñas de los dedos curvadas bajo la planta. La madre trata de concentrarse en el futuro de la niña, un futuro que será mejor que el suyo.

Comienza a vendarla. La niña observa con interés cómo su madre aplica la pasta entre capa y capa de tela. Es un mediodía de verano. Del otro lado de la ventana hay una enredadera con campanitas, pequeñas y rojas como gotas de sangre. Mientras le vendan los pies, la niña se ve, en el espejo de tocador de su madre. Dentro del marco se ve también un antiguo florero delicadamente tallado, con un ramo de jazmines frescos. El aroma es intenso. El péndulo de un viejo reloj de pared se mueve con un sonido rústico. La casa se halla en silencio. Las otras concubinas están durmiendo la siesta y, los sirvientes sentados en la cocina pelando arvejas sin hablar.

El sudor se acumula en la frente de la madre y comienza a chorrear por sus mejillas como cuentas rotas. La niña pregunta si la madre no debería tomarse un descanso. La mujer sacude la cabeza y dice que ya termina. La niña se mira los pies: están gruesos como patas de elefante. Le resulta divertido. Mueve los dedos dentro de su envoltura. ¿Listo?, pregunta. Cuando la madre aparta el jarro, la niña salta al suelo y se pone a jugar.

A partir de ahora debes quedarte en cama, le advierte su madre, el dolor tardará un tiempo.

La niña no tiene molestias hasta la tercera semana. Ya la tienen cansada esas patas de elefante y ahora ha llegado el dolor. Sus dedos claman por espacio. La madre se mantiene cerca de ella a fin de impedir que se arranque las vendas. Sigue explicando a la niña que llora por qué debe soportar el dolor, que de pronto se vuelve excesivo. Los pies de la niña están infectados. Ruedan las lágrimas de la madre. No, no, no te los toques. Insiste, llora. Se maldice a sí misma. Ah, los hombres. Se pregunta por qué no habrá tenido un hijo. Una y otra vez le repite a la niña que las mujeres son como pasto, nacidas para ser pisoteadas.

Año 1919. Provincia de Shan-dong, China. El pueblo es el lugar natal de Confucio. Se llama Zhu. Las antiguas paredes y las puertas son altas. Desde la ventana de la niña, las colinas parecen tortugas gigantes que se arrastran por el borde de la tierra. El río Amarillo atraviesa el pueblo y sus aguas barrosas se abren paso lentamente hacia el mar. Las ciudades y provincias costeras han estado ocupadas por fuerzas extranjeras —primero los alemanes y ahora los japoneses— desde que China perdió la Guerra del Opio en 1858. El país se desmorona y nadie presta atención al llanto de la niña.

Jamás la niña podrá olvidar el dolor, ni siquiera cuando se convierta en Madame Mao, la mujer más poderosa de China entre fines de los años sesenta y parte de los setenta. Recuerda ese dolor como "prueba de los crímenes del feudalismo" y expresa su indignación en una serie de óperas y ballets, *Las mujeres del destacamento rojo* y *La niña de cabellos blancos,* entre muchos otros. Hace que la población de mil millones de personas comparta su dolor.

Comprender el dolor es comprender las penurias por las que pasó el proletariado durante la vieja sociedad, grita en una reunión política pública. ¡Es comprender la necesidad del comunismo! Cree que el dolor que sufrió le da derecho a conducir la nación. Es el tipo de dolor que atraviesa la médula, le explica a la actriz que representa el papel protagónico de su ópera. No puedes apoyarte en los pies y tampoco puedes volar. Estás atrapada, encadenada al suelo. Hay una sierra invisible. No tienes dedos de los pies. Se te corta el aliento. Toda la casa te oye pero nadie te rescata.

Recuerda vívidamente su batalla contra el dolor. Una heroína en el escenario de la vida real. Arrancar las vendas que le aprisionan los pies es su debut.

¡Si no hay rebelión, no hay supervivencia!, grita en las reuniones políticas de la Revolución Cultural.

Mi madre sufre una conmoción cuando arrojo las malolientes vendas frente a ella y le muestro mis pies. Están azules y amarillos, hinchados y chorreando pus. Un par de moscas se posan sobre las vendas. La pila parece un monstruoso pulpo muerto, de cien tentáculos. Le digo a mi madre: Si intentas ponerme nuevamente las vendas me mato. Lo digo en serio. Estoy decidida. Ya encontré un lugar donde ser enterrada. Será en el templo de Confucio. Me gustan los versos de su puerta:

> *El templo no tiene monje*
> *para que el viento limpie el piso.*
> *El templo no tiene velas*
> *para que la luna encienda la luz.*

Es preciso que tengas los pies del loto, grita mi madre. No estás hecha para trabajar.

Después de eso se va. Me pregunto si sabía ya que algún día yo le haría falta para huir con ella.

El recuerdo que tiene de su padre es que vive a fuerza de alcohol y es violento. Tanto su madre como ella le temen. Les pega. No hay forma de predecir cuándo va a estallar su temperamento. Cada vez que eso ocurre, el terror la invade.

No es un hombre pobre. Más adelante, cuando quiera impresionar a sus compatriotas, Madame Mao no dirá la verdad. Lo describe como proletario pero, en realidad, es un próspero hombre de negocios, el carpintero del pueblo y dueño de una tienda de maderas. Tiene cuatro obreros de tiempo completo, dos de los cuales son ciegos y a los que usa para frotar la madera con arena. La familia tiene comida en la mesa y la niña va a la escuela.

Nunca pude entender por qué mi padre golpea a mi madre. Nunca hay un verdadero motivo. En la casa, nadie interfiere. Todas las esposas oyen los golpes. Todos mis hermanastros y hermanastras son testigos del hecho y, sin embargo, nadie dice una palabra. Si mi madre no lo ha complacido, va a su habitación, se saca el zapato y empieza a pegarle. Las concubinas son compradas como esclavas y compañeras de cama, pero me pregunto si la verdadera rabia de mi padre no obedece a que mamá no le dio un hijo varón.

Es así como el padre planta en ella la semilla de su propia falta de valor. Es algo con lo que convive. No bien empieza a recordar cómo fue criada, experimenta una furia que estalla de manera incontenible. Como la inundación del río Amarillo, llega y estalla en grandes olas. Su violencia cambia el paisaje de su ser. La rabia empeora a medida que envejece, se convierte en una bestia enjaulada que respira y crece bajo su ser. Y que la consume. Su constante presencia hace que ella sienta que carece de todo valor. Su deseo de combatir ese sentimiento, para demostrar que no existe, yace detrás de cada uno de sus actos.

Es propio de mi naturaleza rebelarme contra los opresores. Cuando mi madre me dice que aprenda a «comer una albóndiga hecha con tu propia lengua» y a «esconder tu brazo roto dentro de la manga», lucho sin detenerme a pensar en las consecuencias.

Frustrada, mamá me pega. Me pega con un cepillo. La asusta mi naturaleza, piensa que me matarán como a los jóvenes revolucionarios cuyas cabezas cuelgan de un mástil sobre las puertas del pueblo. Fueron decapitados por las autoridades.

Mamá me reta, me llama *mu-yu* —el instrumento que usan los monjes para cantar—, hecha para ser golpeada todo el tiempo. Pero no me puede enderezar. Siempre, después de que me ha pegado hasta quedar agotada, estalla y solloza. Se considera una madre inepta y está segura de que terminará castigada en su próxima vida. Se reencarnará en el animal más desgraciado, la vaca, que cuando vive lleva pesadas cargas y, cuando muere, se la comen, su piel se convierte en chaquetas y sus cuernos, en remedios.

Cada vez que veo el rostro cubierto de lágrimas de mi madre, envejezco. Siento que me salen cabellos blancos de la cabeza. Me enferma verla torturada. A menudo desearía verla muerta para que no tenga que hacerse cargo de mí.

Pero la madre sigue viviendo; por ella, por la niña que ojalá fuera un varón. Así es como la desdicha impregna el alma de la niña. La mayor parte de su vida no se siente satisfecha con ser quien es. La ironía es que de todo corazón desea satisfacer a su madre. Así comienza su carrera en el ámbito de la actuación: desde muy pequeña y en su propia casa. Representa papeles. Cuando le parece que no es quien es, se relaja y se siente libre. Se encuentra en lugar seguro, donde el terror de su padre no puede alcanzarla y las lágrimas de su madre ya no logran anularla.

. . .

Después, queda claro que Madame Mao no perdona. Cree que las deudas que los demás han contraído con uno se deben coleccionar. Tiene pocos deseos de comprender el perdón. La venganza, por el contrario, sí que la entiende. La entiende en la forma más salvaje. En su vida, nunca duda en ordenar la completa eliminación de sus enemigos. Lo hace con naturalidad. Es una práctica que inició desde niña.

Veo a mi padre golpear a mi madre con una pala. Ocurrió de repente, sin aviso. Me cuesta creerlo. Está loco. Llama prostituta a mamá. El cuerpo de ella se enrosca. El pecho se me hincha. Él le pega en la espalda, en el pecho, gritando que va a romperle los huesos. Mamá está en estado de conmoción, incapaz de moverse. Papá la arrastra, la patea, se para sobre ella, como si quisiera convertirla en un pedazo de papel aplastado.

Siento que el horror me revuelve el estómago. De un salto me interpongo entre ellos. No eres más mi padre, declaro temblando con todo el cuerpo. ¡Nunca te perdonaré! ¡Uno de estos días vas a morir porque voy a poner veneno para ratas en tu bebida!

El hombre se da vuelta y levanta la pala por encima de su cabeza.

Los labios me arden. Tengo el diente delantero dentro de la boca.

Durante la producción de sus óperas y ballets en los años setenta, Madame Mao describe la herida a las actrices, los actores, los artistas, y a toda la nación. Madame Mao dice: Nuestras heroínas deben estar cubiertas de heridas. Heridas sangrantes. Heridas que han sido inferidas por armas como palas, látigos, vidrio, palos de madera, balas o explosiones. Estudien las heridas, presten atención a los grados de ardor, a las capas de tejido infectado. Las transiciones de color en la carne. Y esas formas que les recuerdan un cuerpo infestado de gusanos.

Ocho años de vida y ya está resuelta. No está claro si su padre sacó a patadas a su madre de la casa, o si su madre se escapó sola. Sea como fuere, la niña ya no tiene hogar. La madre se ha llevado a la hija consigo. Caminan de una calle a otra y de un pueblo a otro. La mujer trabaja como mucama. Es lavandera y tiene rango más bajo que una ayudante de cocina. Trabaja donde les den a ella y a su hija un rincón para dormir. Por la noche, sale misteriosamente y, cuando vuelve, por lo general es de madrugada. Nunca le dice a su hija adónde va. Un día, como la niña insiste, le cuenta que visita diferentes casas, donde pela papas o se ofrece para calentar los pies de los hijos del amo. Nunca le dice a la niña que le calienta los pies al propio amo. La madre se marchita rápidamente. Su piel se arruga como un lago en cuya superficie se forman olas y su cabello se seca como un tallo en invierno.

Algunas noches, la niña se aburre de esperar a su madre; no puede dormir, pero le da miedo salir. Se queda en silencio en su cama. Después de medianoche, oye disparos. Cuenta las balas para saber a cuánta gente han matado.

Mi cuenta siempre coincide con el número de cabezas que cuelgan de las puertas del pueblo al día siguiente. Mis compañeros de escuela intercambian este tipo de expresiones: Voy a matarte y colgaré tu cabeza de un gancho. Te voy a meter una pipa de opio entre los dientes.

Detesto la escuela porque soy blanco de ataques. Me agreden porque no tengo padre y mi madre hace trabajos sospechosos. Le ruego a mamá que me transfiera a otra escuela. Pero la situación no cambia. Las cosas se ponen tan mal que un día un compañero de curso suelta un perro para que me ataque.

Después, Madame Mao utilizará el incidente tanto en un ballet como en una ópera del mismo título: *Las mujeres del destacamento rojo*. Los villanos vienen con perros de aspecto feroz a perseguir a la niña esclava. Un primer plano de los dientes del perro y un primer plano de la herida. Las partes sangrantes del cuerpo.

El rostro de mi madre se vuelve irreconocible. Está perdiendo su forma y la piel se le está pegando al contorno del cráneo. Sus hermosos pómulos empiezan a sobresalir y en sus ojos aparecen profundas bolsas. Está tan enferma que no puede caminar mucho. Sin embargo, seguimos huyendo, pues la han despedido de su trabajo. No puede hablar; susurra entre jadeos. Escribe una carta, rogándoles a sus padres que le den refugio y comida. Me pregunto por qué no lo hizo antes. No quiere dar explicaciones. Percibo que no era la favorita de sus progenitores, sin duda tiene malos recuerdos del pasado. Pero ahora no tiene opción.

Mis abuelos viven en Jinán, la capital de la provincia de Shandong. Comparada con Zhu, es una ciudad elegante. Se encuentra en la orilla sur del río Amarillo, a unos dieciocho kilómetros de distancia. La ciudad es un centro comercial y político. Es muy antigua, y los nombres de las calles reflejan su pasada gloria: calle del Tribunal, calle Financiera, calle Militar, etcétera. Hay templos magníficos y deslumbrantes teatros de ópera. No me entero si no hasta mucho después que muchos de los teatros de ópera son en realidad prostíbulos.

Mis abuelos y yo no nos conocíamos y el encuentro cambia mi vida. Mi dependencia de mi madre empieza a cambiar drásticamente, pues mi abuelo se hace cargo de mi cuidado. Es un hombre bueno, un hombre pusilánime en realidad, con muchos conocimientos pero inepto para manejarse en la realidad. Me enseña ópera y me pide que recite imitándolo. Frase por frase y tono por tono, revisamos las arias más famosas. No me gusta, pero quiero complacerlo.

Todas las mañanas, sentado en una silla de ratán con una taza de té en la mano, mi abuelo empieza. Primero me cuenta el argumento, la situación y el personaje, y luego se pone a cantar. Es un pésimo cantante, lo cual lo vuelve bastante divertido. Yo lo sigo, sin recordar exactamente lo que estoy cantando. Adrede, imito su mala afinación. Él trata de corregirme y, tras algunos esfuerzos, descubre que era una travesura y amenaza con enojarse. Entonces me porto bien, y entono con voz perfecta. Aplaude y se ríe. Cuando abre totalmente la boca, veo un vacío al que le faltan todos los dientes.

Seguimos progresando. Pronto soy capaz de cantar fragmentos

de *El romance de los tres reinos*, en especial *La ciudad vacía*. Mi abuelo está complacido y me dice que soy importante para él. Que sea varón o niña, no le preocupa. Pone sólo una condición: que lo siga y aprenda. Deja que haga lo que me da la gana en la casa. Mi abuela, una dama menuda y callada, es budista. Es el eco de su marido y nunca parece tener una opinión propia. Además, siempre me protege. Por ejemplo, cuando sin querer rompo el frasco de la tinta favorita del abuelo, saca sus propios ahorros y se apresura a ir a la ciudad con sus pies de loto para comprar un nuevo frasco y reemplazar el roto. Lo hace sin decir palabra. La adoro.

Mi abuelo sigue educándome. Gira la cabeza en círculos y yo hago otro tanto. Cuando está de buen humor, me lleva a ver ópera. No a los buenos teatros —no puede pagar las entradas—, sino a las imitaciones que se dan en los prostíbulos. Durante la representación, a menudo estallan peleas entre los borrachos.

Mi abuelo desea que termine la escuela primaria. Eres un pavo real entre gallinas, declara. Me lo dice mientras arregla el brazo de su silla de ratán. Tiene la cabeza en el suelo y el trasero apuntando al techo. La frase ejerce un enorme efecto sobre mí.

Mi abuelo me inscribe en una escuela local a una cuadra de distancia. Me da un nombre formal: Yunhe, Grulla en las Nubes. La imagen está tomada de su ópera favorita, *El pabellón de oro*. La grulla es símbolo de esperanza.

La nueva escuela es un lugar terrible. Los chicos ricos golpean a los pobres cuando se les da la gana. Yunhe soporta cuanto puede hasta que, un día, un chico la golpea y un grupo de chicas aplaude. Eso la enfurece. En los días que siguen la carcome un dolor increíble. Habría soportado como siempre si sólo se hubiera tratado de los varones que se aprovechan de las niñas, diría más tarde Madame Mao. No me habría sentido tan sola y traicionada, no me lo habría tomado tan a pecho, porque maltratar a las mujeres se consideraba una tradición. Pero lo que me dolió es que fueran las chicas, las mujeres, el pasto, las propias criaturas sin valor las que se reían de sus congéneres; eso fue lo que abrió y llenó de agua salada mis heridas.

2

Poco a poco mi madre se borra de mi vida. Dicen que se casó. ¿Con quién? Nunca nos presenta a su nuevo marido, simplemente desaparece. Se ha ido. La puerta está cerrada. No tengo noticias de ella. Terminó con la maternidad. No sé qué hacer, sólo sé que yo no quiero terminar como ella.

Escucho óperas y copio las arias. *La leyenda de Huoxiao Yu* e *Historia de la cámara del oeste*. Sueño con los personajes de las antiguas historias, con las rebeliones, con las mujeres que luchan ferozmente por su felicidad y la obtienen. Decido que seré actriz de ópera para poder llevar una vida de heroína en escena. Pero mi abuelo se opone a la idea. Para él, actrices y prostitutas son lo mismo. No cedo, y mi abuelo lamenta haberme hecho conocer la ópera. Me amenaza con repudiarme, pero es demasiado tarde.

La jovencita no es vendida a la compañía de ópera, como luego declarará. Se escapa del hogar y se acerca a una compañía local, donde ruega que la acepten. Es linda, muchacha ya en su plenitud y atractiva. Afirma que es huérfana y huye antes de que sus abuelos tengan ocasión de repudiarla. Éste se convierte en un esquema repetido en su vida. Con maridos y amantes toma la iniciativa, abandonando antes de ser abandonada.

Se convierte en aprendiz. Mientras aprende su oficio lava los pisos, limpia los cajones de maquillaje, llena jarros de agua y se encarga del guardarropas de la primera actriz. Logra sentarse junto al telón durante las representaciones, absorbiendo todo como un campo estival bajo las primeras lluvias de la estación. Durante la función de la víspera de Año Nuevo, logra hacer su primer papel de una sola línea. La línea es: *El té, Madame.*

Para la representación se acicala con el vestuario completo. Tiene el pelo recogido y luce perlas y ornamentos refulgentes. En el espejo, con el rostro pintado y los labios rojos, la joven se ve dentro del mundo que ha imaginado.

Sin embargo, el lugar muestra su feo rostro. Por la noche, terminada la función, la muchacha oye sollozar. Después de que su ama se ha quitado el maquillaje y el traje, ve un rostro marchito: una jovencita de veinte años que parece de cuarenta. Un rostro de madera, surcado de arrugas. La mano de un espíritu debe de estar trabajando ese rostro, piensa la muchacha.

Cuando va a buscar sopa de sangre de pato por orden de su ama, ve que hay hombres esperando. Todas las noches uno distinto. Son los amigos del dueño de la compañía. La mayoría son viejos y un par de ellos tienen la boca llena de dientes de oro. A su ama le dicen que los atienda, que los ayude a realizar sus fantasías. No importa que esté agotada, no importa que quiera estar con el hombre al que ama.

La jovencita espera. Espera un papel más importante. Por eso trabaja duro, hace todo lo que le ordenan, soporta algunas palizas. Se dice que debe ser paciente, perfeccionar sus habilidades. Es consciente de los cambios que se operan en su cuerpo, consciente de que está floreciendo. En el espejo, ve que sus ojos se vuelven más brillantes, sus rasgos maduran. Su cintura se afina y sus pechos están en flor. Cree que pronto se le presentará una ocasión. Por la noche sueña que el reflector la ilumina sólo a ella.

Sigo a mi abuelo y nos encaminamos a casa. No es que abandone la actuación, es que no me dieron el papel que quería representar. Estaba aburrida. La espera es demasiado larga. Estoy harta de limpiar los camarines. Estoy harta de mi ama cara-de-goma, de sus quejas, de sus palabras largas y malolientes como vendas para aprisionar los pies. Mi abuelo ha pagado una gran suma para sacarme de la compañía.

Pero cuando la luna se entierra en las profundas nubes, mis pensamientos vuelven a agitarse. He tenido una visión fugaz, he oído un acorde, he alcanzado mi sueño, pero... me quedo despierta en mi vieja cama tratando de imaginar adónde ir y qué hacer a continuación.

• • •

Las vendas embebidas en pegajosa pasta de arroz. Los dedos de los pies hinchados. La inflamación. Las punzadas de dolor en los tobillos. La niña recuerda cómo se salvó.

Mis abuelos se han dedicado a viajar de un pueblo a otro y de un casamentero a otro. Intentan librarse de mí. Tengo dieciséis años y ya no me pueden controlar. Por mi talla, a menudo me dan dieciocho. Deberían atarme los pies. Ahora puedo caminar y correr sobre este par de pies de la liberación, como los llama mi abuela. Son pies fuertes, como si tuvieran alas.

Corro para liberarme. Encuentro otra compañía de ópera. Se llama Compañía de Teatro Experimental de la Provincia de Shan-dong. Es mejor y más grande que la anterior, la dirige un hombre parecido a Confucio llamado Zhao Taimo.

A pesar de que el señor Zhao Taimo se parece a Confucio, no es, en ningún sentido, un hombre apegado a la tradición. Posee una educación occidental y es la antorcha que ilumina los primeros años de Yunhe. Más adelante, Madame Mao se negará a reconocer que ha sido su guía. Se atribuirá todo el crédito a sí misma, porque los demás esperan que demuestre que nació proletaria. Pero en 1929 el señor Zhao Taimo acepta a la muchacha a pesar de que carece de calificaciones importantes. Su mandarín es malo y no tiene habilidades acrobáticas, pero el señor Zhao se siente instantáneamente atraído por su espíritu rebelde, sus brillantes ojos almendrados, la pasión que brilla en ellos. Por la manera en que la joven camina por la habitación, el señor Zhao descubre en ella un potencial tremendo.

El mundillo literario y artístico de Shan-dong considera al señor Zhao un hombre inspirado. Su esposa, una elegante actriz de ópera llamada Yu Shan, es popular y adorada. Yu Shan proviene de una familia prestigiosa y está bien relacionada. La joven Yunhe llega a idolatrar a la pareja. Se convierte en invitada de las reuniones informales que hacen todos los domingos por la tarde. A veces, va incluso por la mañana temprano, salteándose el desayuno, sólo para ver a Yu Shan ensayar ópera. La modestia y curiosidad de Yunhe impresionan a Yu Shan y las dos se hacen buenas amigas.

En las fiestas, Yunhe por lo general está callada. Se sienta en un rincón mascando semillas de girasol y escucha mientras observa a los visitantes. La mayoría de ellos son estudiantes, profesores, músicos, dramaturgos. También hay personas misteriosas. Son los izquierdistas, los comunistas clandestinos.

Mis primeros contactos con los revolucionarios tuvieron lugar en las fiestas de Zhao Taimo. Los encuentro jóvenes, apuestos y apasionados. Los miro con respeto. Nunca puedo olvidar esas cabezas sangrientas colgadas de los postes. ¿Qué es lo que los lleva a arriesgar sus vidas?

En casa de Zhao Taimo encuentro la respuesta: es su amor por el país. No creo que haya nada en la vida más honorable que lo que hacen.

La muchacha siente de pronto urgencia por unirse al debate. Le lleva un tiempo armarse de coraje y levantar la voz.

Nunca me dijeron que la ocupación extranjera era resultado de la derrota de nuestra nación, dice. En mi libro de lectura, China era tan gloriosa como siempre lo había sido. Pero ¿por qué los extranjeros son dueños de las fábricas, propietarios de los ferrocarriles y de las mansiones privadas de nuestro país? Recuerdo que, una vez, mi abuelo suspiró hondo y dijo que era inútil aprender a leer: cuanto más educado se era, más hondo se sentía la humillación. Ahora entiendo por qué mi abuelo ama la ópera. Es para atontarse: en la ópera vuelve a vivir el pasado esplendor de China. La gente se engaña.

En la escuela, Yunhe demuestra ser una fervorosa estudiante. Constantemente tiene la falda húmeda de sudor. Se le ven moretones en las rodillas y los codos debido a la práctica de las artes marciales. Durante su clase de emisión de la voz, se pasa horas estudiando un aria y no la abandona hasta que no la canta a la perfección. Los maestros están complacidos con las altas exigencias que se impone y la adoran. Después de clase se puede oír la risa de Yunhe, que suena como campanas. Los estudiantes varones la encuentran muy agradable. Descubren que son incapaces de sacarle los ojos de encima. Hay algo en ella que resulta absolutamente irresistible. Capta su atención y ejerce un misterioso efecto sobre ellos.

La joven no sólo ama el teatro, actúa teatralmente en su vida cotidiana. Primero es una cuestión de interés, luego se amplía hasta convertirse en una necesidad, una obsesión y una adicción; por último, toda su existencia se basa en su fantasía: tiene que sentir en forma teatral, tiene que interpretar un papel o se pone inquieta, tensa y enferma. No se mejora hasta que no se le asigna otro papel.

Es medianoche. Dicen que el Templo de Confucio recibe las visitas de los espíritus abandonados, los espíritus que desobedecieron la tradición durante su tiempo de vida y han sido castigados. Ningún templo los acogería. Se dice que si el largo pasto se meciera en el patio vacío tras la caída del sol, caerían ladrillos de los rincones del alero. Las estatuas de Confucio y sus setenta y dos discípulos volverían a la vida. Les hablarían a los espíritus y los ayudarían a encontrar su camino de regreso. La estatua de Confucio es la figura más alta y está ubicada en el extremo más lejano del templo. La cubre una espesa capa de polvo y telarañas desde los pies hasta el chal que rodea su cabeza.

Los muchachos de la escuela de ópera tienen miedo de entrar en ese lugar por la noche. Una vez, inventan un juego y estimulan una recompensa para el que se atreva a entrar en el templo después de medianoche a buscar el chal que rodea la cabeza de Confucio.

Por espacio de una semana, nadie responde al desafío. La quinta noche, alguien se apodera del chal.

Para sorpresa de todos, es Yunhe.

Con sus dos delgadas colitas de caballo y una sonrisa pícara en el rostro, la muchacha saluda al público que la aplaude.

La joven tiene el presentimiento de que el señor Zhao y su

28

esposa la ayudarán, por ejemplo, presentándole a alguien u ofreciéndole una oportunidad. Confía en su instinto. A lo largo de su vida, en muchas ocasiones, hará lo mismo.

Sigue practicando su oficio. Le enseñan *Qingyi*, un hermoso personaje femenino trágico tradicional. Su belleza hace que se gane el papel. Confían en que sus movimientos estarán llenos de elegancia.

Ya hay rivales. Yunhe comprende que debe luchar para conseguir oportunidades. Hay un papel en una nueva pieza de Tien Han, un conocido dramaturgo de Shanghai. Se titula *Un incidente en el lago*. Yunhe participa en las audiciones pero tiene mala suerte. Le dan el papel a su compañera de cuarto, una joven de cabello fino cuyo hermano es instructor de la escuela.

Yunhe se siente deprimida durante el estreno de la ópera. Es incapaz de manejar sus celos y el desagrado se le pinta en la cara. Durante la representación se olvida de su tarea: salir del interior de un árbol. Por dentro se siente torturada, pues se considera mucho mejor actriz que la otra.

Siempre hay manos perversas tratando de atarme los pies, dirá Madame Mao.

Ni siquiera cuando los vientos me sacuden en todas direcciones abandono las esperanzas. Es mi mayor virtud. Alguien dijo que me hice notar por casualidad. No. No fue así. Yo creé mi propia oportunidad. Lloviera o nevara, nunca me perdí una función. Siempre estaba allí y siempre a disposición. Nunca llegaba tarde ni inventaba una excusa para retirarme temprano. No perdía tiempo en chismes o en tejer pulóveres junto al telón del escenario. Observaba a la primera actriz.

Sí, me aburría a muerte, pero me obligaba a quedarme. Memorizaba cada una de las arias y cada palabra del personaje. No es que sea tan sabia que pueda predecir lo que ocurrirá a continuación. Lo que sí sé es que si uno quiere que lo lleven a pasear en bote, tiene que estar cerca del río.

La primera actriz tiene gripe. Enferma como está, sin embargo, no quiere suspender la función. Durante días se arrastra sobre el escenario. Es lunes por la noche y está lluvioso y húmedo. La actriz está a punto de derrumbarse. Luego de espiar por el telón la pequeña multitud, solicita que le den la noche libre. El director de escena está furioso porque no avisó con tiempo. La actriz llama un rickshaw y se marcha. Son las siete de la tarde. En quince minutos debe subir el telón. En la sala de maquillaje, el director de escena da vueltas en círculos como un perro que se muerde la cola. Cuando suena el timbre del telón, pega un puñetazo en el espejo de la sala de maquillaje.

En el espejo roto aparece la cara de Yunhe, maquillada y vestida para el papel.

Estoy lista para la función, anuncia. Hace tiempo que estoy lista. Por favor, señor, déme esta oportunidad.

Vuestro rostro blanco el polvo desdeña... El director recita un aria de la mitad de la pieza.

El bermellón debe aprender de vuestros labios. Yunhe articula las palabras a plena voz. *Carne de nieve, huesos de jade, soñad vuestros sueños, oh impar, para este mundo no estáis hecha.*

Cuando sube el telón, me confundo con mi papel. ¡Oh, qué fantástica me siento! Tengo las mejillas ardiendo y me muevo por el escenario con comodidad. He nacido para esto. Me dejo fluir, llevada por el espíritu del personaje. El público es mío. Se oye un grito cuando mi personaje está a punto de concluir su vida por amor. *¡Llévame contigo!* —dice alguien—. *¡Llévame contigo!* El resto del público lo sigue. Y luego estalla un sollozo, el teatro entero solloza. Suena como una marea increíble. Ola tras ola. Hasta el cielo. Inmenso, envolviéndome los oídos.

La función es un éxito. Resulta ser la mejor oportunidad que jamás podía haber esperado: el señor Zhao Taimo y un grupo de críticos que había invitado para que comentaran el espectáculo se hallan entre el público. No llamó de antemano para reservar asientos porque tenía conciencia de que el espectáculo estaba un poco flojo y que no habría problemas de lugar.

Las lágrimas de Yunhe corren incontrolables. La heroína obtiene por fin el amor de su amado. Pero las lágrimas no son por su personaje. Son por sí misma, por su victoria, porque ha vencido a su rival, porque ya no podrá ser ignorada. Y porque ha logrado ella sola que todo eso ocurriera.

Entre bambalinas, mientras la ayudan a quitarse el maquillaje y el vestuario, vuelve a quebrarse. El sollozo surge tan súbito, con un impacto tan abrumador, que aferra la puerta y sale corriendo.

Año 1930. Justo después de su primera aparición en escena, el teatro cierra; y después lo hacen la compañía y la escuela. Los motivos son falta de fondos e inestabilidad política. Incapaz de pagar sus deudas, China se somete a una penetración extranjera más profunda y más amplia. Las luchas internas entre caudillos militares ha agotado a los campesinos, y meses de sequía han devastado el paisaje. Cuando Yunhe se decide a hacer las valijas, ya todos se han ido. Es como un bosque en llamas del que todos los animales huyen para salvar su vida.

La joven no tiene dinero para huir y no quiere volver a casa de sus abuelos. Su madre nunca ha intentado reunirse con ella. No se permite extrañarla, sobre todo en momentos así, momentos en que necesita un lugar adonde ir y un rostro familiar hacia el cual volverse. Se desprecia por sentirse débil e indefensa. Ahoga la voz de niñita-que-pide-ayuda que suena dentro de sí, la ahoga como si fuera su peor enemigo. Sigue ahogándola hasta que la voz lastimera se convierte en gotas de hielo y forma un duro cristal. Un cristal que nunca se derrite.

Vendo todas mis pertenencias y compro un pasaje de tren a Beijing. Busco trabajo en el teatro. Tengo que intentarlo. Pero la ciudad es fría conmigo. Dondequiera que vaya, mi mandarín con acento de Shan-dong causa risa. De ninguna de las audiciones me vuelven a llamar. Dos meses más tarde, estoy en total bancarrota y nadie quiere prestarme dinero. Nadie cree que alguna vez tenga futuro como actriz. Al principio no me afecta, pero cuando me asaltan el hambre y el frío empiezo a dudar de mí misma.

La muchacha vuelve de Beijing y acata la voluntad de su abuelo: se casará. Tiene diecisiete años. El nombre del marido es Fei, un admirador suyo de cuando había representado *El incidente en el lago*. Es un pequeño comerciante. Más adelante, nunca mencionará su casamiento con el señor Fei. Se niega a recordar el rostro del hombre. Para ella, fue una roca en medio del río cuando se estaba ahogando. Se aferró a la roca y salió del agua.

En lo relativo a la ceremonia matrimonial, empero, se muestra obediente. Entra en una silla de manos, envuelta en seda roja como un regalo de Año Nuevo. Es para satisfacer a sus suegros, que sin embargo no sonríen. Yunhe sospecha que su abuelo pagó para que el señor Fei pidiera su mano.

Ahora está librada a sí misma en su rol de esposa y nuera. Se siente extraña y poco preparada para ese papel. La primera noche es horrible. El hombre reclama su territorio. Ella se siente como un animal en el matadero. La expresión de él le recuerda la de una cabra tras una satisfactoria ración de pasto: su mandíbula se mueve de un lado al otro. A ella le brota sangre de entre sus piernas. Se siente resentida y disgustada.

Había soñado con un amor como el de las óperas. Esperaba que mi flamante marido fuera inteligente y atento. Esperaba que nuestro cortejo sería como el de las mariposas en primavera. Esperaba sentir algo por él. Pero me arrancaron de cuajo cualquier posibilidad. El señor Fei está sobre mi cara todas las noches, rompiendo hilo tras hilo la trama de mi sueño bellamente bordado.

Lloro en medio de su acto. ¿En qué me distingo de las prostitutas de la calle? La situación hace que eche de menos a mi madre. La juzgué mal, siempre pensé que había cometido un error por el cual se había arruinado la vida. Ahora comprendo que una joven puede hacer todo correctamente y arruinarse la vida de todos modos.

Ahora la muchacha tiene un lugar donde vivir y un hombre que paga sus cuentas. Sus energías renacen: está lista para volver a hacerse cargo de su vida. No consulta a su marido: lo considera un mero practicable en la representación de su vida real.

Las quejas de sus suegros se convierten en su excusa. No voy a quedarme aquí, donde tu madre quiere atarme de nuevo los pies, declara. El marido se interpone entre las dos mujeres y trata de negociar, pero no hay trato. Su esposa no ve la hora de divorciarse. Él no puede doblegarla, y nada la satisfará hasta que no la deje en libertad.

El señor Fei se sienta y saca su ábaco. Calcula y decide que no quiere invertir más en un negocio que no le trae ningún beneficio.

Con un poco de dinero en el bolsillo, la joven vuelve a ponerse en camino. A nadie le cuenta nunca de su marido. Más adelante negará que ese matrimonio haya existido. En su papel de mujer que gobernará a China después de Mao, debe ser una diosa. Tener demasiados maridos en su haber entorpecería su camino al poder.

En 1930 se siente un pavo real entre gallinas. Su vida lo demuentra. Se dice que, a veces uno debe estar en un gallinero para así ser medido, comparado y reconocido.

Escapo de mi matrimonio. Una chica de dieciocho años, no muy bien educada y completamente sola en el mundo. No puedo recordar cuántos días anduve errando de un lugar a otro. Tengo piojos en la cabeza y mi ropa interior huele mal. Pienso en bajar los brazos; casi lo hago.

Por fin, me las arreglo para ubicar a Zhao Taimo, que ahora es el nuevo rector de la Universidad de Shan-dong. Estoy segura de que me recuerda y supongo que encontrará una forma de darme una mano. Pero me llevo una desilusión. El señor Zhao dice que está demasiado ocupado. Si quiero entrar como alumna, tengo que presentarme en la oficina de admisión. ¿Cómo voy a hacerlo? No tengo diplomas, ni siquiera he terminado la escuela primaria. Pero trato de no desalentarme y me obligo a ir a ver a Yu Shan, la esposa del señor Zhao, e implorarle.

Representa su papel apasionadamente. Cuenta su lucha, muestra los piojos de su cabello, las llagas de sus pies. Conmueve al público. No llores, le dice Yu Shan. No te preocupes. Hay esperanza: conozco a alguien que puede ayudarte. Déjame tantear el asunto y volveré a verte en unos días.

Yu Shan le consigue un trabajo como ayudante en la biblioteca de la facultad, lo que le permite ser estudiante de tiempo parcial. La joven se siente entusiasmada y nerviosa a la vez. Asiste a clases, circula por el campus y conoce a nueva gente. Habla humilde y cuidadosamente. Está ansiosa por impresionar y ansiosa por hacer amigos. Un día, Yu Shan le presenta a un apuesto joven. Es su hermano Yu Qiwei. El líder estudiantil —informa Yu Qiwei—, el secretario del Partido Comunista clandestino del campus.

Ni Yu Shan ni Yunhe podían saber que ese hombre sería el nuevo marido de la joven; más aún, uno de los administradores del poder de Mao Tse-tung, el cuarto marido de la joven.

Mi primera impresión de Yu Qiwei es que se trata de alguien tremendamente apuesto y calmo como un lago de verano. Su sonrisa me tranquiliza. Lleva un traje chino azul marino de dos piezas y un par de sandalias de algodón negro. Se sienta frente a mí y bebe su té. Su hermana ha estado tratando de explicarme el sentido de su nombre: *Qi* significa esclarecimiento y *Wei*, poder y prestigio.

Es un hermoso día de otoño. Nos sentamos fuera de la casa de té ubicada cerca del campus, bajo un gran arce. El suelo está cubierto por una alfombra de hojas rojas y amarillas, de colores puros y brillantes. Cuando corre brisa, llueve la hojarasca. Un par de hojas secas cae sobre los hombros de Qiwei; ella toma una y la admira. Yu Shan termina su presentación e inventa una excusa para irse.

La joven está interesada pero no lo demuestra. Asiente educadamente, bebe su té. Yu Qiwei pregunta qué clases le gustan más. Literatura y teatro, responde ella. Qué interesante, contesta él, y le dice que ha estado en contacto con artistas que ponen piezas políticas en escena. Yunhe replica que no conoce al grupo pero que lo admira. Tal vez algún día le gustaría trabajar con ellos, sugiere Yu Qiwei. Tal vez, sonríe ella.

Luego él le pregunta si le gusta la vida en el campus. Ella responde a sus preguntas pero no hace ninguna. No hace falta: sabe todo sobre él a través de Yu Shan. Por último, él le pregunta: ¿No tiene ninguna pregunta que hacerme? Ambos ríen. Su hermana me dijo que era un talento del departamento de biología. Oh eso, se ríe él. Sí, pero eso era antes de que me convirtiera en un comunista de tiempo completo. Considero la política una forma mucho más eficaz de salvar al país.

Al mirar al joven a los ojos, Yunhe descubre algo extraordinario. Cuando él empieza a hablar sobre su país y su fe en el comunismo, su semblante se enciende. Ella se siente instantáneamente atraída. Pero no está segura de que él lo esté por ella. Eso no la frena. Avanza. Le dice que le gustaría conocer gente, a los amigos de él. Él está contento. La encuentra hermosa y agradable.

Al día siguiente la lleva a ver la función callejera de la que le ha hablado. Le presenta a sus amigos. Ella queda impresionada y descubre que a él lo adoran casi todos, en especial las mujeres. Su carisma y su capacidad para comunicarse y dirigir lo convierten en un imán natural.

Se sienta frente al mostrador de salida para esperarlo, sin saber si vendrá. Por lo general, él pasa por la biblioteca justo antes de que ella salga de su trabajo. De pronto lo ve. Se da vuelta, simulando escribir, pues no quiere que él se dé cuenta de sus sentimientos. Yu Shan le ha comentado que tiene muchas admiradoras.

Ve que él se aproxima. Se acerca más, le sonríe y le dice que ha venido a traerle un mensaje de su hermana. Yu Shan y el señor Zhao los han invitado a una cena privada. ¿Vendría, por favor?

Empezamos a salir. Hacemos largas caminatas por el campus mientras el sol se pone. El campus era originariamente una base militar alemana. La biblioteca fue construida en mitad de una colina frente al mar. El techo está cubierto de tejas rojas de vidrio y las ventanas tienen delicados marcos de madera. La vista desde la colina es deslumbrante. Nuestro otro lugar favorito es el puerto de Qing-dao. Su belleza reside en la mezcla de arquitectura tradicional y moderna. En el extremo de la larga orilla hay un pabellón que, cuando el sol se pone, lo transporta a uno al escenario del poema *En despedida* del antiguo poeta Ci Yin. A veces recitamos los versos al unísono:

> *Y así, querido amigo, en la Torre de la Grulla Marrón*
> *le dices adiós al oeste.*
> *Las brumas de mediados de abril y los capullos se van*
> *hasta que en el vasto azul verdoso*
> *la lejana sombra solitaria de tu vela no se ve más.*
> *Sólo en el borde del cielo fluye el río.*

Todas las mañanas, cuando el mar despierta a la ciudad, la joven Yunhe y el joven Yu Qiwei aparecen juntos en la orilla. Se siente un débil aroma a pescado podrido y agua salada. Agitados por el viento, los cabellos de Yunhe acarician suavemente la mejilla de Qiwei. Vuelven por la noche a mirar la luna, a mirar cómo el océano se pone su camisón de plata y danza. En la lejanía se ven las luces parpadeantes de los barcos que pasan. La noche se extiende al infinito frente a ellos.

Al principio la conversación gira en torno a libros y piezas teatrales prohibidos —*Casa de muñecas, El sueño de la cámara roja*— y luego en torno al futuro de la nación, la inevitable invasión extranjera, la libertad, el socialismo, el comunismo y el feminismo. Ella lo escucha y siente que poco a poco se va enamorando. No le cuenta de Fei, su ex marido. Pero un par de veces hace extrañas observaciones: la verdadera pobreza es no tener opciones en la vida. Ninguna opción salvo casarse, por ejemplo. Ninguna opción salvo ser prostituta o concubina, vender el propio cuerpo. Sus ojos se llenan de lágrimas cuando lo dice.

Yu Qiwei la acerca a su pecho y la abraza. Descubre que es inseparable de ella. La niña de Jinán de brillantes ojos almendrados. Siente un dulce estremecimiento dentro de sí. De pronto, se separa de ella y corre hacia las olas nocturnas. Se zambulle en el agua, nada, mueve los brazos. Bajo la blanca luz de la luna, el agua plateada se escurre de la punta de sus dedos.

Ella lo mira, enjugándose las lágrimas, feliz.

A través de Yu, ella aprende a reconciliarse consigo misma. Aprende que su opinión cuenta, que puede confiar en sí misma. Ya no está inquieta. Yu Qiwei la hace sentir feliz, satisfecha e inspirada. Están de novios en serio. Ella es todas las mujeres para él. Todas las noches se muestra distinta pues le encanta representar. La noche anterior era Nora y ahora es la dama Yuji. Lo hace en forma genuina y sin esfuerzo. Le gusta la idea de que él sea popular entre las mujeres, ya que le da oportunidad de probarse, de demostrar que no hay manera de que una gallina pueda superar a un pavo real. En brazos de él, se percata de que es capaz de interpretar cualquier papel.

Lo considera un héroe de su tiempo. Ello la estimula a pensar que nutre a un hombre poderoso y que por eso es la fuente del poder, fuerte y digna. Todas las noches, cuando se abre a él, siente lo mismo. Le gusta percibir hasta qué punto es deseada, qué indefenso se torna él sin ella. Le gusta prolongar el momento de la dulce tortura, hacer que él la desee a tal punto que le suplica y llora. A veces se mantiene en silencio del principio al fin. El único sonido en la habitación es el sonido de su mutua respiración, que sube y baja como un mar lejano, como el océano, como el agua que envuelve a la tierra.

Adoro a Yu Qiwei. Es osado y tímido a la vez. Una figura pública respetada, un sabio casi paternal; conmigo, en cambio, es como un chico en una frutería. Me encanta que me desee en sueños, cosa que a menudo ocurre. Llega tarde a casa pues ha sido promovido a secretario provincial del Partido y sus reuniones se desarrollan por la noche, ocultas y en secreto. Noche a noche lo espero.

Estamos a fines del otoño de 1931. Por medio de Yu Qiwei me entero de que la invasión japonesa se ha profundizado. Las tres provincias chinas del norte está ocupadas. Los obreros y estudiantes hacen manifestaciones. Día y noche, mi amante está allí para apelar a la conciencia pública. Decidimos casarnos, pero no hay tiempo para la ceremonia matrimonial: tenemos cosas más importantes que hacer. Nos mudamos a un pequeño departamento de dos habitaciones y notificamos a nuestros amigos y parientes de nuestra unión. En rigor, he sido considerada la esposa de Yu Qiwei y respetada como tal desde el momento en que empezamos a frecuentarnos. Todos nos consideran una pareja perfecta.

Me ofrezco para trabajar en el grupo comunista que dirige Yu Qiwei, quien ha convencido a sus amigos del mundo teatral de que aprovechen mi talento. Me convierto en la principal actriz de una pequeña compañía izquierdista. La primera pieza se llama *Baja tu látigo* y en ella represento a una joven que finalmente se impone a su padre abusivo. Es como si estuviera representando mi vida, y expreso en ella lo que no pude expresar en mi casa. Yu Qiwei es mi admirador más sincero. Siempre me siento feliz al ver su rostro entre la multitud. Me abraza y me besa cuando felicita a los demás miembros del elenco. Conduce a la multitud gritando "¡Abajo los invasores japoneses!"

Soy parte de mi amante, parte de su trabajo y parte del futuro de China.

• • •

En la cama soy mansa y tranquila. Él está agotado y se queda dormido apenas apoya la cabeza en la almohada. No ha podido dormir en días. Me levanto y cocino fideos y vegetales pues sé que querrá comer cuando se despierte. Come mucho: tres platos. Me causa gracia verlo comer. Se disculpa por sus modales, pero sigue comiendo. Dice que es como un inodoro que descarga comida hacia abajo.

Cruzo las piernas sobre el piso y lo observo dormir. Su rostro dulce y aniñado, de cuya boca, a veces, cae un hilo de baba. Está tan cansado que se duerme con la chaqueta puesta; no tiene fuerzas para quitársela. No lo despierto. Le saco los zapatos lenta y suavemente. Pasa un camión por la calle y temo que lo despierte, pero él no se altera, sigue entregado al sueño.

Me tiendo junto a él y me duermo. De vez en cuando, el ruido de afuera me despierta. Siento que no lo he visto desde hace tanto tiempo que lo sigo extrañando, y temo que se despierte y me diga que tiene que salir.

Le saco la chaqueta, la camisa y los pantalones. Lo empujo hacia el lado de la cama que da contra la pared pero no se despierta. Tal vez sabe que soy yo y también lo que voy a hacer.

Le ha dicho que eso le encanta, que le encanta lo que ella hace cuando él está durmiendo. Le dice que ella siempre sabe cuándo tiene un sueño ardiente. Como está demasiado ocupado para alimentar a su cuerpo, el deseo viene en sueños y ella intuye el momento preciso, exactamente cuándo la necesita.

Por lo general, todo empieza con la toalla, porque él está cubierto de polvo y sudor. Ella lo frota con la toalla: unas pocas pasadas y la toalla queda marrón. Ella se mueve por la habitación, pone la tela en agua caliente. A veces él se da vuelta, despierto a medias, como para ayudarla. Nacido para buscar el placer, solía decir de sí mismo. Tiene que ver con sus antecedentes, una familia burguesa que lo malcrió a fuerza de comodidades. ¿Qué lo ha convertido en revolucionario? Ella no tiene idea. Hay gente así en el Partido Comunista. ¿Por qué arriesgan la cabeza? No es por comida, sin la menor duda. ¿El poder de dominar? ¿O sólo obedece a un instinto: ser un hombre más grande que los demás?

. . .

El cuerpo suave, la carne dorada. Es un dios desnudo que no conoce la vergüenza. No puedo evitar buscarlo. Lo saboreo junto a los platos que he preparado para él, junto a sus ropas sucias. Me desabrocho la blusa. Tengo necesidad de alimentarlo.

Abre la boca, como un bebé; sonríe dulcemente. Lo toco con suavidad mientras me saco la ropa interior. En ese momento siento que sus manos me tocan.

En su deseo, oigo el canto de la tormenta cuando se precipita sobre el río.

El tiempo-montaña estará allí, permanecerá allí años después. Recuerda la pasión de la tormenta y el río.

Estamos caminando en la oscuridad. Somos tres. Un amigo de Yu Qiwei va media cuadra detrás de nosotros. Ésta será nuestra ceremonia, dice él, una unión espiritual. Sonrío, nerviosa pero excitada. Le agradezco que me haya guiado. Aminoremos la marcha para que el amigo nos alcance. Luego, Yu Qiwei me deja en manos de él, un agente secreto comunista. Vuelve a hablarle sobre la seguridad, le indica que tome el callejón que está detrás de la fábrica de seda de la calle Yizhou, no la calle perpendicular, Xin-ming. Ten cuidado con los espías. El hombre asiente. Felicitaciones, me susurra Yu Qiwei.

Sigo al hombre, con el corazón como un conejo dentro de una bolsa. Caminamos rápidamente hacia un pequeño parque donde los arbustos son densos. El hombre enfila por el callejón. Antes de dar vuelta una esquina, el hombre mira hacia atrás: nadie nos sigue.

Media hora después, me nombran miembro del Partido Comunista. Acabo de finalizar mi juramento y mi afiliación.

Mientras Yunhe levanta su puño derecho sobre la cabeza, frente a una bandera roja con una hoz y un martillo del tamaño de un paquete de cigarrillos, piensa en Yu Qiwei. Piensa que ahora son compañeros espirituales y que ella es su pareja. Tendrá derecho a compartir todas sus actividades. Podrá ir con él a reuniones y a lugares secretos. Juntos arriesgarán la vida por China. Todavía ella no sabe bastante sobre comunismo, pero no le preocupa. Cree en Yu Qiwei y eso basta. Cree en el Partido Comunista así como cree en el amor. En Yu Qiwei encuentra su propia identidad. Si Yu Qiwei representa la conciencia de China, también lo hace ella. Así se ve a sí misma en 1931. Corresponde a la imagen que tiene de sí: la heroína, la primera actriz. Más adelante, ese mismo esquema se repetirá. Cuando se convierte en la esposa de Mao, piensa, con toda lógica, que si Mao es el alma de la China, ella también lo es.

3

Ocurre apenas unos meses después de que estamos juntos. Una semana, Yu Qiwei está viajando de un lugar a otro; luego desaparece. Nadie puede ubicarlo. Lo primero que sé a continuación es que lo han arrestado, encarcelado, que supuestamente lo han matado. Yu Shan viene a verme y me cuenta las noticias.

Tengo miedo de abrir la puerta. La forma en que Yu Shan golpea me dice que algo terrible ha ocurrido. Miro su rostro cubierto de lágrimas. Mi mente queda en blanco, no logra aferrar la realidad.

Quiero hacer algo, pero Yu Shan dice que no hay nada que hacer, salvo esperar. Le digo: ¿Y qué pasa con el Partido Comunista? ¿No puede salvarlo el Partido? Él sacude la cabeza, dice que el propio Partido está muy mal. Los miembros han pasado a la clandestinidad y cortaron toda comunicación por razones de seguridad. El jefe militar que se ha convertido en cabeza del Estado, Chiang Kai-shek, traicionó su compromiso de incorporar a los comunistas. Ordenó una batida militar para arrestarlos. Ha proclamado que los comunistas son su mayor enemigo. La orden dice: "Si tenemos que matar a miles de inocentes para atrapar a un comunista, que así sea."

¿No sabía Yu Qiwei cuándo iban a comenzar las batidas?, pregunto.

Sí, responde Yu Shan. Sabía que estaba en la lista de los buscados. Había señales. Por ejemplo, obligaron a la Universidad a que expulsara a estudiantes que fueran miembros reconocidos del Partido Comunista. Pero mi hermano tenía que llevar adelante su trabajo. Cuando empezaron los arrestos, trató de hacer que la gente se fuera de la ciudad al campo. Estaba dirigiendo una reunión secreta en un ómnibus público, cuando lo localizaron y lo arrestaron.

Durante sus primeros años, Yunhe flirteaba con el peligro. Para ella, el peligro alimentaba el entusiasmo. Disfrutó el momento en que entró en el templo abandonado y aferró el chal de la cabeza de la estatua de Confucio. Disfrutaba cantando *Baja tu látigo* en las calles, cuando se enfrentaba con los policías. Sentía que la vida estaba llena de sentido cuando interrogaba a los policías frente a la multitud: ¿Son chinos ustedes? ¿Cómo pueden soportar que sus madres y hermanas hayan sido violadas y sus padres y hermanos asesinados por los japoneses?

El peligro le ha dado ocasión de mostrar su carácter. Eres demasiado débil, le dirá después a su tercer marido, Tang Na. Niegas la realidad, vives en la fantasía y el miedo te domina. Nunca has enfrentado el peligro.

Sin embargo, en 1931, tras el arresto de Yu Qiwei, hay un momento en el que se aparta de su papel de heroína. De pronto se siente aterrorizada más allá de toda medida. Visita a Yu Shan a diario para averiguar acerca de Yu Qiwei. Espera con impaciencia. Todos los días su esperanza se desvanece un poco. Por fin, se convence de que Yu Qiwei está muerto y empieza a contar a sus amigos su desesperación. Sus lágrimas ardientes corren sin cesar. Lleva un vestido blanco, una margarita blanca en la mano. Gime. Después, deja de ir a lo de Yu Shan.

Se lava la cara, se saca el vestido blanco y deja la margarita. Sigue asitiendo a clases y se inscribe en un curso de tragedia del siglo XVIII. Toma un nuevo trabajo en la cafetería de la Universidad. Después de clase y del trabajo se aburre. Va sola a la orilla del mar y se sienta allí bajo la luna brillante. Primero mira a la distancia y luego devuelve las sonrisas de los hombres. Entonces vuelve a estar ocupada.

Pasan meses antes de que Yu Shan venga a contarle las noticias: Yu Qiwei ha sido puesto en libertad con ayuda de su tío, David Yu, una figura influyente del congreso de Chiang Kai-shek. Yu Shan llega sin anunciarse. Pensaba que las noticias harían feliz a Yunhe. Pero queda totalmente defraudada. Yunhe abre apenas la puerta, se la ve rara y vergonzosa, como un chico al que hubieran pescado robando. Está en pijama, con el cabello todo revuelto y el lápiz de labios corrido.

¿No me abres la puerta?, pregunta Yu Shan.

Adentro es un lío. Todavía con la puerta entreabierta, Yunhe le sugiere: ¿Qué te parece si nos reunimos en la casa de té en una hora?

Pero Yu Shan ha visto.

Detrás de la puerta hay un hombre joven, el nuevo novio de Yunhe, Chao.

Madame Mao no recuerda a Chao. Lo ha borrado de su memoria. Recuerda que se sentía sola sin Yu Qiwei, que no podía dormir. Estaba deprimida, no esperaba el regreso de Qiwei. Se forzó a ir más allá del dolor. Lo propio de una heroína es seguir adelante. No puede explicar la presencia de Chao.

Yu Qiwei no la cuestiona, tampoco se enfrenta con Chao. Yunhe nunca tendrá ocasión de saber qué sintió Yu Qiwei. Un día, Yu Shan viene con un mensaje de su hermano.

Mi hermano se fue de Qingdao a Beijing. El Partido necesita que trabaje allí.

No hay ninguna mención de qué siente Yu Qiwei por tener que marcharse, por su relación o su futuro. Ni una palabra.

Por primera vez la actriz se siente confundida por el papel que está representando: una heroína que traiciona como una ramera.

Sigue con Chao, pero entre tanto le escribe a Yu Qiwei. Como no obtiene respuesta, deja la ciudad, vagabundea, retorna y se vuelve a ir. Pasa un año. Entonces llega a un punto en que no puede seguir soportando; vende sus pertenencias y se sube a un tren rumbo a Beijing.

En el tren, sollozo como una viuda. Los pasajeros me traen toallas calientes en su afán por calmarme. Ya en Beijing, súbitamente pierdo el coraje. No tengo cara para ver a Yu Qiwei. Me da vergüenza de mí misma.

Pero me siento forzada a seguir adelante, a verlo de nuevo. Antes de irme, averigüé a través de Yu Shan que Yu Qiwei es el secretario principal del Partido Comunista en China del Norte. Me las arreglo para ubicar sus cuarteles en la biblioteca de la Universidad de Beijing, donde mantiene reuniones a menudo. Espero durante días hasta que me encuentro con él "por casualidad".

Está con sus camaradas y me doy cuenta de que no le complace verme. Pregunto si podemos arreglar un encuentro. Accede a una cita con actitud reacia.

Hace frío y llueve. He venido usando el mismo par de sandalias húmedas desde hace días. Tengo los pies empapados y los tobillos llenos de barro. Nos encontramos en un parque. El río es magnífico, pero está helado. No hay nadie. Cuando veo la figura familiar que se acerca, trato de no llorar.

Sigue tan apuesto como antes y lleva un traje azul de dos piezas que es mi favorito. Pero no me mira. Cuando me ve, aparta los ojos. Es embarazoso, pero estoy decidida a intentarlo. Me obligo a hablar, a pedir disculpas. Digo que hubo un error. Te esperé.

No quiere oírme. Me pregunta qué hago allí.

Ni yo misma lo sé, respondo. ¿Qué otra cosa puedo decir? No está en mi naturaleza probar la profundidad de las aguas. Creo que de alguna manera flotaré. Tengo diecinueve años. He estado trabajando para mantenerme. Enseño chino en una escuela nocturna para adultos, cuido bebés y vendo entradas para el teatro. Me hago cargo de todo eso, lo resuelvo yo sola y sobrevivo. Pero no puedo resolver lo que nos pasó...

No tendrías que haber venido a Beijing, dice él.

Tengo necesidad de verte, Yu Qiwei. No sé, vivo con tu fantasma.

Yunhe, me dice, me llama por mi nombre. Me echo a llorar sin control.

Permanece de pie frente a Yu Qiwei, con los ojos llenos de lágrimas. El viento que sopla despeina su cabello, pero ella no se lo toca, no se lo acomoda. Mira al hombre. Tómame nuevamente.

Ella nunca olvidará esa noche. Hacen el amor como si el mundo fuera a acabarse. Ambos tratan de superar el vacío que se interpone entre ellos. Ella repite el ritual familiar. El cuerpo de él le dice que la ha extrañado. Ella llora, domina el deseo de él. Explora cada uno de los trucos que conoce para complacerlo. El recuerdo vuelve y ella cree que ha ganado. Él le dice que la ama, que nadie puede reemplazarla, que siempre estará cuando lo necesite.

Pero la verdad acecha siempre entre las sombras. Las cosas no son como antes. En los días siguientes, la lucha empieza a revelarse. Se la ve y se la oye cuando ella habla, se mueve y hace el amor. Hasta en las palabras que usa: soy fuerte, nada me humilla.

Al pronunciar esas palabras, se enfrenta con la separación inevitable. Al gritar esas frases en voz alta, sobrevive e impide que la aplasten.

Yu Qiwei la instala en el dormitorio colectivo de la universidad. Nada de dinero, nada de visitas. Ella aguarda días, semanas y meses. Él hace promesas, pero no aparece. Es cortés, pero distante e inconmovible. Ella sale y lo busca. Lo sigue y averigua por qué no vuelve a sus brazos: está con otra mujer.

Transcurre todo el invierno en un frío dormitorio común. Se siente como un perro sin techo. Se dice que debe esperar hasta la primavera. Tal vez, cuando llegue ese momento, el corazón helado de Yu Qiwei se derrita. Tal vez la invite a salir, tal vez los capullos de la primavera lo exciten y el tiempo le haga darse cuenta de que la ha torturado lo suficiente.

Lo he intentado, pero no puedo liberarme de este sentimiento. Ni cuando nos separamos, ni cuando volvió a casarse, ni siquiera cuando me casé con Mao. No puedo hacer las paces con él y conmigo, a pesar de que acepto que es mi destino. Emocionalmente no puedo librarme de él. No puedo soportar que otra mujer lo posea. El dolor me dura toda la vida. No termina después de su muerte, en 1958 por un ataque al corazón a los cuarenta y cinco años. No oculto mi desagrado por su esposa, Fan Qing.

Cuando mira hacia atrás, casi puede ver el motivo. El ardiente dolor del abandono. Yu Qiwei no la dejó representar su papel hasta el fin, la dejó preguntándose por qué no lo hizo bien, se fue de la función antes de que bajara el telón. No estaba en la naturaleza de ella aceptar la humillación. Tal vez por eso él se permitió salir inadvertidamente, morir antes de que ella fuera la gobernante de China. Tal vez sabía que ella no podría soportar su rechazo, que le haría pagar lo que le había hecho. Y no quería pagar lo que no consideraba una deuda. Él tenía razón. Ella se pasó la vida cobrando los depósitos de sus frustraciones.

4

Nunca he viajado en barco, nunca imaginé que navegar podía ser tan horrible. Estoy mareada y vomité. Hace diez días abordé el Pallet, un carguero barato que baja por la costa de Shan-dong rumbo a Shanghai. Nunca estuve en Shanghai, pero sentí que tenía que hacer algo para huir de mi situación. ¿Qué puedo perder? Cuando no estoy vomitando por la borda miro el mar. Me prohíbo pensar en Yu Qiwei. Por la noche duermo en el piso del carguero, entre cientos de pasajeros de clase baja y sus animales. Una noche me despierto toda cubierta de excrementos de pato.

Irme parecía ser mi única opción. Tras mi regreso a Shan-dong desde Beijing, Yu Shan vino a verme. Trató de ser una buena amiga, pero su hermano se interponía entre nosotras. Vino nuevamente el día que partí hacia esa ciudad, pues le había pedido a ella y al señor Zhao contactos en Shanghai. Fueron lo suficientemente buenos como para darme un nombre, el de un hombre llamado Shi, un director de cine oriundo de Shan-dong. Yu Shan me deseó buena suerte. Parecía aliviada de que me fuera. No me dijo que su hermano estaba a punto de casarse.

Yu Qiwei nunca me escribió después de abandonarme. Ni una palabra. Fue como si nunca hubiéramos sido amantes. No le importó saber dónde se encontraba ni cómo me sentía. No supo que una vez quise terminar mi vida por él.

La joven está decidida a dejar atrás el dolor. Clava los ojos en el horizonte, en el futuro. En su momento de mayor debilidad, sigue creyendo que tiene poder para dar aliento a un nuevo papel. Lo siente con todas las fibras de su ser. Ha decidido volver a actuar, es lo que mejor hace. Si no puede cumplir su sueño de ser una primera dama en la vida real, podrá lograrlo en escena.

Es de mañana temprano y la niebla es densa. El barco finalmente entra en el Mar de la China Oriental y enfila hacia el río Huangpu. La estela que deja es un arrollador arco blanco en el agua oscura. Cuando la muchacha gira el rostro y enfrenta la proa del barco, Shanghai está allí, con su línea de edificios que tocan las nubes. El barco se desliza torpemente en su amarradero. Bajan la planchada. La multitud se apresura y empuja. Cuando ha llegado a la mitad de la planchada, un dialecto extranjero golpea su oído. Todo será diferente aquí, piensa. Sobre ella, los carteles de neón parpadean como ojos de dragón. JABONES INGLESES, CEPILLOS DE DIENTES JOHNSON, LÁPIZ DE LABIOS FRANCÉS ROSA DE TERCIOPELO. Queda fascinada.

El señor Shi no llega a los treinta y cinco años. Tiene los rasgos de un típico hombre de Shan-dong, alto y de hombros anchos. Su risa suena como un trueno. Me da la bienvenida cálidamente y se apresura a tomar mi equipaje. Antes de que hayamos dado dos pasos, me explica que es productor de teatro y de cine. Yu Shan me dijo lo mismo, pero no conozco su trabajo. Por la forma en que habla, supongo que al menos estará bien conectado. Parece complacido de verme. Llama a un taxi-triciclo.

El señor Shi sigue hablando mientras nos amontonamos en el taxi. Alcanzo a distinguir los restos de su viejo acento de Shan-dong. Shanghai es el París de Asia, dice. Un paraíso para los aventureros, capaz tanto de excitar como de quebrar a la gente. Mientras lo escucho, me fijo en la moda de Shanghai. Las mujeres son elegantes. Llevan faldas bastante cortas y zapatos con puntas y tacos altos. Los diseños son creativos y osados. Nuestro taxi-triciclo avanza en medio de la multitud. Yo me agarro de la barra con fuerza para no caerme. Los edificios que se yerguen a cada lado de la calle son mucho más altos que todos los que he visto en mi vida. Tengo la sensación de que el señor Shi planea mostrarme la ciudad íntegra ahora mismo, pero no estoy de humor: me siento cansada y mugrienta.

De la manera más gentil de que soy capaz, le ruego que pida al conductor que tome el camino más corto hacia el departamento que ha reservado para mí. Él parece un poco desilusionado, pero se inclina hacia adelante para hablarle al chofer. Recostándose en su asiento, me ofrece un cigarrillo. Se asombra cuando rehúso. Todo el mundo fuma en Shanghai, dice. Tengo mucho que aprender y me sentiré honrado de ser su guía.

Entramos en un barrio pobre, doblamos hacia una calle miserable y nos detenemos frente a una casa de dos pisos. El edificio parece inclinarse sobre sí mismo y ostenta una oscura costra de hollín. El señor Shi paga el taxi y recoge mi equipaje. Entramos en el edificio. No hay luz, las escaleras son empinadas y faltan algunos peldaños. Por último, nos detenemos en el segundo piso. El señor Shi lucha con la llave en la cerradura. Moviéndola de un lado al otro, se disculpa por el estado del departamento: para su presupuesto, es lo mejor que pude conseguir. Le digo que está bien, había esperado algo peor. Se siente aliviado. Por fin, logra abrir la puerta. El mal olor me golpea la cara. En la oscuridad puedo sentir las cucarachas que pasan sobre mis pies.

La muchacha se sienta en el medio del pequeño cuarto. Afuera se desvanece la luz del día. Una extraña paz desciende sobre ella. Se siente como si hubiera encontrado un nuevo hogar. No va a ser fácil, pero en este momento se siente más calma y lo considera una buena señal. Hasta los sonidos que se oyen a través de las paredes parecen tranquilizadores. La familia que vive a su derecha tiene un montón de niños ruidosos, y un padre que grita para hacerlos callar. A su izquierda suena un piano desafinado, un intérprete que recién está empezando. Del otro lado del pasillo se encuentra la cocina pública, con sus ruidos y sus olores. Ruido de cacerolas y aroma a ajo y salsa de soja. Siente como si hubiera despertado de un sueño y estuviera a punto de entrar en otro.

El señor Shi no sabe muy bien cómo manejar a la joven. Cada vez que viene a visitarla ha salido. Un par de veces la encuentra y la convence de que tome té con él. Ella lo informa de sus últimas actividades: ya se ha conectado con todas las personas cuyos nombres le dio. Su mente parece correr constantemente en todas direcciones. En un momento le pregunta cómo funcionan los ómnibus, cómo ir de un lugar a otro por el camino más económico; al momento siguiente quiere saber dónde vive Tien Han, el dramaturgo de *El incidente en el lago*, y si podría visitarlo pronto.

Al cabo de sólo una semana, el señor Shi ha perdido su capacidad de rastrear a la chica. Se sorprende al enterarse de que ya le ha hecho una visita a Tien Han y lo está llamando desde allí. No sólo va a quedarse en casa del dramaturgo una semana, sino que también ha conseguido un trabajo para vender entradas en un teatro izquierdista. Por último, menciona que se ha inscripto en unos cursos en la Universidad de Shanghai.

Corro de un lado a otro de la ciudad. Me muevo tan rápido que apenas tengo tiempo para recordar dónde estuve. Creo que, si me encuentro con toda la gente posible, algo saldrá. Apunto a lo más alto, llegando sin aviso previo a las oficinas de productores y directores, que no pueden rechazarme. Me gustaría ser estrella tanto de cine como de teatro, le digo a quien quiera oírme. Algunos se sienten molestos conmigo. Quedan estupefactos de mi presunción. Es linda, sí, pero ¿quién es? Otros, como el señor Tien, de cuya obra teatral fui protagonista en Shan-dong, me encuentran atractiva y les encanta mi osadía. Al señor Tien lo halaga mi admiración por su trabajo y se interesa en mí. Cuando se entera de dónde vivo me ofrece su casa. Me da de comer, me procura más contactos y allá voy, aferrada de nuevo a mi plano de autobuses.

Una serie de productores la alientan. Prometen tenerla en cuenta para sus próximos proyectos. A través de nubes de humo, describen sus proyectos en detalle y renuevan su esperanza. Hombres atractivos con ideas atractivas. Hay indicios de la forma de "asegurarse" un lugar en la fila. Lo ve en sus ojos. Pero no va a acostarse con ellos. Es cauta, todavía piensa en su amor perdido. No quiere iniciar una relación que termine convirtiéndola en una simple concubina. No le parece perjudicial un poco de coqueteo, sin embargo, y acepta tantas invitaciones como le hacen.

Después de unos meses sin ninguna oferta concreta, se pone ansiosa. Vuelve a su departamento. Ahora la irritan los ruidos del otro lado de las paredes. Está cansada de no ser nadie y cansada de ser pobre. Está harta de gente que le dice que su aspecto no es redituable. Se sienta en el piso y se examina el rostro en un espejo del tamaño de la palma de su mano. Detesta enfrentar sus imperfecciones. Su mandíbula inferior es muy prominente y sus labios delgados; la distancia entre su nariz y el labio superior es unos centímetros demasiado larga.

Calcula sus posibilidades y busca alternativas. Ha oído historias de estrellas cuyas carreras remontaron por haber participado en filmes políticos de bajo presupuesto. La idea le resulta atractiva: está dispuesta a combinar su interés en el arte escénico con sus antecedentes como comunista. No le dice a la gente que es comunista, todavía no. No confía en nadie. Por el momento, simplemente siente la necesidad de distinguirse de las chicas lindas que se dan a conocer porque son las mascotas de hombres ricos o estrellitas vagabundas.

Tengo poco dinero, pero me moriría de hambre con tal de comprar buenas entradas para el teatro. Veo cine y ópera para aprender de las mejores actrices. No puedo dejar pasar mucho tiempo sin ir a la ópera. Cada vez que salgo de un espectáculo, me siento mágicamente cargada y todas mis frustraciones desaparecen. Me digo que la falta de voluntad ha llevado a más fracasos que la falta de inteligencia o de capacidad. Me obligo a conocer más gente para poder darme a conocer. Mi público debe saber que tengo un alma y que vivo con un objetivo.

La joven está desilusionada con sus contactos. No quiere ver más al señor Shi. Le parece que pierde el tiempo corriendo de un lado a otro para conocer a un inútil tras otro. El trabajo que tiene en el teatro sólo le despierta más deseos de actuar. Pero nada da resultado, no consigue destacarse.

De joven, era ciento por ciento comunista. Me arriesgué, recuerda Madame Mao. Difundía volantes antijaponeses por toda la ciudad para el Partido. Estaba en Shanghai para volver a conectarme con el Partido. Dábamos piezas patrióticas en las calles. Enseñaba en una escuela nocturna en la que predicaba el marxismo. Alentaba a los obreros cuando hacían una huelga. Lo que siempre me interesó fue trabajar en el nivel popular. Al igual que Yu Qiwei, arriesgué mi cabeza por China. Bien habría podido ser una mártir, habría podido morir.

· · ·

La verdad es que dejó de ser miembro después del arresto de Yu Qiwei. La verdad es que oculta su identidad como ex comunista. El señor Shi y Tien Han piensan que, por el comunismo, sólo siente simpatía. Como no tiene suerte en su búsqueda de papeles en el teatro, se asigna un papel: la patriota. Le hace sentir menos miedo ante su incapacidad para hacer que las cosas funcionen.

Representa su papel en la vida real con la misma pasión que lleva al escenario. Llama la atención y se crea un público. Desempeña su trabajo con creatividad, con elegancia. Pone volantes en las espaldas de los hombres y los convierte en carteles ambulantes. En la clase de chino que dicta, pregunta a sus alumnos: ¿Cómo está formada la palabra "cielo"? Escribe los caracteres en el pizarrón y explica: es la combinación de dos palabras: "esclavo" y "hombre". Si nos tratamos como hombres e insistimos en que los demás nos traten como tales, no como esclavos, nos convertimos en el cielo mismo. Ilustra y anima. Pronto su curso se vuelve el más popular de la escuela. Entretanto, se atrae una atención no deseada: ahora está en la lista de la policía por sospechosa de comunista.

No es consciente de lo que se aproxima. Se siente en paz con su propia vida: buscando un papel en el teatro durante el día y actuando de patriota por la noche. Ve su nombre mencionado en diarios de izquierda. Es mejor que nada, se consuela. Sigue rogando, esperando el papel que capte la atención de los directores de los estudios. ¿Por qué no? Es distinta. Una heroína de la vida real, como ésas que los estudios han empezado a presentar en sus nuevos filmes. Para que un filme tenga éxito, tiene que ser político. China está invadida, el público se ha hartado de las antiguas historias de amor y está listo para personajes inspiradores tomados de la vida real.

Ella espera, poniéndose en disponibilidad.

Es una noche sin viento. El aire está húmedo. Lleva un vestido azul marino. Sale de su clase de chino. Se siente feliz. Los alumnos, en especial las obreras textiles, han desarrollado una estrecha relación con ella. Le tienen confianza y dependen de ella. Hacen que se sienta una estrella de sus vidas humildes. Le han traído tortas de arroz caseras. Los pedazos todavía están calientes en su cartera. No tendrá que prepararse la cena esta noche, tal vez pueda usar el tiempo para ver la segunda parte de su ópera favorita en el Gran Teatro, que le queda de paso.

Cuando da vuelta por una calle oscura, súbitamente advierte que dos hombres la siguen. Se pone nerviosa y camina más rápido. Pero los hombres la siguen como sombras. Antes de que pueda emitir un sonido, le esposan las manos y la empujan al interior de un auto que aguarda en el extremo de la calle.

Cuando llegan a la cárcel, la arrastran fuera del auto policial y la arrojan en una celda junto con una multitud de mujeres. Las internas esperan ser interrogadas. Una compañera de celda le explica la situación: hasta que no haya confesado, no la liberarán. La mujer tose ásperamente. La celda es fría y húmeda. Yunhe observa que cada quince minutos arrojan a una mujer dentro del cuarto y se llevan a otra. Las demás se amontonan alrededor de ella tratando de obtener información. Tiradas en el piso, desnudas, las mujeres aparecen golpeadas y magulladas. Chorrea agua de su cabello. Entre jadeos describen el interrogatorio. Les hunden la cabeza en agua de pimientos picantes. Les golpean la espalda. No conozco a ningún comunista, solloza una mujer. Ojalá conociera alguno, así podría volver a casa.

Yunhe está asustada. Yu Qiwei tenía un tío rico que pagó su fianza, ella no. Se siente descompuesta. Está segura de que la mujer que tose sin cesar tiene tuberculosis. La saliva sanguinolenta está por todas partes.

Pasan dos semanas. Dos semanas de casi no dormir. Dos semanas de vivir en el terror, sabiendo que pueden cortarle la cabeza en cualquier momento. ¿Dónde está el Partido? No ha habido señales de rescate.

Por fin llega su turno. El interrogador es un hombre cuyo rostro parece una máscara de cicatrices. Tiene un torso inmenso y piernas diminutas. Antes de interrogarla, le empapa la cabeza en un balde de agua de pimientos picantes.

Yunhe cierra los ojos y soporta. No confiesa nada. De vuelta en la celda, es testigo de la muerte de una compañera. El cuerpo es arrastrado afuera para alimento de los perros salvajes.

En su siguiente interrogatorio, Yunhe parece sufrir un ataque de nervios. Se ríe histéricamente y le chorrea saliva de la comisura de la boca.

• • •

Es mi día número quince en prisión. Me siento muy enferma, tengo mucha fiebre. Apelo a mi oficio y empiezo a representar el convincente papel de la ingenua. Canto óperas clásicas. Toda la ópera, del principio al fin. Lo hago para los guardias.

La luna de otoño muestra su redonda mitad sobre la montaña Omei.
Su pálida luz cae y fluye con el agua del río Pingchang.
Por la noche me voy de Chingchi, el del límpido arroyo, rumbo a
                                        [los tres cañones,
y me deslizo frente a Yuchow pensando en ti, a quien no puedo ver.

Los guardias me compadecen y empiezan a responder. Uno le dice a su supervisor que, en apariencia, nada tengo que ver con los comunistas.

Sí, señor, respondo en el interrogatorio. Me indujeron malas personas.

Le dicen, por fin, que la pueden liberar con una condición: debe firmar un papel denunciando al comunismo. Ella vacila, pero se convence de que debe hacerlo. Estoy simplemente tendiéndole un trampa al enemigo.

Nunca bajé la cabeza frente a un enemigo, dirá luego Madame Mao. Nunca deshonré al Partido Comunista. La verdad es que nunca admite que firmó ese papel. Sostiene esa versión el resto de su vida. Quienes dudan de su palabra terminan en la cárcel.

5

A sus camaradas, Yunhe les dice que su liberación de la cárcel fue pura suerte. Afirma que se debe a que no dejó ninguna prueba, a que, desde el principio hasta el fin del caso, la consideraron simplemente sospechosa. No tuvo que ver con mi fuerza de voluntad: podría haber confesado bajo tortura, pero mi compromiso con el comunismo me permitió salir victoriosa.

En el fondo, sabe que ha traicionado su juramento. Se justifica pensando que, viva, es más útil para el comunismo que como mártir.

Después de firmar el papel, la dejan en libertad. Los dos primeros días que pasa en su departamento, se revuelve en la cama toda la noche. Ve imágenes de perros atacando a sus compañeras de celda. Los gritos de la cámara de torturas la obsesionan. Pasada la medianoche, se levanta y junta todos sus libros y revistas. Baja las escaleras y los arroja a la basura. Durante el día evita las calles donde hay pegados volantes comunistas. Deja de comunicarse con amigos comunistas. Encuentra nuevamente acogedores los ruidos de la casa: el ruido de las peleas entre la pareja del departamento de al lado mantiene a raya sus pesadillas. El piano del chico vecino se convierte en música celestial. No le importa el olor a salsa de soja quemada de la cocina. Permanece todo el día en cama y sigue extrañando a Yu Qiwei.

Decido cambiar de nombre. Un nuevo nombre simboliza una nueva vida. Además, quiero que mi nombre revele mi carácter. Por otra parte, cambiarse el nombre está de moda en Shanghai. Ayuda a que reparen en uno. Algunas personas se cortan el último nombre para que tenga dos sílabas en lugar de las tres tradicionales. Se considera un acto de rebeldía, así los sonidos se destacan solos. Algunos nombres me sirvieron de inspiración, en especial los de escritores y actrices conocidos: Bing-xing, que quiere decir Corazón de Hielo, Xiao-yue, Luna Sonriente, y Hu-dee, Mariposa.

Me nombro Lan Ping. *Lan* significa Azul, mi color favorito, y *Ping* quiere decir Manzana y Dulzura. Azul está asociado con imágenes de cielo, tinta y mito, en tanto que Manzana evoca ideas de cosecha, madurez, naturaleza fructífera y también mi ciudad natal, Shan-dong, donde las manzanas son el producto central de exportación.

Luego de recuperarme de la prisión, empiezo a salir. Me vuelvo a conectar con viejos amigos en busca de ocasiones para actuar. Les digo que mi compromiso es ayudar al país. Una buena pieza teatral promueve la conciencia de la nación y eso es lo importante.

Pongo a prueba mi voluntad. Exhibo mi sonrisa más amplia. Para proteger mi vestido azul, uso un viejo abrigo. Así me siento en libertad de moverme en medio de los ómnibus atestados. Llevo el traje azul y me cambio antes de las reuniones. Me vuelvo a poner la chaqueta vieja al salir. Como mi estómago vacío a menudo cruje en medio de las reuniones, bebo mucha agua. Tengo que esconderme los pies: se hinchan a fuerza de caminar demasiado.

Pero los rechazos se suceden. Todos me dicen que soy buena, pero no me hacen ofertas. Muchas jóvenes en la misma situación ceden: se acuestan con los hombres astutos que se hacen pasar por directores o productores. Me digo una y otra vez que no puedo ceder.

En junio, la joven descubre que hay una audición para el papel protagónico de *Casa de muñecas* de Ibsen. El director es el señor Zhang Min, un maestro de teatro formado en Rusia. Lan Ping se entusiasma no bien se entera de la noticia. Ha leído la pieza de Ibsen muchas veces en la escuela y sabe de memoria la mayoría de los parlamentos de Nora. Aunque es consciente de que tiene muy pocas probabilidades de conseguir el papel, pues hay muchas buenas actrices, decide probar. Si no obtiene nada, por lo menos causará impresión y logrará conocer al director Zhang Min.

Se inscribe en la audición y empieza a preparar el papel. Invita a sus vecinas a que vengan a escucharla mientras su sopa se calienta. Dispone los banquitos de las mujeres para que se sienten y puedan escucharla mientras cortan arvejas y zanahorias.

El día de la audición se levanta temprano y se aplica un maquillaje ligero. Se siente confiada y a gusto. Llega primera al Club de las Artes donde se realizará la prueba, charla con el portero y averigua que ya ha habido tres días de audiciones.

La buena noticia es que el señor Zhang Min sigue buscando. El portero le guiña el ojo y junta las palmas deseándole buena suerte.

A las nueve de la mañana, el salón está lleno de mujeres jóvenes. Los asistentes del director entran y empiezan a poner mesas y sillas. Cuando el escenario está listo, aparece Zhang Min, quien ya parece aburrido. Ordena que la audición empiece de inmediato.

Mientras espera su turno, Lan Ping observa con cuidado al director. Es un hombre de voz suave que lleva una chaqueta de algodón negro y una boina francesa también negra. Sus ayudantes llaman a las aspirantes por su número y él las mira con rostro inexpresivo.

Las mujeres hacen cualquier cosa para superar el susto de subir a escena. Una joven respira hondo, en tanto que otras se masajean la garganta. Lan Ping espera con el corazón latiéndole a toda velocidad. No está tan nerviosa como creyó. Recuerda su estadía en la cárcel. ¿Qué puede ser más aterrador? Sonríe.

El señor Zhang Min advierte la diferencia. Con la barbilla apoyada en los pulgares se inclina hacia adelante y empieza a observar a la joven. Mantiene la misma pose del principio al fin de su actuación. No dice nada, a su término. Por la forma en que la mira, Lan Ping sabe que lo ha impresionado. Antes de que salga del salón, Zhang Min se incorpora y le hace señas con la mano. Quiero verla de nuevo en esa parte.

Vuelve a hacerla.

Él la observa. La interrumpe y le ordena: Diga la frase de esta manera. ¿Qué le parece dulcificar un poco el tono? "Oh Tovard, no soy tu hija". No se golpee el pecho, es demasiado caricaturesco. Permítase perder el ritmo. Retenga la tensión. Gire la cabeza hacia la ventana, luego hacia la puerta, ahora hable.

Sigue las indicaciones, improvisando al mismo tiempo. Lleva

una blusa azul sencilla, su cuerpo es alto y esbelto. Está llena de deseo pero al mismo tiempo es vulnerable. Los ayudantes susurran entre sí. Zhang Min no sonríe, no dice nada más. Una vez que Lan Ping ha terminado, el director envía a un asistente a decirle que espere en el camarín. El señor Zhang Min quisiera hablar con usted. Él ya está levantando sus cosas. No verá a nadie más por hoy.

Se encuentran y toman té. Las cosas van bien. Su intuición le dice que a él le gusta no sólo su interpretación sino su personalidad. Se siente halagada. Tiene una profunda comprensión de Nora, observa él. Extrañamente, en el fondo de su mente gira sin cesar una idea que en apariencia carece de importancia: es un hombre casado.

Después, mucho después, después de la pieza teatral, después del papel, después de que se le haya roto el corazón a causa de su próximo marido, ella prestará atención a esa idea y recurrirá a Zhang Min para refugiarse. Se mudará a su casa y será su amante. Pero en este momento es una profesional. Y va a interpretar a Nora.

Nora es una típica ama de casa occidental, madre de tres hijos, explica Zhang Min. Su marido y sus amigos creen que lleva una buena vida, está bien alimentada y vestida, le hacen regalos caros cuando cumple años.

Pero es como mi madre, interrumpe la joven. Su hombre no la considera una igual sino una compañera de cama.

¡Adelante, señorita Lan Ping! Adelante.

No le permiten tomar decisiones sobre la casa, sobre sus hijos o sobre sus propias actividades. Es un pájaro con las alas cortadas, metida dentro de una jaula invisible. Es una concubina, una calienta pies y una esclava. Es una prisionera. Yo estuve presa. Sé lo que es estar prisionera.

El director la alienta. Descríbame sus antecedentes. Ella entra en el papel. Describe a su padre, su alcoholismo y su violencia, y luego a su madre, la esclava. Se describe a sí misma, cómo escapó y creció en medio de penurias. El director la escucha con atención, se olvida de beber su té. Más adelante, le dirá que su interpretación era exactamente lo que buscaba. Se enamora de ella y podría besarla en ese mismo momento. Usted es la Nora perfecta. La obra va a levantar vuelo gracias a usted.

• • •

57

Luego conoce al coprotagonista, el señor Zhao Dan, la maldición de toda su vida, el rey de la escena y la pantalla chinas. Dan interpreta a su marido, Tovard. Lan Ping apenas puede creer en su suerte. Recuerda la sensación que tuvo cuando le presentaron a Dan por primera vez: admiración reverencial. El apretón de manos la hace temblar. Es incapaz de ocultar su nerviosismo.

El hombre alto y apuesto de ojos penetrantes inclina la cabeza al conocerla. Pronto ella averigua que sólo la considera una actriz provinciana.

La señorita Lan Ping es de izquierda. Cuando Zhang Min le comenta eso al actor, la muchacha se siente deprimida.

Soy nueva pero no carezco de talento, dice, sin dirigirse a nadie en particular.

¿Quiere un caramelo? —grita el actor—. ¿Quién quiere un caramelo?

Trabajan catorce horas por día y el teatro se convierte en su hogar. A veces duermen entre bambalinas. Forman una buena pareja cuando están sobre el escenario. Pero ya hay tensión entre ellos. Lo que molesta a Dan es la osadía de Lan Ping, que se considere su par; también, la forma en que usa su nueva condición y su vinculación con él para jactarse frente a otros. No puede soportar su exaltación.

Ella empieza a exponerse a su fuego. No puede evitar sentirse atraída por él, primero por su genio, viéndolo como mentor y maestro, luego por él como hombre. Más adelante dirá que era propio de su naturaleza conquistar lo inconquistable: la atraía el desafío, no el hombre.

Es la compañera y la admiradora de Dan. Él la impulsa a concentrarse en su propio personaje. Pero ella se confunde, confunde la relación escénica con una relación real. Todo es tan nuevo y excitante que se pierde.

Más tarde queda claro que él no la valora a ella tanto como ella a él. No le presta atención aunque juntos hagan escenas íntimas. Él es su propia inspiración y ella un mero decorado, un objeto fuera de cámara al que toma como amante, al que le habla de amor.

No sé por qué empiezo a sentirme herida. Dan no quiere tener nada que ver conmigo después del trabajo. No quiere que conversemos sobre mi personaje. En cambio, le hace sugerencias a Zhang Min acerca de mi papel. Fuera de lo que dice el texto teatral, no tiene interés en oír mis opiniones. Está rodeado de amigos influyentes que vienen después del espectáculo y, por lo general, salen a tomar té y a comer algo. Yo manifiesto que estoy disponible, pero nunca me invitan. Lo cual demuestra que a Dan le parezco una mala elección para Nora. Lo veo en su arrogancia y en la forma en que empieza a faltar a los ensayos. No quiere ser mi Tovard. No estoy segura de que haya hablado con Zhang Min sobre un eventual reemplazo. De lo que sí estoy segura es de que si no fuera por Zhang Min, ya me habría reemplazado.

Dan es un seductor. Le gusta jugar con Lan Ping usando las palabras de Tovard. Retiene su mano entre las de él, aprieta el cuerpo de la joven contra el suyo mientras actúan. Inventa excusas para que ella entre en su camarín, se pega a su cuerpo. Vamos, caramba, es un perfecto día de primavera, se justifica.

La ligereza de Dan la atormenta. Nada la lastima más que sus chistes sobre los momentos en que sus intensos esfuerzos en escena hacen que se vea torpe.

Su relación con Dan le revela su destino. Comprende que no podrá huir de Dan ni de los hombres como él. Después lo ve seguir su vida, abandonándola a ella como pareja escénica y formando otra con Bai Yang, su rival.

Con todo, no puede perdonar a Dan, quien no ha pronunciado una sola palabra de alabanza respecto de ella. Esa sonrisa infantil en su rostro cada vez que la saluda... Por ello, en el futuro Dan pagará con su vida.

Madame Mao cree que uno debe cosechar sus propias deudas.

Rechazo a Dan. Exijo que se comporte con seriedad. Aunque nada parece mal en la superficie, hay una corriente subterránea, un resentimiento no hablado. Una día, al siguiente de sacármelo de encima, menciona a una joven. Estoy enamorado —me confía—. Se llama Lucy. Lucy Ye. Pienso casarme con ella. Es actriz, también. Una persona tierna, a diferencia de ti.

Demasiado a menudo interpone a Lucy entre nosotros, como si el mencionarla lo protegiera de sentirse atraído por mí.

· · ·

Tal vez la verdad sea ésa, que habla a Lan Ping con su propia voz y la muchacha no lo sabe. Quiere devorarse a Dan. No ha estado con un hombre desde que llegó a Shanghai. Su ansias de cariño son terribles, pero no puede evitar este insensato amor por él.

Cuando a Dan le piden que haga algún comentario sobre Lan Ping como pareja escénica, dice: No, ningún comentario; en serio. Se lo dice a todos los periodistas, críticos y amigos. Se encoge de hombros. Realmente, no tengo nada que decir. Lastima a Lan Ping de manera incurable.

Sin embargo, por debajo de todo ello, en medio de su resentimiento y su estrés, ella nunca tendrá la sensación de que es un asunto terminado: nunca dejará de desear a Dan.

En las semanas previas al estreno, me entrego con alma y vida al papel. Siento al personaje, siento la trascendencia de la historia para nuestra época. Como Dan no me invita a salir, lo hago con otros miembros secundarios del elenco. Les comento cómo me siento ante lo que estamos haciendo. Me descubro emocionada, hablando en voz alta. ¡Brindemos por el espectáculo!

Una noche, se encuentra en el grupo un dramaturgo. Dice que debería considerarme muy afortunada. Señala que, si no fuera por Dan, nadie iría al teatro: a nadie le interesa verme a mí. Me siento terriblemente ofendida. Pego un salto en la silla. ¿Quién es usted para decirme semejante cosa?

Me hago de enemigos. No puedo evitarlo. Después de la pelea, algunos amigos me dicen que lisa y llanamente debería haber ignorado a ese estúpido. ¡Pero sus palabras me han herido! Mis amigos insisten: Te lo tomas demasiado a pecho. Eran las palabras de un borracho. No tienen ninguna importancia. Pero yo no estoy de acuerdo con ellos. Creo que era su verdadera opinión. Está influido por Dan.

En escena, Lan Ping expresa su eterna desesperación. Las palabras de Nora salen de sus labios como si fueran suyas. "He vivido haciendo trampas, Torvald, y no lo aguanto más."

La noche del estreno, el teatro está repleto. En la terraza se amontonan canastas de flores de un metro y medio de altura, enviadas por amigos y socios. No queda una sola butaca. Los asientos plegables —bancos sin respaldo— se venden al mismo precio que las demás localidades. Los retratos de Dan y Lan Ping aparecen pintados en carteles del tamaño de la pared a cada lado del teatro. Los ojos de ambos están sombreados con pintura azul oscura. Lan Ping lleva un vestido de satén negro. Los personajes están en una pose dramática, parados pecho contra pecho y con los labios a medio centímetro de distancia.

La multitud está hechizada. Aunque la mayoría son admiradores de Dan, Lan Ping los toma por sorpresa. Mientras ella recupera el aliento en la sala de maquillaje durante el intervalo, Zhang Min entra corriendo. Le da un cariñoso abrazo sin decir palabra. Sabe que está orgulloso de ella, sabe que ha tenido éxito.

Esta Nora tiene una boca comunista —brama un diario—. *Ataca y muerde la carne misma de nuestro gobierno. La Nora de Lan Ping habla con la voz del pueblo. El público se identifica con ella. Lo que oímos en los parlamentos de Nora es un mensaje político. El pueblo chino está harto del papel que lo obligan a representar. Está harto de su gobierno incompetente, de la cabeza del Estado, Chiang Kai-shek, y de sí mismo como la obediente, discreta y maternal Nora.*

Es lo que siempre ha querido de su vida: ser capaz de inspirar a los demás. Es lo que hicieron, en su caso personal, las óperas que vio de pequeña. Ahora finalmente, lo ha conseguido. La novedad de la fama sigue fermentando. Está encantada de que la reconozcan cuando camina por la calle.

Le gustan las entrevistas, aunque los grandes diarios todavía no se interesan en ella. Hacen notas sobre Dan. Ella no cede. Está decidida a convertirse en su igual en todo sentido. Ofrece notas a los diarios más pequeños y acepta invitaciones para hablar en escuelas. Le encanta posar para fotos. Adora las luces, el ruido de las cámaras.

En escena son amantes. Ella se sienta en su falda. Él le retribuye su cariño. Ella se esfuerza todo lo posible por ocultar sus sentimientos hacia él. Se va del teatro de prisa, fingiendo que corre a un compromiso. Intenta huir de su soledad. Sólo mirar a Dan le parte el corazón. Desde el estreno de la pieza, Lucy Ye ha venido todas las noches a ver a Dan. Se besuquean entre una escena y otra. La puerta del camarín de Dan siempre está cerrada.

Ella trata de dominarse, trata de superar a Dan. Lo invita con Lucy a tomar el té, para discutir la forma de mejorar su trabajo. Lo hace para que su corazón acepte la realidad. Para enterrar su amor. Cómete a ti misma. Se sienta frente a la pareja y habla con seriedad. Se centra en los papeles, expresa sus opiniones. Se inclina para tomar té mientras siente que se le llenan los ojos de lágrimas.

"Me voy de esta casa que me sofoca y sobreviviré. ¡Ya verás, Torvald!", grita en escena.

En ese preciso instante su destino responde. En ese momento, un hombre llamado Tang Nah aparece ante sus ojos. Hace que ella lo vea. Nada extraordinario, al principio. Él va definiendo sus contornos como una placa fotográfica en un cuarto oscuro. Segundo a segundo, la textura se vuelve más densa. Ahora es nítida.

Se halla entre los críticos que asisten a la función la noche del estreno. Vestido a la moda, lleva un elegante traje occidental blanco y zapatos de cuero del mismo color, con un sombrero que hace juego. Viene a encontrarse con su destino, la mujer por la cual, en el futuro inmediato, intentará matarse dos veces.

Tang Nah es un liberal. Un típico burgués de Shanghai. De aspecto elegante, más alto que la mayoría, tiene ojos de un solo párpado, larga nariz recta y boca sensual. Es culto y experto en literatura occidental. Entre sus novelas favoritas se cuenta *El amante de Lady Chatterley*. Bebe té y habla inglés en las fiestas, frente a lindas mujeres. La noche del estreno, su rostro está cuidadosamente afeitado y tiene el cabello peinado hacia atrás. Se lo ve de excelente humor. Entra en el teatro y avanza hacia su butaca, hacia la red de la pasión. Más adelante lo criticarán por tener una mente poco realista, por su necesidad de vivir en un mundo de fantasía y por ser un hombre débil que deja que las emociones manejen su vida. Pero ya está atrapado en la fantasía cuando entra en el espacio oscuro donde ella aparecerá como una ilusión.

Ya está atrapado en la fantasía esa primera noche y desde esa primera mirada, ya nada es real. El maquillaje de ella, su cabello, sus ropas, la pequeña casa artificial. Es la fantasía misma. Ella es su Lady Chatterley.

Todas las noches, la muchacha confía en que su papel la llevará lejos.

Lan Ping-Nora se reclina contra el pecho de Dan, contra el hombre al que veinticinco años más tarde hará meter en la cárcel por haberla rechazado. Pero ahora percibe los latidos de su corazón, el calor de su cuerpo, y se siente extrañamente enamorada, tocada por su propia pasión. El personaje enuncia sus parlamentos. Se desprende de Dan. Él la aferra. Ella lucha, lo empuja, dándole ocasión de domarla. Él vuelve, cerrando sus brazos tras ella, doblándola hacia el piso. Hacen una pose final. El cabello de ella cae hacia atrás, sus pechos apretados contra Dan. Ve el sudor de él que le derrite el maquillaje y siente su aliento que choca contra sus labios.

Casa de muñecas es el tema de conversación de todo Shanghai. El tema de conversación de 1935. Lan Ping cabalga sobre su fama y empieza a avanzar hacia la industria cinematográfica. Sin embargo no se siente bienvenida. Se trata de otro círculo y de otra banda. Comprende que para entrar en ellos tiene que comenzar desde el casillero número uno. Durante el día busca oportunidades en el cine, por la noche sigue interpretando a Nora. Su público crece y el gobierno se siente amenazado por el impacto político de la pieza. Un mes más tarde, el Ministerio de Censura ordena a Zhang Min que elimine el elemento político del espectáculo. Cuando él se pone al frente de la compañía en un acto de protesta, el gobierno levanta la pieza.

La compañía publica una carta criticando al gobierno. La firma de Lan Ping figura en primer lugar. Con la misma pasión, con el mismo tono y la misma voz que usa sobre el escenario, habla por radio y en manifestaciones. Con tono apasionado, llama "Torvald" al gobierno.

Tang Nah y yo nos conocemos una noche signada por el destino. Es el plato que a los dos se nos debe servir.

Voy camino al Estudio Cinematográfico Shanghai. No hace

mucho, el estudio se arriesgó y me contrataron. Es un contrato pequeño y en términos de negocios sigo sola, pero me siento mejor por estar bajo el ala de ellos. Los pequeños papeles que consigo me los debo ganar. No me duermo en los laureles. En este negocio, las actrices se rifan. Es una tradición que ciertos hombres de la ciudad "se hagan cargo" de la nueva chica del grupo. Son hombres poderosos. Los magnates de la industria. Se me acercan para tomar café y té. Definitivamente, usted tiene potencial de estrella, dicen. Su aliento apesta. Por qué no viene conmigo a casa para que le presente a...

Ella toma té y café con hombres poderosos. Se maquilla para ellos. Siempre se las arregla para irse a último momento. Conoce a muchas chicas que no lo hicieron. Se quedaron encerradas detrás de la puerta y perdieron su alma para siempre. Lan Ping cree que puede aprovechar el impulso de *Casa de muñecas*. Pero por debajo de su sonrisa se encuentra sola y deprimida. Su dulce voz a menudo está fuera de lugar. Tiene un matiz de miedo. Sufre pesadillas en las que el suelo se abre y se la traga silenciosamente.

Sumida en el miedo, conoce a Tang Nah. Se acerca a ella en una calle ruidosa, al anochecer. Le sonríe, se detiene, se saca el cigarrillo de los labios y se presenta.

El sol acaba de ponerse. Nubes rojas cubren el cielo. Estoy de un humor horrible. Pero el hombre que se halla frente a mí es un periodista famoso. Miembro del gran diario *Dagongbao*. No puedo permitirme ser grosera. Le tiendo la mano.

Perdón, no puedo recordar... ¿Nos conocemos?

Nos presentó Dan, ¿recuerda?

Oh, sí, es cierto, ahora me acuerdo. El señor Tang Nah. Leí sus comentarios. Son excelentes.

Él asiente. Echo de menos a Nora.

Gracias. Por algún motivo empieza a picarme la nariz. Rápidamente miro hacia el piso y digo: Es muy amable de su parte decir eso.

No, por favor, responde. No quiero que lo tome sólo como un cumplido. Usted es muy buena actriz.

Me dice que vio el espectáculo por lo menos ocho veces. Imita mis movimientos escénicos, se da vuelta y da un par de pasos: es la escena en la que entro.

Me levanta el ánimo. No puedo evitar la risa. Es divertido.

Una vez su vestido de satén se enganchó en un decorado, dice, moviendo animadamente las manos. ¿Recuerda? ¿No? De todos modos, me puse nervioso por usted. Pero usted transformó el accidente en parte del argumento. Oh, me impresionó tanto. He visto mucho teatro en mi vida y nunca vi a nadie como usted.

Me descubro escuchándolo. Yo también extraño a Nora, respondo.

Hace mucho que deseaba conocerla personalmente, prosigue. Más de una vez fui a la salida de artistas para alcanzar a verla después de la función.

Muchos años más tarde, Madame Mao revive el momento en sueños. Los amantes están parados en una callejuela iluminada por una hilera de casas de comida. Sopa de tofu, repollo dulce y amargo, castañas de agua, sopa de sangre de pato con fideos de arroz. Recuerda con claridad que había un chico que vendía nueces de gingko en la esquina. Las tuesta en un wok sobre un calentador portátil. Las llamas se reflejan en el pecho de él. Es como si el chico tuviera los brazos llenos de luz.

Así empiezan. Al principio, sólo un paseo. Él la va a buscar y la lleva a lugares en donde nunca ha estado. Con un cigarrillo entre los dedos, despliega su saber. Por un lado es cariñoso, entusiasta y modesto; por el otro, se lo ve arrogante y obstinado: en eso basa su fama como crítico.

Son distintos, casi opuestos en carácter. A ella, Tang Nah le resulta estimulante y su conocimiento del inglés la fascina. Es un mundo nuevo que está ansiosa por descubrir. Le encanta su actitud liberal, muy diferente de la de Yu Qiwei. Si Yu Qiwei le aportó el espíritu de aventura, Tang Nah cultiva un espíritu de cultura. Si Yu Qiwei abrió su carácter y lo modeló, Tang Nah la abraza y se pierde en el papel de ella. Si Yu Qiwei es el hombre de la calma y la voluntad, Tang Nah es el hombre de la sensibilidad y la pasión pura. Para Yu Qiwei, ella era una estrella de su universo; para Tang Nah, *es* el universo entero.

• • •

Tang Nah es como un viejo caballo que sabe andar por Shanghai. Dentro de su círculo todos admiran a Occidente y detestan a los japoneses. A menudo se oyen canciones en medio de las fiestas de Tang Nah. La gente compite para que su voz llegue lo más alto posible. Los compositores escriben notas en servilletas y los músicos tocan la melodía. Los dramaturgos construyen sus escenas entre brindis y brindis y los actores las representan ahí mismo. Unos días más tarde, la canción estará en la radio y la escena en un filme.

Estoy conociendo a los amigos íntimos de Tang Nah, el director cinematográfico Junli y su esposa Cheng, escritora. Junli es el más talentoso de ellos, tiene poco menos de treinta años y está ganando popularidad con sus nuevos filmes. Es un hombre de cabellos finos y aspecto peculiar. Considera a Tang Nah un romántico puro. La forma de vivir de Tang Nah me da ideas para mis filmes, dice. Si lo hubiera comprendido, no habría tomado las palabras de Junli como un cumplido: Tang Nah vive para el drama y eso lo conduce al desastre.

En ese momento, lo que sus amigos dicen acerca de Tang Nah me impresiona. Nunca pienso que su apasionamiento puede ser negativo o siquiera perjudicial, como luego resulta ser. Los amigos de Tang Nah no viven con él, de manera que no entienden. No distingue los filmes de la realidad ni quiere hacerlo. Es extraordinariamente bueno con sus amigos. Ha hecho comentarios sobre la obra de Junli y se ofrece para ser su agente de prensa.

No conozco con certeza qué comentarios acerca de mí le hace Tang Nah a Junli. Dice que es un secreto entre hombres. Estoy segura de que le ha mostrado sus críticas sobre mi actuación. Estoy segura de que Junli ha visto *Casa de muñecas*, pero nunca manifiesta qué impresión le he causado. Parece que no está seguro de mí, de mi relación con Tang Nah. Nos observa y nos estudia como si fuéramos personajes de sus filmes. Probablemente piensa que avanzo demasiado rápido con él, aunque también puede tener dudas con respecto a Tang Nah. Por ser su mejor amigo, debe saber cómo actúa con las mujeres. Debe percibir que terminaremos mal. Pero Junli nunca me da un consejo o me hace una advertencia, Tang Nah le importa demasiado como para traicionarlo.

Sin embargo, yo lo percibo. La coincidencia que se dio entre Zhang Min y yo no se produce con Junli. Es una pena. No puedo forzar el cariño de un director. Si no fuera la novia de Tang Nah, Junli tal vez me vería bajo una luz diferente. Pero Tang Nah no permitió que eso ocurriera. Conocí a Junli en mi calidad de la última mujer de Tang Nah: el daño ya estaba hecho.

Sin embargo, espero que gracias a la intervención de Tang Nah, Junli me ofrezca un papel en alguna de sus películas, o que me recomiende a sus colegas como una buena actriz. Estoy ansiosa por lograr que mi carrera vuelva a ponerse en marcha. Ya tengo veintiún años.

Tang Nah dice: tengo veinticinco años y creo que disfrutar de la vida es lo más importante de todo.

Pero yo me pregunto: ¿cómo es posible disfrutar a fondo de la vida si uno no está haciendo lo que desea?

Tang Nah cree que Lan Ping puede mejorar y confía en que podrá transformarla. Cree que puede ser una diosa.

Le explica en qué consiste ser una mujer moderna, qué sentido tiene cultivarse. Ésa es la diferencia entre los chinos de Shanghai y todos los demás. De eso proviene la confianza en ellas mismas y la elegancia de las mujeres de Shanghai. Comparados con los habitantes del interior, los de Shanghai tienen una actitud mucho más equilibrada frente a la vida. Por ejemplo, admiran la cultura de los extranjeros pero nunca los adulan. Le hace notar a Lan Ping que hasta los conductores de rickshaw, la clase más baja de Shanghai, son capaces de introducir frases en inglés dentro de su dialecto. El humo es lo que hace sabroso al jamón. ¿Entiende lo que quiero decir, señorita Lan Ping?

Él guía y ella lo sigue. Le enseña a leer la versión inglesa de *Casa de muñecas*. Como Lan Ping ya conoce la traducción, le parece que le resultará más fácil y más interesante. Ella repite tras él. Pero no puede liberarse de su acento, ese acento rígido de Shan-dong. Tang Nah se esfuerza al máximo, pero ella sigue pronunciando la X como *ai-co-sih* y la V como *wei*. Tang Nah se siente frustrado, pero lo intenta en todas las formas posibles y a Lan Ping le divierte su actitud. Él le ruega que se lo tome en serio, pero ella le dice que es como enseñar a un perro a que persiga a un ratón.

Todas las noches va a la casa de él a aprender inglés. Vive en un departamento de dos habitaciones en un lindo barrio. Es un hombre prolijo y tiene plantas en la ventana. En su cuarto hay cuadros con caligrafía, todos regalo de maestros famosos. Ella se aburre al cabo de unas líneas y él la besa pidiéndole que aguante un poco más. Ella juega con él como una nena traviesa y él pierde la concentración y abandona. Le toma un examen de pronunciación. Siempre empieza con L-O-V-E (amor) y ella siempre dice L-O-Wei-E. Él se ríe, y se muerde el labio inferior para mostrarle el sonido de la V. Ella se muerde el labio inferior, pero cuando empieza la prueba, sigue diciendo L-O-Wei-E. Él se rasca la cabeza, se recuesta sobre ella, le pone la boca entre los labios y le pide que se la muerda cuando diga V.

Es un buen amante, no siempre impaciente por poseerla. La saca a pasear y trata de que se relaje. La lleva a galerías, tiendas de antigüedades, librerías, conciertos y lecturas de poesía. Miran sus reflejos cuando pasan por las vidrieras. Forman una linda pareja. Ambos altos y delgados.

Lan Ping valora que nunca se ría de sus errores. Sabe que a veces finge ser más inteligente de lo que es. Valora que él haga una excepción a su conducta y se haga el desentendido cuando le miente por vergüenza. Tang Nah critica a los demás pero nunca a Lan Ping. Nunca dice: qué barbaridad que ni siquiera sepas quién es Su Dong-po. Le explica pacientemente que Su es un famoso poeta de la antigüedad y luego le lee sus poemas. Después compra entradas para visitar la casa natal de Su Dong-po y le espeta una conferencia mientras se encaminan hacia allí.

Los acantilados blancos se alejan en el horizonte mientras el río Yangzi avanza hacia el este por debajo de ellos. Alrededor de los acantilados corre una estrecha senda para subir. El panorama me deja sin aliento. Abajo de todo hay un botecito de madera de un pescador, en alquiler. Cuando nos sentamos en él miramos hacia arriba, los acantilados parecen devolverme el aliento. El cielo es magnífico: claro y azul. A mediodía llegamos a la cima del acantilado. Al mirar hacia abajo el bote se ve más pequeño que una hormiga. La comparación entre lo grande y lo pequeño me permite captar el alcance y la profundidad de la vida.

Así me enamoro de Tang Nah. Empiezo a ver todo a través de

sus ojos. Un nuevo mundo que empieza con la historia de Su Dong-po. Tang Nah hace un paralelo entre el choque de Su con la antigua corte y nuestro gobierno actual. La forma en que forzaron a levantar *Casa de muñecas*. La forma en que me sacaron mi papel.

Un grupo de funcionarios de la corte hizo saber al emperador que el poeta les desagradaba, explica Tang Nah. Lo informaron de que habían descubierto faltas de respeto y provocaciones en los versos de Su. Aprovechando las dudas del emperador, Su fue sentenciado al exilio de por vida. El poeta debe separarse de su familia para siempre. Lo arrancan de su ciudad natal forzándolo a emprender un largo y amargo viaje hacia el desierto occidental. Imagínate lo que fue enfrentar los incesantes interrogatorios y torturas de los verdugos locales. Imagínate a todos sus amigos apartándose de él por miedo al gobierno.

Ningún dolor puede ser mayor que el aislamiento y la soledad del corazón, prosigue Tang Nah. Sin embargo, en medio de semejante soledad, el poeta se mantuvo vivo gracias su propio espíritu. Entonces concibió la idea de los grandes versos de *Escribiendo sobre la pared roja*. Surgieron de la desesperación. Se produjeron en medio de pensamientos suicidas.

La joven mira a Tang Nah con reverencia cuando él le explica su concepción de la madurez.

Es como el resplandor del sol, pero no tan brillante e hiriente para los ojos. Es un sonido agradable y resonante, pero no almibarado. Es una especie de comodidad. No exige que prestemos atención. Ya no hay necesidad de complacer. Es el punto en el cual uno ya no pide la comprensión del otro. Es una sonrisa que todo lo perdona. Es la paz, la distancia del mundo material. Es una altura que no hace falta trepar para alcanzarla. Es el momento en que la masa de la pasión está lista para ser cocida, cuando el sonido estridente del viento de la montaña da paso a un quejido suave y los arroyos se reúnen en un lago.

Una noche, estamos paseando después de haber cenado en un restaurante local, cuando de pronto se oyen ruidos. A una cuadra, en una calle lateral, alguien pide ayuda. Cuando nos acercamos, vemos a un ruso de anchos hombros golpeando a un delgado conductor de rickshaw. El ruso se queja de que el hombre le pidió una tarifa muy alta. Hay una multitud, pero nadie sale en defensa del hombre del rickshaw.

Observamos un rato. Tang Nah se molesta. ¿Por qué no hablan y llegan a un precio razonable? Tang Nah se dirige al ruso y le exige que deje de golpear al hombre del rickshaw.

El ruso dice: ¡Salga de aquí!

No, responde Tang Nah. Si no paga no me voy.

Me preocupa que el ruso se dé vuelta y le pegue a Tang Nah. Era lo que evidentemente iba a hacer, pero Tang Nah se mantiene firme. En ese momento siento que lo amo. Un héroe perfecto.

El hombre del rickshaw no puede hablar con claridad. Le sangra la boca. El ruso habla inglés. Insiste en irse sin pagar.

¿Qué le parece cinco yuans? Tang Nah levanta la voz. Conozco la zona. La distancia entre el principio y el fin del viaje costaría por lo menos ocho yuans. Seamos justos.

Un centavo, ofrece el ruso con tono insultante. Arroja el centavo al suelo.

De pronto el hombre del rickshaw se pone se pie y salta sobre el ruso. Con la ayuda de la multitud, Tang Nah y yo los separamos y llevamos a los dos a la comisaría más cercana.

Suponemos que allí se hará justicia al hombre del rickshaw, pero nos llevamos una desilusión. ¿Quién le da derecho a violar los derechos de un extranjero?, le grita el jefe de policía a Tang Nah. Podría ser un inversor, y tenemos que hacer todo lo posible para que se sienta como en su casa.

¿Usted es chino?, grita Tang Nah. ¡Su obligación es ayudar a otro chino cuando lo tratan mal! Tang Nah tiembla de la cabeza a los pies cuando el jefe de policía libera al ruso y multa al hombre del rickshaw.

Durante largo rato, Tang Nah no puede hablar.

Seguimos nuestro paseo. Pero nuestro estado de ánimo ha cambiado por completo. El olor de las gardenias ya no es dulce y la noche ha dejado de ser tranquilizante.

Tiene que haber una revolución, murmura finalmente Tang Nah. El gobierno de Chiang Kai-shek es totalmente corrupto. Hay que derrocarlo, o la China no tiene esperanza. Voy a contar este incidente en una pieza y tú vas a ser la actriz.

De pronto nos detenemos. Nos abrazamos y nos besamos apasionadamente en mitad de la calle, en mitad de la noche y en mitad del dolor.

Creo que estoy lista. He terminado con Yu Qiwei y todo ese lío. Estoy empezando una nueva relación con un hombre al que adoro. Sin embargo, tengo miedo. No puedo avanzar. Siento esa vocecita en el fondo de mi mente que, con tono aterrorizado, me advierte que estoy a punto de lastimarme.

Me refugio en brazos de Tang Nah. Le pido que me abrace fuerte, más fuerte, le pido que me convenza.

¿De qué tienes miedo? Él se echa a llorar, no puede soportar mi dolor. Nunca más te van a lastimar, te lo prometo.

¡Soy una revolucionaria! La extraña frase escapa de mi boca. Mi voz es contundente, como si fuera una advertencia.

Tang Nah no responde, está confundido.

Yo también. Es extraño. No tengo explicación. Tiene que haber un motivo. Ya deben de estar acumulándose tensiones. Las tensiones que nos separarán tanto como nos reúnen. Hablo para no dejarme tentar, para negarme. Estoy segura de que esta vez todo andará bien. Mis sentidos tratan de decirme que hay un desajuste, una brecha entre nosotros que es imposible llenar. Ocurre justo en ese momento, justo en medio de la novedad. Pero de nada sirve. Nadie puede escapar al destino: debemos unirnos para compartir esta senda, para compartir la visión del chico de las nueces de gingko y sus brazos llenos de luz.

Algunos días después del incidente con el ruso, firmamos el contrato de alquiler de un departamento en el norte de Shanghai. Nos mudamos y empezamos a vivir juntos.

6

Ella no recuerda cómo empezaron los problemas. Surgieron de a poco, se acumularon sobre ellos y, de pronto, ahí estaban. Supone que la personalidad de ambos es demasiado ardiente y fue eso lo que empezó a derretir su relación. Pelean por cosas que parecen no tener ningún sentido pero que lo son todo. Cuentas, empleos, costumbres, diferencias de opinión. Ella sabe que hay otro motivo: no consigue ofertas del estudio cinematográfico y las conexiones de Tang Nah no la ayudan. La frustra que él, no sólo no la ayude a solucionar sus problemas, sino que no se los tome en serio.

Siempre podrás sobrevivir haciendo otra cosa, le sugiere. Ser secretaria o enfermera, por ejemplo.

Ella se siente como un pavo real al que meten en la jaula de las gallinas. Trata de no discutir, trata de comprender que Tang Nah tiene sus propios problemas y necesita apoyo. Debido a sus opiniones radicales, desde hace poco su diario se ha convertido en blanco del gobierno. Como resultado, Tang Nah fue despedido como periodista estrella del diario. Al principio se sintió orgulloso de haber defendido sus opiniones, pero hasta ahora su búsqueda de trabajo no ha tenido éxito. Ella intenta apoyarlo, pero él finge no estar preocupado y se la saca de encima.

Tang Nah se hunde en la desesperación delante de mis propios ojos. Nadie lo contrata y se está quedando sin dinero. Se grita a sí mismo. Y sin embargo, sigue yendo a restaurantes: no sabe vivir si no es a lo grande. Pide dinero prestado para comprarme regalos.

Tiene que sentirse rico y competente. Sigue dando grandes fiestas para agasajar a sus amigos.

Me asusta que contraigamos deudas, me asusta el deseo de Tang Nah de seguir gastando. Saco dinero de nuestra cuenta conjunta y escondo mis ahorros. Un día lo descubre y me acusa de traicionar nuestro amor.

Hace dos días que no nos hablamos. Me siento culpable y trato de compensarlo preparando la cena. Hago su comida favorita, arrolladitos primavera. Los hago con cuidado, asegurándome de que cada arrolladito tenga un perfecto tono dorado.

Él está tirado en la cama, mirando el techo y fumando.

La cena está lista, anuncio.

Sale de la cama y viene a la mesa.

Le sirvo, poniendo un par de palillos, una servilleta y una escudilla de vinagre frente a él.

Aparta los platos y empieza a hablar con voz extraña. Vivir pendiente de la fama es enemigo de la felicidad. No hay nada peor. Estás perdiendo tus buenas cualidades. Te dejas influir por lo peor de Shanghai, te quedaste con lo superficial. Me preocupas. Te estás destruyendo. No puedes verlo debido a tu escasa educación. Me das lástima y lo lamento por ti. Te haces la inteligente en las pequeñas situaciones pero pierdes las grandes batallas; estás perdiendo. Es como taparte los oídos cuando robas una campana: crees que nadie te va a oír. ¿Sabes en qué te estás convirtiendo? En una filistea. Sí, en eso te has convertido.

Ella trata de ignorarlo. Se mete un arrolladito en la boca y mastica groseramente. Trata de pensar que está proyectando en ella su propia frustración pero no es que la quiera lastimar. No tiene nadie más en quien depositar su rabia. Su deber es estar allí para él. Es hora de demostrarle su amor. La necesita para descargar su basura interior. Eso es lo que debe hacer por él.

Aguanta hasta que llega al límite.

Él prosigue. Empiezo a creer lo que dicen mis amigos de ti. Vienes de un lugar pequeño. Estoy tratando de que una semilla seca dé flor.

En ese punto, la rabia de ella explota. El impacto la deja sin aliento. Eres mi amante, dice, apuntándolo con el dedo mientras las lágrimas le corren por la cara. Puedo soportar los rumores desagradables, los chismes insultantes y las críticas mezquinas; puedo sostener un cielo que se derrumba, pero no tus palabras.

La lastima demasiado seguir hablando. Toma el plato de arrolladitos y se va al baño, los arroja por el inodoro y tira la cadena. Después se encierra y se echa a llorar.

Él viene, golpea y le ruega que abra. Todo se debe a mi frustración. Te pido disculpas. Tengo miedo, tengo miedo de que te desilusiones y me dejes.

A medianoche, ella abre la puerta del baño y sale. Le dice que no puede quedarse más con él, es incapaz de borrar de su cabeza lo que le ha dicho.

Él la mira mientras hace la valija. Saca sus chaquetas, sus pantalones y zapatos, el cepillo de dientes y las toallas. Tiene una pequeña valija y no hay mucho que guardar.

¿Así es como me castigas?, pregunta él con amargura. Sabes que no tengo fuerzas para resistirme a ti. Todos mis amigos lo predijeron, pero nadie puede convencerme de que no te ame. Pensé que me querías, pero... no le das a nuestro amor una segunda oportunidad. No. Él se derrumba.

Ella nunca ha visto llorar así a un hombre: todo su cuerpo tiembla como cañas sacudidas por la tormenta. Deja de hacer la valija.

Al cabo de un largo rato, él deja de llorar. Se pone de pie, va a la puerta y la abre. No te preocupes por mí. Vete.

La habitación está en silencio. El tanque de agua del baño se ha llenado.

Ella se pone de pie, va hasta la puerta y la cierra. Después, lo mira y espera.

Ping, dice él

Ella extiende los brazos.

Es una noche de lágrimas y promesas. Juramos no dejar que nada interfiera nunca en nuestro amor. Al día siguiente él vuelve a tener confianza. Sale a buscar trabajo y vuelve con flores en la mano. No hay ninguna buena noticia, querida, pero el amor es la mejor noticia, ¿no es verdad?

Sonrío y lo abrazo. Le cuento mis propias novedades: no he conseguido ningún papel pero sí un trabajo de tiempo parcial como asistente de producción.

Los días pasan, las semanas y los meses. Sigue sin haber buenas noticias para Tang Nah. Para evitar la vergüenza, se queda fuera de casa hasta tarde. Vuelve borracho y no se levanta hasta mediodía. Se la pasa de fiesta en fiesta con sus amigos.

El mundo apesta, me dice. Apesta en todo sentido.

Dan y Junli siguen protegiendo a Tang Nah, escuchándolo con placer. No lo presionan y él se apoya en ellos. Hasta habla con entusiasmo del nuevo papel de Dan y del nuevo filme de Junli como si se tratara de su propio éxito.

¿Y tú, qué?, le pregunto. Mi tono es estridente y no pretendo ocultar mi desilusión.

Sus fiestas y sus amigos se vuelven irritantes para mí. No puedo soportarlos. Tang Nah se ha quedado sin trucos para resolver los problemas que se acumulan entre nosotros. Para evitar el conflicto, empiezo a cerrarme. Ocultamos el cariño y rara vez hacemos el amor; cuando lo hacemos, es una forma de impedir una pelea, una forma de escapar de la realidad. Pero hasta eso está perdiendo su magia.

Su propia frustración empieza a acosarla. Ninguna de sus audiciones tiene éxito. Un día, de pronto, la tempestad que hay en su interior estalla. Ocurre durante el estreno de *Emperatriz Wu*. Ella y Tang Nah van con amigos. Lan Ping va vestida a la moda, con un traje largo de seda color azul índigo y un delgado chal de la misma tela en el cuello. Tang Nah lleva un traje blanco occidental. Forman una linda pareja. Al principio parece que ella lo está pasando bien. *Emperatriz Wu* es una pieza experimental. Es la primera vez que los actores chinos hablan en prosa en lugar de hacerlo en poesía. La emperatriz Wu está pintada como una mujer de singular grandeza. El público vitorea a gritos cuando baja el telón.

Durante la recepción, Lan Ping pierde el control y habla ásperamente. La representación es muy aburrida en mi opinión. Carece de energía. La actriz es inadecuada. No hay sinceridad. Ella no actúa, es como un monje joven hablando de la boca para afuera, sin poner el corazón.

Sus comentarios chocan a la gente, pero ella prosigue. En su animación, el chal se le cae de los hombros. Lo recoge pero se le vuelve a caer, una y otra vez. Finalmente lo deja y sigue criticando, en voz cada vez más alta. Se envuelve los dedos con el chal, nerviosa. Tang Nah se acerca y la arrastra cariñosamente a un costado. Vamos, estás cansada.

¡Déjame terminar!

Escúchame, el crítico soy yo. Mi tarea es comentar y creo que es un buen espectáculo.

Oh, Tang Nah, eres un pésimo crítico y por eso no te contratan.

Entonces Tang Nah le responde diciendo algo que da en el blanco, las palabras que los separarán para siempre. ¿Sabes una cosa, Lan Ping? ¡El único motivo por el que estás enojada es porque no te dieron a ti el papel de la emperatriz Wu!

Para Lan Ping, el invierno de 1936 empieza con portazos y lágrimas. La pareja ha decidido separarse y cada uno se ha alquilado su propio departamento. A pesar de que intentan reconciliarse, hay una pared entre ellos. Ella se repite por dentro que ha terminado con Tang Nah, pero físicamente es incapaz de romper la costumbre: sus cuerpos dependen uno del otro. Después de cada pelea vuelve a él, sólo para huir al día siguiente.

Una noche, él viene a verla con un ramo de rosas: quiere felicitarla por el nuevo papel que le han ofrecido. Es un papel pequeño, pero les da motivo para reencontrarse. Minutos después de que la puerta se ha cerrado, un vecino oye llorar a Lan Ping y luego el estruendo de muebles golpeados. Temiendo por la vida de la joven, el vecino se lanza escaleras abajo y entra. Los amantes se han ido a las manos y están en plena pelea.

En escena, interpreto a una chica de clase obrera que pasa por un momento de cambio en su vida. Una chica muy parecida a mí, de un pueblo pequeño, confundida por la vida de la gran ciudad. Durante la representación aprovecho para llorar por mí. Además, estoy enferma. Mi dolor de cabeza es grave, pero no puedo dejar el escenario: no tengo otro lugar adonde ir.

No puedo cerrar los ojos. Si lo hago, aparece Tang Nah.

La noche del 8 de marzo me acucian deseos de volver a verlo. Sé que estoy arriesgando mi salud, pues la fiebre me sube cada vez más. Será por eso que quiero verlo: por la sensación de que tal vez me esté muriendo. Quizá sea un alivio: mi cuerpo está haciendo el trabajo en nombre de mi corazón.

De todos modos, voy hasta su departamento a pesar de que la cabeza me repite que no debo hacerlo. Vive en el bulevar Nan-yang del distrito Jinán. Es un barrio de clase alta y culta, un lugar que se adecua a sus gustos de alto vuelo. ¿Qué hago aquí? Estoy fuera de mí. Me dio las llaves, pero no me espera: he rechazado sus invitaciones. Le he dicho que no es propio de mi carácter mirar hacia atrás.

Esta vez rompo mi propia promesa: quiero dejarme ir, hablar con él por última vez, amarlo por última vez. En el teatro sería la escena del adiós, un gesto que me parte el corazón pero me libera.

Su cuerpo tiembla, está sudando de fiebre. Ansía estar en sus brazos. Gira la llave y entra. Él no está. El cuarto es prolijo, como lo había imaginado. Todo se halla en su lugar: los zapatos en fila detrás de la puerta, los platos apilados en canastas, las revistas y los libros acomodados y sin una mota de polvo. Una ventana está ligeramente abierta y la cortina blanca se mueve con la brisa. Ella ha estado sólo una vez en esa habitación, hace dos meses.

En su escritorio hay un libro y algo sobresale por entre sus páginas. Cartas. No puede contener su curiosidad y decide echar una mirada. Dos cartas. Una tiene la letra de alguien desconocido. La carta de una admiradora que pondera una de sus columnas anteriores. Al final flirtea. Es dulce pero estúpida. Dice que se muere de ganas de conocerlo, que ha soñado con él. Dice que está hecha para él y le ruega que le dé ocasión de conocerlo. La firma es como una danza de dragón: muestra que no es culta. El papel tiene fragancia a lilas silvestres.

La otra es de Tang Nah. Está sellada, a la espera de ser enviada. Ella siente una quemadura adentro. No puede seguir pensando: tiene que abrir la carta y lo hace. Desgarra el sello con manos temblorosas. Estoy muy interesado, lee, pues un amor como éste es poco común y único. Como siempre, su encanto, que derrama conocimiento y sabiduría. Le hace cumplidos a la joven usando frases que una vez le dirigió a Lan Ping, las palabras que una vez ella guardó en su corazón, a las que recurrió para sacar fuerzas y tomó como armas contra el fantasma de su madre. Ahora, mientras sus ojos recorren la elegante escritura de Tang Nah, su aliento se detiene.

Me fuerzo a quedarme quieta y respirar. Le dejo una nota,

agradeciéndole la oportunidad de leer las cartas. Le digo que las cosas parecen ir muy bien, ya no hay nada de qué preocuparse. Todo está cayendo en el lugar adecuado. No podría sentirme más feliz por él. Desearía no valorar su caligrafía, pero por desgracia la valoro: es hermosa.

Sin decírselo a nadie, voy a la estación de tren y compro un pasaje para Jinán. No sé por qué huyo hacia Jinán: mis abuelos murieron y hace mucho que he perdido contacto con mi madre. Pero Jinán es mi pueblo natal y la idea me consuela. Cuando bajo del tren, me dirijo hacia la vieja casa de mis abuelos, donde encuentro a una parienta lejana instalada en el lugar, que no me reconoce. Decido llamarla Tía y le pregunto si me puedo quedar un tiempo. Me da la bienvenida.

Cuando recibo un mensaje del gerente del único motel del pueblo, no puedo creerlo. Es al tercer día. Tang Nah me está esperando en la Posada del Tren. Me sorprende que me haya encontrado, pero me niego a verlo. Sigue rogándome, viene al barrio, se pasea de arriba abajo por la calle y se estaciona delante de la casa. Por fin, mi tía lo invita a pasar.

Se lo ve pálido, como si no le quedara sangre. Dice que tiene que aclarar algo.

¿Para qué? Hemos terminado. No podemos cambiar.

Lo dice gritando, casi a los alaridos. ¡Sabía que no podría luchar contra el destino desde que te conocí!

No logro ayudarlo. Me resulta imposible articular mis pensamientos. Mi voluntad retrocede, pero me las arreglo para decirle que no he de volver.

Él dice que bueno, que no importa. No es problema.

A la mañana siguiente, el gerente del hotel viene jadeando a nuestra casa. Parece un hombre que ha perdido el alma. Apenas puede dar sentido a sus palabras. Por fin, logra que entienda: Tang Nah tomó una sobredosis de pastillas para dormir y está en el hospital.

Corro a su lecho. Pronuncio su nombre y abre los ojos, trata de sonreír y se desmaya de nuevo. No sé qué decir. Cuando Tang Nah sale del hospital, me despido de mi tía y vuelvo a Shanghai con él.

Lan Ping se instala en el departamento de Tang Nah. Tratan de convencerse mutuamente que el amor todo lo vencerá. Aunque se portan lo mejor posible, están en guardia. Cuando el cuerpo de él se recupera y quiere hacer el amor, ella no puede. Él siente su rechazo, la frialdad de su cuerpo, su rigidez. Se siente morir y llora, sabe que no pueden seguir. Se levanta y le pregunta si lo ha perdonado.

¿Por qué? ¿Por las cartas?

Fue terrible, repite él una y otra vez. Estaba frustrado y borracho. No significan nada: ni siquiera conozco a la chica. Podría ser una prostituta, no la recuerdo en absoluto.

Dice que se está destruyendo a sí mismo: así es, sin el cariño de ella. Lan Ping dice: no es cosa mía. Mi corazón tiene su propio camino. Ves cuánto me esfuerzo, ves que me estoy forzando, pero mi cuerpo recuerda la herida. Nuevamente, no es asunto mío: uno cosecha lo que siembra.

Tang Nah se levanta y pasa al living, que comparten con otros inquilinos. Ella se queda en la cama. No es consciente de que él le está dejando una nota.

No recuerda cuánto le llevó encontrarla. Lo siguió como un sonámbulo podría seguir a otro, rastreando sus pasos por el borde de un techo alto. La sombra de su pasado, el fantasma de su amor deben de haberla arrastrado. Por fin, descubre la nota. Dice que volverá a matarse. No hay otra forma, le dice. Tiene que irse, en esa forma la liberará de su problema. Muestra mi nota a la policía, para que sepan que es mi elección terminar con mi vida. Puedes tenerme lástima, porque soy incapaz de renunciar a este amor. Ahora, por fin, sabes la verdad sobre mí, sabes que no soy lo bastante fuerte para ti.

Lan Ping lo busca entre la multitud tratando de encontrarlo. Finalmente lo ve, huyendo de ella, y corre tras él.

Se hallan frente a frente. La muerte lo está mirando. Sí, ésa es la mirada de sus ojos: un hombre mirado por la muerte. Ella lo sacude, pero él no responde. Los ómnibus, las bicicletas, la multitud pasan junto a ellos y la escena parece irreal. La gente, los objetos se mueven, entran y salen. Y de pronto, la sofocación: lentamente todo empieza a congelarse de la manera en que la muerte aquieta todo. Ella oye el grito de su propio corazón.

Hablaremos, dice.

Llegaron a la cúspide de la crisis y ahora comienza el descenso. En Lan Ping toma la forma de fiebre. Ella está en la cama en brazos de él, temblando, derrumbándose. En un momento, grita histéricamente, se sienta, golpea el colchón con el puño; al siguiente se desmaya, queda inconsciente. Él la atiende, arrepentido, y le da de comer como una madre lo haría con su bebé. Está junto a su cama cada vez que ella se despierta. A veces es a medianoche o a las tres de la mañana. Ella abre los ojos y lo ve dormido, con la cabeza sobre sus brazos cruzados, sentado en un banco. Frente a él hay un plato de guiso todavía caliente.

Ella llora, no sabe qué hacer ni con él ni consigo misma. Le tiene cariño, pero no puede amar a un hombre que ha perdido el camino. La imagen de las cartas la persigue. Lo compadece y quiere volver a amarlo, pero no puede atravesar el muro que los separa. Es imposible verlo bajo una nueva luz, no puede borrar lo que ha ocurrido: ni siquiera sabe qué le molesta más, si su infidelidad o sus intentos de quitarse la vida.

Sin embargo, otra parte de ella se opone a esta lógica. Hay motivos para revivir su amor. Se siente atraída por la obstinación de él, por su lealtad perruna y su disposición a morir por ella. Por la forma en que, bruscamente, dice que si el amor no conquista, no es amor. Se siente conmovida por su fe en el amor y por su promesa de que nunca la abandonará. Está segura de que no hay otro hombre en la tierra que haría lo que Tang Nah hace por ella. Recuerda la desdicha de vivir sin amor y no está segura de qué cosa es peor.

Se entierran en el trabajo. Él se convierte en escritor independiente y ella sigue buscando papeles en teatro y cine, pero su soledad crece. No quiere averiguar nada sobre la muchacha que escribió la carta y, sin embargo, no puede olvidarla. La joven ocupa sus pensamientos: el fantasma abre una cocina en su mente y cocina. A veces, puede sentir en él el sabor de la desconocida y empieza a sospechar. No soporta que la toque: ha perdido totalmente su deseo por él.

Él sale, pasa las noches con sus amigos, no deja de beber hasta que está borracho. En Dan y Junli encuentra consuelo y comprensión. Tratan de ayudarlo a encontrar un puesto fijo en un diario o una revista, pero los editores lo rechazan: su intento de suicidio ha trascendido en todas partes. A los ojos de los demás, Tang Nah ha sacrificado su dignidad.

Curiosamente en el caso de Lan Ping la historia aumenta su popularidad y la ayuda a encontrar trabajo. Actúa en películas políticas de bajo presupuesto producidas por directores independientes, pero no tiene suerte en la tarea de conseguir papeles en los filmes importantes de tema romántico. No puede derrotar a esas criaturas con cara de luna y cuerpo en forma de jarrón. Pero los filmes políticos le vienen bien. Hay menos competencia. Como los productores no pueden conseguir a las actrices famosas, se vuelven hacia las estrellas jóvenes y las desconocidas.

China, mi país, importa más que mi desgracia personal. Las noticias de los preparativos de Japón para una nueva invasión llenan los diarios. Con gran desagrado de mi parte, los habitantes de Shanghai no se sienten demasiado afectados: buscar placer siempre ha sido la prioridad de esa ciudad. Los cines siguen llenos cuando se proyectan filmes románticos: el público parece exigir que los alimenten con esas ilusiones. Desprecio a quienes actúan como médicos encargados de embotar la conciencia, los que ofrecen tubos de opio al cerebro de las masas. Muchos de ellos son amigos de Tang Nah, que los frecuenta para escapar de su propia frustración. Se ha convertido en un vago.

Tang Nah ya no responde al desafío que Lan Ping le plantea. La evita. Ella pronto descubre que tiene una nueva aventura amorosa.

Se siente demasiado herida como para llorar. Sale y camina entre las sombras de los faros del alumbrado. Una noche, se detiene en la puerta de Zhang Min, el director de *Casa de muñecas*. Golpea. Él está en casa y se sorprende de su visita. Le pregunta si puede entrar. Él abre la puerta, le ofrece una silla, prepara bebidas, le dice que su esposa y su hija han salido. Ella se viene abajo, y le cuenta su historia sollozando. Él tiene todo el tiempo y la atención del mundo para ella. Siempre la adoró.

Beben, ella se siente mejor. Dice que no quiere volver a su casa, dice que no hay motivo. Él le ofrece sus brazos, exactamente lo que ella quería. Ha venido para eso, para que la cuiden.

Pensaba que después se sentiría mejor, pero no es así. No lo puede admitir ante sí misma. Se levanta para irse diciendo que es hora. Él entiende y va a abrirle la puerta. La ayuda a ponerse el abrigo y le da un abrazo de despedida. Ping, quiero que sepas que siempre estaré para ti.

7

Nos dirigimos a una ceremonia de casamiento grupal. Nos siguen otras dos parejas: Dan y Lucy, Eryi y Lulu. Junli será nuestro anfitrión. El testigo es un abogado amigo de Tang Nah, el señor Sheng. Tang Nah y yo esperamos que la ceremonia rescate nuestro amor. Somos como vegetales tras una densa escarcha: necesitamos el calor del sol. El viaje parece perfecto y es un sereno día de primavera. Vamos en tren desde Shanghai hasta Hang-zhou. A lo largo de la historia, el lugar ha sido descripto por poetas y viajeros como el rostro del cielo.

No pueden ver la montaña de problemas porque están en ella. La verdad es que no queda nada de su amor. Ella tiene dudas, pero elige creer en el amor y en el premio: Tang Nah ha prometido convencer a Junli de que la incluya en sus filmes. Eso la decide a ir adelante, a la ceremonia matrimonial.

Aquí está Junli. Ella vuelve a presentarse a sus ojos recurriendo a sus trucos. Pero al final no hay resultados tangibles por más que se esfuerce al máximo, al igual que Tang Nah. Pero Junli no sólo no se da por enterado sino que se disgusta. Si no fuera por Tang Nah, ni miraría a Lan Ping. Ella se lo toma tan a pecho que tiene una sensación de hecatombe. Su resentimiento es tan grande que, treinta años más tarde, durante la Revolución Cultural, ordenará a la Guardia Roja que destruyan a Junli, que lo saquen del medio para que no difunda rumores contra ella. Los Guardias Rojos lo matan a palos y Madame Mao no admite que eso tenga nada que ver con un rencor personal.

. . .

La simpatía de Junli por Tang Nah lo ha echado todo a perder. Él desestima mis altas expectativas con respecto a Tang Nah. Si no fuera por su pereza, Tang Nah podría ser un hombre mucho más grande de lo que es. Junli y Dan tendrían que venir a rogarme que intercediera por ellos frente a Tang Nah. Creo que es egoísta por parte de Tang Nah aceptarse como un fracasado; también sus amigos son egoístas al respaldarlo mientras su talento se va por el sumidero. Le pagan tragos cuando está deprimido y Junli hasta organiza fiestas especiales para alegrarlo. Invita a Tang Nah a dormir en su casa para que pueda evitarme y él considera a Junli su amigo del alma. Una vez, Tang Nah confesó cosas que Junli y Dan habían dicho sobre mí y me puse furiosa. Creen que Tang Nah es demasiado bueno para mí, de modo que le dan permiso para olvidar su responsabilidad por nuestro amor. Han arruinado el futuro de Tang Nah junto con el mío.

La verdad es que se trata de algo más profundo. Tienen mala estrella y hay traición. Y luego llega la desilusión de ella. Había esperado que Junli la contratara para su filme porque era el mejor amigo de Tang Nah, pero hizo lo contrario. Contrató a su rival, Bai Yang, una actriz con cara de panqueque, para su exitoso filme *El río de la primavera corre hacia el este,* convirtiéndola en una superestrella. Qué tonta fue. ¿Cómo supuso que le gustaría, si el hombre piensa que ella es la fuente de la desgracia de su mejor amigo, la que lo empujó a un intento de suicidio? Junli es demasiado inteligente y siempre vio que Tang Nah y Lan Ping eran mala pareja. Le tuvo antipatía antes de conocerla siquiera.

Estamos posando para las fotos. La Pagoda de las Seis Armonías es el fondo perfecto. Junli trata de ubicarnos para la toma. Las estrellas de China, los hombres y mujeres más bellos. Soy consciente de que las fotos generarán atención y oportunidades para mi carrera. Mi intención no es sólo aparecer en esta toma, mi intención es mostrar a Tang Nah cuánto me importa y cómo lo amo. Estoy comprometiéndome de por vida con un hombre al que ya no amo. Es un sacrificio, pero estoy dispuesta a hacer cualquier cosa por amor. Por dentro, tiemblo. He arrojado los dados.

¿Por qué estoy nerviosa? Lo primero es tener fe, para que pueda trabajar por ti, me dijo una vez un predicador budista. Debo despertar fe en Tang Nah, debo tener fe en que nuestra relación va a funcionar. En eso pienso mientras se saca la foto. No me doy alternativas. Quemo las naves, corto los puentes, para estar plenamente comprometida en la batalla.

Junli tiene la cámara en sus manos. Él fue quien sugirió la Pagoda de las Seis Armonías, un lugar simbólico. Somos seis en nuestro grupo, el número de la suerte. Siempre debes mantenerte erguida como la pagoda, dice Junli. Es un gran director que sabe cómo inspirar a los actores.

Dan está junto a Lucy, a mi derecha. No pueden separarse. Tengo celos de Lucy porque, en Dan, Dios nos enseña la belleza de los hombres. Dan podría tener a quien quisiera, pero elige a Lucy, ansioso por pertenecer a ella. Sin duda conocen la felicidad. Eryi y Lulu también. Yo estoy triste.

No puedo saber qué piensa Tang Nah, que también parece nervioso. Tiene la boina baja, casi cubriéndole los ojos. Se pone detrás de mí como si quisiera quedar fuera de foco.

Treinta años más tarde, Madame Mao querrá destruir esa foto, querrá borrar todos los rostros que aparecen en ella. Es 1967 y va camino de convertirse en la gobernante de China. El anciano Mao es su pasaje. Tiene que demostrar a la nación que ha sido el amor de Mao desde su nacimiento. Tiene que demostrar que nadie se interpuso entre ella y Mao.

En ese momento, Junli y Dan se convierten en "los hombres que saben demasiado". Madame Mao siente que no tiene más remedio que hacerlos desaparecer.

¡Corten!, ordena Junli, como lo haría en el set. Los actores suspiran. El grupo vuelve a Shanghai esa misma noche. Tres días después, todos asisten a una gran recepción que, como cabía esperar, atrae la atención de los medios.

Tang Nah y Lan Ping vuelven a su casa, pero el matrimonio parece muerto. Fingen que eso no los afecta y los dos tratan de sumergirse en el trabajo. Sin embargo, no hay llamados, ninguna oferta de papeles para ella, tampoco ningún negocio para Tang Nah.

Las cuentas se acumulan y los demonios del dinero siguen visitándolos desde el infierno. Pero él sigue sonriendo, dice que ella es el mayor premio que jamás soñó tener y que el resto no le importa nada. ¿Quebrado y sin empleo?, pues no me importa: soy un hombre completo si tengo amor.

Ella está desesperada. No estás manteniendo tu promesa, le grita a Tang Han. No comparten la cama. No pueden estar juntos pero tampoco separados. El mal esquema se repite.

Entonces empiezan a salir, buscando nuevamente aire y consuelo en los amigos. Terminan durmiendo en la cama de otras personas. Él busca a la joven que le escribió esa carta y ella a Zhang Min, que ahora está trabajando en una nueva pieza, *La tormenta*, del dramaturgo ruso Ostrovsky. Ambos niegan sus actos y, en el caso de ella, esa negación se está convirtiendo en su nuevo papel en la vida real. Con Tang Nah hacen una escena perfecta.

En esa escena ella desarrolla su propio argumento. Cuando hay tensión, hace que la protagonista se vaya. Sale, desaparece del escenario. Sin embargo, no puede dar vuelta el tablero: al igual que su país, se cae a pedazos. Las tropas japonesas entran con sus fuerzas en pleno. Los estudios se achican. Las taquillas cierran. 1936. Absolutamente ningún signo de suerte.

Decídete de una buena vez, me digo. Estoy haciendo la valija y me iré esta noche. Voy a quedarme en casa de una amiga y mantendré en secreto mi dirección. Mientras escribo la carta, imagino cómo la recibirá Tang Nah. Le doy el sobre a Junli y le pido que se lo entregue a Tang Nah cuando estén a solas. No es que le tenga confianza, a él o a su esposa Cheng, es que serán ellos quienes contengan la furia de Tang Nah. Será Junli quien le impida suicidarse de inmediato... convirtiéndome en una verdadera criminal. Esta vez no me manipulará. No voy a darle a Tang Nah otra oportunidad de controlarme.

Estoy segura de que esperabas esta carta. Bueno, es la última vez que sabrás de mí. Creo que entiendes perfectamente el dolor que estoy sufriendo para poder escribirte de esta manera. No tienes idea de cuánto he padecido para salvarnos a ambos. Tengo que irme para vivir. Eso es lo que me digo. Me golpeo la cabeza porque estoy muda, sorda, ciega y muerta por dentro.

Estoy tratando de explicar mis sentimientos contradictorios, lo difícil que es para mí romper esta relación. Nuestro amor funciona de manera muy extraña. La oscuridad en la que vivía hasta que lo conocí. Explico lo que significa para mí la partida. Momentos en que mis nervios están casi por ceder. Momentos en los que para mí es evidente que no vale la pena vivir la vida.

Sabes cómo me esforcé. Viví para complacerte. No puedo creer que complacerte sea la forma que adopta para mí la felicidad. No puedo olvidar cómo peleamos, lo horrible que fue tu egoísmo. El momento que me llega como un final.

Me quiebro cada vez que recuerdo cómo me quisiste, las palabras que decías cuando caminábamos de noche por el bulevar Nanyang. Esas palabras me llevan hacia atrás, me dicen que siga adelante, que me quede contigo hasta el fin de los tiempo. Me dicen que no permita que este dolor arruine mi futuro. El dolor es como una espina de pescado clavada en mi garganta: no puedo sacarla ni tragarla. Así estoy: con una espina clavada en la garganta.

Siente la pasión de hablar con una voz familiar, la voz de Nora. La sensación de estar en un escenario de la vida real hace que siga adelante. De nuevo se encuentra en su papel: al igual que Nora, está luchando por separarse. Le dice a Tang Nah-Tovard que debe partir.

Vivo para ser reconocida, para dejar una huella, para ser alguien, significar algo. Esperaba ver el mismo esfuerzo en ti, porque eres un hombre talentoso. No debes perder tu vida, debes llevar al máximo tu capacidad, demostrarle al mundo quién eres. Detesto verte sumido en vapores de opio gracias a esos a quienes llamas amigos. Afirmas que eres un artista sólo para excusarte de tus obligaciones, y te inventas una excusa para tu pereza.

¿No es cierto acaso que, hasta cuando escribes, eres de los que hacen las cosas a último momento? Nunca entregas tus notas antes de que la prensa empiece a rodar. Para mí es una señal de debilidad, en ese rasgo veo a un hombre incapaz de actuar, un hombre que no tiene una meta pero que, en lugar de enfrentar sus defectos, los esconde. Te encanta decir que no te entienden, que la sociedad te trata mal... no dudas en convertirte en víctima del destino. Pero te olvidas de que yo estoy en el mismo barco. Al actuar con debilidad, me hundes a mí también.

Sea como fuere, ya he sufrido bastante. Has convertido tu problema en mi problema. No creas que soy fuerte, simplemente no me permito ser frágil pues sé que me rompería. Lamento tener que irme, pero es hora de que aprendas a caminar con tus propias piernas, de que aprendas a arreglar los problemas con tus propias manos. De lo contrario, me dará vergüenza decir que tú y yo alguna vez fuimos amantes.

Por último, menciona a Aixia, ya que finalmente ha averiguado el nombre de la muchacha en un poema que él escribió inspirándose en ella.

Si bien negaste la aventura y el poema, olvidaste que yo aprendí la lección. Tengo veintitrés años, no trece. Sé lo que es el amor, porque he amado y he sido amada, y sé lo que no es. No puedes engañarme. Puedo imaginar con facilidad las cosas que le dices a ella: las mismas palabras que usaste para atraerme a mí. Créeme, lo sé. Sin embargo, siempre te recordaré como un hombre tierno y cálido; recordaré tus sentimientos generosos, incluso hacia tu enemigo. A veces eres bueno más allá de toda razón y siempre me sorprende, porque yo no soy en absoluto así. Yo no tolero a mi enemigo.

En un cambio de suerte, y como para compensarla, después de terminar su relación con Tang Nah la carrera de Lan Ping despega. El odio hacia los japoneses de pronto implica que se financien y produzcan filmes antijaponeses, que obtienen un enorme éxito. Empiezan a surgir papeles para ella. Primero en el filme *Sangre en la montaña lobo*. En él interpreta a la esposa de un soldado que se enfrenta sola a una manada de lobos. Lucha sabiendo que pueden devorarla antes de que dé su próximo golpe. Esa historia de una mujer simple es también la historia de China bajo la invasión japonesa, porque nuevamente la supervivencia es el único tema. Y su personaje es extraordinario: al final de la película, carga el cuerpo muerto de su marido y jura mirando a la cámara: ¡Pueden matarme o cortarme en mil pedazos, pero mi espíritu nunca dejará de pelear!

Mi buena suerte acabó pronto. En el verano de 1937, Shanghai yace bajo la ocupación. La bandera del Japón flamea en los edificios más altos de la ciudad, que está paralizada. Cierra el último estudio. Estoy totalmente quebrada y me he mudado con Zhang Min. Nos hemos encariñado mucho el uno con el otro. Su esposa se marchó por mi culpa, pero no quiero volver a casarme. Mi relación con Zhang Min no es de ese tipo: él es un puerto en el que entro y salgo. Estoy aquí para descansar, no para quedarme.

El otro día me dijeron que Tang Nah intentó nuevamente suicidarse después de recibir mi carta de manos de Junli. Parece que éste no pudo detenerlo: saltó al río Hangpu. Como era de día, lo rescataron. Debió hacerlo de noche si no quería que fuera tan sólo un espectáculo. Me di cuenta de su objetivo: era su forma de volver a mí, de echarme la culpa, de hacer que todos nuestros amigos, los críticos y el público por igual, me señalaran con el dedo. Y lo hicieron. La noticia apareció en el diario de la noche y mi nombre se convirtió en sinónimo de egoísmo: lo contrario de las heroínas que interpreto. Los rumores perjudican mis posibilidades de representar papeles principales en el futuro. Una vez villana, siempre villana. Mi rostro pierde credibilidad de la noche a la mañana.

Tang Nah se mudó a Hong Kong justo después de la liberación comunista de 1949. Fue sabio: si se hubiera quedado, Madame Mao no habría sabido qué hacer con él. ¿Habría terminado como Junli o Dan? Tal vez Tang Nah supo que habría problemas. Es un hombre de buena visión.

La Pagoda de las Seis Armonías se yergue contra el cielo de terciopelo índigo como un hombre silencioso sumido en sus pensamientos. ¿De cuántos juramentos de amor que luego se rompieron ha sido testigo? Todavía saboreo mis lágrimas. Conté con ello desde el momento en que nos declararon marido y mujer. Dios sabe con qué empeño quise curarme. Le di todo. El hombre de Suzhou.

Ahora que finalmente lo dejo, todos los buenos momentos vuelven a mí. Los recuerdos, tan vívidos, me toman en sueños sin que yo lo quiera. Me despierto gritando su nombre. Fue después de que me explicó su delirante concepto de las mujeres, la forma en que idolatra el cuerpo femenino. No estaba cómodo con su propio cuerpo, sobre todo no se sentía demasiado orgulloso de su miembro. Siempre se dejaba la camisa puesta cuando venía a mí como un águila con las alas abiertas, su cara suspendida sobre mi cara. Era una imagen bastante graciosa.

Le encantaba dejar la luz encendida, baja y tenue. Todas las noches ponía el velador en un ángulo diferente, a fin de poder ver mi cuerpo con distinta luminosidad: sobre una silla, o un ropero, o debajo de la cama. Me miraba y decía que tenía el cuerpo de una diosa. Idolatraba mi piel, su color marfil. Extrañamente, mi piel no envejece, dirá años después Madame Mao. He ido a lugares que son terribles para la piel de cualquiera, pero mi piel se mantiene intacta.

Lo recuerdo encendiendo un cigarrillo, dando una pitada y luego echando el humo sobre mis pezones. Como un viejo cochino, se recostaba luego para observar cómo el humo formaba círculos alrededor de mis pechos. Ajá, decía, guiñando el ojo.

Ajá, me reía yo, y me levantaba para traerle té. Aprovechaba la ocasión para exhibirme, sabiendo que eso le gustaba. Espera, decía, mientras apagaba su cigarrillo en el cenicero. Ven aquí.

Podía ser en cualquier parte: sobre una silla, un sofá o en el piso, o junto a la ventana, en un pasillo, a veces en medio de la habitación, como si estuviéramos sobre el escenario.

8

Julio de 1937. El tren brama en la noche como un dragón furioso. Se encamina hacia la provincia de Shanxi, en el noroeste del país. Es territorio guerrillero: el centro del Partido Comunista y su Ejército Rojo. Lan Ping tiene veintitrés años y va en el tren. Los rieles están en malas condiciones. Desde la ventana se ve un paisaje desolado: no hay montañas ni ríos ni árboles ni cosechas. Colinas peladas se extienden kilómetro tras kilómetro. El tren ha cruzado las provincias de Jiangsu, Anhui y Henán.

Un anciano sentado junto a Lan Ping le pregunta si ha visto algo interesante. Sin esperar respuesta, señala que están pasando por antiguos campos de batalla. El sol empieza a salir. Hombres y mujeres de piel oscura están arando los campos. Las mujeres llevan a sus bebés a la espalda. El hombre le dice a Lan Ping que, entre 1928 y 1929 tres millones de personas murieron de hambre en la zona.

Al principio, Yenán es una palabra extraña para ella. Un lugar en mitad de la nada. Lan Ping se siente como una ciega en un callejón, que busca el camino palpando las paredes. Después de Shanghai intentó otras ciudades. Nanking, Wu Han y Cong-qin. Habló con amigos y conocidos y pidió ayuda y recomendaciones. Nada dio resultado. La gente nunca había oído hablar de ella, o habían oído demasiado. Golpeó puertas, dijo su nombre a extraños. Siguió adelante, empujando, y mantuvo una imagen de esperanza en la cabeza.

Empezó a oír cada vez más el nombre de Mao Tse-tung. Un héroe guerrillero, una leyenda en formación. Representa a los chinos del interior, la mayoría, el noventa y cinco por ciento de los campesinos que temen que su patria sea tomada por los japoneses. No hay dinero para escuelas, artes o entretenimientos, pero los campesinos envían a sus hijos al Ejército Rojo para que sean comunistas y Mao Tse-tung los conduzca.

Ella tiéne los ojos de una pionera. Con su visión descubre su próximo escenario. Yenán es territorio disponible para su reclamo.

Antes de partir escribió un artículo que salió publicado en el *Semanario de Artes del Espectáculo de Shanghai*. El título era "Una visión de nuestra vida". En él, criticaba el "arte pálido", el arte que promueve el sentimentalismo burgués. Las piezas en las que las mujeres son alabadas por sus sacrificios, las piezas que abrazan la tradición de vender los pies, el arte que se ciega ante la condición fatal del país. Lo llamó "el arte egoísta". "Para mí, el arte es un arma. Un arma para combatir la injusticia, a los japoneses y a los imperialistas por igual."

"Una visión de nuestra vida" fue un alarido. Esa representación, como dijo alguien, tuvo piernas que le abrieron el camino a Yenán, a la cueva de Mao, a su cama.

El viejo camión en el que viaja, gruñe como un animal en agonía. Cubierta de polvo rojo, la joven de Shanghai está de buen humor. Después de tres semanas de travesía, acaba de cruzar Xian, la puerta del territorio rojo. Entran en Luo-chuan, la última parada antes de Yenán.

Agosto de 1937. Se ha hecho amiga de una mujer llamada Xu que viene a encontrarse con su marido Wang. Wang es el secretario de la organización comunista llamada Frente Unido contra la Invasión del Japón. Está aquí a raíz de una reunión importante.

Ese día, Lan Ping y Xu pernoctan en la cabaña de un campesino. Sus camas son de paja. Planean ir en busca de Wang al día siguiente de la reunión y proseguir juntas el viaje a Yenán. Lan Ping está cansada y se acuesta temprano, no sabe que a la mañana siguiente entrará en la historia como un misterio no resuelto de la China moderna.

Cuando desayunan, Xu le dice a Lan Ping que el lugar de reunión de su marido queda a unas casas de distancia por el mismo camino. La reunión terminó al amanecer. Xu sugiere que lleven provisiones para el viaje, pues Yenán queda a unas cincuenta y tantas millas de Luo-chuan.

La mañana es fresca. El color del sol naciente tiñe de oro las colinas. Lan Ping está prolijamente vestida con su nuevo uniforme de algodón gris del Ejército Rojo. Un cinturón le marca la cintura y su cuerpo esbelto parece el de un sauce; en el pelo luce dos largas trenzas atadas con cintas azules. Llevando sus bolsas, ella y Xu caminan en dirección al camión. Justo delante hay otros tres vehículos maltratados por el duro clima. Uno de ellos tiene caracteres escritos: *Unidad Sanitaria de Emergencia - Unidad Coronaria. Asociación de obreros chinos de Nueva York.* Es el auto de Mao Tse-tung.

En el futuro, los minutos siguientes se discutirán como un momento de trascendencia histórica. Fueron adoptadas distintas visiones e interpretaciones. Algunos dicen que Mao salió de la pequeña casa donde se desarrollaba la reunión y entró en su auto mientras Lan Ping subía a su camión: no se vieron. Otros afirman que Lan Ping observó a los líderes que salían uno por uno y pensó que la pluma fuente que cada uno de ellos llevaba en el bolsillo del pecho era graciosa: no reconoció a Mao. Otros, en fin, cuentan que, a causa de su altura, Mao inclinó la cabeza cuando salía de la casa y, al levantar los ojos nuevamente, quedó fascinado por la belleza de ella: amor a primera vista. En la historia que cuenta Madame Mao, todos vienen a saludarla cálidamente.

La verdad es que no viene nadie. Nadie le dice hola a nadie. La joven de Shanghai sube al camión, se instala en un lugar cómodo y espera que el vehículo arranque. Ve que los hombres salen de la casa. Sabe que son hombres importantes, pero no sabe cuál es Mao ni que ella tiene la esperanza de conocerlo.

Sólo cuando el camión comienza a moverse —sólo cuando alcanza a oír a Wang susurrándole a su esposa: ¡Mira, es él! ¡Ése es Mao!— presta atención. Se había cruzado con él, pero se le había escapado. El personaje más importante de Yenán. Ya está en el auto. *Emergencia... Unidad coronaria.* No lo alcanzó a ver, sólo la humareda de su auto. Recuerda las sacudidas del coche que saltaba como un paciente con problemas cardíacos.

Si el pueblo de la China moderna apenas conoce el nombre Yu Qiwei, está en cambio muy familiarizado con el de Kang Sheng. El camarada Kang Sheng, el hombre de más confianza de Mao, la cabeza de la Seguridad y la Inteligencia Nacional de China. Educado en Rusia por gente de Stalin, Kang Sheng es hombre de misterios y conspiraciones. Nadie puede decir nada por su expresión facial. Nadie sabe cómo se vincula con Mao ni cómo trabajan juntos. Toda su vida, Kang Sheng se mantiene en las sombras, fuera de foco. No se siente su presencia hasta que, de pronto, uno queda cubierto por su sombra, pero entonces es demasiado tarde. Se ha accionado la trampa, uno queda preso en una pesadilla, es tragado y desmembrado por una criatura misteriosa. Hasta ahora, nadie ha logrado sobrevivir y contarle al mundo lo que ocurrió. Nadie puede contar la historia de Kang Sheng. Sólo unos pocos han descripto la invisible mano negra, sus dedos extendiéndose por toda China.

Tuve una larga relación con Kang Sheng, dirá, años después Madame Mao. Una relación muy especial. Cincuenta y dos años. Él jugó un papel importante en la vida de ella. Fue, a la vez, su mejor amigo y su peor enemigo. La ayudó y la traicionó. En una época fue su mentor y confidente. Durante la Revolución Cultural fueron camaradas de armas. Trabajaron hombro con hombro. ¿Han oído alguna vez la leyenda en la que diferentes clases de lobos unen fuerzas para depredar al rebaño?

Kang Sheng y la joven son de la misma provincia de Shan-dong. No sólo eso, como comprueban asombrados; son del mismo pueblo. La joven no puede recordar con claridad cómo se conocieron. Él le dice que era muy pequeña, de unos once años. Él era el rector de la escuela primaria del pueblo de Zhu. Debe de haberlo conocido a través de la gente del pueblo, probablemente a través de su abuelo. La impresión que le causó fue la de un hombre silencioso. Tenía una expresión congelada y sólo pronunciaba dos palabras: sí y no. De vez en cuando, hacía una seña con la cabeza a los niños y decía unas pocas palabras con voz seca. Era respetado por los habitantes del pueblo porque lograba que las cosas se hicieran.

Su piel es casi demasiado fina para un hombre. Tiene barba y usa un par de gruesos lentes con marco de oro enchapado. Detrás de las lentes hay un par de ojos de pescado. Las pupilas sobresalen tanto que parecen pelotas. Es delgado y se mueve con elegancia. En los viejos tiempos, usaba una túnica gris larga hasta el tobillo. Durante la guerra usa el uniforme del Ejército Rojo, con bolsillos extra, y después de la liberación usará una chaqueta Mao.

Hace tres meses que estoy en Yenán y he intentado desesperadamente abrirme camino. Al enterarme de que mi conciudadano Kang Sheng es el jefe de seguridad de los comunistas de Yenán, quedo encantada y sintiéndome afortunada, decido visitarlo. Un día, durante un recreo, me aparto de mi equipo de trabajo y voy hasta su oficina. Atravieso la puerta y le ruego que me ponga bajo su ala. Está ocupado, revisando un documento, y me mira por el costado de sus anteojos. Al principio no me reconoce. Luego me mira de nuevo: veo que me reconoce pero no dice nada. Sigue observándome con mirada analítica, osada, hasta grosera. Como un anticuario que revisa una pieza, se toma su tiempo. Me pone incómoda. Luego me dice que hará todo lo que pueda. Te irá bien en Yenán. Se reclina y de pronto sonríe.

Me invita a que tome asiento y me pregunta por mi vida en Shanghai. Le cuento un poco de mi lucha y mi carrera como actriz. No parece interesarle. Pero no tengo nada más que contar. Entonces me interrumpe y me pregunta sobre mis relaciones. ¿Estás casada o comprometida?

Le digo que no estoy preparada para hablar de mi vida personal.

Comprendo, me dice. Pero si necesitas mi ayuda tengo que saber esas cosas. Sabes, en Yenán, como comunista, todos tus secretos pertenecen al Partido. Además, me propongo ayudarte a tener éxito, no mucha gente tendrá tus oportunidades.

Me detengo un momento y luego empiezo a contarle sobre Yu Qiwei y Tang Nah. Me salteo mi casamiento con el señor Fei. Kang Sheng me pregunta detalles acerca de mis divorcios. ¿Hay algún compromiso actual?

He terminado con todo, le informo.

Muy bien. Asiente y nuevamente me mira por el costado de sus anteojos.

Kang Sheng me hace comprender que, en Yenán, los antecedentes son más importantes que el desempeño actual. El Partido cree en lo que uno ha hecho, no en lo que promete hacer. El Partido somete a todos a constantes controles, el secreto para avanzar es demostrar la propia lealtad al Partido.

Le digo a Kang Sheng que he venido a Yenán para renovar mi afiliación.

Bueno, entonces tendrás que hacer un informe de tu historia. Necesitamos nombres de testigos.

No tengo amigos de Shanghai que puedan ser testigos.

¿Sigues en contacto con Yu Qiwei?

Antes de que yo responda, me dice que Yu Qiwei acaba de llegar a Yenán desde Beijing.

De pronto me siento emocionada. Me lleva un momento preguntar si Kang Sheng sabe cómo le ha ido a Yu Qiwei.

Le va bien, responde él. Cambió su nombre por el de Huang Jing y es el secretario general del Partido a cargo de toda la zona noroeste. En rigor, camarada Lan Ping, Yu Qiwei puede ser una buena persona para ayudarte a construir tu historia. Al verme un poco confundida y perdida en un momento de recuerdos, me aconseja. Vamos, deja que el pasado sea el pasado. Se saca los anteojos y me mira directamente. ¿Prestaste atención cuando dije la palabra "construir"?

Entonces comprendo.

Le estoy agradecida, Kang Sheng *Ge*. Lo llamo "hermano mayor" en el dialecto de Shan-dong.

Ningún problema, responde. Manténme informado. Y olvídate de Yu Qiwei.

A partir de ese momento, Kang Sheng y yo somos amigos. La amistad pronto se vuelve asociación. Es, con toda probabilidad, la única persona en toda mi vida en la que confié completamente. Décadas más tarde, mi guardador de secretos decide hacer una soga para mi cuello; cuando me convierto en su jefe y estoy a punto de subir al trono, dispara una bala fatal a mi espalda.

Está en su lecho de muerte, por entonces. Cáncer de colon en su último estadio. Y quiere arrastrarme con él, quiere castigarme por no ponerlo en la posición del hermano mayor que espera y cree que merece. Me niego a nombrar al camarada Kang Sheng presidente del Partido Comunista porque me propongo tomar yo misma ese cargo. Me he ganado el derecho.

No creo estar en deuda con Kang Sheng. Ambos fuimos el sostén uno del otro cuando cruzábamos el río de Mao. Estamos a mano.

Tal como revela la historia a través de los documentos oficiales, Kang Sheng sólo escribió ocho caracteres en su testamento. Decían: *Madame Mao Jiang Ching es una traidora. Sugiero eliminación inmediata.*

Pero en Yenán, cuando empieza a formarse la asociación, mira a la bella con ojos de tratante de blancas: está dispuesto a hacer un pacto que dé buenas ganancias.

Soy consciente de mis sentimientos hacia Yu Qiwei. Aunque hace mucho que dejé de perseguirlo, mentiría si dijera que ya no me importa. Le escribo, manteniéndolo informado de dónde estoy. Es algo que no puedo evitar: una mano fantasma escribe por mí. En esos momentos, me asusto de mí misma.

Por el resto de su vida, Yu Qiwei se niega a demostrar sus sentimientos respecto de mí. Nunca dice una palabra acerca de nuestro pasado. Me evita mostrándose extremadamente cortés. Me hace sentir la pared que nos separa, la distancia que pone entre los dos. No puedo menos que admirarlo: es un hombre decidido: decide algo y cumple lo que decide. No contesta mis cartas, ni una sola vez.

Le está yendo bien y se ha vuelto poderoso. No me sorprenden sus logros. Es lo contrario de Tang Nah. Tang Nah me lleva a apreciar a Yu Qiwei, me hace lamentar lo que le hice. Debería haber soportado la soledad. Pero ¿cómo podía saber que saldría vivo, mientras que mataron a otros que estaban en su misma situación?

Tengo curiosidad por los sentimientos de Yu Qiwei. Quiero saber si alguna vez me echa de menos. Cada uno es parte de la juventud del otro y eso no puede borrarse.

Localizo a Yu Qiwei. Está en un motel de Yenán para oficiales que no pertenecen al Estado. Estoy segura de que es consciente del esfuerzo que hice para verlo. Sin embargo, se muestra frío cuando me recibe. Me hace sentir que lo estoy molestando. Mantiene su sonrisa oficial. Siéntese, camarada Lan Ping. ¿Té? ¿Una toalla? Me pregunta qué puede hacer por mí.

Ahora es un hombre de aspecto maduro, muy seguro de sí mismo. Su confianza me vuelve loca. Me duele verlo, me hace sentir como una prostituta que quiere venderse. Recuerdo cómo era, recuerdo cómo le gustaba que lo sedujera.

Estamos muy cerca, sentados a unos pocos centímetros, y sin embargo a océanos de distancia. No me veo en sus ojos. Tal vez la pestaña de un mosquito. No quiere que esté allí. Me echa una mirada cansada para demostrarme que su fuego ha muerto hace mucho. Me dice sin palabras que debería dejar de ponerme en situación embarazosa.

Eso me enoja, hace que quiera ganar. Ganar mucho, ganar a fondo, ganar para demostrarle que hizo mal en dejarme.

Pero sé que no debo mostrar mi rabia en su oficina. Le digo que fui allí por asuntos de negocios: necesito un testigo para mis antecedentes como comunista. ¿Puedes ayudarme? Fuiste mi jefe en Qingdao. Comprende y dice que llenará los formularios para mí. Dile al investigador que se ponga en contacto conmigo si tiene alguna pregunta.

Gracias, le digo. Gracias por tomarte la molestia.

Y me voy. Lo dejo solo para el resto de su vida. No lo veo en los treinta años siguientes, pero me aseguro de que mi marido lo vea. Me aseguro de que él le dé un empleo y le dé órdenes. Y trabajó para Mao como su secretario regional del Partido. Lo hicieron intendente de Qingdao. No sé nada sobre su muerte en la flor de la vida. No tengo idea de su felicidad o su desdicha. Sé que su esposa, Fan Qing, me detesta. El sentimiento es mutuo. Lo que haya ocurrido al final no me preocupa. Los perdedores me dejan mal gusto.

La joven está empezando a conocer el interior de China, la marea creciente de la llanura de Shan-Bei. Es un paisaje desolado. Junto al pequeño río en forma de serpiente hay un pueblo gris donde las casas son de barro y tienen ventanas de papel. Hay gallos, gallinas y pollos a los costados de la calle, que rompen el silencio del pueblo muerto. Aquí los burros son el único medio de transporte y los granos silvestres son la principal fuente de alimentación.

Sobre una colina está la Pagoda de Yenán, construida durante la dinastía Sung alrededor del año 1100.

Aquí es donde vive el futuro gobernante de China, Mao Tse-tung, en una cueva como un hombre prehistórico. Duerme en una cama hecha de ladrillos a medio cocer, potes de cerámica rotos y barro. La llaman *kang*. Aunque los soldados de piel oscura son flacos como palos, tienen la mente dura y viven para el sueño que Mao creó para ellos. Nunca conocieron ciudades como Shanghai. Todas las mañanas, en los terrenos de una escuela local, hacen prácticas de combate. Podrán tener sólo armas primitivas, pero están conducidos por un dios.

Algunas semanas más tarde, la muchacha aparecerá en la colina sin pasto. Al caer el sol sobre el río, se sentará junto a una roca y observará las ondas del agua. Mojará su cabello negro como laca y cantará óperas. Aunque tiene veintitrés años parece de diecisiete a los ojos de la gente del lugar. La joven tiene la piel más fina y los ojos más brillantes que los hombres han visto en su vida. Vendrá y cautivará el corazón de su dios.

9

Cuevas, pulgas, vientos ásperos, malas comidas, caras de dientes podridos, uniformes grises, gorras con estrellas rojas son mi primera impresión de Yenán. Mi nueva vida empieza como una forma de tortura. Para sobrevivir me prohíbo pensar que es un lugar donde tres millones de personas murieron de hambre en un año, me prohíbo reconocer que los pobladores nunca vieron un inodoro en su vida y que nunca se han bañado salvo al nacer, casarse y morir. Muy poca gente conoce la fecha de su nacimiento o dónde queda la capital de China. En Yenán la gente se considera comunista. Para ellos es una religión: la búsqueda de pureza espiritual los gratifica.

Me han asignado a un escuadrón con siete camaradas mujeres. Cinco son del campo y dos, yo incluida, de la ciudad. Cuando pregunto a las jóvenes campesinas sus motivos para unirse al ejército, Sesame, la más atrevida, me dice que fue para evitar un matrimonio arreglado. Su marido era una niño de siete años. El resto de las jóvenes asienten. Vinieron para evitar que las vendieran o morir de hambre. Las felicito. Paso la mañana aprendiendo ejercicios militares.

La otra mujer de ciudad tiene rasgos extraños. Sus ojos están uno en cada extremo de su rostro, cerca de las orejas como los de una cabra. Es arrogante y habla mandarín imperial. Su voz es masculina y las sílabas, cuando las pronuncia, se deslizan una dentro de la otra. El Ejército Rojo no es un ejército de salvación, subraya, es una escuela para educarse. Somos comunistas, no un puñado de mendigos. Es terrible que nunca hayan oído hablar del marxismo y el leninismo. Estamos en el ejército para cambiar el mundo, no sólo para llenar nuestras barrigas.

Me irrita. Las campesinas se miran entre sí: no saben cómo responderle. Intimida. Le pregunto su nombre. Fairlynn me responde, me bautizaron así por una antigua poeta, Li, Pura Reflexión. ¿Conoces sus obras? ¡Versos maravillosos!

¿Qué eres?, le preguntan las campesinas a Fairlynn.

Poeta.

¿Qué es un poeta? ¿Qué es un poema? Sesame sigue sin entenderlo después de que se le da la explicación.

Fairlynn le arroja un libro. ¿Por qué no lo ves tú misma y averiguas?

No sé leer, dice Sesame, disculpándose.

¿Por qué te uniste al Ejército Rojo?, le pregunto a Fairlynn.

Para seguir estudiando con el presidente Mao, él también es poeta.

Fairlynn es una atleta espiritual: necesita una rival para ejercitar su mente. Me llama Señorita Burguesa y dice que Yenán va a endurecerme. Por la mañana, deja la puerta abierta para que el viento la golpee. Eso le da placer. Oigo su risa masculina. ¡El viento fuerte les volverá a formar los huesos y los nervios! Se siente feliz de haberme dejado sin habla. Gracias a Buda es fea, pienso para mis adentros. Con esa figura rechoncha, estoy segura de que se siente muy sola. Su peinado, según ella, está inspirado en Shakespeare. Parece un paraguas abierto. Su cara larga tiene líneas profundas y la piel amarilla de una fumadora empedernida. Cuando habla, le mete a uno las manos en la cara.

Juego competencias de poemas *Qu* y *Pai*, dice Fairlynn. No veo la hora de medirme con el presidente Mao. He oído que le encanta que lo desafíen. Yo soy fuerte en los de Tang y tengo entendido que él lo es en los de Song. Su especialidad es *Fu*. Entre los de Song, prefiere *Norte tardío* y yo, *Sur tardío*. Mi especialidad son los poemas de cuatro tonos y ocho versos de Zu Hei-Niang, y los del Presidente las estrofas de dos tonos y cinco versos. Del tipo *pin-pin-zhe-zhe*.

Sería una sorpresa que el Presidente la recibiera, me digo. Los hombres deben buscar diferentes tipos de estímulos en diferentes mujeres.

El lugar donde vivo durante los meses que siguen se llama Cuesta de la Familia Qi. En la aldea de cuevas hay más de treinta familias y el apellido de todas es Qi. Debido a los valles, los vientos soplan con fuerza y la piel ya me empieza a doler. Me he presentado en el nuevo programa de formación de soldados. La aldea tiene una sola calle, que se extiende hasta llegar a campo abierto. En el extremo hay un granero. En el lado oeste hay un pozo público. El pozo no tiene barandas y en invierno está cubierto de hielo.

Mi escuadrón atraviesa la calle rumbo a la base de entrenamiento. Veo a un niño con mejillas como manzanas junto al pozo. Está levantando una cuerda con un balde de agua. El peso lo hace doblarse peligrosamente sobre el borde del pozo. Podría patinar y caer en cualquier momento. Cierro los ojos cuando pasamos junto a él. Hay un ciego vendiendo ñames por la calle. Sus ñames parecen eternos, de tan viejos. Junto a él hay una carbonería. Sentada frente a una pila de carbón, una mujer embarazada lava ropa. Sus dos niños usan pantalones abiertos atrás y juegan con el carbón. Tienen el trasero todo negro. Al lado hay una tienda de artículos de madera. Un carpintero está haciendo unos baldes gigantescos. Sus hijos ayudan a echar arena sobre la superficie de la madera.

A Fairlynn y a mí nos asignan para vivir con una familia campesina. He contraído tortícolis por dormir en el suelo. Un día, cuando el dueño de casa viene a darnos los buenos días menciono el dolor y al día siguiente trae dos colchones de paja.

Fairlynn arruina mis esperanzas de un buen sueño nocturno. Nuestra tarea es superar las debilidades burguesas, dice. Saca los colchones de paja y se los manda de vuelta al dueño.

Al cabo de una semana de dormir mal, empiezo a sentirme descompuesta. Fairlynn también se revuelve la noche entera. Una mañana, tras el desayuno, el dueño de casa viene con una vecina que es costurera. El hombre explica que le ha pedido a esa mujer que nos preste su taller de costura. Tiene camas, acota ella. Los camaradas de la ciudad, que tienen huesos frágiles, seguramente preferirán camas antes que el suelo.

Esta vez Fairlynn acepta la oferta sin decir palabra. Recogemos nuestras cosas y seguimos a la mujer a su cuarto. Nos ofrece dos camas. Una es un simple catre de bambú y la otra cuelga del techo. En rigor, se trata de una tabla con algunos retazos de tela encima. Mide alrededor de un metro veinte de ancho y dos cuarenta de largo, y está a unos dos metros del suelo, cerca del techo.

Fairlynn sugiere que yo use la tabla y ella la cama. No soy como tú, liviana como un pájaro, dice. La tabla no sostendrá mi peso: te romperé los huesos, si llega a caerse.

Cuando miro la tabla, me da un súbito dolor de cabeza. Para llegar a ella, primero tengo que subirme a su cama y después abrir las piernas para treparme a un clavo de madera. Luego debo extender un pie para apoyarme y levantar el otro por encima de la tabla. Una vez acostada, no puedo sentarme, pues mi cabeza golpearía el techo.

Por la noche, apoya el cuerpo contra la pared y le da miedo darse vuelta. No hay baranda para impedir que se caiga. Muchas veces sueña que rueda hacia el borde y cae. Le lleva semanas acostumbrarse al miedo. Para evitar tener que levantarse de noche, no se atreve a beber agua después de las tres de la tarde.

Después de recoger el maíz seco, envían al escuadrón a transportar los tallos del campo con un carro de una sola rueda. A Lan Ping le lleva un tiempo aprender a usar el carro. Una vez que conoce el truco, sostiene firmemente la manija con ambos brazos doblados hacia adentro a fin de dominar el aparato, y camina sobre los talones. Cuando va ladera abajo, tira de la manija y se pone en cuclillas. El peso de su cuerpo le sirve de freno. A veces se queda en cuclillas todo el camino y arrastra el trasero por el suelo. A diferencia de ella, Fairlynn se tropieza cuando hace curvas cerradas en bajada.

Lan Ping empieza a sentir la distancia. La distancia entre ella y el papel que quiere representar. No lo está alcanzando. Se pregunta cuándo conocerá gente que valga la pena.

Si eres un soldado, actúa como tal. El tono de Fairlynn es severo. No te descuelgas con preguntas como un civil. No pides ver a Mao, por ejemplo... De pronto, Fairlynn se tira un pedo. Es un pedo fuerte. Suena en medio de su frase. El olor es intenso.

Demasiados ñames, observa Sesame.

¿Píldoras para los gases?, ofrece Lan Ping.

Fairlynn mantiene la expresión en blanco como si fuera otra quien se tiró un pedo. Entonces vuelve a tirarse pedos. Las jóvenes se echan a reír. Uno de los pedos es tan largo que dura un minuto. El grupo estalla en carcajadas cuando el pedo modula un par de notas más abajo hasta extinguirse.

Cuando voy al baño debo ponerme en cuclillas sobre un agujero de estiércol. Tiene unos tres pies de diámetro. Sólo hay una tabla de madera que atraviesa el agujero. Los días de lluvia, la superficie se vuelve muy resbalosa. Sólo pensar en eso me deprime más de lo que realmente estoy. He aprendido a manejar revólveres, a tirar granadas, a rodar en medio de arbustos y piedras. Lucho y trabajo. Para mí, el comunismo es la luna en el estanque y una flor en el espejo. Todo lo demás me dice que estoy en el lugar errado.

Es medianoche y de nuevo tengo diarrea. No quiero bajar en el frío y despertar a Fairlynn. Pero tras una hora de dar vueltas, no aguanto más. Me pongo la ropa y empiezo a bajar. Fairlynn duerme profundamente. La oscuridad me rodea, cuando salgo. Me cuesta imaginarme balanceándome sobre la tabla de madera. Pienso en despertar a Fairlynn: tal vez pueda sostener la linterna para que yo vea algo. Pero cambio de opinión, no quiero que me vuelvan a llamar Señorita Burguesa.

Camino tocando la pared con las manos. Cuando llego al portón, la incomodidad en el estómago aumenta. Empujo el portón pero no se abre. Los anillos no se mueven. Apurada, doy una vuelta y finalmente me las arreglo para abrir la puerta.

Estoy perdida. Frente a mí hay un patio desierto. No puedo recordar dónde está el pozo de estiércol, sólo sé que no es lejos.

No es como luego se lo contó a la gente, que nunca dudó del camino que había tomado. Dudó y mucho, como ahora.

Llorando, visita a Kang Sheng. Una tarde clara se presenta en su oficina de la cueva.

¡Camarada Lan Ping! ¿Cómo te ha ido?, la saluda él dándole la bienvenida. ¿Cómo te sienta la vida de Yenán? Vamos, ¿has comido? Almuerza conmigo, por favor.

No ha visto carne desde hace meses.

Hablan mientras comen. Ella se muestra humilde, le pide consejo.

Bueno, mi conocimiento de las cosas no es mejor que el tuyo, responde él. Sólo soy más viejo y he saboreado más sal. ¿Probaste con la compañía de ópera de aquí? En Yenán hay muchísimos amantes de la ópera. Los jefes del Partido son fanáticos de la ópera.

Quiero probar, pero el jefe de mi escuadrón no me deja un día libre. ¿Qué motivo podría aducir?

Bien, déjame ver. Puedo transferirte en nombre del Departamento de Personal. Le diré a tu jefe que la revolución te necesita.

Casi quiere ponerse de pie y hacerle una reverencia hasta el suelo. Conteniéndose, le pregunta el nombre de las personas a cargo de la compañía de ópera de Yenán.

Trabajarás con gente que puede ser avanzada políticamente, dice él, mientras arranca un pedazo de papel y rápidamente escribe una lista de nombres, pero no saben cantar, no son capaces de representar un papel. Te vas a destacar. Así que a concentrarte en eso. ¿Si voy a llevar público a tu actuación? Si eres buena, llevaré al mismísimo presidente Mao.

El sutil indicio de esas palabras me recuerda que el tiempo no me permite esperar: la juventud cuenta. Con qué facilidad la fina piel de las jóvenes de la ciudad se vuelve aquí papel de lija. El viento áspero no discute. Susurra antigua sabiduría. Mientras que muchos reciben consejos, sólo los sabios los aprovechan: usa tu cabeza. Ponlo así: hay un jardín amoroso diferente en Yenán. Las mujeres aman a los hombres por lo que pueden hacer por China.

Una mujer del pueblo viene con una tetera. Nos sirve té a Kang Sheng y a mí. Es joven, pero tiene arrugas profundas ocasionadas por el viento. Kang Sheng agrega: En Yenán, el nivel de una mujer está determinado por el rango de su marido. Se ríe como si hubiera hecho un chiste. Estoy seguro de que una joven de tu calidad atrae admiradores, pero debes preservarte. Por cierto que ése no es nuestro tema hoy. Aquí tienes, tómalo. Saca un expediente de su cajón. Mejora tu conocimiento del Partido, lee las obras de Mao. Recuerda, sólo cuando la propia vida se entremezcla con la historia se llega a ser verdaderamente grande.

Empieza a leer lo que Kan Sheng le ha recomendado. Libros e informes. Las historias la fascinan. Se refieren al desarrollo del Partido Comunista, pero más al éxito de un hombre. Un hombre que sin ayuda de nadie dio solidez y condujo el Partido, un hombre que tres veces perdió el favor del Partido y tres veces volvió a retomar el liderazgo.

Es la historia de Mao Tse-tung.

Un autodidacta, hijo de un campesino de Hunán. Creó el grupo comunista de Hunán cuando era estudiante, en 1923. Su mentor era Chen Duxiu, el jefe del Partido Comunista. En 1927, después de que Chiang Kai-shek masacró a los comunistas, la relación maestro-discípulo se agrió. Adoptaron visiones opuestas: Mao creía en el poder de la fuerza, mientras que Chen creía en la mesa de negociaciones. En ese momento prevaleció Chen, pero la historia demostró que Mao tenía razón. Cuando las negociaciones de Chen fracasaron, agravó su error ordenando una guerra de posiciones: construir paredes de cuerpos para bloquear las balas de Chiang Kai-shek. Resultado: el Ejército Rojo perdió el noventa por ciento de sus fuerzas.

Frustrado, Mao tomó una pequeña fuerza campesina y se mudó a las remotas montañas de Jing-gang para esconderse. Estaba decidido a entrenar a sus hombres para que fueran una fuerza de hierro. Por su acción, Mao fue acusado de traidor y oportunista. Lo echaron.

Pero Chen no tuvo suerte y el Ejército Rojo estuvo a punto de ser completamente barrido. A Mao se le volvió a ofrecer su cargo, pues ya había elevado su fuerza a la cantidad de treinta mil hombres bien equipados. Al asumir su cargo, Mao se enfrentó con las fuerzas de Chiang Kai-shek, diez veces mayores en número. Entonces se dedicó a jugar al gato y al ratón con su enemigo y enfrentó otro golpe interno. El Politburó central del Partido Comunista creía que el Ejército Rojo era tan fuerte que era hora de tomar las principales ciudades de Chiang Kai-shek. Mao rogó que no actuaran y de nuevo se lo consideró un idiota estrecho de miras; y de nuevo lo echaron.

Mao se enfermó pero no cedió. Cuando llegaron las malas noticias —el Ejército Rojo enviado a atacar la ciudad fue destruido—, Mao estaba listo para volver a sentarse en su sillón de comandante. Como un antiguo estratega aplicó su arte a la guerra y mágicamente dio vuelta la situación: el Ejército Rojo no sólo sobrevivió sino que volvió a ganar.

Sin embargo, los problemas de Mao estaban lejos de haber terminado. Los expertos del ejército formados en Rusia expresaron sus dudas respecto de su estilo guerrillero. Convencieron al Politburó de que las tácticas conservadoras de Mao estaban arruinando la reputación del Partido. El Politburó estaba convencido de que era necesario lanzar un segundo ataque contra el bastión de Chiang Kai-shek. Cuando Mao se opuso, volvieron a criticarlo diciendo que había perdido confianza en la revolución y lo consideraron un cobarde. Esta vez, Mao no sólo fue despedido de su cargo sino que le ordenaron que dejara la base. En 1932, como forma de exilio, le encargaron que estableciera una rama del Partido en una provincia remota.

Mao no esperó. Conspiró activamente, habló con sus amigos y conexiones. Su predicción se reveló acertada a cada paso. El Ejército Rojo perdió batallas clave y, finalmente, fue bloqueado por las fuerzas de Chiang Kai-shek, demostrándose incapaz de liberarse.

Mao fue llamado por tercera vez. Sin embargo, no quería ser sólo un puente descartable para salvar al ejército de aguas peligrosas. Quería un cargo permanente en el cuartel del poder: quería un control completo sobre el liderazgo del Partido Comunista, quería incluso poder sacar a sus enemigos políticos.

Se lo concedieron.

En 1934, el dios condujo a sus seguidores y realizó un milagro. Se llamó la Larga Marcha.

La joven está sentada frente a una pila de papeles. Puede ver cómo se forman sus pensamientos. Las sílabas estallan en el aire, el sentido se organiza. Es abrumador. El nacimiento de una visión súbita, su energía vital, la combinación de intimidad prohibida y comprensión ilícita.

¡Quiero ocupar un lugar en este mapa!, grita.

Kang Sheng le dice que hay mujeres que se invitaron a la cueva de Mao, tanto del país como extranjeras.

No me voy a convertir en roca por eso, responde la muchacha.

El sol comienza a ponerse junto a la colina. Llegan compañías de soldados y hacen cola. Se sientan en filas frente a un escenario improvisado, construido con palos de bambú contra un cielo cada vez más azul. La orquesta está afinando sus instrumentos. La chica de Shanghai ha logrado ser la actriz principal de la Compañía de

Ópera de Yenán. Está a punto de cantar un aria llamada "Historia de la hija de un pescador".

La joven se prepara en una tienda. Se envuelve la cabeza en un chal amarillo brillante y se acomoda la ropa, un chaleco rojo con pollera pantalón al tono. Toma un "remo", finge estar en un bote y empieza a entrar en calor moviéndose según un esquema de un paso adelante, uno atrás, uno al costado. Se balancea, moviendo los brazos de un lado al otro.

El sonido de los aplausos le indica que han llegado los líderes y los miembros del gabinete. El jefe de escenario hace que los actores se apresuren a salir. El redoble de tambores se hace cada vez más fuerte. Los rostros de los actores están cubiertos de polvo, ojos y cejas están trazados como gansos voladores.

Al mirarse en el espejo, la joven recuerda su vida en Shanghai. Piensa en Dan, en Tang Nah y en Zhang Min, los hombres que viajaron por su cuerpo pero nunca encontraron la joya que había dentro. Piensa en su madre, en su desgracia. De pronto la extraña. Sólo después de que la hija vivió su propia lucha pudo compren-der el sentido de las arrugas de su madre y la tristeza sellada bajo su piel.

Las ruedas del carro vuelan a través del escenario. Los actores se quiebran la voz en las notas agudas. La audiencia grita excitada. El sonido rompe la noche. El jefe de escena le dice a la actriz que Mao ha llegado. Está sentado en medio de la multitud. La joven imagina cómo ha de sentarse el Presidente. Como Buda en una flor de loto.

Entra en escena en actitud *sui-bu*, con pasos que se deslizan, y luego *liu-quan*, brazos como sauce. Toma el "remo" y da golpes lle-nos de gracia en el agua imaginaria. Se inclina de arriba abajo, luego estira las rodillas para describir el movimiento de un bote. Los redobles de tambor complementan su movimiento. Avanza apo-yándose en los talones y los dedos de los pies de la parte izquierda del escenario a la derecha con el fin de mostrar sus habilidades para "caminar sobre el agua". Hace *linag-xiang* —adopta una pose— y luego abre la boca para cantar la famosa aria.

El rostro de Mao se ve solemne, pero dentro de su mente el viento se ha levantado y sopla a través de sus nervios: la voz de la joven es como una poderosa flecha que se clava en el centro de su estado mental. Su mundo se da vuelta. Empiezan a crecer algas en el cielo y las nubes nadan en el océano.

Contigo iría a los Nueve Arroyos

Con los vientos soplando y las olas hinchándose libremente
En carros de agua con colchas de loto...

Su mente ahora es un caballo con montura corriendo hacia el viento violento, azotado, pateado, lanzándose hacia la ladera de una montaña envuelta en densa niebla.

Subo a los acantilados de Quen-Rung para mirar.
Mi corazón se siente volátil e inseguro.
Cae el crepúsculo,
Me siento perdida y abandonada.
Pensando en costas lejanas.
Me acerco...

Él huele el aire húmedo, el aire que transporta el peso del agua. Oye el ritmo de su propia respiración. Pestañea y se enjuga el sudor de la frente.

Caído el telón, Kang Sheng lleva a Mao al escenario y le presenta a la actriz. Se estrechan la mano. La gracia de un antiguo sabio. Él es más alto que ella y tiene gruesos cabellos negros, más largos que los de nadie de la multitud. Los lleva peinado hacia los costados con raya al medio: un típico peinado campesino de Yenán con el toque de un artista moderno. Tiene un par de ojos almendrados con doble párpado, gentiles pero reconcentrados. Su boca es naturalmente roja y de labios llenos. La piel es suave. Un hombre de edad mediana, confiado y fuerte. Su uniforme tiene muchos bolsillos. Hay parches cuidadosamente cosidos en los codos y las rodillas. Los zapatos están hechos de paja.

Ella siente el pulso de su papel.

El invierno se está yendo y la primavera todavía tiene que llegar. De la noche a la mañana, el pasto de la colina se ha cubierto de escarcha. Sólo a mediodía la costra blanca empieza a derretirse. Después de las cuatro de la tarde, el hielo empieza a formarse de nuevo. Toda la colina, el pasto que aún no se ha puesto verde, parece estar bajo una película de cristal.

Es en ese momento cuando Fairlynn pasa a ser editora en jefe del diario de Mao, *La base roja*. Se dice que Mao en persona la designó para el cargo. El diario celebra las recientes victorias y llama a Mao "el alma de la China".

La señorita Lan Ping lleva su uniforme y envuelve su cuello con un chal naranja. Es el estilo que cultiva: un soldado con un toque de diosa romántica. Hace el efecto de una rosa diminuta en medio de una masa de follaje verde. Sabe cómo buscan y registran los ojos de los hombres. La cámara del corazón de su futuro amante. Sus camaradas, incluidas las esposas de los oficiales de alto rango, chismorrean. El tema es Madame Chiang Kai-shek Song Meilin. Comentan su capacidad para hablar una lengua extranjera y, más importante, su talento para controlar a su hombre. Dicen que ha atraído la atención sobre la campaña de su marido. Habló en la Liga de las Naciones y obtuvo fondos para la guerra de su marido. La joven está muy interesada.

Durante las semanas que siguen, la nieve cae junto con lluvia. Por un momento, el universo de Yenán está empapado, la lluvia convierte la tierra en un pantano. El suelo sólido se vuelve una pasta barrosa. Las cacerolas y tazas de la habitación nadan como barquitos. Al día siguiente, sale el sol. Seca el camino y vuelven a trazarse las huellas de las ruedas, duras como cuchillos. Cuando la lluvia retorna, el camino es una tabla resbaladiza. En la senda de una milla de longitud por la que debe acarrear ñames, Lan Ping cae como un payaso de circo.

La cafetería es una gran cueva con paredes chorreantes. Una mitad se usa para almacenar carros y herramientas. Mis camaradas y yo sostenemos nuestras escudillas de arroz y nos amontonamos hacia el costado donde el suelo está menos barroso. La lluvia gotea dentro de mi escudilla. Para evitarla, tengo que comer y darme vuelta todo a un tiempo.

Tengo las botas pesadas de barro, arrastrándose como si intentaran salírseme de los pies. Me esfuerzo por no echar de menos a Shanghai: el pavimento, los árboles podados, los restaurantes cálidos y los baños.

La lluvia mezclada con nieve sigue cayendo. Una sola cortina gris cubre el cielo y la tierra.

. . .

Una multitud llena el hall de la Escuela de Arte LuXiun de Yenán. Se espera a Mao, que dará una conferencia. La joven de Shanghai está sentada en un banco de madera de la primera fila. Ha venido temprano para asegurarse el mejor asiento, un lugar desde donde pueda ver y ser vista. Ahora aguarda pacientemente. La atmósfera es exuberante. Los soldados cantan canciones con fuerte acento del norte, canciones hechas a partir de enseñanzas de Mao y de melodías folclóricas.

Creemos en el gran comunismo.
Somos soldados del Ejército Rojo.
Castigamos el robo y el saqueo.
Vivimos para servir al pueblo
Y para combatir a los invasores japoneses y a los nacionalistas
                                        [de Chiang Kai-shek.

A la joven le gusta lo directo de la letra. Cuando se repite la canción por tercera vez, Lan Ping se une al coro y la canta a plena voz. De inmediato llama la atención. Prosigue, dando la nota más alta sin esfuerzo. Los soldados le echan miradas de admiración. Ella canta más fuerte, sonriendo.

El edificio más alto empieza con un ladrillo.
El río más profundo empieza con una gota de agua.
La revolución empieza aquí en Yenán.
En el rojo territorio gobernado por el gran Mao Tse-tung.

Esa atmósfera la conmueve, la emociona, los actos que está llevando a cabo para realizar su sueño, el hecho de que pueda convertirse en un víctima de ese sueño. Una perfecta heroína trágica. Podría llorar, piensa con una sonrisa.

En medio de un aplauso atronador aparece Mao. La multitud grita con su voz más sonora: "¡Presidente Mao!".
Él comienza con un elegante chiste folclórico que sólo muy pocos entienden.
La muchacha queda deslumbrada por la estrella. Es como si hubiera conocido al propio Buda.

El hombre que está sobre el escenario habla de la relación entre el arte y la filosofía, entre los papeles del artista y del revolucionario.

¡Camaradas! ¿Cómo haremos con las malas hierbas que han crecido en nuestro estómago?

Sus movimientos son los de un hombre sabio y relajado. Su voz tiene un pesado sonido nasal, mezclado con un vibrante acento de Hunán.

He estado limpiando el mío. Mucho arrancar y limpiar. El asunto es que Chiang Kai-shek y los japoneses son fáciles de identificar como enemigos. Sabemos que están ahí para apoderase de nosotros. Pero el dogmatismo es como la mala hierba. Se cubre con una máscara de tallos de arroz. ¿Pueden distinguirlo? Para ser buen artista, primero hay que ser marxista. Hay que poder distinguir el dogmatismo del comunismo.

Ella percibe que hay metal en su estructura. Súbitamente se pregunta si habrá algo de verdad en el consejo de Kang Sheng: lo que cuenta en Yenán es la prueba de los antecedentes como comunista. Su instinto le dice una verdad diferente, le dice lo que la naturaleza susurra a hombres y mujeres: que no hay nada que demostrar. Todo está en los cuerpos, en la atracción de los ojos del animal humano.

El hombre del escenario prosigue. Fluyen palabras, frases y conceptos.

Los dogmáticos fingen ser verdaderos revolucionarios. Se sientan en importantes lugares de nuestro congreso. No hacen otra cosa que repetir a José Stalin. La revuelta y el ataque han empezado desde adentro, desde el cuerpo de nuestro Partido. Son invisibles pero fatales. Se llaman ciento por ciento soviéticos, pero son arañas con husos podridos: no pueden producir más hilos, son inútiles para la revolución. Hablan con la melodía de Karl Marx, pero ayudan a Chiang Kai-shek. Nos han burlado. Nos han dado anteojos con lentes rayadas para que no podamos ver con claridad. Hemos creído en Stalin y confiado en la gente que nos envió. Pero, ¿qué hacen además de realizar experimentos sociales a costa de nosotros?

Mao desarrolla ideas sobre la historia china a la luz de la situación actual, aplica teorías con diseño y carácter militar. Entonces su expresión cambia, se encierra, se hunde en un aire solemne como si la multitud hubiera desaparecido delante de él.

La joven del banco no puede menos que empezar a medir. Mide

el futuro del hombre con ojo de adivina. Se concentra en él. En su rostro, a través de un resplandor, ve la marca de la garra de un león. Oye su rugido, un aullido atemporal. En ese momento, percibe el ajuste entre ella misma y su papel.

El guardaespaldas de Mao viene con un jarro de té. El joven tiene entre las cejas una cicatriz en forma de oruga y pone la bebida en el suelo, frente a los pies de su amo. Ello asombra a la joven. En Yenán, a la gente le parece natural tomar el jarro del suelo en lugar de hacerlo desde una mesa.

La voz sobre el escenario gruñe con más fuerza. *La verdad, camaradas, es que hemos estado perdiendo: nuestros hombres, caballos y miembros de la familia. A causa de la dirección equivocada que nos hemos visto forzados a seguir, nuestro mapa se ha vuelto a reducir. ¿No aprendimos suficientes lecciones? No hemos perdido las batallas contra Chiang Kai-shek o los japoneses, sino contra el enemigo interno. Las cabezas de nuestros hermanos ruedan como piedras... Acerca de preservar la inocencia política, sí, queremos preservarla, no a partir de la ignorancia sino a partir del conocimiento y la sabiduría. Nuestro liderazgo es tan débil que la mala suerte se nos ha pegado. ¡Se nos caen los dientes cuando bebemos agua fría, y tropezamos con nuestros propios pedos! ¡Debemos dejar de encaminarnos hacia nuestra propia tumba! ¡Camaradas! ¡Quiero que todos ustedes comprendan que el dogmatismo es hacer salchichas con bosta de burro!*

Se inclina, toma el jarro y bebe.

Ella oye el ruido de lápices sobre papel.

La multitud, Fairlynn incluida, toma notas del discurso de Mao.

La joven no escribe. Memoriza las frases de Mao, las dichas y las no dichas. En ello pone en funcionamiento su talento.

Él camina, bebe el té y espera que la multitud levante la cabeza de sus anotadores. No tiene imprenta ni diarios: confía en la boca de la multitud que lo sigue. Sus ojos se pasean por los asistentes. De pronto, ve algo inesperado y su concentración se interrumpe. La reconoce: la joven que no toma apuntes como los demás. La actriz sin maquillaje. El impacto es como la luz del alba que se insinúa en la oscuridad. La sensación lo atraviesa.

Florece una semilla dormida.

Ella aparta la mirada, advirtiendo que ha alterado la concentración del hombre. Su atención ahora está en ella y sólo en ella. El encuentro se produce en completo silencio. Un crisantemo silvestre se abre secreta y fervorosamente y abraza los rayos del sol. La joven experimenta una extraña calma y seguridad interior. Está en su papel. Se apodera del momento e intenta hacerlo resplandecer. Se siente complacida consigo misma, una actriz que nunca fracasó en embrujar a su público. El corazón no deja de latirle. En silencio se presenta ante él. Cada parte de su cuerpo habla, se entrega y se extiende. Allí está Mao mirándola libre y osadamente. Mirando su cabello peinado con sumo cuidado, su piel de marfil. Ella se queda quieta en el suelo de Yenán y deja que él la encuentre.

Él sonríe y ella se vuelve hacia él. Entonces los ojos de ella lo atraviesan y van más allá de él. No le permite establecer contacto; todavía no. Lo contraría para encender el fuego, para aferrarlo, para que él empiece la búsqueda.

Las arias de ópera fluyen en su cabeza. Las alas de la mariposa están grávidas de polen dorado... En ese momento oye a Fairlynn. Su grito. ¡Maravilloso! ¡Adoro la conferencia! ¡Adoro a este hombre!

Mao firma autógrafos y contesta preguntas. La muchacha levanta el brazo. Él le hace una seña afirmativa. Ella se pone de pie, hace una pregunta sobre la liberación femenina. De pronto se percata de que hay una mirada ausente en su sonrisa; él la está mirando, pero sus ojos no la registran.

Ella hace su pregunta; se siente insegura de sí misma cuando vuelve a hundirse en el mar de la multitud. Mao levanta los ojos. Ella desearía que la estuviera buscando pero no tiene ninguna certeza. Él interrumpe la búsqueda. Entonces ella se pone de pie y sale, diciéndose que preferiría desaparecer antes que no ser reconocida.

Más adelante se explica el problema a sí misma. A pesar de que vive solo, el obstáculo es que Mao sigue casado. El nombre de su esposa es Zi-zhen, una heroína tan popular y respetada como él. Cuando su marido era un fuera de la ley, Zi-zhen se rebeló contra su familia terrateniente para seguirlo. En ese momento tenía diecisiete años y era famosa por su belleza y coraje. Tiene balas bajo las costillas por la Larga Marcha de 1934 y le dio seis hijos, pero sólo uno, una niña, vive.

La separación se inició cuando ella se aterrorizó ante la posibilidad de otro embarazo. Se negaba a compartir el lecho con él y él empezó a olisquear a su alrededor. Zi-zhen se enteró. Entonces dame lo que quiero, le exigió él. Ella le pegó un puñetazo en el rostro y fue directamente al Politburó. ¡Hagan que se comporte como Mao Tse-tung, el Salvador!, exigió.

Entonces Mao quiso destruir el certificado de matrimonio que lo unía a Zi-zhen. Se fue de la cueva y le dijo que su matrimonio había terminado. Zi-zhen sacó su pistola y baleó todos y cada uno de los objetos de cerámica de la habitación. Él sintió que lo que ella destrozaba era la cabeza de él y escapó. Ella se desmoronó, pero estaba decidida a conseguir que volviera, decidida a obligarse a reconquistarlo. Pero él la eludía y ella poco a poco admitió su voluntad.

¡Enséñame a complacerte! Zi-zhen volvió a mudarse a la habitación, pero él se marchó. Ella insistió en que debía darle un motivo. Él inventó uno: sabes demasiado poco de marxismo y de leninismo.

Ella registró sus palabras en su cuaderno y se subió a un tren rumbo a Rusia. Cuando vuelva seré ciento por ciento marxista y leninista.

Agnes Smedley, una periodista norteamericana que por esa época estaba de visita en Yenán, recordaba sus esfuerzos por enseñar a bailar a Mao e hizo una predicción en una carta que le envió a un amiga: si Mao alguna vez aprende a bailar, abandonará a Zi-zhen. Mao le preguntó a Agnes si el romance existía realmente. Por cierto, él nunca había conocido ninguno, declaró.

Cuando la joven de Shanghai entra en su cueva, se convierte en la personificación de lo que Mao ha estado buscando.

El momento en que Zi-zhen deja Yenán es el momento en que llega Lan Ping. Según la historia oficial, es una tarde ventosa, fría y desapacible. Zi-zhen se encuentra con su pequeña hija, parece agotada y está llena de resentimiento. Con un compañero de viaje conversa sobre su vida con Mao. Habla de la época en que tenía dieciocho años y sus ojos eran descriptos como joyas. Lo conocí en la montaña de Yong-xin, en una asamblea comunista. Al cabo de días de reuniones, charlamos, comimos juntos. Licores y pollo asado. Él me pidió que compartiera su taza de té. Zi-zhen recuerda vívidamente la forma en que Mao le hizo el anuncio a sus amigos: "Estoy enamorado". Recuerda sus sueños de organizar un ejército propio. Ahora él tiene su ejército y ella ha perdido su salud y su alegría. Tiene veintiocho años y está enferma y flaca como una pajita. Sentada en el banco de un motel barato, siente que sus pensamientos la congelan.

El hombre de la barba de chivo no puede sino admirar a la actriz. Aunque la conferencia del presidente Mao me resultó esclarecedora, tengo dificultad en comprender ciertos puntos, dice. ¿Hay alguna posibilidad de que le haga unas preguntas personalmente?

Kang Sheng nunca conoció a una joven como ella, dulce pero agresiva. Ya la considera una buena socia. De modo que responde: Por supuesto, el Presidente es un maestro a quien le gustan los alumnos que se desafían. Pero no es fácil arreglar una visita. Su alojamiento está rodeado de guardias. Kang Sheng hace una pausa, mira a la joven y frunce el entrecejo. Déjame ver qué puedo hacer.

Tres días más tarde, envía un mensaje a la muchacha: Mao le ha concedido una audiencia.

Como si recibiera un llamado a escena, Lan Ping se acerca al telón. Se controla por última vez en el espejo. No se ha puesto nada en la cara, en rigor, se la lavó dos veces. Ha decidido demostrar que es alguien con los pies sobre la tierra, confiable. Lleva su uniforme completo. Un cinturón le marca el talle.

Marcha hacia la cueva de él. El guardia con la cicatriz en forma de oruga entre las cejas le bloquea el paso. Ella pronuncia su nombre. El hombre la mira de arriba abajo con suspicacia. Me invitó el Presidente. Espere aquí, dice el guardia, y entra en la cueva. Minutos después vuelve. El Presidente la espera.

Siéntese. Le acerca una silla. ¿Té?

Ella se sienta y mira a su alrededor. Lamento molestarlo, Presidente. Comprendo que es un hombre ocupado. Yo... Se detiene como si fuera demasiado tímida para continuar.

Mi tarea es escuchar lo que la gente quiere decir, dice sonriendo. A veces un poco de distensión hace más eficaz mi trabajo.

Ella sonríe, se siente relajada.

Él sale de detrás de su escritorio y se sienta frente a ella.

Lan Ping bebe un poco de té y lo mira. Sabe lo que sus ojos son capaces de hacerle a un hombre. Se lo han dicho Yu Qiwei, Tang Nah y Zhang Min. Lo baña con la luz solar que surge de ella.

Él rompe el silencio. El camarada Kang Sheng me comentó que usted tuvo dificultades para comprender algunos puntos de mi conferencia.

Sí, responde ella; de nuevo le pido disculpas por molestarlo.

Es un placer. Se pone de pie y agrega agua caliente a la taza de ella. Como dijo Confucio, uno debe disfrutar enseñando. Mi puerta está abierta para usted. En cualquier momento que tenga preguntas, sencillamente venga.

Hay formalidad en ese juego entre maestro y alumna. Luego él le pregunta por su historia, quién es y de dónde viene. Ella disfruta contándosela, con parlamentos que ha ensayado muy bien. De tanto en tanto hace una pausa, lo observa. Él está atento. Ella prosigue con el relato, agregando, cambiando y salteándose ciertos detalles. Cuando menciona la inmensidad de Shanghai, él comienza a hablar.

Fue en 1923. Para una convención del Partido, comenta, jugando con el lápiz y trazando círculos en un telegrama. En esa época nuestro Partido sólo tenía un puñado de miembros y nos seguían constantemente agentes de Chiang Kai-shek.

¿Dónde se alojaba?, pregunta ella con curiosidad.

En el distrito de Luwán junto a la carretera Cima.

¿La calle que tiene casas de ladrillo rojo y puertas con arcos negros?

Eso es.

Los huevos teñidos de té son excelentes en esa calle.

Bueno, yo era demasiado pobre para permitirme probarlos.

¿A qué provincia representaba en la convención?

Hunán.

¿Hacía otra cosa además de trabajar para el Partido?

Era lavandero en la lavandería de Fu-xing.

¿Lavandero?, exclama ella, riéndose. ¡Qué interesante!

La parte difícil de mi trabajo no era el lavado sino la entrega, agrega él, pues la mayor parte de lo que ganaba lavando tenía que gastarlo en boletos de tranvía, que eran muy caros.

¿Por qué no se quedó en Shanghai?

Digámoslo así: me resultaba muy difícil nadar en una bañera.

Ella se levanta para irse. Es la hora de la cena.

Por favor, quédese a cenar.

Me temo que ya lo he molestado demasiado.

Quédese. La voz le llega de atrás mientras avanza hacia la puerta. Por favor, acepte mi invitación.

Los guardias ponen la mesa. Cuatro platos. Un plato de cerdo frito con salsa de soja, un plato de radichetas, un plato de ensalada verde y un plato de tofu aderezado. Ella devora la comida, disculpándose por sus modales. La vida en Yenán en mucho más dura que en Shanghai, ¿no es cierto?, dice él. Como un padre, la mira comer. Ella asiente y sigue llenándose la boca.

Él elige un pedazo de carne y lo deja caer en la escudilla de ella. Luego comenta: Considero deliciosa esta comida en comparación con lo que comí durante la Larga Marcha. He comido corteza de árbol, pasto y ratas.

Ella deja de comer y pide que le cuente con más detalle cómo fue estar en el exilio.

Fue después de Tatu, comienza. Nuestro ejército se dirigía al norte. En las montañas nevadas encontramos una relativa seguridad, pero las prodigiosas alturas debilitaron a todos. Muchos murieron y tuvimos que abandonar las provisiones y los animales de carga. Luego llegamos a las regiones pantanosas de las praderas. Era un espectáculo de horror. Cerca del Tíbet, mis hombres habían sido atacados y ahora estábamos pasando de nuevo por una región de tribus hostiles. No se conseguía comida. Nuestros cocineros desenterraron unos vegetales que parecían nabos pero que resultaron venenosos. El agua nos enfermó. Los vientos nos sacudían y a las granizadas les sucedía la nieve. Tendíamos cuerdas para guiarnos a través de los pantanos, pero desaparecían en las arenas movedizas. Perdimos los pocos animales de carga que nos quedaban.

Ella advierte que él intenta aligerar sus palabras pero no puede.

Mao respira hondo y prosigue. Veíamos una pequeña columna caminado por el mar de densos pastos cubiertos de niebla, y un instante después... toda la columna desaparecía.

Ella le clava los ojos.

Cuando el guardia enciende la segunda vela, ella se pone de pie para despedirse. Podrá sonarle gracioso, pero pensaba que usted sería un hombre arrogante, le dice, mientras atraviesa la puerta.

¿Qué motivos tengo para ser arrogante? Soy Mao Tse-tung, no Chiang Kai-shek.

Ella asiente, riendo, y repite que debe irse.

El sendero está lleno de obstáculos y es una noche sin luna. ¡Pequeño Dragón! Acompañe a la camarada Lan Ping a su casa, ¿quiere?

Es la tercera vez que se encuentran en privado. Las estrellas parecen ojos de mirones que se abren y se cierran. Mao Tse-tung y Lan Ping están de pie en la creciente oscuridad, uno junto al otro. El día ha empezado a ponerse fresco. Las hierbas se inclinan perezosamente sobre la orilla del río. El reflejo de la luna tiembla en el agua.

Nací en la aldea de Shao Shan en 1893, dice Mao. Describe el paisaje de su pueblo natal: es una tierra de hibiscos, orquídeas, ciervos y arrozales. Mi padre era un campesino pobre. De joven, se unió al ejército de los caudillos militares a causa de sus pesadas deudas. Fue soldado durante muchos años. Más adelante, volvió a la aldea y se las arregló para comprar nuevamente su tierra. Ahorraba con sumo cuidado y manejaba un pequeño negocio. Era miserable. Me envió a una escuela primaria local cuando tenía ocho años, pero quería que trabajara en la granja a la mañana temprano y por la noche. Mi padre detestaba verme sin hacer nada. A menudo me gritaba: "¡Haz algo útil!". Hasta el día de hoy puedo oír su voz. Era un hombre de temperamento fuerte y a menudo nos golpeaba, a mí y a mis hermanos.

En ese punto la joven inserta sus comentarios. Describe a su propio padre. Dice que comprende perfectamente cómo debía de sentirse de niño, aterrado por su progenitor. Lo mira con los ojos llenos de lágrimas.

Él asiente, le toma las dos manos, las retiene entre las suyas y prosigue. Mi padre no nos daba nada de dinero. Apenas lo mínimo posible de comida. El día quince de cada mes hacía una concesión a sus obreros y les daba huevos para comer con el arroz, pero nunca carne. A mí no me daba ni huevos ni arroz. Su presupuesto era rígido y contaba los centavos.

¿Y su madre?, pregunta la joven. El rostro de él se ilumina. Mi madre era una buena mujer, generosa y cálida, que siempre estaba dispuesta a compartir lo que tenía. Sentía compasión por los pobres y a menudo les daba comida. Mi madre no se llevaba bien con mi padre.

De nuevo la joven responde que comparte el sentimiento ¿Qué podía hacer una mujer salvo llorar y soportar, en tales circunstancias? El comentario le permite a Mao hablar de la rebelión contra su padre, de cuando, una vez, amenazó con saltar a un estanque y ahogarse. O dejas de pegarme o no me verás nunca más. Muestra cómo le gritó a su padre. Se ríen.

Describe sus años "turbulentos" de estudiante. Dejó su casa a los dieciséis años y se recibió en la Primera Escuela Normal de Hunán. Era un lector omnívoro y vivía en la Biblioteca Provincial de esa ciudad.

Para su vergüenza, ella no ha oído nombrar ninguno de los títulos que menciona. *La riqueza de las naciones* de Adam Smith, *El origen de las especies* de Darwin, y libros de ética de John Stuart Mill. Más adelante, él le exigirá que lea esos libros, pero ella nunca podrá ir más allá de la página diez.

Él parece disfrutar de esas largas charlas. La joven se siente agradecida de que no le pregunte si alguna vez ha leído alguno de sus amados libros. Tampoco quiere entrar en el ámbito de la poesía, pues no tiene la menor sensibilidad poética. Teme a un nombre, Fairlynn, de manera que decide cambiar rápidamente de tema.

O sea que se salteaba muchas comidas, dice, interrumpiéndolo suavemente. No cuidaba su salud.

Él ríe estrepitosamente. No lo va a creer, pero estaba en excelente estado físico. En esos tiempos reuní a un grupo de estudiantes y fundé una organización llamada la Sociedad del Nuevo Ciudadano. Además de discutir los grandes temas, nos dedicábamos enérgicamente a cultivar nuestro físico. En invierno hacíamos caminatas por los campos, subíamos y bajábamos montañas, recorríamos las murallas de las ciudades. También nadábamos en los ríos. Nos dábamos baños de lluvia, tomábamos sol y viento, hacíamos campamentos en la nieve.

. . .

Ella dice que le gustaría saber más.

Es tarde, no debo interferir con su sueño.

Los ojos de ella brillan como estrellas del alba.

Bueno, le contaré un último detalle de mi historia. Se quita la chaqueta y la pone sobre los hombros de ella. Nada más después de esto, ¿de acuerdo?

Ella asiente.

Era un verano muy lluvioso, en el que todas las plantas crecieron mucho. En un árbol, frente a mi casa, apareció una colmena gigante construida por abejas gigantes. Era como una mina colgada del aire. Por la mañana, el árbol estaba inclinado por el peso de la colmena: absorbía la humedad de la noche anterior y era más pesado. Después del mediodía, el árbol volvía a enderezarse.

Era una colmena muy extraña. En lugar de miel y cera, estaba llena de todo tipo de fibras: hojas muertas, semillas, plumas, huesos de animales, paja y jirones de tela. Por eso la colmena olía a podrido por la noche. El olor atraía a los insectos, en especial a las luciérnagas que se amontonaban y cubrían la colmena. A esa hora, las abejas gigantes se habían quedado dormidas. La luz de las luciérnagas convertía la colmena en una linterna azul resplandeciente.

¿Sabía que, cuando las luciérnagas se juntan, encienden y apagan sus luces todas a la vez?

Todas las noches, la joven se va a dormir con el mismo cuento de hadas en el que siempre ve la linterna azul descripta por Mao.

El deseo de esos encuentros en la oscuridad aumenta. Mao empieza a deshacerse del guardia. Una noche, Lan Ping está decidida a no ser la que sugiera un acercamiento afectuoso. Se despide justo después de cenar. Tomando su caballo, él le ofrece acompañarla caminando un par de kilómetros.

Van en silencio. Ella está molesta. Hay rumores de que paso tiempo con usted a solas, le dice a él. Temo que no podré venir más.

La sonrisa de él desaparece.

Ella empieza a alejarse.

He estado tratando de usar una espada para cortar el fluir del agua, murmura él a sus espaldas.

Ella se da vuelta y lo ve poniendo un pie en el estribo.

De pronto Mao la oye reírse.

¿Qué es lo gracioso?

Sus pantalones.

¿Qué tienen?

Los fondillos; cualquier día de éstos se le abrirán: la tela se ha deshecho.

Maldición.

Se los arreglo, si quiere.

La sonrisa de él retorna.

10

La costurera de la aldea se pone contenta de tener a Lan Ping como compañera de costura. Ping está trabajando en los pantalones de Mao, que le ha traído Pequeño Dragón. Ignora adónde la llevará la costura. Es consciente de que él está solo y fascinado por las hermosas mujeres de las grandes ciudades, donde lo rechazaron cuando era estudiante y joven revolucionario. Más adelante, averigua que a la gente como ella él la llama burgueses, pero igual la busca. Llama imperialistas y tigres de papel a los norteamericanos, y declara que deberían ser borrados de la faz de la tierra, pero aprende inglés y se prepara para visitar algún día los Estados Unidos. Le dice a su nación que aprenda de Rusia, pero detesta a Stalin.

En 1938, Lan Ping descubre que se está enamorando de Mao Tse-tung. Enamorándose del poeta que hay en él, el poeta al que su esposa heroína Zi-zhen trata de matar. A pesar de que Mao luego se establecerá como emperador y tomará muchas concubinas, en 1938 es humilde. Es un fuera de la ley sin un centavo que trata de atrapar a la joven vendiéndole su mente y su visión.

Una mañana, viene su guardia y me deja una hoja con anotaciones de él: un nuevo poema que compuso la noche anterior. Quiere mi opinión. Abro el papel y oigo cantar a mi corazón.

Montaña,
Azoto a mi caballo ya apresurado y no desmonto.
Cuando miro hacia atrás lleno de dudas.

El cielo está a tres pies de distancia.
Montaña,
El mar se viene abajo y el río hierve.
Innumerables caballos corren
Locamente a la batalla.

Montaña,
Los picos atraviesan el cielo verde, no desafiado.
El cielo cae.
Bajo las nubes mis hombres están en casa.

Lan Ping lee el poema una y otra vez. En los días siguientes, el guardia le traerá más. Mao copia los poemas en tinta, con la elegante caligrafía de los ideogramas chinos lúcidamente dispuestos.

Los poemas de él se convierten en su tregua nocturna, en la que la pasión habla entre líneas en varios niveles a la vez. Poco a poco, un dios baja de las nubes y comparte su vida con ella. Él expresa sus sentimientos por sus amores perdidos, por su hermana, su hermano y su primera esposa, Kai-hui, asesinada por Chiang Kai-shek. Y por sus hijos, a los que se vio obligado a entregar entre batallas, sólo para descubrir más tarde que estaban muertos o perdidos. Ella recibe sus lágrimas y siente su tristeza. Lo que conmueve su corazón es descubrir que no hay rabia en sus poemas; más bien, alaba la forma en que la naturaleza comparte sus secretos con él; abraza su severidad, su enormidad y su belleza.

La costurera me da una pieza de tela gris, de la que corto dos grandes parches redondos. Los coso en la parte trasera del pantalón. La costurera me sugiere que haga más gruesa la tela. Haz que sea durable para que sirva como un banquito portátil, me dice.

Cosemos un rato en silencio y, de pronto, mi compañera me pregunta qué pienso de Zi-zhen.

Tratando de ocultar mi incomodidad, digo que la respeto mucho. La costurera deja de trabajar y levanta los ojos; hay desconfianza en su mirada. En tanto tira de un hilo, dice lenta pero claramente: Mao Tse-tung pertenece al Partido Comunista y al pueblo. No es un hombre común al que se lo pueda perseguir. Ha sufrido la pérdida de su primera mujer y no está dispuesto a perder a la segunda.

Antes de que yo pueda responderle, la mujer prosigue. El nombre de la difunta señora Mao es Kai-hui, para que lo sepas. ¿Sabes algo de ella? Estoy segura de que no te importa que la mencione, ¿verdad?

Por favor, prosigue.

Era la hija de su mentor y la muchacha más bella de Chansha, su pueblo natal. Intelectual y comunista, sólo vivía para Mao. No sólo lo apoyaba y lo ayudaba a organizar sus actividades, sino que también le dio tres hijos. Cuando Chiang Kai-shek la atrapó, ordenó que la mataran. Le dieron ocasión de denunciar a Mao a cambio de su vida, pero ella eligió honrarlo.

La costurera se enjuga las lágrimas, se suena la nariz y prosigue. Zi-zhen se casó con Mao para llenar el hueco de su corazón. Solía andar con dos pistolas, que disparaba con ambas manos. En una batalla capturó a una docena de enemigos. Mao la adora. Ella le es totalmente leal. Es la madre de todos su hijos, incluso de aquellos que le dejó Kai-hui. Para avanzar durante la Larga Marcha tuvieron que entregar a los niños. No tienes idea de lo que significa dejar a tus hijos en manos de extraños, sabiendo que tal vez no los veas nunca más.

La joven de Shanghai baja la cabeza y murmura: puedo imaginármelo.

¡No, no puedes! ¡Si pudieras no estarías haciendo lo que estás haciendo! ¡No estarías robando el marido de otra mujer!

La mujer, enojada, muerde el extremo del hilo con los dientes. El Presidente y Zi-zhen están separados sólo temporariamente. Temporariamente, ¿me oyes, Lan Ping?

Sí, te oí.

Mientras una extraña luz refulge en sus ojos, la voz de la costurera se hace más dulce. Estoy segura... de que Zi-zhen se pondrá mejor y la pareja volverá a unirse. Nadie abandona a Zi-zhen. El presidente Mao es un hacedor de milagros. La victoria de la Larga Marcha es un buen ejemplo. La expansión de la base roja es otro y Zi-zhen será el próximo.

Los arrugados labios de la costurera farfullan como la boca de un pez. Las palabras burbujean una tras otra. La vela comienza a temblar y la habitación de pronto se ilumina con un anillo naranja dorado. Un instante después, la vela se apaga.

Tú tienes una balanza y yo tengo una pesa, dice Mao. Nos adecuamos.

Lan Ping asiente, estudiando el rostro que tiene frente a ella.

¿Qué miras? ¿Un cráneo antiguo? ¿Soy un pedazo de cerdo seco salado que estás por comprar?

Vengo a estrecharle la mano, dice ella. Vengo a desearle salud y felicidad.

Él aferra su mano y le dice que su alma clama por ella. Tiene que satisfacerla o se tomará venganza mortal en su cuerpo.

Ella guarda silencio, pero deja su mano en la de él.

Te esperaba, susurra él.

¿Qué hice?

Ven a mí.

Ella duda.

Él empieza perder terreno. Sus ojos ven lo que quieren ver. Tengo algo que agregar a nuestra conversación de la orilla del río. ¿Te importaría oírlo?

Ella se acerca y se sienta en el borde de la cama de él.

En las zanjas de mi pueblo natal crecía mi planta favorita. Era una planta roja llamada *beema*. Su hoja era más grande que la del loto, de forma redonda. Su fruto era del tamaño de un puño y su semilla como la de un higo. Puedes aplastarla: la semilla contiene una cantidad bastante grande de aceite. Es sabroso, pero no puedes comerlo. Produce diarrea. Lo que me gustaba de la planta era que podías usarla como luz. Es más brillante que las velas y produce un sabroso aroma. Mis comprovincianos la usan. Cuando era chico pasaba las tardes descascarando las semillas de *beema*. Las conectaba entre sí con una larga cuerda y las ponía en los lugares donde leía. A veces las llevaba a los estanques para que me ayudaran a ubicar peces y tortugas...

Sigue hablando y la atrae hacia su pecho, aprieta sus manos.

Ella recuerda que el cuarto tenía techo alto, la pared era de color barro, el suelo de piedras. Parecía la espalda de una tortuga gigante.

Me gusta este rostro, un rostro con una frente plena. Una cabeza maravillosa, una cabeza que vale millones de oro y plata para

Chiang Kai-shek. Miro los ojos. Las oscuras pupilas marrones. Las formas y líneas parecen las de Buda. Me recuerda un paisaje distante. La superficie de un planeta con rocas grises, estanques verde esmeralda. En ese rostro detecto una voluntad inquebrantable.

Veo guardias invisibles detrás de la máscara. Los guardias cuyo deber es bloquear la entrada de cualquiera que intente introducirse en la cámara maestra de la mente. La cámara donde él está completamente desnudo, vulnerable e indefenso.

Viene a abrazarme, apretándome contra sus costillas.

Flechas de seda se esparcen en el aire de mi cuadro mental.

En esta habitación, en esta cama, ella cumple la actuación de su vida. Siente que la luz se filtra a través de su cuerpo.

El cielo viene a devorar la tierra. Su dolor por el pasado huye.

Más adelante, cuando él se convierta en el moderno emperador de la China, cuando ella haya aprendido todo lo que cabe aprender de él, cuando todas las puertas del universo de él se hayan abierto, hayan sido atravesadas y cerradas, treinta y ocho años después, en su lecho de muerte de la Ciudad Prohibida, ella ve el mismo par de ojos y comprende que los ha inventado.

Él la acaricia y susurra en su oído otra historia de su supervivencia fatal. Le cuenta cómo escapó de las fauces de la muerte. Fue en septiembre de 1927. Lo habían capturado agentes de Chiang Kai-shek justo después del Levantamiento de la cosecha de otoño en Hunán. Él estaba viajando, reclutando miembros de grupos comunistas y enrolando soldados entre obreros y campesinos. El terror de Chiang Kai-shek se hallaba en su punto más alto. Cientos de sospechosos eran muertos todos los días. A Mao lo llevaron a los cuarteles de la milicia para fusilarlo.

La muchacha escucha. Lleva una camisa de algodón blanco que ha hecho ella misma. Tiene el cabello cortado a la altura de las orejas. Su delgado cuerpo está maduro. Siente la fuerza de él. Siente que la recoge del polvo. Se toma tiempo como lo haría en el escenario.

Le pedí prestados unos pocos yuans a un camarada e intenté sobornar a los guardias para que me liberaran. Los soldados comunes eran mercenarios, sin ningún interés especial en verme muerto, y accedieron a liberarme, pero el subalterno a cargo se negó. Entonces decidí escapar. No tuve oportunidad de hacerlo hasta que no estuve a doscientos metros de los cuarteles. En ese punto me solté y eché a correr por los campos.

Más adelante, cuando Madame Mao se convierta en productora ejecutiva de todas las producciones escénicas de China, ordena un episodio dedicado a la escena que hoy le están relatando. El héroe se suelta y corre por los campos, se esconde en una isla diminuta en medio de un lago con altos pastizales a su alrededor. Se titula *El estanque de la familia Sha*.

Llegué a un lugar alto, sobre un estanque donde había pastos altos que me cubrían. Allí me escondí hasta la caída del sol. Los soldados me perseguían y obligaron a algunos campesinos a que los ayudaran a buscar. Muchas veces estuvieron cerca, en dos ocasiones tan cerca que podía haberlos tocado. En cierta modo, por pura suerte logré que no me descubrieran, estaba casi seguro de que me capturarían.

El cantante de ópera de Madame Mao que interpreta al líder de los guerrilleros eleva la voz a su tono más alto y elegantemente entona las líneas finales:

La victoria caerá en tus manos
si te mantienes fiel a tu fe.
Aun cuando la situación parezca
totalmente desesperada e imposible de revertir.

Por último, cuando cayó la noche, abandonaron la búsqueda. De inmediato me lancé a través de las montañas. Viajé toda la noche. No llevaba zapatos y tenía los pies muy lastimados. En el camino encontré a un campesino que se portó conmigo como un amigo, me dio alojamiento y luego me llevó hasta el próximo distrito. Sólo tenía dos yuan encima y usé ese dinero para comprar un par de zapatos, una sombrilla y seis panecillos. Cuando por fin llegué a zona segura, me quedaba apenas un centavo en el bolsillo.

Él le hace ver la gracia del cielo en toda su valía. En la cama es impaciente, como un ladrón de tumbas que se apodera del oro. Ella se ofrece, como la muchacha seductora que es. En el futuro, la pareja utilizará esa misma seducción para captar la mente de millones de personas.

Al rayar el día, cuando él le pide repetir el placer, ella se niega. No ha dormido pensando en Zi-zhen. Su cuerpo está atrapado en la lucha mental.

Tienes brazos delgados como los de una niña de trece años. Él se acerca para tocarla suavemente. Es asombroso que una mujer con miembros tan delgados tenga pechos tan grandes.

Los ojos de ella se llenan de lágrimas.

Él le pide que le dé oportunidad de comprender su tristeza.

Ella responde que sería imposible.

Nadie puede quitarme el derecho a ser una persona educada. Le enjuga las lágrimas.

Soy yo quien necesita educación. Ella se da vuelta. Eres un hombre casado, con una familia. No debería haber hecho un lío con...

No pensarás dejarme, Lan Ping.

¡Pero Zi-zhen está viva!

La mira y sonríe, casi con aire vengativo.

No puedo hacerle esto a Zi-zhen, prosigue ella. Nunca me hizo daño.

Cosa curiosa, Lan Ping se percata de que es el parlamento de una pieza olvidada, salvo que ha reemplazado el nombre del personaje por el de Zi-zhen. Empieza a ponerse la ropa y sale de la cama. A él le cuesta mirar su piel de marfil. Le incendia la mente. De pronto, se le ocurre que va a ponerse de novia con alguno de sus generales jóvenes o volver a Shanghai.

La busca. En silencio, la muchacha deja que él entre en ella.

Al cabo de unos momentos, se da por vencido. Rueda sobre sí mismo, con la cara vuelta hacia el techo. Abandóname, ahora. Vete.

Mientras Lan Ping se abotona las ropas, sus lágrimas empiezan a caer. Es que no le veo salida, no quiero ser una concubina.

Él la observa; ella puede oír el ruido de sus dientes al rechinar.

Un ratón aparece en el suelo, junto a la pared. Avanza, cruza el pavimento cautelosamente, luego corretea alrededor de la pata de la cama y se detiene. Levanta la cabeza; sus ojos como cuentas miran a la pareja.

Los rayos del sol saltan sobre el piso.

Si pude sobrevivir a la Larga Marcha, puedo sobrevivir a la pérdida de cualquier cosa, murmura él. Como en toda guerra, habrá bajas. ¿No he visto suficiente sangre?... Haz lo que quieras pero, por favor, prométeme que nunca volverás.

Ella empieza a sollozar sin poder controlarse.

Terminemos con esta confusión. Dices que soy un hombre casado, pero lo que quieres decir es que soy un hombre sentenciado. ¿Por qué no disparas? Pone la mano sobre el hombro de ella. Mátame con tu frialdad.

El mejor ilusionista es aquel que te explica cómo es el truco y luego sigue haciéndote creer que se trata de magia... Ella levanta la barbilla y lo mira. Me siento exactamente así, en este momento: ¡sigo creyendo que estás hecho para mí!

Entonces di que no te irás.

Pero debo, ¡oh cielos!, debo dejarte.

Él se pone los zapatos y se aparta de la cama.

Ella intenta moverse pero siente las piernas pesadas.

¿Qué te pasa?, grita él. ¿Eres una cobarde? ¡Detesto a los cobardes! ¿No me oyes? ¡Odio, odio a los cobardes! Vete ahora. Obedéceme. ¡Vete! ¡Vete! ¡Abandóname, abandona Yenán! ¡Fuera!

Ella camina hacia la puerta. Sus manos tocan el pestillo. Lo oye gemir a sus espaldas: La guerra me lo ha quitado todo, mis esposas y mis hijos... Han baleado mi corazón una y otra vez. Tantas veces, tantos agujeros, que ya no tienen cura. Lan Ping, ¿por qué le ofreces a un hombre una sopa de ginseng mientras preparas su ataúd?

Estoy de regreso en mi unidad. Al día siguiente me asignan a un *saomangban*, un equipo que trabaja para "barrer" el analfabetismo de Yenán. Enseño chino y matemática. Mis alumnos vienen del pelotón avanzado de mujeres. Entre ellas se encuentran las esposas de los oficiales de alto rango del Partido. No me lleva mucho enterarme de que Zi-zhen ha sido su entrenadora de tiro.

Viene una mujer mayor y me agarra la muñeca. Así es cómo le gusta practicar a Zi-zhen, dice. A propósito, camarada Lan Ping, Zi-zhen es una tiradora excepcional. Solía llevarme a que la mirara practicar. Le encantaba hacerlo de noche, sobre todo las noches sin luna. Solía encender diez antorchas a unos cien metros y luego disparaba con dos pistolas. Tatatatata, tatatatata... Diez disparos, diez antorchas abajo. Luego me hacía preparar otro grupo de antorchas, después otro... Tatatatata, tatatatata...

Las alumnas observan a la joven de Shanghai como si observaran a una campesina mientras le saca la piel a una serpiente. La muchacha se niega a que jueguen con ella. ¡Qué mujer! ¡Qué heroína! Lan Ping tiene la voz trémula de admiración.

Él envía a Pequeño Dragón a que me invite a tomar el té. Nos sentimos incómodos. La invisible Zi-zhen se interpone entre nosotros. Mientras yo opto por quedarme callada, él empieza a burlarse. Más adelante descubro que la burla es su estilo. Se burla sobre todo cuando se propone castigar. Charla cálidamente, y uno nunca sabe lo que vendrá.

Estaba pensando en lo que me dijiste el otro día sobre tu experiencia en Beijing. Él bebe su té. Me gustaría compartir algunas de las mías contigo. Una de ellas tuvo lugar en Beijing, en 1918. Yo tenía veinticinco años y era estudiante de tiempo parcial en la Universidad Normal de Beijing. Trabajaba en el correo y en la biblioteca; mi condición social era tan baja que la gente me evitaba. Comprendí entonces que algo fallaba. Durante cientos de años los hombres de letras se habían apartado de la gente y empecé a soñar con una época en que los sabios enseñaran a los culíes, pues ellos merecen recibir educación tanto como los demás.

La verdad es que Mao fracasó en su intento de que le prestaran la menor atención en Beijing. El patán campesino se sintió humillado, incapaz de olvidar su desilusión. Más adelante, ése será uno de los motivos por los cuales pedirá una gran rebelión, la Revolución Cultural: para castigar a los intelectuales de todo el país por el sufrimiento de sus años tempranos. Pero, en ese momento, la joven de Shanghai no alcanza a comprender. Le llevará cuarenta años captar el verdadero sentido de la historia; luego se convertirá en su caballito de batalla.

Ella piensa que él quiere levantarle el ánimo, por eso escucha.

Mis propias condiciones de vida en Beijing eran bastante miserables, en contraste con la belleza de la vieja capital. Me alojé en un lugar llamado Pozo de Tres Ojos. Compartía un cuarto diminuto con siete personas. A la noche nos amontonábamos todos en una cama de tierra calentada desde abajo. Casi no había espacio para que ninguno de nosotros se diera vuelta, de modo que, cuando tenía que hacerlo, debía advertírselo a quienes tenía a los costados.

A la joven no le importa si el hombre que está frente a ella está describiendo su futuro hogar. Su preocupación es hacer que saque a la mujer que se interpone entre ellos.

Ayer sentí la calidez de la incipiente primavera del norte, dice Mao. Sus ojos resplandecen. Los ciruelos blancos florecen mientras el hielo se cierra sobre el lago Pei. Me recuerda el poema de un poeta Tang, Tsen Tsan. *Diez mil duraznos floreciendo de la noche a la mañana.*

La joven no puede comprender el encanto del poema, pero percibe lo que él siente por esos versos.

En cuclillas sobre sus talones, las mujeres toman el desayuno. Lan Ping mira su escudilla pero sus pensamientos están en Mao. Observa a las mujeres que marchan y hacen ejercicios hasta la hora de la clase. Vienen y se sientan en hileras frente a ella. Lan Ping trata de ser amena e ilustrativa pero las alumnas no prestan atención, empiezan a discutir entre ellas acerca de cómo tejer canastas con dibujos exóticos.

¡Escuchen, estoy aquí para enseñarles matemática! Deben tenerme respeto.

Las alumnas se dan vuelta y empiezan a quejarse de que su voz es demasiado suave. Nuestros oídos han sido perjudicados por los ataques aéreos de Chiang Kai-shek. Usted es de la ciudad, no conoce la guerra... De pronto, una mujer llama hipócrita a la maestra.

Eso es una grosería, dice Lan Ping.

¿Grosería? La mujer escupe el suelo. ¡Hipócrita!

La clase se hace eco de la mujer.

Lan Ping arroja la tiza y deja de enseñar.

Las mujeres estallan en alegres vítores.

De pronto se oyen disparos.

Es Zi-zhen. La mujer anciana hace un gesto con el dedo como si apretara el gatillo. Es su pistola. ¿Sabe, señorita Lan Ping, que una vez Zi-zhen casi le disparó al Presidente?

¿Cuándo?, pregunta la maestra, entrando en pánico.

Cuando él fue a visitarla.

¿Por qué quería dispararle?

Porque estaba flirteando con una arrastrada. Zi-zhen siempre persigue a las arrastradas. Son buenos blancos para las tiradoras de primera.

Corro lo más rápido que puedo hacia mi barraca. Cierro la puerta y me echo agua fría en la cara. Sé que no fue Zi-zhen. Zi-zhen está en Rusia. La mujeres, sus alumnas, están dispuestas a vengarse por ella y por sí mismas. Todas se verían afectadas si Mao se divorcia de Zi-zhen. Porque si a Mao le permiten abandonar a su esposa, también se lo permitirán a los demás.

Por la noche, la Pagoda de Yenán es un centinela silencioso. Al alba hay una súbita explosión. Desde su ventana, Lan Ping ve que la mitad del cielo se pone roja. Media hora más tarde, Pequeño Dragón golpea a su puerta.

¿Qué ocurre?, dice mientras se pone el saco.

El Presidente...

¿Qué pasó?

Atacaron su cueva.

¿Está bien?

Está bien, pero el Politburó tiene que cambiar de lugar. Nos estamos yendo. Me envió a decirle adiós.

¿Adiós? ¿Alguna otra cosa?

Adiós, eso es todo.

¿Adónde va?

No tengo idea.

Debe saberlo.

Lo siento. Me dijeron que preparara comida para los caballos para un mes.

· · ·

Él está trabajando en un mapa cuando la joven entra. Entra con el aire de la noche, el cabello pegajoso de sudor y polvo, los ojos tan brillantes como siempre.

Él deja el lápiz, aparta los mapas y camina hacia ella. No esperaba que un árbol de hierro floreciera.

No tengo nada que decir. Me has convertido en un invierno, un terrible, terrible invierno. Lan Ping empieza a llorar.

¿Visitamos la primavera, entonces? Él le acerca una silla.

El cuerpo de la joven tiembla ante la cercanía del hombre.

Disculpa si no puedo servirte té. Le pasa una escudilla con agua. Las bombas rompieron todos mis jarros.

Ella toma el agua y la bebe de un solo trago. Se limpia la boca con la manga.

Afuera, los guardias terminan de cargar el auto. Pequeño Dragón apila los últimos documentos, metiéndolos en bolsas.

La luz de la luna brilla a través del techo resquebrajado. La cama de ladrillos está cubierta de polvo. La manos de él avanzan para desvestirla. Ella las aparta, pero él no se detiene.

Eres un demonio en busca de deudas, grita ella.

Sus miembros se entrelazan. Ella siente cómo él salta y carga.

Como un crisantemo seco en un jarro de té caliente, ella siente que su cuerpo se hincha y se ensancha segundo a segundo.

Soy un pilar mitológico nacido para sostener los cielos, aúlla él. Pero sin ti sólo puedo ser un palillo.

¡Abajo!, grita Pequeño Dragón. Le sigue una explosión cercana.

Mao ríe con sus pantalones a la altura de los tobillos. ¡Sea quien fuere, tampoco ahora me acertaron! ¡Japoneses o Chiang Kai-shek! ¿Hueles tú también la diversión? ¡Oh, adoro que la tierra se sacuda, Chiang Kai-shek! ¡No mereces tu reputación! Prometiste al mundo borrarme en tres meses. ¡Mira cómo me divierto! ¡Eres una mujer embarazada que grita con las contracciones pero no da a luz ningún bebé!

¿Todavía no está listo el Presidente?, grita Pequeño Dragón de afuera. ¡Por su seguridad, el Presidente debe irse!

Finalmente, los amantes salen de la cama. Mao enciende un cigarrillo e inhala profundamente.

Afuera, Pequeño Dragón lo apura.

¿Vamos...? Antes de que Lan Ping complete su frase, explota otra bomba. La mitad del techo cae. La muchacha grita.

Callado como una montaña, Mao sigue fumando. ¡Pequeño Dragón!, grita por fin.

Los guardaespaldas entran a toda prisa. Levantan los mapas y frazadas. Pequeño Dragón arroja los documentos al fuego y recoge los últimos libros de Mao del estante.

¿Vienes conmigo?, le pregunta Mao a la joven.

Llorando, ella le dice que no puede pensar con claridad, que necesita tiempo para decidir.

Vamos, los caballos están impacientes.

Yo... Es incapaz de decir que antes quiere una promesa.

¿Vienes o no? Mao apaga el cigarrillo y se pone de pie.

Pero Zi-zhen..., se las arregla para decir.

Mao grita: ¡Por el amor del cielo! ¡Me has saqueado el corazón! ¡Piedra tras piedra has derrumbado mis ciudades! Concédeme esa gracia, muchacha, prometo hacerte tan feliz como tú me has hecho a mí.

En medio de un humo sofocante, Lan Ping observa la última pila de documentos convertidos en ceniza. Mao se quita el saco y cubre sus hombros. La acompaña a su auto mientras Pequeño Dragón y los guardias destruyen lo que queda en la cueva. Arrancan todas las cortinas, destrozan los muebles y los jarros de agua. Gritan: ¡No te dejaremos nada, Chiang Kai-shek! ¡Absolutamente nada!

Sentada junto a su amante, la joven se siente conmovida por la condición operística de su vida. Los acontecimientos se transforman frente a sus ojos. En el escenario de su mente, Mao se convierte en el ejemplar Rey de Shang y ella es su amante, la dama Yuji. Se ve siguiendo al rey. Desde que era una niña, su sueño ha sido interpretar a la dama Yuji. Era una fanática de la ópera *Adiós mi concubina*. Adora el momento en que Yuji se clava un cuchillo frente al rey para demostrarle su amor. El personaje lleva un hermoso traje de seda y un sombrero con perlas incrustadas.

11

En la cueva de Mao, la muchacha aprende política. Aprende que Chiang Kai-shek aumentó hace poco el precio de la cabeza de Mao. La aterra y al mismo tiempo la halaga. Se entera de que la invasión del Japón se ha profundizado y que las provincias chinas han caído en manos de los enemigos una tras otra. Se entera de que, no hace mucho, uno de los generales de Chiang, Zhang Xue-liang, inició una rebelión durante la cual tomó a Chiang como rehén y se lo entregó a los comunistas. El Politburó estaba dispuesto a matarlo; Mao, sin embargo, propuso una negociación.

Es una buena oportunidad para demostrar a las masas que nuestra benevolencia está por encima de cualquier resquemor personal, dice Mao, con los ojos puestos en que el Partido Comunista sea aceptado como la principal fuerza política de China. A cambio de su vida, Chiang acepta resistirse a Japón y unirse con los comunistas.

Internamente, Mao logra controlar al Politburó. Elige a los miembros de su propio gabinete y ataca a quienes intentan adoptar la fórmula rusa en lugar de su estilo guerrillero. En nombre del Politburó se libera de sus enemigos políticos, Wang Ming y Zhang Guotao, formados en Moscú, asignándolos a lugares remotos. A sus soldados, Mao sigue predicándoles su propia interpretación del marxismo y el leninismo. Su folleto *Ocho leyes y tres disciplinas* se imprime en imprenta manual y se distribuye a todos los soldados.

Mao hace las leyes pero no espera que se lo castigue según ellas.

A mediados de 1938, los rumores de su traición a Zi-zhen se desparraman por todas partes. Los compañeros de Mao, Chu En-lai y Zhu De, le aconsejan que termine su relación con la actriz de Shanghai y vuelva con su esposa.

Mi amante sigue viéndome a pesar de las presiones. Soy un monje sin cabello (soy la ley), dice. Nuestra relación se alimenta de la fuerza puesta en juego para separarnos. Mao es un rebelde por naturaleza. En él encuentra su papel. Sin embargo, sé lo que estoy arriesgando. No soy nadie en Yenán, podrían sacarme en cualquier momento en nombre de la revolución.

De manera que me aparto del problema. Vuelvo a las barracas. No quiero que me "asignen" a un puesto remoto. Ya he aprendido el estilo de castigo dentro del Partido Comunista. Actúo antes de que el Politburó me atrape. Debo hacer que mi amante trabaje para su placer. Nuestro amor tiene que ser puesto a prueba.

La muchacha deja a Mao una carta donde le dice que su carrera y su reputación son todo lo que a ella le importa. El Presidente intenta guardar su compostura, pero poco a poco su tensión se expresa: le cuesta mucho efectuar sus tareas. Se quemó los pies con un brasero y las llamas incendiaron las cortinas. Ha estado perdiendo la compostura en las reuniones del Politburó. Sus decisiones no son sólidas. A menudo pega puñetazos en la mesa. Se queja de que los documentos son demasiado enrevesados y los telegramas no tienen sentido: ya no es él mismo.

Ella no vuelve. Quiere que él siga avanzando. Quiere que la vea en cada rincón, en su taza de té, en sus mapas y telegramas. Más adelante, él le dirá que la veía más aún. La veía dentro de su mosquitero de general joven. En aquellos días, el pecho de él se hinchaba, el dolor expulsaba todo lo que allí había.

Una noche en que el viento era fuerte y con ráfagas furiosas, mi amante aparece en la puerta. Le digo que he decidido romper con él.

Por favor, deja de venir, le digo.

Se queda callado. Al cabo de unos instantes, me pide que vaya a dar un paseo con él.

Me niego.

Empieza a caminar.

Vacilo; después mis pies lo siguen.

El sendero a orillas del río los conduce a cañaverales profundos. Un kilómetro más adelante, ella de pronto se da vuelta, dice que no puede seguir, que tiene que irse. Como un león frente a un ciervo, él la toma y la levanta del suelo. Ella lucha para liberarse. Él se pone intenso. Sus manos le arrancan el uniforme.

¡No puedes hacer eso! Ella lo empuja. ¡Nunca más!

Pero se entrega. Se inclina sobre él, se queda en sus brazos. Abre las piernas, llora y se derrite en su calor. Él la acaricia, murmura, gime y clama salvajemente. Ella deja que su cuerpo le diga cuánto lo extraña.

Todos esperan de mí que sea un Buda de piedra sin deseos ni sentimientos, susurra, jadeando sobre ella. Mis camaradas me preferirían eunuco. ¡Pero soy un tigre que no puede ser vegetariano!

1938, Mao finalmente es reconocido por Moscú. En septiembre, el Partido Comunista abre su sexta convención, con Mao como presidente. Viene el asesor ruso y anuncia el repudio al antiguo amigo de Stalin, Wang Ming, rival de Mao y cabeza del ala derecha del Partido. El asesor nombra a Mao como el nuevo socio de Moscú.

Las noticias resultan una sorpresa para Kang Sheng: ha sido un leal seguidor de Wang Ming. Fueron compañeros de clase en Rusia. Después de su llegada a Yenán, Kang Sheng se ha esforzado por ganar la confianza de Mao, pero la gente no ha olvidado su pasado. El 14 de septiembre, en una amplia reunión que investiga a Wang Ming, el nombre de Kang Sheng surge repetidas veces como socio de Wang en varios crímenes políticos. El Politburó está decidido a expulsar a Kang Sheng.

El hombre de la barba de chivo se halla sentado en la reunión como si estuviera sobre una alfombra de agujas.

En ese momento, Kang Sheng recibe una información crucial que convertirá el peligro en una bendición. Llega un telegrama de

Shanghai enviado por Liu Xiao, el encargado de la filial del partido. Es un informe relativo a la investigación que han encargado sobre la conducta de Lan Ping durante su encarcelamiento en octubre de 1934. El informe afirma que Lan Ping denunció al comunismo y que, por ende, es una traidora.

Aunque no le ha causado ningún daño al Partido, su conducta es lo bastante grave como para destruir su oportunidad de casarse con Mao.

Mientras contempla el telegrama, Kang Sheng ve la aurora de su futuro.

Cae la noche y la cueva está llena de humo. Kang Sheng ha estado fumando. Lan Ping, sentada junto a su escritorio, lee el telegrama. Tiene el rostro pálido.

Esto es una conspiración, una trampa, grita. ¿Dónde están sus pruebas? Son celos. ¡Están celosos de mi relación con el Presidente! Se pone de pie, pero de pronto siente que le falta el aire y vuelve a caer pesadamente sobre la silla.

No estoy aquí para discutir si tienen pruebas o no. Estoy seguro de que las tienen. Kang Sheng habla con lentitud y mira directamente a Lan Ping. El problema es qué ocurrirá cuando el Politburó vea esto. Te suspenderán, no importa cuál sea la verdad. Serás interrogada y expulsada del Partido si tienes suerte. Si no, fusilada. El Presidente no estará en situación de defenderte, ni tampoco yo. Conoces mi tarea. El procedimiento. Eres un blanco demasiado grande.

El sudor empieza a correr por las raíces de sus cabellos. Quisiera discutir, pero su mente ha quedado en blanco. Mira el techo y siente que está paralizada.

Maestro Kang, se dirige a él como si todavía fuera el rector de la Escuela Primaria de la ciudad de Zhu. Amo al Presidente más que a nada. Le pido su ayuda.

Kang Sheng no responde durante largo rato, luego suspira, expresa sus dificultades, describe cómo ha sido atacado en las reuniones a causa de Wang Ming. Sólo Mao puede demostrar mi inocencia, señala.

Ella se aferra del pacto. Sacando su pañuelo, se enjuga las lágrimas. Veré qué puedo hacer al respecto. Hablaré con el Presidente por usted.

Sigue enjugándose el rostro, el cuello, los hombros, los brazos, las manos y los dedos. Y después, de nuevo: Diré que el jefe era Wang Ming. Usted hizo lo que él ordenó, ¿verdad? Fue él quien trató de sacar a Mao del poder. Puede conseguir pruebas, ¿no es así? ¿Debería decir que, en rigor, usted intentó proteger al Presidente? ¿Sería exagerado decir que sufrió mucho a causa del resentimiento de Wang Ming?... Estoy segura de que puedo conseguir que el Presidente interceda por usted.

Kang Sheng está satisfecho. El color vuelve a su rostro. Camarada Lan Ping, te prometo que no dejaré que este telegrama avance una pulgada más.

La paz surge de la guerra, me enseña mi amante. La vida se paga con la muerte. No hay territorio intermedio. Hay ocasiones en que debemos tomar decisiones. Duda es la palabra que sustituye a peligro. Es mejor limpiar el camino que hacer una pregunta cuando uno no está seguro de quién se acerca. Tienes que aprender mucho del camarada Kang Sheng.

Estoy aprendiendo. Puede parecer bueno, delicado y hasta vulnerable, pero detrás de la máscara está el rostro de la muerte. La verdad de una sanguijuela. Así gana el cargo de jefe de seguridad de Mao, pues éste valora su calidad y su estilo. Mao dice que su socio y el de Kang Sheng es el negocio de la bondad. Percibo un cariz peculiar en la naturaleza de mi amante: su habilidad para manejarse con el sufrimiento. Es lo que hace Mao. Estoy aprendiendo. Asesinos con apariencia de Confucio. Estoy aprendiendo. La forma en que uno se gana a la China.

Éstos son los dos hombres brillantes de mi vida. Dos hombres que crearon a la que soy, y a los cuales yo he creado.

La presión del Politburó continúa. Los amantes han pasado a la clandestinidad. Ella dejó de ir los sábados por la noche a las fiestas de los oficiales de alto rango. Bailar como forma de ejercicio y de contacto social es el nuevo juego de la ciudad. A las esposas las complace la desaparición de la actriz.

Pero más allá del ojo público y en horarios prefijados, la actriz, llevada por la pasión, se entrega a Mao. Va a la cama de él las noches de tormenta y los amaneceres helados. Después, él le pide que cante

algún fragmento de su ópera favorita, *Planta de perla bermellón.*
Cuando lo hace, vuelve a sentir lujuria.

> *Como una doncella de alta cuna*
> *en una torre del palacio,*
> *calmando al hombre que la ama*
> *como una luciérnaga dorada*
> *en una cañada de rocío,*
> *derramando sin que la vean*
> *su matiz aéreo,*
> *alma en hora secreta*
> *con vino dulce como el amor*
> *que desborda de su morada.*

Antes de que pase mucho tiempo, Mao lleva novedades al Politburó: la camarada Lan Ping está embarazada. Pide el divorcio y
poder casarse.

Los socios de Mao menean la cabeza al unísono. ¡Le había prometido al Partido!

Sí, lo hice. Pero las cosas cambian, como la situación de la
guerra. Si ustedes pueden cambiar para unirse a Chiang Kai-shek,
¿por qué no pueden aceptar mi situación con las mujeres?... Bueno,
me han empujado hasta el límite. La camarada Lan Ping no tendrá
más opción que ir con su panza cada vez más grande despertando
murmuraciones. Todos sabrán que como Presidente, soy prisionero
de mi propio Partido. Y eso convertirá toda vuestra propaganda en
una mentira. Será un aviso gratis para Chiang Kai-shek: los comunistas no respetan la humanidad. Chiang Kai-shek se reirá tan alto
que sus dientes postizos se le caerán.

Mao prosigue. Estoy dispuesto a decir yo mismo la verdad a la
gente y estoy seguro de que juzgarán según su propia conciencia, se
darán cuenta de que este Partido se pavonea con las nuevas ropas
del emperador. Se preguntarán: ¿A alguien le importa el bienestar
personal de Mao Tse-tung? ¿No ha trabajado ya bastante duro? ¿Es
acaso el esclavo del Partido? La gente sacará sus propias conclu-
siones y elegirá a quién seguir. A esa altura será demasiado tarde
para que ustedes entren en razones: me habré ido. ¡Creará un nuevo
Ejército Rojo, una nueva base, donde hombres y mujeres sean libres
para casarse por amor, ¡donde mis hijos puedan llevar mi nombre y
donde la palabra "liberación" no sea un pájaro de madera!

. . .

Nadie subestima la capacidad de Mao. Todos los memoriosos del Politburó recuerdan claramente que Mao fue quien salvó al Ejército Rojo del mortal rodeo de Chiang Kai-shek; fue Mao quien convirtió el devastador exilio de la Larga Marcha en un viaje triunfal. Luego de una semana de parálisis, los hombres deciden negociar. El barco no puede navegar sin que alguien maneje el timón.

Mao se siente complacido. Promete poner límites en el poder de la primera dama. Mientras apaga su cigarrillo dice: Soy un miembro común del Partido, acataré incondicionalmente las decisiones del Politburó.

Se dictan reglas para encadenar a la futura esposa: no se le permite hacer pública su identidad ni tomar parte en los asuntos de Mao o manifestar a Mao sus opiniones en la intimidad. Mao acepta el trato. De todos modos, deja bien sentado que preferiría no ser él quien comunique las noticias a Lan Ping. El Partido comprende.

Estoy caminando con Lao Lin, el asesor de Asuntos Personales del Partido y mi amante, que nos sigue unos pasos atrás. Es una tarde apacible y hay una atmósfera proclive a la charla. Llegamos a la orilla del río. Mi amante camina en silencio, como si contemplara sus pensamientos. Lao Lin y yo hemos estado intercambiando opiniones sobre el tiempo, la salud y la guerra. Mirando hacia el sol, que se pone detrás de los troncos de los árboles, sugiere que nos sentemos a la sombra de un árbol.

Lao Lin empieza por felicitarme. Me informa que nuestra solicitud de matrimonio ha sido aprobada. No muestro ninguna reacción, espero que deje caer la bomba. ¿No está contenta? Sonriendo, se acomoda la hirsuta barba con sus largos dedos.

Me he preparado para luchar por mis derechos, digo con franqueza.

Lao Lin ríe, inquieto.

Miro a mi amante, que se halla absorto contemplando el río.

¿Podré obtener mi certificado de matrimonio?, le pregunto a Lao Lin.

Bueno, debo... Usted sabe, antes de hacerlo debe darme su palabra...

Aquí viene. El sonido de una explosión. Sin mirarme, Lao Lin plantea las reglas.

El impacto me sacude hasta la médula. El dolor me muerde en el centro. Es más de lo que jamás hubiera imaginado. En medio de la quietud de la ribera, exploto: ¿Qué quiere decir no hacer pública mi identidad? ¿Soy una criminal? ¿Acaso el Partido no sabe que el Presidente perdió a su esposa anterior? ¿Cómo sabe que no me perderá en la guerra? ¿Cuántas veces ha sido bombardeada la cueva de Mao? ¿Cuántos intentos de asesinato han registrado? ¡Casarme con Mao implica arriesgar mi vida! ¿Y el Politburó, gente de la que supuestamente dependeré, no tiene confianza en mí? ¡Por amor de Marx! ¿Qué tipo de felicitación es ésta?

Ella intenta controlar su voz, pero no puede. ¿Qué quiere decir "No tomar parte en sus asuntos"? ¿Por qué simplemente no desaprueban el casamiento? ¡Díganlo en voz alta! ¡Impriman las reglas y péguenlas en las paredes para que el público las vea! No vine a Yenán para que me insultaran. Hay una cantidad enorme de mujeres jóvenes en Yenán que son políticamente confiables, que son analfabetas, y que no tomarán parte en los asuntos de Mao Tsetung. ¡Muchas! ¿Por qué...

Lao Lin la interrumpe. El Politburó me ha enviado como mensajero, no tengo nada personal contra usted. Se le pediría lo mismo a cualquier mujer que se casara con el Presidente. Es por motivos de seguridad. El asunto no tiene nada que ver con quién es usted, camarada Lan Ping, el Partido sabe que usted es un miembro confiable. El punto central es que la gente quiere asegurarse de que su líder Mao se desempeñará sin interferencias.

Mi amante se pone en cuclillas sobre los talones y sigue mirando la corriente agitada. No ha dicho una palabra y no tengo idea de lo que piensa. Se encuentra en una posición difícil, lo comprendo. Después de todo, no puede abjurar de su título y no lo haría. ¿Debería pedirle que demuestre su amor? No es Tang Nah, no es del tipo dramático. Si lo desafío me dirá que siga por mi propio camino. Está acostumbrado a aislarse del dolor. Lo superará. Pero ¿sería yo capaz de superarlo?

Ella se asegura de que esta vez hará bien las cosas. Una y otra vez se pregunta, ¿qué tiene ella para atraer a Mao, además de su cara sin arrugas de mujer criada en la ciudad? ¿Importa su cerebro? Recuerda que una vez él le dijo que le gustaban su carácter y su coraje. ¿Era sólo un halago? ¿Se está engañando a sí misma? ¿Qué pasa si es sólo su belleza? Puede ser la fantasía de cualquier hombre, en esta parte de China, y si se queda con Mao y él gana... Será indiscutible que ella estuvo allí, que luchó codo con codo junto a él. Se habrá ganado el derecho a hablar, a tomar parte en sus asuntos, hasta podrá tener un lugar en la convención del Partido y tal vez en el Politburó. ¿Quién, a esa altura, le impedirá que hable con Mao en privado? Ser Madame Mao será su victoria. Estará por debajo del hombre a quien ama, pero por encima de la nación.

Jamás olvidaré la noche en que mi amante me habló de la Gran Muralla. Fue después de hacer el amor. Quería discutir el proyecto más estupendo jamás realizado en la historia de la China. No es la Gran Muralla, me dijo. Es el dique Du-jiang, construido diez años antes que la Gran Muralla. Estaba en la llanura de Sechuán, donde la sequía y las inundaciones azotaban constantemente a la provincia. No se compara en tamaño, pero, a diferencia de la muralla, el dique ha creado felicidad a lo largo de miles de años.

Mi amante estaba inmerso en sus pensamientos. Sus dedos me acariciaban cariñosamente el cabello. Si decimos que la muralla ocupa el espacio, el dique ocupa el tiempo, prosiguió. La funcionalidad de la Gran Muralla expiró hace años, mientras que el dique Du-jiang todavía sostiene la vida de la provincia. Por eso, la sequía y la inundaciones están controladas y Sechuán es famosa ahora por sus cosechas. La civilización de la Gran Muralla es como una escultura rígida, pero la cultura del dique Du-jiang posee la vitalidad del universo. La Gran Muralla actúa como una vieja emperatriz heredera que exige respeto, en tanto que el dique ofrece silenciosamente sus servicios como una humilde nuera del campo.

La visión que tiene Mao de la China es la que Lan Ping espera de un rey. Vislumbra en lo que se convertirá su amante para la nación y su gente. ¿Si esto no es amor y respeto en su forma más pura, se interroga la joven, entonces qué es? ¿Cómo puede no estar orgullosa de su pasión por Mao?

Cuando se levanta la luna siguiente, la actriz de Shanghai estrecha la mano a Lao Lin. Promete enviar la carta de aceptación de las reglas antes del día de la boda.

A la futura novia le preocupa haberle hecho las cosas demasiado fáciles a Mao. Teme que él no recuerde su sacrificio. El sacrificio que se propone atesorar y por el cual pedir crédito en el futuro. Es su inversión. Pero él no le ha demostrado demasiado cariño desde que Lao Lin partió.

Mao se ha sumergido en la tarea de escribir su filosofía de la guerra. Escribe días enteros sin descansar, pierde toda noción del tiempo. Cuando termina, llama a Pequeño Dragón para que la envíe a la muchacha. Le hace sentir que ya está en posesión de él. Sus manos avanzan sobre ella desde el momento en que atraviesa la puerta. Lan Ping lo oye murmurar, contándole en un soliloquio lo que ha estado escribiendo.

Sí, dime, cuéntame todo, le responde.

Es suicida desplegar una fachada cuando los enemigos son inmensos en cantidad. Él empieza a desabrocharle la camisa. Tenemos que aprender a sacar ventaja de nuestra pequeñez, debemos mostrarnos capaces de ser flexibles. Si arrastramos al enemigo de la nariz y llevamos su caballo a los bosques, podemos confundirlo y atraparlo. Les arrancamos las piernas y luego escapamos rápidamente, antes de que puedan discernir nuestra cantidad o intenciones. Ésta fue mi estrategia durante la Larga Marcha y ahora la establezco como norma de guerra.

Quiero que Mao sepa que estoy interesada en lo que hace y quiero ser parte de ello, pero trato de no seguir sus pensamientos para poder concentrarme en el placer. Fijo mis ojos en otra parte, en el portaplumas de su escritorio. Es de bambú y está lleno de pinceles y lapiceras que apuntan hacia el techo como ramos de orquídeas lengua-de-dragón. Me siento extrañamente estimulada.

He creado un mito, prosigue él. He dicho a mis generales que sean juguetones con Chiang Kai-shek. Pegar un mordisco, huir, y volver a morder para correr nuevamente. La clave es no resistirse a partir tras las pequeñas victorias. Ése es el problema con nuestros soldados. Es su patria, les cuesta desprenderse. Detestan irse cuando están recogiendo las cabezas de quienes asesinaron a los miembros de su familia. Pero hay que irse para ganar más... Como ahora, precisamente, en que no debo recorrer todo el camino. Debo saber cuándo retener a mis tropas...

Ya no me asombra poder hacer el amor mientras él pasa revista a sus pensamientos. Para mí, se ha vuelto parte de nuestro ritual. En cuanto detecto que está perdiendo el hilo de sus pensamientos, mi cuerpo se pone salvaje.

¿Fueron cuatro las veces que cruzaste de un lado a otro el río Chi para escapar de Chiang Kai-shek?, le pregunto, burlona. ¿Confundiste al enemigo?

Él jadea demasiado como para contestarme.

Oí hablar sobre tu victoria en Shanghai, continúo. No eras conocido y sin embargo... ya eras un mito subterráneo que todos querían desenterrar. ¿Te dije cómo describían tu aspecto los diarios de Chiang Kai-shek? Decían que tenías dientes de doce centímetros y una cabeza de casi un metro de ancho.

Gime y anuncia que se aproxima al orgasmo.

Durante las tres semanas siguientes vuelve a escribir. *Un estudio sobre el movimiento de los campesinos de Jiangxi; El estilo de la revolución china; Sobre el establecimiento del Ejército Rojo.* Después se derrumba y duerme como un cadáver en su ataúd. La muchacha sigue haciendo el borrador de la carta que le ha prometido a Lao Lin. Se sienta junto a la mesa de Mao y juega con los pinceles y las lapiceras. Su mente está vacía y se aburre. Cuenta caracteres cada pocas líneas. Sabe que tiene que llenar una página para que sea aceptable.

Pedos, pedos y pedos, escribe, borra, vuelve a escribir. Saca un espejo diminuto y empieza a examinarse la cara. Los dientes, la nariz, los ojos y las cejas. Juega con su cabello, se lo peina de diferentes maneras. Se estira la piel con los dedos, ensayando diferentes expresiones. Le gusta su rostro, la forma como se refleja en el espejo. Se ve más lindo en el espejo que en la pantalla. Se pregunta por qué no se veía tan linda en cámara. Sus pensamientos se pierden. Se pregunta qué ocurrirá con Tang Nah y Yu Qiwei. Y qué pensarán cuando se enteren de que ella es Madame Mao.

La idea le resulta deliciosa y hace que retorne a su borrador. Trabaja hasta que Mao se despierta. El corazón le late con alegría cuando lo oye recitar un poema del despertar de la dinastía Han:

La primavera despertó mi hibernación;
el sol me apura en las nalgas.

Ella se levanta de su silla para servirle té. Luego vuelve al escritorio y espera. Él se le acerca. Ella le muestra el borrador. Él se inclina hacia la luz para leer y sus manos se introducen bajo la camisa de ella.

Suena como una carta de protesta, dice él, riéndose. Ella dice que no sabe escribir de otra manera, es incapaz de doblarse más abajo. Él la consuela. No deberías ir a ver a un monje para pedirle prestado un peine: deberías ser comprensiva con los defectos de mis colegas. Después de todo, son campesinos. En cuanto a él, valora su sacrificio. Una carta de promesa es sólo un pedazo de papel. Es cuestión tuya cumplirla. La verdad es que la carta sólo va a ser usada para cerrar los labios de esas esposas con boca de escorpión.

Ella está convencida y ríe en medio de las lágrimas. Tomándole la mano, él revisa el borrador. Quiero que ahora me hables íntimamente, quiero que me siembres. Oh sí. Aquí mismo, firma: Sinceramente, Lan Ping.

Es el día de la boda. El viento esculpe nubes en forma de frutos gigantes. Se encuentran en la cueva de Mao; que se mudó de la colina Fénix al huerto de la familia Yang. Es una cueva de tres ambientes ubicada en la ladera de la montaña, de unos quince metros de profundidad. La pared del fondo es de piedra y el frente, de madera. Las ventanas están cubiertas de papel. Frente a la cueva hay una zona de tierra chata. Hay bancos de piedra y una parcela de verduras.

Mao se levanta temprano y trabaja en el huerto. Pimientos, ajos, tomates, ñames, arvejas y calabazas: todos están de buen humor. Mao lleva un palo al hombro, con un balde de agua en cada extremo. Camina por los estrechos senderos regando pacientemente cada planta. Inclina los hombros y levanta la cuerda del balde para regar. Se lo ve satisfecho y relajado.

La novia está delante de la cueva y observa a su amante

mientras despunta las plantas de algodón. Recuerda que una vez le dijo que su mente trabajaba mejor cuando tenía las manos ocupadas con el suelo y las raíces. ¿Qué piensa ahora? Se pregunta si la compara con sus ex esposas. Eres la muchacha que lleva su propia luz solar, le dijo. Tu alegría es la salud de mi corazón, y la tristeza de Zi-zhen, su veneno.

Para mí, es una figura paterna. Es lo que siempre quise de un hombre. Como un padre, es sabio, amante y a veces abusivo. Cuando le pregunté por qué decidió casarse conmigo, me respondió que tengo el talento de hacer que un gallo ponga huevos. Tomo la observación como un cumplido, pues supongo que lo que quiere decir es que extraigo lo mejor de él. Pero no estoy segura. A veces siento que es demasiado grande para que yo lo comprenda. Su mente es por siempre inalcanzable, un espectáculo aterrador. Para sus camaradas, opositores o enemigos, puede ser estimulante y espantoso. Lo amo, pero temo por mí. Cuando estoy frente a él, abandono la comprensión, me rindo. Ansío que me desee, pero a la que soy en verdad, no a la actriz. A veces siento que quiere tener mi cuerpo cerca, pero mi mente lejos. Quiere mantenerme como un mito.

Muchos años después descubriré que prefiere vivir con la mujer falsa antes que con la humana. Pero de joven soy simple y entusiasta. No necesito entender nada de este dios cuya esencia se halla fuera de mi alcance. Duermo profundamente ante la pregunta por lo desconocido. ¿Cuál es el apuro, si tendré el resto de mi vida para captarlo? No me comparo con Zi-zhen. No soy como Zi-zhen, que se preserva en la botella de la miseria y cierra la tapa con una violenta torcedura. Si hubiera una botella así delante de mí, la rompería. Tengo pasión por los estímulos y el desafío. Veo que mi futuro sólo promete eso.

Pero, ¿por qué abrigo estas dudas el día de mi boda?

Las ocho en punto. El sol estalla entre las nubes. Después de poner la mesa afuera, vuelvo a la cueva para vestirme. Me defrauda un poco que Mao sólo haya invitado a un pequeño grupo de personas. No tomó en cuenta mi deseo de invitar a una multitud. El motivo que aduce es que no quiere atraer la atención de Chiang Kai-shek, no quiere que lo bombardeen el día de su boda.

Tomo las pinzas para cejas. Las dibujo, las pinto como lo hacía en Shanghai. Me empolvo la piel quemada por el sol. No tengo traje de novia. Prometí a Mao respetar la moda revolucionaria, que consiste en no seguir ninguna moda. Llevo un uniforme gris descolorido y un cinturón encima de él.

Cuando salgo, todos se vuelven hacia mí y de pronto los hombres empiezan a hablar sobre el cielo, sobre su color: un melón con una capa de verde en el fondo, amarillo en el medio y rojo-rosado en lo alto.

Se produce una súbita calma. Mao intenta ocultar su regocijo.¡Maníes!, dice a su novia. Ella empieza a servir una canasta de maníes. Los invitados piden al novio que les hable de su idilio. Mao vuelve a sentarse y estira los brazos y los hombros. Un tornado me voló el sombrero —¿cómo decirlo?—, aterrizó y atrapó un pájaro dorado para mí.

¡Detalles!, gritan los hombres, mientras le pasan un cigarrillo al jefe. Sonriendo, Mao aspira hondo. En realidad, hay dos indicios: uno, tienen que ser perros y pedir prestado un hueso; dos, tienen que ser conscientes de que adoptan una pose peligrosa, como estirar la cabeza sobre el horno para secarse el cabello.

Ella echa una buena mirada a los invitados cuando Mao se los presenta, uno por uno. Son sus hombres, hombres a los que ella debe impresionar. Si es posible, empieza a pensar, hacerlos suyos en el futuro. Por Kang Sheng, ya sabe que la posibilidad existe. No puede olvidar su primera conversación. ¿Puedo hallar seguridad bajo tu ala, camarada Kang Sheng? Si bajo tu ala yo puedo encontrar lo mismo, señorita Lan Ping.

Oye la risa falsa de Kang Sheng. Un sonido desagradable. Está halagando a su jefe. Lo cierto es que no charlan, pero hay intimidad. Hay un código secreto entre Kang Sheng y Mao. De alguna manera, ella siente que nunca podrá interpretar ese código. Un extraño par de amigos, piensa. Una vez, Mao describió en broma a Kan Sheng como un pequeño templo que produce un viento embrujado. Kang Sheng sabe exactamente lo que quiere Mao y se lo ofrece. Puede ser tanto destruir a un rival político como arreglar una noche con una amante.

Lan Ping está satisfecha con la situación porque la honra. Porque es ella quien finalmente ha ganado el papel de primera dama.

Un pavo real entre gallinas. Sonríe.

Hablo mandarín. Pronuncio con lentitud para que sus amigos me entiendan. Me intereso por la salud de los invitados, por los miembros de sus familias, los animales y las cosechas. Estoy aprendiendo los asuntos de mi marido. Descubro que su corazón no está aquí, en la boda; en rigor tiene poco interés en la ceremonia. Usa el tiempo para recoger información sobre batallas, sobre sus colegas, sobre los territorios blancos.

Kang Sheng trae un hombre hacia donde se encuentra mi marido. Se llama Viejo Pez. Tiene cara de perro manso, con largas orejas que le cuelgan a los costados. Su traje occidental brilla de grasa alrededor de la panza, el cuello y los codos. Las puntadas son visibles, parecen un ejército de hormigas. Los bolsillos se ven repletos de cuadernos y papeles. El hombre trae informes sobre los territorios blancos. Una y otra vez repite el nombre Liu Shao-qi. Viejo Pez alaba a Liu diciendo que es un hombre de gran capacidad; empezó como huelguista pero no lucha sólo para destruir. Negocia con los dueños de las fábricas y es capaz de satisfacer las condiciones de los obreros en toda ocasión.

El camarada Liu Shao-qi es el tesoro de nuestro partido, comenta mi marido. Es terriblemente importante que se gane a los obreros.

No hay el menor tono de celos en las palabras de Mao, pero la semilla de Liu Shao-qi como un rival potencial queda plantada en su corazón desde este momento. Nadie en la China imaginó jamás que Mao sería capaz de una destrucción masiva simplemente por celos del talento de otro. Nunca nadie entendió los temores de Mao. Treinta años más tarde, Mao lanzará la llamada Gran Revolución Cultural Proletaria, en la que millones de vidas se perdieron sólo con el fin de allanarle el camino.

Hay un truco en su marido que Madame Mao nunca se las arregla para aprender: no sólo elude las críticas por su responsabilidad en el crimen del siglo, sino que compromete a su público, incluso después de su muerte, a que defienda, idolatre y bendiga su bondad.

El tocadiscos está en marcha. La pieza que se oye es *La noche de fuego en la capital*. El tocadiscos es un regalo de una admiradora extranjera, Agnes Smedley. La novia va y baja el volumen. Después, camina entre la gente tratando de unirse a las conversaciones. Escucha y elige los momentos para insertar sus observaciones. Pregunta qué va a ocurrir con los fascistas en Europa. Quiere saber cuándo puede atacar nuevamente Chiang Kai-shek. Averigua: ¿Cuánto durarán las provisiones de Chiang Kai-shek? ¿Cuánto más dinero están dispuestos a derramar los occidentales en el barril sin fondo de Chiang Kai-shek? ¿No es obvio que Chiang Kai-shek es un perro sin columna vertebral? ¿Podemos poner al mundo occidental de nuestro lado? ¿Debería Mao lanzar una campaña en los medios de comunicación para hacer comprender al mundo que su accionar es importante? ¿Qué pasa entre los rusos y los japoneses? A esta altura, ¿no debería Stalin estar convencido de la capacidad de Mao de gobernar la China?

Asombra a Mao y a los invitados con su deseo de aprender. Tiene veinticuatro años y el fuego de su pecho arde con llamas altas. Su energía embruja a algunos, pero otros la encuentran ingenua y presuntuosa. Ella está demasiado excitada como para advertir una cosa o la otra. Es testigo de cómo Mao juega al padrino con su ejército. Ve lo que puede lograr a través del matrimonio: se le muestra el mejor ejemplo.

Él le cuenta una historia sobre la noche de bodas. Una historia que lo inspira y le enseña el secreto de gobernar. Durante la Dinastía de Primavera y Otoño, un príncipe compró soldados. Para evitar que escaparan trajo a un hombre que hacía tatuajes. El príncipe ordenó al hombre que tatuara su nombre en ambas mejillas de cada soldado. Cuando el trabajo estuvo listo, el príncipe sintió que se había asegurado su lealtad. Llevó a los soldados a una lejana batalla. Antes de que las tropas avanzaran demasiado, los soldados empezaron a desaparecer. No había forma de rastrearlos: los soldados habían sobornado al hombre de los tatuajes y las marcas de sus mejillas eran tan delgadas, que salían con agua.

¡La mente, eso es lo que hay que tatuar!, concluye mi amante cuando termina la historia.

Siento que mi mente fue tatuada en ese momento. Si no, ¿cómo explicar el motivo por el cual respondo a cada uno de sus llamados? Se instila él mismo —la voz de un dios— en mí y en su nación.

El libro de Chang en persona, lo llama ella.

Cuando los invitados se retiran, la pareja está agotada. El suelo se encuentra cubierto de cáscaras de maní, semillas de girasol y colillas de cigarrillos. Mao no pregunta a su novia su opinión sobre los invitados. Sabe que sus modales la han irritado. Es evidente que no puede soportar que escupan en el suelo, se metan la mano en la boca para sacar comida mientras hablan y, peor, se tiren pedos sin la menor vergüenza.

Soy un vestido hecho de un veredicto:
cada hilo está atado a un crimen sangriento

Mao insta a su esposa a que deje de limpiar y la lleva al dormitorio, mientras canta alegremente una vieja aria de ópera.

Como una almeja de tierra baldía
jamás abría mi boca...
A ella la divierte y se une al canto.

A un ratón le encargan
que cuide las reservas de granos
y al chivo lo ponen a cuidar el huerto:
qué cosa tan agradable de hacer...

12

Jiang Ching es mi nuevo nombre. Un regalo de mi marido muy bien pensado. Ya no soy Lan Ping, Manzana Azul. Los nuevos caracteres tienen líneas rectas como las de un barco navegando en medio del viento: *Jiang* es Río y *Ching,* Verde. Jian Ching resume un dicho tradicional: "El verde sale del azul pero es más rico que éste".

He abandonado mi viejo papel. Salgo del azul y entro en el verde, más rico. Soy una mariposa que abandona la crisálida, la primavera me pertenece. Mi nombre se ha vuelto parte de la poesía de mi amante.

No hay fotografías en mi pared, ni libros ni revistas. Ningún recuerdo, ni siquiera un cartel de cuando actué como Nora. No es que no me guste recordar mis viejos días; sencillamente, mi nuevo papel exige un escenario distinto, me enfrento con otro público.

Tengo que teñir mi historia de rojo. Eso es lo que da verdaderos derechos en Yenán. Mis enemigos futuros sostienen un espejo invisible que, se dice, refleja mis "defectos de nacimiento" políticos. En el espejo ven un demonio que ha venido a robar la esencia de Mao. Ya comenzó la guerra conmigo cuando trataron de impedir mi casamiento.

Los rumores y falsas acusaciones empezaron a desparramarse el día que Mao y yo nos casamos. He roto muchos corazones. Durante y después de la ceremonia, una serie de camaradas y huéspedes de honor, incluido el ex cuñado de mi marido, Xia Zhen-nong, empezaron a murmurar acerca de la "salud declinante" de Mao. Es un chisme fuerte. Miren al Presidente, ha empezado a depender del alcohol para aumentar su energía.

Estoy empezando a darme cuenta de que no tengo muchas oportunidades de defenderme, en Yenán. El divorcio de Mao es considerado una traición, realizada por influencia mía. Lo que me asusta es que ese odio a la actriz está en el aire antes de que empiece la pieza teatral. Es un espectáculo que la gente no quiere presenciar, pero al que se ven forzados a concurrir. Cada línea les lastima los oídos y cada escena les hace arder los ojos.

Nunca consigo revertir la imagen de que soy un demonio de huesos blancos. Muchos preveían mi entierro en el momento mismo en que entré en la cueva de Mao. El odio se ahonda a medida que los años pasan. El mío también. El antiguo dicho afirma: "La escupida de diez mil personas puede hacer un pozo lo bastante profundo como para hundir a una persona". Bueno, yo me encuentro en ese pozo.

Estoy decidida a llevar adelante mi espectáculo en la esperanza de encontrar mi verdadero público. Algunos de mis críticos dicen que les provoco descompostura del estómago. Pero la verdad es que no pueden sacarme los ojos de encima mientras me insultan. Hacen todo lo que pueden para arruinarme.

Cuando luzco mi vestuario soy la primera actriz. Los visitantes de Mao me describen como una mujer agradable, dulce y cordial. Sí, tengo todos los motivos del mundo para sentirme satisfecha y agradecida, y lo estoy. Por dentro, sin embargo, el mar nunca está en calma. Tengo que vigilarme para tener la certeza de que se me ve correcta, obediente y domada. Amo a Mao lo suficiente como para dejar de lado una gran parte de mí misma, incluida mi pasión por el teatro y el cine. Creo que los asuntos de Mao son más importantes, y estoy tratando de hacerlos míos también.

Durante los seis meses siguientes, Mao escribe las obras más famosas de su vida. Entre ellas, *Tácticas básicas de batalla - Reflexiones sobre la guerrilla y la guerra prolongada*. Los puntos de vista de Mao fascinan y cautivan a la nación; como consecuencia, el número de reclutas del Ejército Rojo aumenta en forma drástica. Enfurecido, Chiang Kai-shek se pone secretamente en contacto con Adolf Hitler para conseguir asesores militares, al tiempo que ordena la eliminación completa de los comunistas.

En este momento, Madame Mao Jian Ching da a luz a una hija, Nah. Desaparece por completo de la escena pública. Como nueva anfitriona de la familia, recibe con entusiasmo a los miembros de las familias anteriores de Mao: dos hijos, Anyin y Anqing, y una hija, Ming, de la unión de Mao con Kai-hui, y un hijo de su matrimonio con Zi-zhen. Jian Ching pasa el día atendiendo a la beba y haciendo ropas y suéteres. Por medio de Kang Sheng se entera de que Zi-zhen ha vuelto de Rusia en el anonimato en peor estado de salud. Mao dispuso que viva en un hospital mental privado de una ciudad del sur.

La costurera de la aldea viene a menudo a ayudar a Jian Ching con las tareas de la casa. Trae noticias y chismes. Jian Ching se entera de que su amiga Sesame ha muerto en una batalla cerca del río Gan-jiang. Otro nombre que surge a menudo es el de Fairlynn. Fairlynn se ha convertido en la estrella del feminismo y el liberalismo en Yenán. Sus novelas y ensayos se publican en todas partes y la juventud de la nación la idolatra.

Fairlynn está trabajando en una nueva novela cuando golpeo su puerta. No sé por qué he venido hasta aquí. No me gusta Fairlynn. Supongo que lo hice simplemente para satisfacer mi curiosidad. Se sorprende al verme y me saluda encantada. Extendiendo los brazos, lo primero que me dice es: ¡Miren, la gallina madre está aquí!

¿Cómo se llama?, me pregunta.

Nah. Abro la canasta para mostrarle a mi hija.

¿Nah? ¿Qué quieres decir con Nah?

No dijo, "No me digas que es por Tang Nah", pero me doy cuenta.

Es pura coincidencia, explico. A mi marido no le importa en absoluto con quién me casé en el pasado. El nombre viene de la enseñanza de Confucio sobre la conducta. Nah, por cultivo de sí mismo, es todo idea de Mao.

¡Bienvenida a la base roja, pequeña soldado! Fairlynn se inclina para tocar a Nah, luego se vuelve hacia mí. Parece que estás cargada de nuevo.

Eres desagradable, Fairlynn; como siempre. Sonrío y me siento. Te gusta hacerme sentir mal. Sabes que eso te encanta.

Oh, Lan Ping, me odias igual que siempre. Ya lo sabíamos cuando nos conocimos.

¿Algún progreso en tu vida personal, Fairlynn? ¿Qué edad tienes?

Enciende un cigarrillo. Treinta y seis. Estoy demasiado ocupada.

Es una excusa habitual entre quienes no son capaces de atraer a los hombres. Me río. Vamos, consíguete un marido antes de que sea demasiado tarde.

¿Un marido? Fairlynn exhala el humo. ¡Preferiría flirtear con un chimpancé!

Se echa un ñame a medio comer en la boca. A propósito, ¿qué se siente siendo Madame Mao?

Un sueño hecho realidad.

Muy astuta, señorita Lan Ping.

No, camarada Jian Ching.

Muy bien, camarada Jian Ching.

El mundo es tuyo si tienes talento, Fairlynn. Eso es lo que me dice mi marido: "La calle está llena de oro, pero no todos tienen ojos para verlo".

Fairlynn sonríe. Bien. Ten más hijos y practica costura.

No puedes dejar de morder, ¿verdad? Creo que el problema es tu peinado estilo Shakespeare. Estoy segura de que aleja a los hombres. Me encantaría hacerte un nuevo corte de pelo.

Lan Ping, no podrás hacer que me sienta poco atractiva.

Jiang Ching, por favor: *Jiang* por río y *Ching* por verde. No tienes idea de lo maravilloso que es tener hijos. Mira a Nah, te sonríe. Vamos, niña, ve con tía Fairlynn.

Oh, está calentita. Se mueve como un gusano. Mira su cabello crespo. Hueles como pan ácimo fermentado.

Nah empieza a buscar el pecho de Fairlynn.

¡Hora de la leche!, digo riendo.

Fairlynn me pasa a Nah, molesta.

¿Te gustaría oír mi nueva novela, Jian Ching? Se llama *La nueva Nora*. Es acerca de cómo Nora sale de la casa número uno y entra en la casa número dos.

Recostada contra la almohada, le pregunto a mi marido su opinión sobre Fairlynn.

No me tomo demasiado en serio a esas ratas de biblioteca, responde Mao. ¿Qué está escribiendo Fairlynn ahora? ¿Diccionarios? ¿Qué es un diccionario si no páginas de ratas muertas? ¿Qué cosa hay más fácil que ser rata de biblioteca? Es más difícil aprender a ser cocinero o carnicero. Un libro no tiene patas, uno puede abrirlo o cerrarlo en cualquier momento. Un cerdo tiene patas capaces de correr y un cerdo tiene cuerdas vocales capaces de gañir. El carnicero tiene que agarrarlo y degollarlo. El cocinero tiene que hacer que la carne maloliente adquiera un sabor delicioso. Ésos son verdaderos talentos. ¿Qué es Fairlynn? Toca en la escuela del pensamiento sólo porque la dejamos...

Ella se abraza a él. Jefe, ¿te parece que Fairlynn es atractiva?

¿Por qué me lo preguntas?

Nada más que por curiosidad. No es linda, ¿no?

Bueno...

Déjame decirte que un montón de hombres están tratando de captar su atención. Van de generales a soldados. Tienen fantasías con ella como si fuera la protagonista de su novela. Pequeño Dragón no sabe escribir, pero recita los poemas de Fairlynn.

¿Cuál fue la reacción de Fairlynn? ¿Se mostró interesada en nuestros soldados?

Dijo que no quiere entrar en ninguna casa de Torvald. Llama chimpancés a nuestros hombres.

Es interesante. La voz de Mao se desvanece.

¿La leíste?

Tengo ejemplares de los libros que me envió. Mao se da vuelta y apaga la vela.

¿Sabías que Fairlynn sale con los bolcheviques de la zona?, pregunta Jiang Ching de pronto, en la oscuridad.

Estoy cansado. Voy a atender el asunto después... después... de que termine con la convención del Partido.

¿Puedo tomar parte en la convención?

No hay respuesta.

Vuelve a preguntar.

Mao empieza a roncar.

Más allá del áspero valle de Yenán, el mundo se lanza hacia la conflagración más grande del siglo. Los nazis empiezan a atravesar Europa. Los japoneses se dispersan por el Pacífico. En su hogar, Mao empieza su intensa competencia con Chiang Kai-shek por el gobierno de China.

Jiang Ching celebra sus cuatro cumpleaños siguientes en el pequeño jardín de entrada de su cueva. A los treinta y un años se ha convertido en una experta costurera y está acostumbrada a que usen su living como cuartel general. De tanto en tanto, después de que se ha ganado una batalla importante, Mao despide a sus camaradas. Se toma el día para pasarlo con los niños. Más raramente, escolta a su esposa a un espectáculo local para ver una ópera, escuchar una orquesta o un elenco de cantantes folclóricos. Al percibir la frustración de su mujer, le presta su caballo.

Luego de unas pocas lecciones de Pequeño Dragón, soy capaz de montar sola. Con un poco de práctica, pronto me vuelvo bastante confiada. La tierra que rodea a Yenán es perfecta para cabalgar, abierta y llana. Me ato el pelo en un rodete y azuzo al animal. Cabalgo por las colinas y la orilla del río. La brisa sobre mi rostro me hace sentir la primavera. Sonriendo al viento, me digo: ¡Soy una fuera de la ley! Cabalgo hasta que los ollares del caballo están dilatados y jadeantes y su sudor ha ensopado el recado. Y entonces clavo los talones para un último galope.

Madame Mao Jian Ching está satisfecha pero aburrida al mismo tiempo. Su papel de ama de casa la está cansando. Comprende que no puede sentirse satisfecha con una casa llena de niños, gallinas, gallos, chivos y hortalizas. Su mente necesita estímulos. Le hace falta un escenario. Empieza a ensayar su papel tal como lo imagina. Lee documentos que pasan por el escritorio de Mao. Se entera de que los Estados Unidos han entrado en la guerra. Se entera de que Hitler está siendo empujado fuera de la Unión Soviética y de que los japoneses se hallan en retirada. El Partido Comunista Chino se ha expandido y es el grupo político más grande del mundo. Su marido se ha convertido en un nombre conocido en todos los hogares y en un símbolo de poder y verdad.

¿Qué ha ocurrido conmigo?, se pregunta la actriz. Fairlynn ocupa un lugar en la convención del Partido, mientras que ella, como esposa de Mao, ni siquiera puede asistir a su apertura.

Fairlynn se sienta en primera fila entre los miembros de la delegación y vota como vocera de los intelectuales de la nación. Durante un intervalo, Fairlynn hace una visita a Madame Mao Jian

Ching. La felicita por el ascenso de su marido al poder y le pregunta si se compara con Madame Roosevelt. Fairlynn describe a Madame Roosevelt, habla de sus logros en política norteamericana e historia occidental.

La esposa de Mao escucha mientras lava la ropa de su marido y de sus hijos en un balde. El agua está helada. Lava las escudillas, los woks y friega el orinal. Tiene las manos hinchadas por el frío. El jabón se desliza entre sus dedos.

Una noche trato de hablar sobre Madame Roosevelt con Mao. Tú no eres Madame Roosevelt. Se saca los zapatos de una patada y apaga la vela.

De pronto me siento deprimida. Durante el resto del mes intento leer, pero no hay manera de que logre concentrarme. Casi ocurrió un accidente cuando descuidé mis deberes —Nah por poco se cae en el pozo de estiércol— y eso me lleva a abandonar los libros.

La costurera viene a acompañarme, pero la despido. No quiero oír las noticias.

Mao sostiene pequeñas reuniones en casa. No me advierte de antemano, tampoco me dice quién vendrá. Es su estilo. Simplemente manda a Pequeño Dragón a que vaya a buscarlos de parte de él. Pueden ser las tres de la mañana o las doce de la noche. Se espera que compartan una comida y discutan batallas. Se supone que yo debo preparar la comida e ir a la guerra en la cocina. A veces un cocinero o los guardias me ayudan, pero es tarea mía limpiar después.

Estoy jugando un extraño papel: una reina que es mucama.

En la convención, Mao es elegido jefe único del Partido. Liu Shao-qi, que ha construido la red comunista en los territorios blancos de Chiang Kai-shek, es votado como segundo jefe. El vicepresidente Liu Shao-qi ha alabado mucho a Mao en su discurso de aceptación. Pequeño Dragón, entusiasmado, me pone al tanto de los detalles de la convención. ¡Liu Shao-qi mencionó el nombre de Mao ciento cinco veces! Los guardias esperan que desborde de entusiasmo, pero apenas puedo esconder lo mal que me siento.

Después, a la hora de acostarse, la esposa nuevamente pregunta si se le puede dar un lugar en la convención. El marido cambia su tono de voz.

No puedo darle un lugar a nadie. Hay que ganárselo.

La esposa se sienta. ¿No crees que me lo he ganado?

Él no responde, sino que suspira.

Ella se enjuga las lágrimas. Bueno, entonces necesito ocasión de ganármelo.

Mao me da una lista de libros que debo leer. Me está dando la receta que le dio a Zi-zhen: Marx, Engels, Lenin, Stalin, *Los tres reinos* y *El registro de la historia*. Pero no voy a leerlos. Ni uno solo. Ya sé qué tipo de pastillas hay en esos frascos. No sólo me niego a convertirme en Zi-zhen, estoy decidida a no ser una tramoyista en su teatro político.

Mientras Jian Ching intenta introducirse en su escenario, Mao lanza un movimiento llamado Rectificar el Estilo de Trabajo. Corre el año 1942. Al principio se lo considera un examen político de rutina, luego se convierte en terror. De pronto, "traidores", "reaccionarios" y "agentes de Chiang Kai-shek" son atrapados en todas partes. Lo que más adelante sorprenderá a los historiadores es que el movimiento es iniciado por Mao y dirigido por Kang Sheng, dos maestros de la conspiración que armaron un complot imaginario contra ellos mismos.

El movimiento se está estrechando. El foco se ha vuelto el exterminio de los enemigos internos. El pánico atraviesa toda la base de Yenán. Para destacarse como un izquierdista duro, un verdadero comunista, uno empieza por clasificar a los demás, incluso a acusar a otros de derechistas. De mañana uno puede ser tenido por activista revolucionario, a medio día se convierte en sospechoso de anticomunismo y a la noche ya es un enemigo. Durante el día uno puede estar en una reunión forzando a otros a que se confiesen culpables, y en una reunión por la noche ser arrestado y arrojado a un oscuro cuarto de confesión.

El procedimiento para el movimiento es *Ren-ren-guo-guan*: "una juntura crítica por la que todos deben pasar". Las reuniones son como retortas químicas: cuando se sumergen enemigos en ellas, revelan infección.

No importa que ella sea Madame Mao. Para demostrar la ecuanimidad del Partido, será controlada de la misma manera. Se le dice que llegó su turno de sumergirse en la retorta química.

Está nerviosa. Le preocupan sus antecedentes, en especial, haber firmado el documento de Chiang Kai-shek denunciando al comunismo. Por más que su amigo Kang Sheng le da instrucciones sobre lo qué debe hacer, se siente insegura.

¿Por favor, estarás presente en mi juicio?, le ruega.

Cuando llega el día, Kang Sheng se encuentra entre la multitud.

Madame Mao Jiang Ching es ubicada en el centro de la habitación, con los ojos de cientos de camaradas clavados en ella mientras hace una autoevaluación, como exige el procedimiento. Inhala en profundidad y empieza el proceso de convencer a los demás. La descripción está cuidadosamente preparada y expresada en elegante mandarín. Sus antecedentes no podrían ser más puros: hija del abuso feudal, joven comunista en Qing-dao, su período en Shanghai como actriz de izquierda consagrada a hacer filmes contra los invasores japoneses, y por fin su aterrizaje en Yenán como revolucionaria madura y esposa de Mao.

Le parece que su representación es impecable. Sin embargo, un par de personas de la multitud la interroga respecto del período que se ha salteado. Se solicita un testigo que demuestre su coraje en la prisión.

De pronto entra en pánico y adopta una actitud defensiva. Sus frases se vuelven confusas y las palabras desconectadas. ¿Qué le piden? ¿Qué presente un testigo? ¿Por qué? ¿Pretenden decir que estoy inventado mi historia? ¿Cómo puedo hacerlo? He sido revolucionaria. ¡Y no les tendré miedo!

Por espacio de unos instantes se produce un silencio, pero queda claro lo que todos tienen en la mente: el deseo de que la actriz fracase, que tropiece, que rompa un decorado y se caiga del escenario. Pronto la multitud empieza a atacarla al unísono. ¿Qué significa esta actitud, camarada Jiang Ching? ¿Por qué se pone tan nerviosa si no tiene nada que ocultar? ¿A qué viene esa histeria? ¿No es saludable que los camaradas interroguen cuando tienen dudas? ¿Sobre todo acerca de cómo fue su liberación de la prisión del enemigo? Todos tienen obligación de cooperar. Nadie está por encima del Partido Comunista, en Yenán. Ni siquiera la esposa de Mao.

Gradualmente el clima de la situación cambia. Las dudas se

vuelven más pesadas. Se cuestionan los detalles, fechas, horas, minutos, se los compara y analiza. Las exigencias de explicaciones se vuelven más insistentes. Está cayendo en una trampa, armada por sus invenciones anteriores. Su historia empieza a contradecirse. Los agujeros en sus mentiras empiezan a revelarse. Está acorralada.

La cara se le pone roja, las hinchadas venas de su cuello, azules. Se la ve horrorizada, y entonces se vuelve hacia Kang Sheng, suplicándole auxilio con los ojos.

Es el pie para que el actor principal entre en escena.

La Oficina Central de Seguridad ya ha investigado el asunto, empieza Kang Sheng. La conclusión es positiva: la fuerza de la camarada Jiang Ching ha sido demostrada. Se ha probado que es verdad que fue leal al Partido. Ha hecho un enorme trabajo por la Revolución. Arriesgó su vida.

Kang Sheng enciende un cigarrillo. Con rostro impertérrito pinta el cuadro de una diosa comunista. Finalmente, arroja la pelota a la multitud. ¿Cómo explicarían la actitud de la camarada Jiang Ching de dejar Shanghai, la ciudad del lujo y el placer, por las penurias de Yenán? Si no es por su fe en el comunismo, ¿por qué es?

El hombre de la barba de chivo hace una pausa, mira a su alrededor y se siente complacido de su eficacia, de la forma en que confunde. Para apretar la tuerca, da una última vuelta: por lo tanto, confiar en el resultado de la investigación del Partido es confiar en la camarada Jiang Ching. Confiar en la camarada Jiang Ching es confiar en el Partido y en el propio comunismo. Cualquier duda basada en suposiciones es pasar por encima de los derechos del individuo, lo cual constituiría un acto reaccionario y evidencia de actividades de derecha, es decir, simpatía por la banda de Wang Ming y el peor de los enemigos.

Los labios quedan sellados y la voces silenciadas. El interrogatorio se detiene. Estoy segura de que esto me salvará de esta crisis, pero no necesariamente de la próxima. Hay preguntas colgando de los rostros de esa gente. ¿Por qué Kang Sheng es agresivo e implacable cuando maneja otros casos, mientras que hace concesiones en éste?

Kang Sheng intimida y nunca se preocupa por lo que nadie pueda pensar de él, excepto Mao. Y Mao sigue promoviéndolo. En su matrimonio, ella descubre que sólo cuando sigue el consejo de Kang Sheng tiene éxito. Kang Sheng es su instructor.

En el futuro, habrá un secreto que Madame Mao y Kang Sheng nunca discuten sino que comparten a sabiendas. Es lo que los vuelve socios, rivales y enemigos todo a la vez. De todos los miembros del Partido Comunista, ninguno osó jamás pensar en sobrepasar a Mao y apoderarse de la China, excepto Kang Sheng y Jiang Ching.

El equipamiento militar de Chiang Kai-shek lo proveen los norteamericanos y es el más avanzado del mundo. Mao, en cambio, trabaja con armas primitivas. Es el final de la Segunda Guerra Mundial y el comienzo de la guerra civil china. En el frente internacional, Stalin ha propuesto una negociación entre Mao y Chiang Kai-shek. Para Stalin, una China unida es más poderosa. Stalin ve a China como un aliado potencial con el cual oponerse a los norteamericanos. A fin de demostrar su amplitud mental, mi marido corre el riesgo y acepta la invitación de Chiang a Chong-qin —la capital del gobierno de Chiang— para una conversación de paz. A pesar de que sus colegas y ayudantes sospechan una conspiración, él insiste en ir.

Chong-Qin en pleno verano es un baño turco. Con un diplomático norteamericano como anfitrión, Mao Tse-tung y Chiang Kai-shek se estrechan la mano frente a las cámaras. Luego cumplen la ceremonia de firmar un tratado. Mao luce su uniforme blanco de algodón sin forma, en tanto que Chiang lleva su traje almidonado de inspiración occidental con hileras de medallas que brillan sobre sus hombros y su pecho.

No habrá dos soles sobre el cielo de la China, me dice Mao en nuestro vuelo de regreso a Yenán. Él considera inevitable la guerra civil. Le digo que admiro su valor. Y me contesta: Es el miedo, querida, es la ceguera ante la muerte lo que me impulsa a ganar.

Enojado, Chiang Kai-shek empieza nuevamente a arrojar bombas sobre nuestro techo. Mao ordena la famosa evacuación de Yenán. Los soldados y campesinos del Ejército Rojo son movilizados para trasladarse a remotas zonas de montaña. Mao se niega a ver a cualquiera que se queje por tener que abandonar su tierra natal.

A fin de alejar a la gente, invita a Fairlynn a la cueva para discutir y charlar.

Mi marido está reunido con Fairlynn desde la mañana temprano. Charlan de todo, desde política hasta literatura, de bronces antiguos, de poesía. Escudilla tras escudilla y paquete tras paquete, brindan con vino de arroz y fuman. El recinto es una chimenea.

Después de acostar a Nah salgo, haciendo de mi presencia una protesta contra la intrusa. Me siento junto a mi marido.

El alcohol alimenta el espíritu de Fairlynn. Alentada por Mao, despliega sus argumentos. Se revuelve el pelo con los dedos. Su peinado estilo shakespeariano es ahora un nido de pájaros. Tienen los ojos inyectados en sangre. Cuando ríe, muestra todos los dientes.

Mao estira las piernas mientras inhala, cruzando un pie sobre el otro.

La historia de China es la historia del yin, dice él en voz alta a la vez que empuja el cenicero hacia Fairlynn. Luego empuja su jarro de té. Le gusta compartirlo con mujeres. Lo hacía con Kai-hui, Zi-zhen, Jian Ching y ahora Fairlynn. Agrega agua al jarro, y prosigue. Nuestros antepasados inventaron la pólvora sólo para utilizarla en los festivales. Nuestros padres fumaban opio para no pensar. Nuestra nación se ha visto envenenada por las teorías de Confucio. Hemos sido violados por las naciones que son fuertes en yan. ¡"Violados" es la palabra exacta! El puño de Mao golpea la mesa. Algunos maníes caen al suelo.

Presidente, no pretendo desafiarlo, dice Fairlynn recogiendo los maníes caídos. Sus escritos son una alabanza de la guerra en sí misma. Encuentro eso muy interesante, ¿o debería decir perturbador? Alaba la violencia por la violencia misma. Cree en la ley marcial. Su verdadero propósito es matar el elemento yin en los chinos, ¿no es así?

Mao asiente.

Y entonces mata, insiste Fairlynn.

Mato para curar.

Fairlynn sacude la cabeza. Presidente, nos está haciendo prisioneros de su pensamiento. Hace que nos mordamos y mastiquemos las carnes unos a otros a fin de ejercer su yang ideal. ¿Me permite decirle que está loco al no dar a nuestra mente ningún placer para deslumbrarse y experimentar?... Señor, está usted recalentando un plato de la noche anterior; eso no es original: ¡está copiando a Hitler!

Si sirve para despertar a la nación, ¡asumo la culpa! Mao levanta la voz como un personaje de ópera.

¡Mao! Es usted el individualista más escandaloso que jamás he conocido. ¡Está fascinado con usted mismo! Pero,¿y el resto? ¿Qué pasa con el derecho de los otros a ser tan individualistas como usted? ¿Los grandes pensadores, los periodistas, los novelistas, artistas, poetas y actores?

Camarada Fairlynn, la han envenenado. Mao se ríe confiado. Los occidentales piensan que los escritores y los artistas son superhombres, pero sólo son hombres con instintos animales. Los mejores de ellos son hombres con enfermedades mentales. ¡Su índole consiste en vender trucos! ¿Cómo puede considerarlos desde una perspectiva tan religiosa? Debe de haber gastado mucho en ese par de ojos de rana artificiales. Pobrecita, ¡la han robado!

Dos de la mañana, y no le veo fin a la discusión. Mao y Fairlynn van por su tercera jarra de vino. El tema ha pasado a ser la belleza.

No es distinta de cualquier otra criatura masculina de la tierra. ¡Mire a la camarada Jian Ching! ¡La belleza de la base roja! Mao, pensé que usted no era un personaje shakespeariano. ¡Pero fíjese lo que hace! Está metiendo el marxismo en una linterna: usándolo sólo para examinar a los demás. No me avergüence con su supuesto conocimiento de la literatura occidental. Me hace acordar de la rana que vive en el fondo de un pozo y piensa que el cielo tiene el tamaño del borde. Está vendiendo sus falsos pimientos a campesinos analfabetos. Se está mostrando como un tonto frente a mí. Sí, sí, sí. A veces pienso que sus escritos sobre moral son un chiste. ¡Después de leerlos, quedan en el suelo de mi mente desparramados en completo desorden!

¡Qué placer oír esto! ¡Qué osadía venir a mi cueva a quemar mis granos! ¡Agua! ¡Agua caliente! ¡Jiang Ching!

Me levanto, tomo la tetera y voy a la cocina.

En la cocina los oigo que continúan. Se ríen y a veces susurran.

Eres irresistible, Fairlynn. Si...

¡Pero por favor! La voz áspera se eleva, jovial.

Tienes razón, Fairlynn. La belleza me excita, despierta mi compasión por la deformidad. Sin embargo, el impulso de salvar este país me convierte en un hombre de verdad. Sólo de una manera comprendo la política: violencia. La revolución no es un té de señoras, es violencia en su forma más pura. Idolatro la antigua política, la política de la simple dictadura.

Parada frente a la tetera hirviente, mi mente viaja al exilio. Cuando vuelvo al living me encuentro con las manos vacías. He dejado atrás la tetera. Educadamente interrumpo la conversación, menciono que estoy cansada. Mi marido sugiere que me vaya a la cama.

Es muy tarde, insisto, demostrando que no tengo ninguna intención de irme de allí: estoy decidida a echar a Fairlynn.

Ya lo sé. Mao hace un gesto con la mano.

Debes de estar agotado, le digo a mi marido, y también la camarada Fairlynn.

¡No te preocupes por mí! Fairlynn estira los brazos hacia arriba. Inclinándose hacia un lado, pone los codos sobre la mesa. Me siento con las pilas cargadas como si fueran las diez de la mañana.

Mao reprime un bostezo.

Trato de contenerme, pero las lágrimas me traicionan.

Mi marido se pone de pie, va a la cocina y trae la tetera. Luego acerca una silla para que me siente. Miro a Fairlynn disgustada. Llegará el día, me prometo, en que la haré pasar por lo que ahora ella me está haciendo pasar a mí.

Regodeado con la admiración de Fairlynn, mi marido reflexiona en torno de sí mismo.

En lo profundo de mi paisaje mental, estoy cubierto con la densa niebla de la tierra amarilla. Mi carácter arrastra una cultura fatalista. He sido consciente de ello desde que era niño. Tengo el instinto y la añoranza del viaje y, al mismo tiempo, un desagrado innato por la vida. Los antiguos sabios viajaban para alejarse de los hombres. Luchamos para lograr la unidad. Los miembros de la dinastía Ching, antes de Confucio, eran jefes guerreros, con un yang muy fuerte. Luchaban, poseían y expandían la tierra. La suya era una vida de a caballo. El sol era su pasión. En las fábulas, un sol no bastaba. Nueve soles tuvieron que crearse para que el héroe Yi pudiera tener ocasión de derribar a ocho de los nueve y así demostrar su fuerza. Las diosas fueron enviadas camino arriba, al Palacio de la Luna, para que los hombres pudieran ser desafiados.

El período Ching es tu período, comenta Fairlynn.

Sí, y sin embargo siento que me faltan conocimientos sobre él. Me gustaría oír los gritos del pulmón del soldado Chong y atravesar las puertas de las ciudades enemigas. Me gustaría oler la sangre en la punta de sus espadas.

Tienes una visión surgida a través de los ojos de un loco.

A las tres de la mañana, Mao y Fairlynn se incorporan para despedirse. Jiang Ching, desde la entrada de la cueva, los observa.

Nuestra discusión no ha terminado aún, dice Fairlynn, abotonándose su saco gris del ejército.

La próxima vez me tocará a mí satisfacerte. Mao la saluda con la cabeza.

La oscuridad es impenetrable, suspira Fairlynn.

Soy un buscador de perlas, replica Mao, mirando la noche. Trabajo en el profundo y sofocante lecho del océano. No subo con tesoros todas las veces. A menudo vuelvo con las manos vacías y el rostro púrpura. Eso lo entiendes porque eres escritora.

Pero a veces quiero que la oscuridad me envuelva.

Bueno, mi opinión es que no resulta fácil cumplir con lo que se espera de Mao Tse-tung.

Sin duda casi todos se sienten frustrados.

La ironía, como todos sabemos, es que la magia y la ilusión deben desarrollarse en la oscuridad. Mao sonríe.

Y por cierto a la distancia. Coincido con usted, Presidente.

Marzo de 1947. Las fuerzas de Mao han estado entrando y saliendo de las zonas montañosas de las provincias de Shan-xi, Hunán y Sechuán. Mao juega con las tropas de Chiang Kai-shek. A pesar de que éste ha enviado a su mejor hombre, el general Hu Zhongnan, que está al frente de 230.000 hombres mientras que Mao sólo tiene 20.000: no se ha impuesto.

Como un concubina de guerra sigo a mi amante. Abandono todo, hasta mi tocadiscos preferido. Insisto en que Nah venga con nosotros. Viajamos con el ejército. Es difícil creer que hemos sobrevivido. Todos los días Nah es testigo de cómo se entierra a los muertos.

Los artesanos de las aldeas pintan las paredes con imágenes de Mao. Mi amante ostenta siempre el aspecto de un antiguo sabio, ahora más aún. Se debe a que los artistas han sido formados para pintar el rostro de Buda, y no pueden pintar a Mao sin que se lo vea como un Buda. Tal vez sea el Buda a quien ven en Mao. Estoy segura de que mi amante está representando a Buda.

Verse privado de sueño ha debilitado a Mao. Tiene fiebre. Bajo la frazada, tiembla sin parar. Los guardias se turnan para llevarlo en una camilla. Enfermo y todo, él sigue dirigiendo la batalla. Así me convierto en su secretaria y asistente. Ahora soy la que escribe las órdenes de Mao y hace los borradores de los telegramas. Estoy levantada cuando él lo está y me mantengo despierta cuando él duerme.

Cuando se pone mejor y ve que sus negocios andan bien, quiere jugar. Tenemos tiempo, pero no soy yo misma. Mi corazón no siente calor: no puedo olvidar a Fairlynn. Aunque sé que lo amo, aún quiero hacerle pagar que me haya sometido a esa humillación. Él parece aceptar el castigo. Las ojeras bajo sus ojos se han hecho más profundas.

Las tropas acampan en una pequeña aldea. Mao duerme. Jiang Ching sale de la choza para tomar aire fresco. Acaba de copiar un largo documento a la luz de la vela. Frotándose los ojos, advierte que Pequeño Dragón se encuentra a su lado. Al verla, la saluda. Ella le devuelve el saludo y aspira una bocanada de aire fresco. Frente a ella hay una parcela de ñames y un angosto sendero que lleva al río. La noche está callada y fría.

Se siente sola, de manera que avanza hacia el guardia y lo saluda.

¿Sabes algo de tu familia?, pregunta al joven de diecinueve años.

El hombre responde que no tiene familia.

¿Cómo es posible?

Mi tío era comunista clandestino. Chiang Kai-shek masacró a mi familia por haberlo ayudado a escapar.

¿Te gusta trabajar para el Presidente? ¿Serás fiel a él?

Sí, Madame. El joven baja la cabeza y mira su propia sombra bajo la luna brillante.

¿Oyes algo por la noche? Ella se aclara la garganta.

Bueno, sí... un poco.

¿Qué, por ejemplo?

Ru... ruidos.

De pronto, siente lástima por él. Un hombre que nunca en su vida ha probado la dulzura de una mujer. No está permitido. Es la regla: los soldados son monjes del templo de Mao.

¿Qué tipo de ruidos?, insiste ella, casi bromeando. ¿Cómo el ruido de un búho? ¿Una rata de campo? ¿O el viento?

El joven se queda mudo y se aparta de ella.

Jiang lo llama cariñosamente por su nombre y hace que la mire de nuevo.

No me gusto a mí mismo, dice de pronto Pequeño Dragón.

Ella siente que una extraña tensión se alza entre ellos. Queda sin palabras.

Pequeño Dragón traga saliva.

A cabo de un rato ella le pregunta, ¿te gustaría que le pida al Presidente que te transfiera?

No, por favor, Madame. Me gustaría servir al Presidente el resto de mi vida.

Por supuesto, murmura ella. Comprendo. Y el Presidente también te necesita.

El joven está de pie contra la pared, respirando agitado. Se siente confundido por sus propias reacciones hacia la mujer. El misterioso poder cubierto por su uniforme. Ella puede ver el sudor que le brilla en la frente. Se lo ve intimidado, conflictuado y vencido. Le recuerda a un joven gorila frustrado, el macho al que no se le da ocasión de obtener trofeos femeninos, el macho cuyo semen es depositado en el basurero de la historia. La masculinidad de Pequeño Dragón es devorada por el gorila más agresivo y formidable: Mao.

Diciembre de 1947. Mao finalmente agota a las tropas de Chiang Kai-shek. Antes de Año Nuevo, lanza un contraataque en gran escala. Los soldados del Ejército Rojo gritan mientras cargan hacia adelante: "¡Por Mao Tse-tung y la Nueva China!" No le lleva mucho a Mao deglutir por completo a su enemigo. Cuando la primavera se torna verano, las fuerzas de Mao se emparejan con las de Chiang Kai-shek. La derrota de éste empieza a sentirse. Mao cambia el nombre de su ejército, de Ejército Rojo a Ejército de Liberación Popular.

• • •

Me he convertido en la secretaria de la oficina improvisada de Mao. Y he enviado a Nah y sus hermanos a vivir con aldeanos. Los voy a extrañar terriblemente, pero la guerra ha llegado a un momento crucial. Mi marido vuelve a establecer sus cuarteles en nuestro dormitorio. He estado durmiendo en corrales de mulas. Me han picado los mosquitos, las pulgas y los piojos. Una picadura bajo el mentón se me hinchó tanto que parece una papada.

Para evitar los ataques aéreos de Chiang Kai-shek, mi marido ordena a las tropas que avancen después de la caída del sol. Largas horas de trabajo y mala nutrición se han cobrado su tributo en mí. Me enfermo, y apenas si puedo caminar. Cuando avanzamos, Mao me acomoda con él sobre la única mula que le ha quedado al ejército. Nuestra relación crece en una dirección extraña. Hace mucho que no nos demostramos cariño uno al otro. Cuantos más territorios gana, más me atormento. A pesar de todo lo que he hecho, todo lo que he sufrido, se me ha negado reconocimiento. Mi naturaleza se niega a vivir una vida invisible. Exijo aceptación y respeto, pero no lo obtengo de nadie.

Un día, Viejo Pez, el periodista con cara de perro, entra en mi oficina por un asunto urgente. Mao se halla en el cuarto de adentro hablando por teléfono con el vicepresidente Liu.

Estoy a cargo de la oficina, le digo a Viejo Pez. Pero el hombre finge no oírme. De manera que lo intento de nuevo. Le pregunto si puedo ayudarlo. Se sonríe pero no dice nada más. No me deja hacerme cargo de los asuntos de Mao.

Es sólo el insulto más reciente. En una reunión del Politburó, hace unos días, Mao invitó a que se expresaran opiniones. Cuando hablé yo, Mao se molestó. No sólo me dijo que me ocupara de mi trabajo de secretaria, sino que me ordenó mantenerme apartada de las reuniones del Politburó para siempre.

El tablero de la historia se ha dado vuelta, escribe Fairlynn en su columna "Base roja". *Esta vez es Chiang Kai-shek el que representa el papel de negociador ansioso. Desde su ciudad capital, Nan-jing, ha enviado telegramas a Mao Tse-tung rogando una conversación de paz. Entretanto, ha intentado lograr que los occidentales interfieran. Gran Bretaña envió una fragata, la Amatista, a la costa próxima al río Yangzi, donde las fuerzas de Mao están plenamente comprometidas. Veintitrés ingleses murieron y la fragata ha sido un pez muerto durante ciento un días. Desde Rusia, Stalin exige que Mao inicie conversaciones de paz con Chiang Kai-shek. Los asesores de Stalin siguen a Mao tratando de impedirle que avance por todo el sur. En su tienda de guerra, Mao prepara su golpe final para apoderarse de China.*

18 de noviembre de 1948. Cientos, miles de barcos conducidos por pescadores y soldados navegan por el río Yangzi. El Ejército de Liberación Popular se lanza hacia Nan-jing, la capital de Chiang Kai-shek. Los Chiang vuelan a Taiwan.

Mi amante escucha la radio mientras termina un ñame.

Mientras lava cacerolas y escudillas, Jian Ching mira a Mao. Ve en él la expresión de un emperador a punto de subir a su trono. La pareja no ha discutido su futuro. No hace mucho, Jiang Ching encontró un texto de Fairlynn en el escritorio de Mao. Era un ensayo. Jiang Ching sospecha que era una carta de amor en código secreto.

Al presidente Mao le resultó esclarecedora la narración de la novela clásica El sueño de la Cámara Roja. *El protagonista, Baoyu, no podía ser separado de un pedazo de jade con el que había nacido. El jade era la raíz de su vida. Para Mao, ese jade era el corazón del pueblo chino.* ¿Por qué Baoyu el amante?, se pregunta Jian Ching. ¿Está Fairlynn tratando de ser Taiyou, la única alma humana de la mansión que comprende a Baoyu?

Anoche tuve un sueño terrible. Los dedos oscuros y manchados de mi amante jugueteaban en su garganta mientras leía el artículo de Fairlynn. Los dedos se mueven tiernamente de arriba abajo, como si los sacudiera un estado de ánimo dulce.

El Ejército de Liberación Popular vuelve a tomar Yenán. Mientras los soldados se unen con los miembros sobrevivientes de sus familias, los cuarteles empiezan a levantarse. Mao dejará este lugar para siempre. Luego de un desfile de celebración, queda por fin a solas con Jian Ching.

La cueva está oscura a pesar de que es de día. La pareja no ha tenido contacto íntimo desde la evacuación. Se sientan solos y en silencio. A Jian Ching le parece extraño que su cuerpo haya dejado de extrañar el de él.

Entra un rayo de sol. Se refleja en el extremo del escritorio. La vieja silla de Mao, con su pata trasera envuelta en vendas, se yergue como un soldado herido. La pared está sucia.

Al cabo de un incómodo silencio, Mao estira los brazos y atrae a Jian Ching hacia él. Sin hablar, mueve las manos de sus hombros a su cintura. Y luego sigue hacia abajo. Ella se pone rígida y el calor abandona sus miembros. Yace silenciosamente en los brazos de él.

Él se desviste y se ubica. Y luego empuja. Ella está inmóvil. Él intenta concentrarse en el placer, pero su mente se distrae.

Me gustaba más cuando éramos amantes ilegítimos, dice ella de pronto.

Él no responde, pero su cuerpo se retrae. Se incorpora y se tiende junto a su esposa.

Las lágrimas de ella comienzan a rodar y su voz tiembla. No quiero ser Zi-zhen. No estoy lista para retirarme. Construir una nueva China también es asunto mío.

Él guarda silencio, demuestra su desilusión.

Hablé con el primer ministro Chu, prosigue ella. Le dije que merezco un título. No me dio una respuesta directa. No estoy segura de que no sea voluntad tuya.

Él yace con los ojos cerrados.

Ella prosigue. Describe sus sentimientos, cómo ha estado sumergida en el agua, el latido de su corazón que hacía círculos en la superficie. No sabe qué ocurrió con el amor por el que vive. Sigue hablando como si dejar de hacerlo significara venirse abajo. Soy una semilla que muere dentro de un fruto. Todos son educados conmigo porque soy tu concubina. Una concubina, no una revolucionaria, no un soldado, no parte de tus asuntos. Tus hombres no me respetan. Si por un lado lo soy todo, en realidad no soy nada. Te he seguido como un perro. ¿Qué más puedo ofrecer? Mi cuerpo y mi alma han sido tu lugar de descanso.

¿Por qué no terminamos con este asunto antes de que me canse demasiado?, pide el amante.

Ella protesta. Mi mente tiene su propio placer y no puedo forzarla.

Él le aferra los brazos con dedos tensos. Mientras ella se debate, él la atrae y entra en su cuerpo a la fuerza. Ella tiembla, sintiendo que es expulsada de su propio ser. Él se mueve sobre ella. Ella observa el hecho con un tercer ojo. Él siente que ella está cerrada sobre sí misma y lucha contra ella. Al cabo de unos instantes desiste.

Tal vez no esté tan atento a tus necesidades como me gustaría. Se sienta en el borde de la cama. O tal vez es sólo una de esas cosas que el tiempo gasta. Extiende un dedo para impedir que ella responda. Preferiría no entrar en eso. No importa lo que se diga o lo que pueda decirse, no tiene sentido. Será una exigencia irracional. Tal vez tú y yo nos hemos convertido en el pasado. Mis pies están en el pecho de la victoria. Vivo más intensamente en el presente de lo que podría hacerlo en el pasado. No tengo tiempo para quejas.

Ella sacude la cabeza vigorosamente.

Él hace un gesto para hacerla callar.

Ella intenta retener las lágrimas.

Él se incorpora y recoge sus ropas.

¡No! ¡Por favor no te vayas!

Abrochándose el uniforme, saca un cigarrillo. El humo le envuelve el rostro.

Ella siente cómo el horror va acorralando a su víctima.

¿Qué hora es?, pregunta él.

Ella no responde, pero se levanta. Sus ropas están en desorden. Los cabellos apelmazados le caen sobre los hombros.

La realidad no se discute, sencillamente es, dice él con tono áspero, y apaga su cigarrillo.

Las amargas líneas del rostro de ella de pronto se hacen más profundas.

Nos instalaremos en Beijing. Él va a abrir la puerta. Será junto a Zhong-nan-hai en la Ciudad Prohibida. Voy a ocupar un conjunto de edificios llamado el Jardín de la Cosecha. Reservé el Jardín de la Quietud para ti.

13

Hemos conquistado China y nos hemos mudado a la Ciudad Prohibida. Es una ciudad dentro de la ciudad, un vasto parque rodeado de altos muros, que contiene las oficinas del gobierno y un conjunto de palacios espléndidos. El nuestro fue diseñado durante la dinastía Ming, construido en 1368 y terminado en 1644. Tiene tejas doradas, gruesas columnas de madera y altas paredes de piedra color rojo profundo. Los enormes ornamentos se centran en los temas de la armonía y la longevidad. La artesanía es exquisita y los detalles, minuciosos.

Mientras su gabinete se prepara para el establecimiento de la república, mi marido intenta relajarse en su nuevo hogar, en una isla del lago Zhong-nan-hai. Le lleva semanas adaptarse a los amplios ambientes. El alto techo del Jardín de la Cosecha lo distrae. El espacio le produce temor, a pesar de que hay guardias detrás de cada puerta. Por fin, después de dormir en diferentes cuartos, se muda a un rincón tranquilo, menos solemne y más modesto, llamado Estudio de la Fragancia del Crisantemo.

A Mao le gusta su puerta, pues da directamente al sur. Los paneles son anchos, con ventanas altas hasta el techo. La luz natural se derrama en su nuevo cuarto, cosa de la que disfruta. Los sofás con almohadones muy mullidos, regalo de los rusos, fueron enviados por el primer ministro Chu En-lai. Mao nunca se había sentado en un sofá y no le resulta cómodo. No puede acostumbrarse a su suavidad. Le da la sensación de que se está hundiendo. Lo mismo ocurre con el baño. Prefiere ponerse en cuclillas como un perro. Guarda los sofás para los visitantes y pide para él una antigua silla de ratán. La parte exterior es el living, que se ha convertido en una biblioteca con libros apilados del suelo al techo en tres paredes. No presta atención a los muebles, pero es consciente de que todos los de la ciudad imperial están hechos de árboles de alcanfor. La madera de alcanfor tiene reputación de que sigue viviendo y respirando, produciendo un aroma dulce después de haber sido utilizada en muebles.

Manuscritos originales encuadernados a mano ocupan los largos estrados angostos. En el medio de la habitación hay un escritorio de dos metros cuarenta por un metro veinte. Sobre él se ve una serie de pinceles, un tintero, un jarro de té, un cenicero y una lupa. El cuarto interior es el dormitorio de Mao, con paredes blanco-grisáceas y polvorientas cortinas color vino. La cama de madera en forma de barco, tiene numerosos estantes móviles para libros. Afuera, pinos de trescientos años de antigüedad despliegan sus ramas hasta el horizonte. Del otro lado de la terraza de piedra caliza se distingue un brazo del lago Zhong-nan-hai, de aguas verdes como pasto. Peces con cara de perro se amontonan bajo las hojas de loto. En el lado izquierdo acaban de terminar un nuevo huerto. En el extremo del jardín hay una puerta de piedra arqueada cubierta de hiedra. Bajo la hiedra, un sendero lleva al Jardín de la Quietud, donde reside Jiang Ching.

El Jardín de la Quietud está protegido por el Jardín de la Cosecha, pero separado de él. Para el público, vivimos juntos. Pero hace tanto tiempo que el sendero entre su departamento y el mío no se usa, que el musgo lo ha cubierto. Después de la primavera, la entrada queda taponada por las hojas. El Jardín de la Quietud fue en una época la residencia de la dama Xiangfei, la concubina preferida del emperador Ming. La dama Xiangfei era famosa por su piel naturalmente perfumada. Se decía que la envenenó la emperatriz. Para preservar su memoria, el emperador ordenó que la residencia estuviera siempre vacía.

Me encanta este lugar, sus muebles y sus adornos elegantes. Adoro mi jardín silvestre, en especial las dos cascadas naturales. El arquitecto diseñó el lugar que rodea el curso de agua. Los arbustos de bambú frente a mi ventana son densos. En las noches de luna llena, el lugar parece un magnífico terreno escarchado.

Sin embargo, jamás me he sentido peor en mi vida.

Me dejan sola con todos esos tesoros.

Me dejan con mis pesadillas.

¡Ayudé a empollar los huevos de tu revolución!, se oye gritar a sí misma. Se levanta por la noche y se sienta en la oscuridad. Un sudor frío gotea por su cuello. Tiene la espalda húmeda. Sus gritos trepan por el suelo y se pegan a la pared. Mao ya no la informa de dónde se encuentra. Los miembros de su equipo la eluden y cuando intenta hablar con ellos, se muestran impacientes como si los tuviera cautivos.

Una noche, recorre el sendero y entra por sorpresa en el dormitorio de Mao. Llega hasta él y solloza de rodillas. Mi cabeza está sacudida por una tormenta. ¡El espejo de mi cuarto me vuelve loca con un esqueleto loco! Ruega: Haz de este lugar un hogar, en honor de nuestros hijos.

Mao aparta su libro. ¿Qué tiene de malo la situación en que estamos ahora? Aryin es feliz en la Escuela Militar de Tecnología, a Anqin le va bien en la Universidad de Moscú. Ming y Nah lo están pasando bien en el internado del Partido. ¿Qué más quieres?

Ella sigue sollozando.

Él se acerca y la cubre con sus frazadas. ¿Qué tal si ordeno a los cocineros que compartan la cocina?

Esa noche ella está tranquila. Sueña que está durmiendo su último sueño, durante el cual sus latidos se detienen y las mejillas se le congelan contra el pecho vacío de él.

Me excuso y me levanto de la mesa. Mao no presta atención. Entro en su dormitorio, apago la luz y arrojo los zapatos a un lado. Me tiendo en su cama. Después llega hasta mí el sonido que hace al dejar sus palillos. El sonido que hace al raspar un fósforo para encender un cigarrillo. No le gustan los encendedores modernos. Le gustan las cajas de grandes fósforos de madera. Le gusta mirar cómo el fósforo se quema entre sus dedos. Le gusta observar cómo crece la parte quemada. Me entristece haber llegado a conocer sus pequeños hábitos.

El humo se extiende. El olor a ajo es muy fuerte, esta noche. Lo oigo caminar hacia su escritorio y correr la silla. Ahora da vuelta la página de un documento. Con el ojo de mi mente lo veo haciendo observaciones en el papel. Círculos y cruces. Las cosas que solíamos hacer juntos. Solía alcanzarme la lapicera y hacer que yo efectuara el trabajo mientras él disfrutaba de su cigarrillo. Nunca ha habido una discusión entre nosotros acerca de qué fue lo que anduvo mal en nuestra relación. El dilema se ha alimentado de detalles triviales.

Traza su firma con un pincel rojo. El nuevo emperador. El pasado sigue siendo demasiado claro. ¡No puedo olvidar el momento en que me enamoré del fuera de la ley! Los recuerdos acarician la costa de mi memoria. Siento su ternura.

Durante semanas y meses permanezco sentada en mi habitación, sumida en ensoñaciones diurnas sobre aquella muchacha que llevaba su propio sol. He perdido su espíritu. ¡Mira el paisaje que hay frente a mi ventana! ¡La fabulosa puesta de sol! Recuerdo la sensación de sentarme en su regazo mientras dirigía batallas monumentales. Sus manos se metían dentro de mi camisa mientras los soldados cargaban para honrar su nombre.

Una voz que imita a la de una adivina me dice: Muchacha, tienes un anzuelo de oro en la boca.

El tren avanza a través de la densa nieve. La belleza de los árboles helados del norte y la blancura la conmueven extrañamente. Va a ver a un médico. Un médico ruso. Ha controlado un dolor que crece. Le descubren un quiste en el cuello del útero. No sabe por qué quiere ir a Rusia. ¿Para huir de qué? ¿De su quiste o de su realidad?

La reciben hombres del Ministerio de Relaciones Exteriores de Moscú. Agentes con rojas narices de patata la tratan como si fuera la concubina abandonada de Mao. Una traductora de corta estatura, de mejillas rosadas, una china, acompaña a los hombres. Está envuelta en un saco azul marino estilo Lenin y se mueve como un gran triángulo. Al salir de la estación, un viento áspero golpea a Madame Mao. ¡El aire de Siberia la saluda!, dice uno de los narices rojas. El camarada Stalin lamenta que el camarada Mao Tse-tung no haya venido.

En su cuarto de hotel, mientras toma té, hojea un ejemplar del *Diario Popular*. Lo envía la embajada. La fecha es del 2 de octubre de 1949. En la primera página se ve una gran foto de su marido, una instantánea tomada con gran angular. Se encuentra en lo alto de Tiananmen —la Puerta del Palacio Celestial— inspeccionando un desfile que es como un mar. Es una buena foto, le parece. El fotógrafo captó la fascinación que emana del rostro de Mao. Se lo ve más joven que sus cincuenta y cuatro años.

Da vuelta la página y de pronto ve el nombre de Fairlynn. Fairlynn no sólo ha sobrevivido a la guerra, sino que ha tenido actuación en el establecimiento de la República. ¿Se han mantenido secretamente en contacto? ¿Ha sido invitada al estudio de él?

El guardia del Estudio de la Fragancia del Crisantemo le impide el paso: Mao está con una visita y no desea ser molestado.

¡Hola Presidente! ¡He vuelto! Madame Mao Jian Ching hace a un lado al guardia y se introduce en el estudio.

El cuarto está a oscuras, con las persianas bajas y las cortinas corridas. Mao está en pijama y sentado, mirando hacia la puerta desde su silla de ratán. Su visita es una mujer, sentada de espaldas a Jian Ching. Lleva una chaqueta Mao azul marino. Al ver a su esposa, Mao cruza sus pies desnudos sobre un banco y dice: El zorro siberiano ha venido a compartir la primavera con nosotros.

La visitante se da vuelta y se pone de pie. ¡Camarada Jian Ching!

¡Camarada Fairlynn!

¿Cómo estás?

¡Mejor que nunca! Madame Mao se busca una silla. No me digas que sigues soltera y disfrutando de ello.

Fairlynn se apoya la cabeza en una mano, y con la otra juguetea con un tajo de sus pantalones. Sus dedos se mueven nerviosamente de arriba abajo del tajo. ¿Qué pasa, camarada Jiang Ching? No estás enferma, ¿no?

Ana Karenina fue una estúpida. ¡Matarse por un hombre indigno de ella!, responde Madame Mao. ¡Más té!

Pero yo sólo estaba preocupada por tu salud. Después de todo eres la primera dama y te han operado, todos lo saben.

Quiero decirle a Fairlynn que mi herida se curó y que los tejidos se han regenerado. Estoy en perfecto estado. He vencido al dolor y estoy alimentando a mi corazón. Pero hay algo más que no puedo soportar. Algo, un gusano, que debo matar antes de que prosiga. Debo hacerle esa advertencia a Fairlynn, pues ha ido demasiado lejos.

Mi marido se pone de pie y escupe un bocado de hojas de té en una escupidera. Es su forma de hacerme callar. Me siento humillada. Dentro de mí, la violencia empieza a manifestarse. El desafío es demasiado aterrador, demasiado inconmensurable.

Disculpa, Jiang Ching, le prometí a la camarada Fairlynn llevarla a recorrer la Ciudad Prohibida. Sería imperdonable que una escritora como ella no supiera lo que hay detrás de las grandes murallas. ¿No estás de acuerdo?

Sé que no se espera que responda. Pero aguardo un gesto de cortesía. Espero que mi marido me invite a ir con ellos o me dé ocasión de rechazarlo.

El pedido no llega.

La punta de su uña se clava en la palma y su cuerpo se mantiene quieto en una postura de rigidez extrema. Cuando Mao y Fairlynn salen de la habitación caminando juntos y llegan al sol, desapareciendo en el gran jardín imperial, a ella la besa la lengua de la bestia que anida en su cuerpo.

Las cortinas están bajas. La fragancia de gardenia de su habitación es fuerte; la antigua alfombra, suave bajo sus pies. Hace un mes ordenó a Shanghai un juego de mesa y sillas francesas, pero lo descartó cuando llegaron: su estado de ánimo había cambiado. Es el comienzo de su locura pero ella no es consciente de que sigue su curso.

En el espejo ve a una concubina de segundo plano camino a ser olvidada. ¿Se está convirtiendo en Zi-zhen? Nunca vio a Zi-zhen, pero ha oído vívidas descripciones de ella: una vieja bruja con cara de pájaro, envuelta en cabellos como heno. Una vez, en el pasado, sondeó a su marido para ver si quedaban rastros de su romance con ella.

Un viento suave que ondula sobre la hierba, fue el comentario de Mao.

No puede hablar con nadie más. En su frustración, recurre a Kang Sheng. Le hace saber que se trata de un intercambio: promete hacer lo mismo por él cuando la necesite. Él está encantado con el pacto. El aprendiz de Stalin ha sido promovido a secretario de la

Oficina Nacional de Seguridad de China. Mao lo llama "los dientes de acero hundidos en la carne de la república". Va a su rescate entregándole información valiosísima y guiándola con su consejo. Diez años más tarde preparará una lista de nombres, nombres de enemigos que la destruirán si ella no los destruye primero, la convence. Los nombres la sacuden: son dos tercios del congreso. Y él la alentará e instará a actuar. Y ella será un soldado y librará batallas por puro miedo, manteniéndose fiel a su lista manuscrita, a los nombres que él encerró en un círculo. MÁXIMO SECRETO. SÓLO PARA QUE LO LEA LA CAMARADA JIANG CHING. Ciento cinco congresistas más noventa representantes regionales.

En los años cincuenta, Kang Sheng es mi mentor. Somos bastones uno del otro para así ponernos de pie, avanzar y llegar a la cima. No podemos lograrlo el uno sin el otro. Hacemos tratos.

No soy Zi-zhen ni soy masoquista. He saboreado la vida y quiero más. Mao sigue desilusionándome: quiere que maneje el patio trasero del imperio y espera que sea feliz así. Pero, ante todo, fue él quien me ofreció el papel principal. Fue nuestro pacto. Es él quien rompe la promesa, a pesar de que nunca dice No te amo o Divorciémonos. Es peor, porque lo hace y nada más. Me ha quitado mi identidad. Pregunten a la gente de la calle quién es la primera dama. Nueve de cada diez no lo saben. Jian Ching no es un nombre familiar. Nadie ha visto la foto de la primera dama en los diarios. Sería engañarme decir que no es eso lo que quiere Mao.

El deseo mayor de una mujer es ser amada. No hay verdad más profunda. Siento que me han arrancado la esencia de la vida. Siento lo que debe de haber sentido Zi-zhen. Me identifico con su tristeza y me aferro a mi propia salud. La Ciudad Prohibida ha sido el hogar de muchas personas que enloquecieron. Me paseo por los terrenos de Mao y observo a hombres y mujeres actuando como eunucos de los viejos tiempos. Al igual que los perros, olisquean; pasan cada segundo de su vigilia tratando de complacer al emperador. Pueden decir cuándo el emperador está listo para "dejar caer" a su concubina.

Soy consciente de mi posición. Mi papel no tiene carne; sin embargo, la ilusión es posible si trabajo para crearla. Sigo siendo la esposa oficial de Mao y tengo que subirme al escenario. Aunque débiles, todavía hay luces sobre mi cabeza. Los hombres de Mao han intentado sacarme mi traje, puedo sentir cómo tiran de las mangas. Pero no cederé. Me aferro a mi título. No dejaré que la magia de mi personaje se desvanezca. La esperanza me guía y la venganza me motiva.

Kang Sheng es un hombre obsesivo. Famoso por hacer caligrafía con ambas manos. También colecciona tallas de jade, bronce y piedra. Una vez comentó que los trazos del gran poeta y calígrafo Guo Mourou eran "peores de lo que yo puedo escribir con el pie". No es una exageración. Cuando Kang Sheng habla sobre arte demuestra ser un especialista de minuciosa dedicación. Su boca es un río del que fluyen magníficas frases. En esos momentos, todas sus arrugas se mueven como la hierba rizada de la primavera bajo el sol: sería difícil para cualquiera imaginar lo que hace para ganarse la vida.

Todavía estoy aprendiendo mi negocio. Voy regularmente a casa de Kang Sheng para que me dé lecciones. Algunas son duras. Es como el veneno que la sirena del cuento de hadas debe beber para tener piernas. Bebo lo que Kang Sheng me ofrece para tener alas poderosas que corten como sierras.

Su casa es un museo y su esposa de rostro atigrado, Chao Yi-ou, es su socia en el negocio. La pareja vive en un palacio privado en Dianmen, 24 Callejón del Puente de Piedra, al final del Bulevar Oeste. Su aspecto es común, pero por dentro es un paraíso. Una de sus particularidades es una colina falsa que se erige detrás de la casa. Tiene unos tres pisos de altura y un bosque de bambú la rodea. Era la casa de Andehai, el eunuco en jefe y mano derecha de la emperatriz Ci-xi durante la dinastía Ching. La casa está vigilada por una compañía de soldados.

En casa de Kang Sheng, en el sótano, en medio de su colección de tallas de piedra, allí me revela el secreto. Sus puntos de vista y sus trampas. Demuestra el metal de su carácter y me enseña lo que debo aprender y desaprender. Y, por fin, lo que debo soportar a cambio de la inmortalidad.

Le digo que he limpiado cuidadosamente mis oídos: estoy escuchando. Entonces Kang Sheng empieza a derramar su veneno. El veneno negro, agua de palabras, detalles y hechos terribles. A través de su voz inflexible, de sus ritmos pausados, el líquido avanza por mi oído, mi garganta, mi pecho, y así hasta abajo.

Se trata de Mao. Su práctica de la longevidad. He aquí el número de vírgenes a las que penetra. Lamento representar el papel de suplicante, pero es mi tarea. Debes entender esto: no hagas ruido sobre la información que te doy. Tu vida es lo que trato de proteger. Debes entender la necesidad de penetración de Mao. No debes compararte con Fairlynn y con las de su clase. Tú eres una emperatriz, no una vagina más. Tu verdadero amante no es Mao sino el emperador en cuyas ropas él se encuentra. Tu verdadero amante es el propio poder.

No te diría esto si no fuera tu amigo. No te lo diría si no pensara que es lo mejor para ti. Te lo digo para que no seas una mujer tonta; te lo digo para que sepas cómo jugar con muy poco capital. Estoy tratando de asegurarme de que tu condición no se vea amenazada. Vigilo a cada persona que pasa por la cama de Mao. Mao duerme con dos mujeres distintas por día. El número es incontable. Trágate eso, mi pequeña Grulla de las Nubes. Trágalo.

Trata de flotar en el agua que hundió a Zi-zhen. Es sólo una receta que él observa escrupulosamente para absorber el elemento yin. Penetra a jóvenes que le traigo de las aldeas. Me encargo de esas jóvenes ya-no-vírgenes después. Una vez más es tarea mía.

Estás bien, Jiang Ching. Estás navegando con suavidad. Has atravesado el océano y no te hallas demasiado lejos de la costa.

Afuera, las hojas secas arañan el terreno. Jiang Ching ha vuelto al Jardín de la Quietud. Se ha enterrado bajo sábanas y almohadas. En el sótano de Kang Sheng perdió lo poco de paz que le quedaba. Ahora no puede dormir más. Todo el tiempo oye crujidos, como si su cráneo se estuviera rompiendo. En el ojo de su mente, una gigantesca multitud de bestias ha venido a llenarla.

Al amanecer siente que sus nervios arden en los extremos. Se levanta y descubre que ha renucniado a comprender. Se siente liviana y aturdida. Piensa en enviar ella misma concubinas a Mao, junto con cacerolas de veneno mezclado con sopa de ginseng y guiso de tortuga.

14

En *La literatura del pueblo* lee el ensayo de Fairlynn sobre su recorrida por la Ciudad Prohibida, guiada por Mao.

Nuestro gran salvador estaba junto a mí. El desconsolado gemido del viento sobre el lago Zhong-nan-hai se hacía más fuerte. Me señaló el antiguo barco dragón semihundido, con su cola expuesta como la de un monstruo. Discutimos la historia de las revueltas campesinas. Me explicó qué es el heroísmo. Estoy segura de que mi rostro resplandecía como el de una joven alumna. Estaba completamente fascinada.

Abrí mis pensamientos y le dije que había sido pesimista. A raíz de sus enseñanzas, años de hielo que la oscuridad había formado dentro de mí se derritieron y apartaron. Me sentí ligera y cálida. Como un barco extraviado tiempo ha, mi corazón llegó a un muelle seguro... El Presidente apartó sus ojos de las paredes en sombras. Nuestras miradas se encontraron. Respondió cuando le pregunté sus ideas sobre el amor: Hemos vivido en un tiempo de caos en que era imposible amar. La guerra y el odio secaron la sangre de nuestra alma. Lo que disuelve mi desesperación es el recuerdo. El recuerdo del cielo sobre mi cabeza y el recuerdo de la tierra bajo mis pies: mis seres queridos que murieron por la revolución. Todos los días mi mundo empieza con su luz que resplandece sobre mí. ¡La luz, Fairlynn! La luz que mantiene un verano prometedor en mi mente durante el invierno más frío.

No, no voy a ser una más de las concubinas de la Ciudad Prohibida. Los dientes de Jiang Ching se aprietan cuando cierra la revista. No pertenezco a ese lugar. Almas abandonadas, nombres con medallas resplandecientes, citas y puertas de piedra en su honor. Me importan un comino. Detesto ese aliento, esa humedad. Tengo apetito de luces brillantes y calientes. No dejaré que la frialdad de una casa funeraria se hunda a través de mi piel.

Kang Sheng es quien me informa de la sífilis de Mao. Siempre, siempre Kang Sheng.

Quedo atontada de rabia. Miro su barba de chivo y sus ojos de pez.

La capacidad de soportar es la clave del éxito, me recuerda. ¿Te gustaría que hable con un médico para que te revise? Quiero decir, para asegurarnos...

Su dedo inyecta tinta negra en cada uno de los vasos de mi cuerpo.

¿Puede recordar, Madame?

Sí, lo recuerda. Fue después de un banquete de Estado en el Salón del Pueblo. No habían tenido intimidad en años. Mao estaba de buen humor. Gobernantes de todas las naciones habían ido a Beijing para presentarse ante él, para rendirle honores. La escena me recordaba a los emperadores que concedían audiencia en la época de las dinastías. El revolucionario hijo del cielo. Los negocios marchaban. Todas las provincias giraban en torno de Beijing. La fe en él era tremenda. Estaba por encima de Buda en el corazón de su pueblo. Estimaba la adoración haciendo la menor cantidad posible de apariciones públicas: el antiguo truco de crear poder y terror. Cuando se mostraba, mantenía su rostro oculto y sus palabras eran escasas y vagas. Hacía pocos comentarios durante las reuniones. Una sílaba o dos, una sonrisa misteriosa y un firme apretón de manos. Era efectivo. Ya no tenía nada de qué preocuparse.

Cuando todos los invitados se hubieron retirado, Mao tomó a Jiang Ching y atravesó la cocina imperial. Vamos a darles las gracias a los cocineros y al personal. Ya de vuelta en el Pabellón de la Luz Púrpura, se mostró cariñoso. La acompañó al ala oeste y los dos se quedaron en el Cuarto de la Peonía.

Ella trató de no pensar en sus sentimientos mientras lo seguía.

La habitación parecía innecesariamente grande. La luz trazaba pétalos de lirio rosados y amarillos en la ondulante superficie de la pared. Sola con Mao, se sentía extraña y nerviosa.

Él se sentó en el sofá y le hizo señas de que se ubicara frente a él. Pasados unos instantes, ella se sintió rara y pidió ser disculpada. Él actuó como si se sorprendiera. Le dijo que le gustaría charlar un poco y le pidió que volviera a sentarse. Para romper el silencio, ella le preguntó sobre sus viajes.

Has estado sola, dijo él de pronto, con voz cariñosa.

Ella se puso de pie y caminó hacia la puerta.

Quédate. Sus palabras la detuvieron.

Ella sabía que no podía desobedecerle. Volvió a sentarse, pero en otro sofá.

Estoy demasiado viejo para la guerrilla. Se levantó y fue a compartir su asiento. Sus manos la atraparon.

¡No, por favor! Las palabras casi la sofocaron al salir de su pecho.

Él no pareció afectado. Disfrutaba con la lucha de ella. Suavemente se le impuso. Dios da alimento a todos los pájaros, pero no se lo arroja en el nido, oyó que decía él. Tienes que salir a buscarlo.

Preferiría seguir mi camino hacia el polvo.

Sin responder, él empezó a moverse dentro de ella.

El cuerpo de ella se cerró y su mente retrocedió.

Gotas de sudor de él cayeron sobre el puente de su nariz, sobre sus mejillas, sus orejas y su cabello. El rechazo lo enervó. Aferrándola, siguió hundiéndose como para atravesarla.

Hacemos el amor... gritó ella de pronto, mordiendo las palabras. Hacemos el amor en la oscuridad. Nuestra piel una vez resplandeció, nuestros cuerpos se hincharon en el éxtasis, nuestra carne se consumía de impaciencia. Pero cómo podía saber... que sólo descubriríamos que este viaje... el viaje que devoró el fuego de nuestra juventud, no... no valía la pena.

La mano derecha de él le tapó la boca. Su cuerpo la golpeó con su ritmo.

De pronto él se acurrucó, como una bicicleta rota.

Ella sintió como si hubiera estado adentro de un reloj, observando su propio cuerpo en un extraño movimiento. Trató de impedir que sus pensamientos se dispararan hacia el futuro.

La luz de la tarde seguía trazando formas cuadradas y triangulares en la pared del Cuarto de la Peonía. La alfombra color borgoña olía a humo. Los antiguos cuadros de peonías parecían figuras aterradoras saliendo de la pared. El sonido de un caño subterráneo se mezclaba con el sonido de un wok al que fregaban en la cocina ubicada en el extremo más lejano.

Jiang Ping escuchó durante largo rato. El sonido del agua al correr por los caños le golpeaban el cráneo. Luego vino el sonido de pasos. Era el guardia de servicio. La marcha se detuvo con un alarido. Algo cayó. Alguna bolsa pesada. El guardián corrió. Después fue el sonido de dos hombres hablando. Un camionero, que había venido a entregar peces vivos. El guardia le dijo que se había equivocado de lugar. El conductor pidió indicaciones para llegar a la cocina principal. El guardia le respondió con un fuerte dialecto de Shan-dong. El conductor preguntó si podía pasar al baño y el guardia le respondió que lo tenía que hacer afuera. Gradualmente, el ruido del pasillo se extinguió.

Pensó que era extraño que hubiera estado diecisiete años casada con Mao.

¿Sabes qué motivo secreto hizo que nos casáramos?, le preguntó él como si leyera sus pensamientos y los respondiera. Fue la fascinación de nosotros mismos. Una vez nos detuvimos ante un espejo que reflejó nuestra propia belleza. Cantamos himnos a nosotros mismos... y eso fue todo.

Levantándose, se ajustó los pantalones. *Un fumador que quemó su almohada con su propio cigarrillo*. Su tono rebosaba de ironía.

¡Estás equivocado!, estalló ella.

Vamos, nos pasamos la vida combatiendo a los feudales, a Chiang Kai-shek, a los japoneses, a los imperialistas, a la madre tierra y a nosotros mismos. No importa el pasado. En bien de tu futuro, te aconsejo que recuerdes el motivo por el cual los capullos de sauce vuelan más alto que un pájaro: se debe a que tienen el apoyo del viento.

Bien, algo que también te conviene recordar a ti. Tú y yo somos los dos lados de una misma hoja: no hay espacio para separarlos. Tu imagen divina depende de mí para mantenerse en su lugar.

Representa tu drama en la forma que quieras. Caminó hacia la puerta y se detuvo. Pero no me asignes ningún papel.

La puerta se golpeó detras de él.

Hubo ecos en la sala.

No hay rastros de sífilis. Llego el informe de mi médico. Dejo escapar un hondo suspiro. Estaba asustada. Curiosa, decido llamar por teléfono al médico de Mao, el doctor Li. Le pregunto si Mao tiene sífilis. Tras una nerviosa hesitación, el doctor Li me explica que necesita permiso del Politburó para revelar información sobre la salud de Mao.

¿Ni siquiera a su esposa?

Me dieron instrucciones de que no respondiera ninguna pregunta sobre la salud del Presidente, Madame.

La línea queda en silencio un rato. Presiono. Si me acuesto esta noche con él, ¿no habrá peligro?

Ninguna respuesta.

Si me miente, voy a acusarlo de asesinato en primer grado, doctor.

Dejo que la amenaza penetre en su mente y repito mi pregunta.

No. El hombre finalmente se quiebra. Habría peligro.

Entonces tiene sífilis.

¡No dije eso, Madame! De pronto se pone histérico. ¡Nunca dije que el Presidente Mao tuviera sífilis!

Con su maletín de médico en la mano, el doctor Li vuela en un jet militar a las siete y treinta de la mañana. Madame Mao lo recibe en Hang-zhou, en un chalet rodeado por el lago Occidental. Está en un living iluminado por la luz del sol fotografiando rosas.

El doctor Li se enjuga la frente y empieza a sacar su equipo. Ella lo detiene. Lo mandé a buscar para que me respondiera una pregunta. ¿Qué hizo para curar a Mao?

Los dedos del hombre empiezan a jugar nerviosamente con el cierre del bolso donde guarda su equipo.

Sabe, doctor, yo no existo si Mao sucumbe por culpa de la infección.

El doctor Li deja escapar un suspiro. Discúlpeme, Madame... Al Presidente... mi tratamiento no le gusta mucho que digamos.

Ella ríe, mientras aparta su trípode. ¡Típico!

El doctor Li sonríe humildemente. Bueno, el Presidente siempre está ocupado. Tiene un país que conducir.

Es una vieja piedra con olor a podrido en el fondo de un pozo de estiércol, dice ella en voz alta. Sé cómo se siente usted, doctor, He estado tratando de cambiar su dieta durante años sin el menor éxito. Le encanta el cerdo grasiento con azúcar y salsa de soja. Cuanto más grasoso, mejor. Pero el virus de la sífilis es otro asunto, ¿no es así? ¿Qué ocurriría si sigue siendo portador del virus? ¿Se infectarán las otras partes de su cuerpo? ¿Morirá por la enfermedad?

No, confirma el doctor Li. Le hace mucho menos daño a un hombre que a una mujer.

¿Quiere decir que se pondría bien sin tomar ningún medicamento?

El médico opta por callar de nuevo.

¿Es difícil librarse del virus?

No, para nada. Todo lo que el Presidente debe hacer es darse un par de inyecciones.

¿Se lo explicó a él?

Lo hice, Madame.

¿Qué pasó?

La boca del hombre se cierra y no pronuncia una sola palabra más.

Ella le pasa una toalla para que se enjugue el sudor. De nuevo es típico. A mi marido no podría importarle menos la suerte de sus parejas. Siéntese, doctor. No tiene que emitir un solo sonido, sólo corríjame si me equivoco. Por favor, créame que conozco a Mao de arriba abajo. ¿Le dijo que de ninguna manera aceptaría que lo hiciera sufrir con las inyecciones? Apuesto a que dijo exactamente eso. ¿Sí? Ya ve. Tiene que continuar con la práctica de la longevidad y usted piensa qué horrible es como ser humano, ¿no es así?

No, no, no, no. El hombre pega un salto en el sofá. Nunca pensé... nunca me habría atrevido...

Ella sonríe como si encontrara cómica la situación.

El doctor Li sigue recitando su parlamento a la manera de un mal actor. Nunca pensaría eso del presidente Mao. Soy un revolucionario ciento por ciento. Consagro mi vida a nuestro gran líder, gran maestro, gran comandante, nuestro Gran Timonel.

Pobre hombre. Mientras guarda la cámara en su estuche, ella bromea: Entonces debe de pensar que esas jóvenes se merecen el virus, ¿verdad? ¿No? ¿Por qué no? Es su castigo, ¿no es así? Me parece que algunas víctimas de la sífilis no pueden tener hijos, ¿verdad? ¿Me equivoco? De acuerdo, tengo razón. ¿Tiene alguna simpatía por esas jóvenes? Me sorprendería que no fuera así. Me dijeron que es usted un médico decente. ¿Cree en la práctica del Presidente? ¿Lo ha alentado? ¿Entonces lo ha desalentado? ¿No? ¿Por qué? Usted es médico. ¡Se supone que cura, que alivia el dolor, que mata a los virus! ¿Qué? ¿No sabe? ¿Ve? Ahora ha llegado a comprender mi situación. Porque está experimentando lo que siento yo. Me refiero a la forma en que una persona decente es despojada de su dignidad.

15

A diferencia de Mao, que tiene poco gusto para el arte y la arquitectura, Madame Mao Jiang Ching se siente conmovida por la Ciudad Prohibida, en especial por su Palacio de Verano. Su lugar favorito es el Mar de la Fragancia de Magnolia, su selva de flores detrás del Salón de la Felicidad en la Longevidad. Las plantas fueron transplantadas del sur de China hace dos siglos. Durante su período de floración, Madame Mao pasa horas vagando en lo que ella llama "las nubes rosadas". El otro lugar es la Terraza de las Peonías, construida en 1903 por la vieja emperatriz heredera. Los macizos de flores están en piedras talladas en forma de terraza.

En invierno, "pasear a través de un rollo pintado" se convierte en su actividad preferida. Ordena a los guardias y sirvientes que "desaparezcan" antes de que ella entre en "escena". El complejo de edificios se yergue en la ladera oeste de la Torre del Aroma de Buda. Le encanta la vista: tres torres, dos pabellones, una galería y una puerta en forma de arco. Escuchar el viento la calma. Al tercer día de nieve vuelve a mirar el magnífico edificio, con su gran pabellón abierto de dos pisos, de forma octogonal y con techo a dos aguas de tejas glaceadas verdes y amarillas. Ahora está cubierto de nieve. Llora libremente y se siente comprendida: ha desaparecido una gran actriz.

La blancura, el dolor. Sola en un mundo pintado.

Ordeno a los sirvientes que me traigan libros de retratos, encuadernados en tela. He empezado a estudiar las personalidades de la Ciudad Prohibida. Comparto con la emperatriz heredera su interés por la ópera. En días espléndidos vengo a visitar sus glorias. Camino directamente hacia el Salón de la Salud y la Felicidad. El salón está frente al escenario, a una distancia de menos de veinte metros. Allí era donde la emperatriz disfrutaba de las representaciones teatrales. Me siento en su trono. Es una silla laqueada en oro, con un diseño de cien pájaros rindiendo homenaje al fénix. Es cómodo. La silla se mantiene como nueva. Se puede palpar el espíritu de la mujer.

Vengo a mejorar mi estado de ánimo. Vengo a soñar y a sentir cómo es ser la emperatriz heredera y tener verdadero poder. No necesito que un elenco represente para mí: me veo a mí misma como la protagonista de una ópera imaginaria. Las escenas me resultan vívidas cuando hojeo el manual de ópera de la emperatriz. Son las piezas clásicas con las que he crecido, las que aprendí de mi abuelo. *El diario de la existencia imperial.* Puedo oír las melodías y las arias. Se decía que la emperatriz no se sentaba en el trono para ver los espectáculos sino que se reclinaba en la cama, en su habitación, y observaba desde la ventana. Había visto la ópera tantas veces que sabía de memoria cada detalle.

También voy a esa cama. La imagino observando al emperador Guanxu sentado en la galería delantera, a la izquierda de la entrada, acompañado por príncipes, duques, ministros y otros altos oficiales, que se ubicaban a lo largo de la veranda oriental y la occidental. ¿En qué estado de ánimo se encontraba? Una mujer nacida en una época terrible, que perdió sus territorios día tras día ante enemigos extranjeros e internos. ¿Era la ópera su único escape?

Me resulta sedante estar frente al Gran Escenario, que se construyó en 1891. El escenario más grande de la dinastía Ching es una estructura de tres pisos, con veintiún metros de alto y diecisiete de ancho en el piso más bajo. Hay habitaciones encima y debajo de él, con trampas para que los ángeles desciendan del cielo y los diablos suban del fondo de la tierra. También hay un profundo pozo y cinco estanques cuadrados para las escenas acuáticas. Mi conexión con el escenario es la Torre del Maquillaje, un magnífico edificio de dos pisos situado entre bambalinas.

Echo de menos mi papel. Echo de menos mi escenario.

La belleza del lugar la ocupa durante un tiempo. Luego se aburre. Se retrae, hace menos visitas, pronto deja de ir. Se encierra en el

Jardín de la Quietud y se deprime. Está desesperada por un público. Habla con quienquiera tenga a mano. Los sirvientes, el cocinero, la nueva mascota —un mono que hace poco le regaló el Zoológico Nacional— o el espejo, la pared, la pileta, la silla y el inodoro. Gradualmente, ello se convierte en un acto que le da placer. Le sirve para manejarse consigo misma, para encontrar cosas que hacer, para olvidar su oprimente infelicidad.

No es que yo sea una experta, pero Mao es decididamente un analfabeto en materia de ciencia. Respeto a los médicos, en especial a los dentistas. Pero Mao, no. Los detesta. Pobre señor Lin-po. Cada vez que viene a limpiar los dientes del Presidente, tiembla. Es como si le pidieran que despellejara a un dragón. Mao puede ser aterrador para una persona común. El dentista temblaba tanto, que el Presidente pensó que la mandíbula se le iba a soltar, de modo que le pidió que primero se arreglara su propia mandíbula.

El hombre no podía soportar los chistes del Presidente, y entonces lo despidieron. El siguiente fue uno recomendado por el primer ministro Chu. Vino y se portó de la misma manera. Su mandíbula estaba bien, pero los músculos faciales se le retorcían como si tuviera los nervios atados con un cable eléctrico. Y también estaba el peinador, el señor Wei. El Presidente le hizo algunos chistes y comentó que su navaja era afilada. El hombre se cayó de su banco y se desmayó sobre sus rodillas.

El Presidente me llama "señorita Burguesa" porque me niego a comer cerdo. Él se cree inmortal, cree que posee poderes sobrenaturales. Ningún virus lo atacará y ninguna grasa le atascará las arterias. Bueno, me gustaría ver que pasa con su dentadura. Su enfermedad periodontal es tan grave que su aliento apesta y tiene los dientes verdes. Apuesto a que una mañana se levanta y comprueba que no los tiene más.

Ella olvida que sus oyentes no deben responder, menos aún hacer comentarios o expresar opiniones. Olvida que están de servicio. Pronto pierde interés en su monólogo y se encuentra con que está adquiriendo la costumbre de espiar.

He estado siguiendo las huellas del Presidente. Quiero averi-

191

guar qué hace como cabeza del Estado. Descubro que, básicamente, hace dos cosas: viaja y recibe. Al principio, nadie quiere hablarme por temor a Mao. Cambio mi estrategia. Juego a lo que llamo el juego de la confusión. Ubico el destino de Mao y llamo al gobernador una vez terminada su visita. Le digo: El Presidente me pide que le envíe sus más cálidos saludos. Después le pregunto qué hizo el Presidente durante su estada allí. Me entero de que fue a visitar los lugares de trabajo más importantes. Una fábrica de acero en el norte y una de carbón en el oeste, una granja de gallinas en el sur y un vivero de moluscos en el este. Dondequiera que vaya, a Mao le dicen que tienen la mejor cosecha. Los gobernadores compiten entre sí para complacer a Mao, pues están desesperados por conseguir préstamos estatales. Pero entonces, pregunto: ¿ por qué no lo informaron de la verdad? Si hubo una sequía, ¿por qué decirle que la cosecha estaba en camino?

¿No es evidente la respuesta, Madame?, suspira el gobernador. Prefiero hacer informes falsos a quedar como un tonto delante del Presidente.

De modo que todos terminan levantando el revólver para dispararse en su propio pie. Ante semejantes quejas, mi método es cambiar de tema. No es que no me importe, pero primero tengo que preocuparme de mi supervivencia. Mi vida ha experimentado sequía tras sequía e inundación tras inundación. Estoy harta de malas noticias.

A través de su tarea como espía ha llegado a centrarse en dos mujeres, con quienes se compara en secreto y a las cuales envidia. Dos, no tienen la menor posibilidad de ser amigas de ella. Una es talentosa y de aspecto sencillo. Se trata de Deng Yin-chao, la esposa del primer ministro Chu En-lai. La otra es Wang Guang-mei, la esposa del vicepresidente Liu. Inteligente y hermosa, perturba más que nadie a Madame Mao Jian Ching. El hecho de que ambas mujeres sean adoradas por sus maridos le molesta. Le resulta insoportable que el primer ministro Chu bese a Deng Yin-chao cuando sale de viaje y que el vicepresidente Liu tenga sus ojos pegados a Wang Guang-mei en las fiestas. Lo toma como una humillación personal.

Los ojos del público devoran todo eso, observa con dolor. El cariño es captado por las cámaras, impreso en diarios y depositado en la mente de miles de millones de seres, y a ella la comparan.

¿Cómo retienen a sus maridos estas mujeres? Uno casi puede tenerle lástima a Deng Yin-chao, con esa cara en forma de ñame. Tiene ojos de tortuga, boca de sapo, espalda encorvada, cabello gris y un cuerpo de botella de salsa de soja envuelto en ropas grises. Sin embargo, su marido, el primer ministro Chu, es el hombre más apuesto y atractivo de la China.

Me complace Deng Yin-chao. Me complace su sabiduría. La sabiduría de conocerse a sí misma y saber que no puede luchar conmigo; no es mi rival, por lo tanto, no intenta serlo. Es una dama que sabe cuándo callarse, cuándo desaparecer, y que me trata como a una reina. Al final obtiene lo que quiere, pues comprende los beneficios de ser humilde. Durante los veintisiete años de gobierno de mi marido, en medio de las subidas y bajadas que lo convierten a uno de héroe en villano y de vuelta en héroe de la noche a la mañana, el barco de los Chu nunca se hunde. Deng Yin-chao no viene a bailar a las fiestas que se dan en el Gran Salón del Pueblo. De tanto en tanto aparece ella sólo para saludar y decirme que soy la mejor. No sé que le dice de mí a su marido, pero no habla a espaldas mías con nadie más, porque sabe que Kang Sheng es mi oído y él está en todas partes. Deng Yin-chao habla bien de mí y deja que sus cumplidos lleguen hasta mis oídos.

Wang Guang-mei no es tan sabia. Wang Guang-mei es lo opuesto de Deng Yin-chao.

Madame Mao Jiang Ching apenas si puede soportar a Wang Guang-mei, ya que es como una linterna de Año Nuevo que ilumina el camino hacia la calidez. Su gracia encanta y sus palabras invitan a la cercanía. De una prestigiosa familia con influencia occidental, Wang Guang-mei es muy culta y segura de sí misma. No pretende opacar a Madame Mao Jiang Ching, pero como Mao nunca presenta públicamente a su esposa, los visitantes de los países extranjeros consideran a Wang Guang-mei la primera dama de China.

A pesar de que Wang Guang-mei presta atención a Jian Ching, menciona su nombre constantemente, la consulta sobre todo tipo de cosas, desde códigos de vestimenta a qué regalos llevar cuando acompaña a su marido al exterior, es incapaz de hacerse agradable a sus ojos. A diferencia de Deng Yin-chao, que se asegura de no aparecer como rival de Jian Ching, Wang Guang-mei establece límites respecto de hasta dónde sacrificará su propio gusto. Wang Guang-mei se niega a mantener a Jian Ching en su mente todo el tiempo. Más aún, no siente culpa por su popularidad.

Considero a Wang Guang-mei una ladrona, y como a una ladrona la castigo después. Me robó mi papel y no puedo verla de otra forma. Como el pájaro para el gusano, es mi enemiga natural. Su mera existencia exige el sacrificio.

Wang Guang-mei intenta ser una buena actriz, sin embargo. El problema es que no piensa que me perjudica. Todo lo contrario. Cree que no tiene nada de malo que yo no conozca a los invitados extranjeros, que no visite los países de mis sueños. No ve nada de malo en que su rostro aparezca en todos los diarios y revistas, nada de malo en que yo sea olvidada.

A causa de ella, yo no soy necesaria.

No puedo soportar verla bailar el vals en la pista. Ver la forma en que ella y su marido Liu se admiran uno al otro. La pasión que se tienen se derrama y el mundo queda olvidado. No puedo dejar de pensar en mi mala suerte. He hecho todo lo que pude para retener a Mao, he reunido a sus hijos una vez por mes para crear un entorno familiar, pero no sirve. Mao está ocupado viajando y practicando la longevidad. No quiere que yo ande cerca de él. En esos momentos soy nuevamente la niña de Zhu. Sucia y en harapos, escapando y mendigando cariño.

La historia de China reconoce a otro gran hombre, además de Mao. Es Liu Shao-qi, el vicepresidente de la República. Liu tiene una cara larga, de burro. Su piel es la superficie de la luna, sus dientes son feos y su gran nariz tiene forma de ajo. Y es su esposa, Wang Guang-mei, la que, con su belleza y elegancia, saca a la luz su condición. El vicepresidente Liu es un tipo obstinado, un hombre que no entiende la política sino que está en la política. En opinión de Madame Mao Jiang Ching, Liu juzga mal a Mao. Su tragedia es su fe ciega en él, y así es víctima de sus propias suposiciones. Inmediatamente después de la instauración de la república en 1949, Liu quiere establecer la ley. No quiere un emperador, sino que China copie el modelo norteamericano e imponga el sistema electoral. A pesar de que nunca ha sugerido que Mao copie a George Washington, todos reciben el mensaje. Más adelante, Liu se convertirá en el número uno en la lista de eliminación de Mao. Olvida que China es la China de Mao. Para Mao, las sugerencias equivalen a asesinarlo a pleno sol. Por eso Liu y Mao se vuelven enemigos. Sin embargo, Liu no ve las cosas así, cree que él y Mao pueden lograr la armonía para el futuro de China.

No es que me sienta bien por la muerte del vicepresidente Liu en 1969. Pero fue él quien hizo que Mao tirara del gatillo. Mao simplemente se siente amenazado por él. Liu tiene el poder de un niño político. A diferencia del primer ministro Chu, del mariscal Ye Jian-ying y de Deng Xiao-ping, que fingen estar cometiendo "errores" inocentemente cuando Mao los critica, Liu defiende sus creencias. Como una estrella fugaz, se alimenta de su propia vida.

Comparado con el vicepresidente Liu, el primer ministro Chu vive para complacer a Mao. No entiendo por qué actúa de esa manera. Fue educado en Francia. No le gusta que se cubra con polvo el suelo de la pista de baile para proteger a Mao de una posible patinada durante sus desplazamientos, pero nunca se queja. Yo también detesto ese piso, pero a Mao y a los otros les encanta. El primer ministro Chu es un excelente bailarín, sin embargo se obliga a aspirar el polvo. Adora a Mao. Cree sinceramente que la mano de Mao es la que esculpe a China. Él se esculpe siguiendo el modelo del famoso primer ministro Zhu Ge-liang de la dinastía Han, el antiguo primer ministro que pasó su vida sirviendo a la familia del emperador Liu.

El primer ministro Chu es un hombre de genio, pero incapaz de decirle no a Mao. Es un ordenanza que arregla lo que Mao rompe: envía cartas cálidas y cupones de comida a las víctimas de Mao en nombre del propio Mao. Habla sólo para generar perdón. Después de su muerte en enero de 1976, Mao firma una orden y prohíbe que se le guarde duelo público. Sin embargo, millones de personas arriesgan su vida llenando las calles para manifestar su dolor. Personalmente lo admiro y siento pena por él.

El primer ministro Chu tiene chances, pero elige ignorar la voz de su conciencia y deja pasar el tiempo. En momentos de crisis, cierra los ojos a los problemas de Mao. Con fingida emoción sigue a la multitud gritando: "¡Larga vida a la dictadura del proletariado!" Durante la Revolución Cultural se hace eco de Mao. Saluda el *Pequeño libro rojo de citas* de Mao y alaba la conducta destructiva de los Guardias Rojos. Soporta más allá de toda racionalidad. Soporta a costa de la nación. Uno no puede menos que preguntarse: ¿Se debe a que necesita el empleo como primer ministro? ¿O se debe a que vive para ser otro tipo de inmortal, el que se conduce a sí mismo al altar?

Cuando Mao finalmente le da la espalda y convence a la nación de que lo ataque, Chu retira sus servicios en silencio. Lo envían al hospital con cáncer de páncreas en estado terminal. Durante sus últimos momentos, ruega a su esposa que recite el nuevo poema de Mao *No hace falta tirarse pedos*. Durante el recitado cierra los ojos para siempre. ¿Espera que Mao se sienta conmovido por semejante demostración de lealtad? ¿Espera que Mao se sienta finalmente satisfecho de que se haya ido para siempre? El pueblo chino se pregunta si el primer ministro Chu dejó el mundo en paz. ¿O se dio cuenta de que había ayudado a Mao a llevar adelante la Revolución Cultural y enterrado la ocasión de hacer próspera a China?

He llegado al límite. No puedo mantenerme más al margen de los asuntos de mi marido. No es una opción y no tomaré en cuenta el divorcio. Kang Sheng prometió ayudarme. Sin embargo ¿cómo puedo confiar en un doble agente? Dice que Mao sólo duerme con vírgenes, pero no estoy segura de que no se trate del mensaje que Mao quiere que él me envíe.

Un día del mes de febrero, Kang Sheng viene a demostrar su lealtad hacia mí. Ha surgido una amenaza, me dice. Hay una virgen única, con un cerebro magnífico, y Mao se ha enamorado de ella. Un pájaro de oro que canta en la ventana del emperador todas las noches. Mao está tan apegado a ella que está dispuesto a divorciarse.

Su nombre es Shang-guan Yun-zhu: Perla Nacida de las Nubes. Es una actriz de cine de poco más de treinta años. ¡Una actriz!

Estoy hablando de una mujer que convierte mi vida en un chiste, un chiste del que soy incapaz de reírme.

Me los imagino. Mi marido y Shang-guan Yun-zhu. Los observo

moviéndose en mi escenario. La lujuria que una vez yo experimenté. Proyecto su imagen en la pantalla de mi mente.

Le digo a Kang Sheng que es hora. Es hora de que deje de llorar por mi desgracia. Es hora de que deje de tomar morfina para atontarme. Es hora de cambiar los platos y los frascos y hacer que los demás tomen las drogas que me han paralizado.

Kang Sheng coincide: es una buena idea. Trabajaré contigo. Renovemos nuestro contrato de Yenán, pongámonos a trabajar. ¿Mi consejo? Empieza a formar tu propia red de personas leales. Empieza tu tarea de administración política. Ve a Shanghai e invierte en gente a la que conoces, y conviértelas en tus caballos de batalla.

La noticia secreta empieza a desparramarse: la primera dama ha llegado a Shanghai e invita a sus viejos amigos. Da fiestas en nombre de Mao. El lugar de reunión es la municipalidad. Los invitados especiales incluyen al famoso actor Dan, su pareja en *Casa de muñecas,* y Junli, el director cinematográfico más buscado. Los dos hombres que aparecen en su foto de casamiento en la Pagoda de las Seis Armonías. Piensa que se sentirán halagados y se comprometerán con ella de inmediato. Ella es Madame Mao. Espera que los demás se muestren ansiosos.

Pero no hay aplausos cuando baja el telón. Las fiestas y reuniones generan escasa energía, nada de respeto y ninguna amistad. Más adelante, Madame Mao Jiang Ching se entera por Kang Sheng de que el actor y el director, los hombres que no pudieron superar la tristeza por su amigo Tang Nah, enviaron un mensaje al primer ministro Chu informándolo de las ambiciones de ella.

Estoy de nuevo en Beijing, de regreso a la vida de quietud. No quería volver. El Politburó me obligó a hacerlo. Fui ridiculizada en Shanghai. La gente chismorreaba sobre Shang-guan Yun-zhu y la seriedad de Mao respecto de tomarla como futura esposa. Traté de ignorar el rumor, traté de concentrarme en lo que me propuse lograr. Conocí a gente joven interesante, los graduados del Conservatorio de Música y de la Escuela de Ópera de Shanghai. Estaba buscando nuevos talentos y eran candidatos perfectos. Se quejaban de la falta de oportunidades para actuar. Comprendo lo aterrador que puede ser para los actores envejecer entre bambalinas. Les dije que me encantaría trabajar con ellos y prometí darles ocasión de resplandecer. Estoy en actiud de romper cadenas, dije. Quiero renovar mi sueño de un teatro revolucionario de verdad, un arma y una forma de liberación. Pero la gente joven no se mostró entusiasta. No estaban seguros de mi posición. Primero querían comprobar mi poder.

Esta mañana le pedí a mi chofer que me dejara en un lugar donde haya bosques que me oculten del resto del mundo. Quiero que mi mente deje de dar vueltas vertiginosamente. Media hora más tarde llegamos al terreno de caza imperial. Le pedí al chofer que volviera en tres horas.

Camino hacia una colina. El aire es como agua cálida derramándose sobre mi cara. La escena es triste: las plantas han empezado a morir en todas partes a causa de las altas temperaturas. El pasto y los arbustos están todos amarillos. Hasta la planta más resistente al calor —la goya de tres hojas en forma de paraguas— ha perdido su espíritu. Las hojas cuelgan hacia abajo en tres direcciones diferentes.

Hay olor a podrido en el aire. Son los animales muertos. Los halcones dan vueltas sobre mi cabeza. Supongo que el olor a podrido se eleva rápidamente en el calor. Los pájaros huelen su alimento en el aire. Además de halcones, están los insectos carroñeros, primos hermanos de las cucarachas, que se arrastran dentro y fuera de las plantas muertas. No sabía que podían volar. La canícula sin duda los hizo cambiar de hábitos, pues el terreno es un horno.

El cielo es una gigantesca escudilla de arroz y yo estoy caminado en su fondo; incapaz de trepar e incapaz de salir.

El desamparo me extrae el aire del pecho.

Necesitas a la figura principal, necesitas a Mao, me aconseja Kang Sheng. Tu papel es actuar como la camarada en quien Mao tiene más confianza. Es la única forma de volverte poderosa. Debes fingir. No, no tienes sentimientos. Ve y besa los cadáveres de las concubinas del patio de atrás, ellas te dirán lo que significa el sentimiento. Súbete a los hombros del gigante para que nadie pueda dejarte de lado.

Supongo que tengo que superar a Mao.

Harás lo que debas hacer.

Jiang Ching sueña con Mao. Noche tras noche. La maldición —que desea la muerte de él— ha llegado a enterrarla. Sin embargo, persiste su innata obstinación, la forma en que funcionan sus sentimientos. Ésa es su jaula, y esa jaula la bloquea. Está en un muelle, haciendo señas detrás de una multitud. Aparta la cabeza, se grita a sí misma.

Su corazón se niega a dejar que Mao se vaya.

Le digo que nunca venga a buscarme, pero todos los días lo espero. Le envío invitaciones usando todo tipo de excusas y, cuando viene, le demuestro apatía. O hago que los sirvientes limpien la habitación o tomo la cámara y fotografío rosas en el jardín. Ansío que se quede y, sin embargo, convierto sus visitas en una situación desdichada.

Quiere terminar con nosotras, le digo a Nah. Últimamente he estado pasando más tiempo con mi hija. Está feliz en el internado, pero se asegura de pasar los fines de semana conmigo. Sabe que si está conmigo da a su padre un buen motivo para visitarme. Pero sé que eso no ocurrirá. Nunca miro por la ventana y nunca respondo a ninguna de las suposiciones de Nah respecto de la llegada de su padre.

Una noche, mi personal de servicio mira un documental para entretenerse. El título es *El presidente Mao inspecciona el país*. Me niego a ir. Mientras lo están proyectando, oigo la banda de sonido desde el proyector portátil que hay en la cocina. Me asalta una súbita tristeza y no puedo evitar ir hasta la pantalla. Cuando termina, aplaudo junto con la multitud con lágrimas en los ojos.

¡Larga vida al presidente Mao y salud para la camarada Jiang Ching!, gritan todos.

En mis sueños oigo el silbido de un motor de vapor a la distancia. Veo multitudes que se mueven como el mar en la borrosa luz del alba. El barco comienza a navegar lentamente. Miles de coloridas cintas de papel irrumpen en medio de los gritos de despedida de los pasajeros. Las cintas danzan en el aire. Es como si el muelle fuera empujado por el barco. Después el ruido se aquieta. La multitud mira el barco que se aleja y se vuelve cada vez más pequeño. Las cintas dejan de bailar y el sonido de las olas se impone. El olor a pescado maloliente vuelve a sentirse en el aire.

El vasto océano brilla bajo el sol.

Mi corazón es un muelle vacío.

16

Hace dos años que Mao fomentó el movimiento llamado el Gran Salto Adelante. Se ha propuesto ser el gobernante más grande de todos los tiempos: quiere empujar a China a la cima de los récords de productividad mundial. La estrategia es liberar y utilizar la energía y el potencial de los campesinos, los mismos campesinos que llevaron la guerra de Mao a una conclusión gloriosa. Será una explosión de energía e innovación; de tal manera, el comunismo ordenado por el cielo se logrará en cinco años. Uno podrá hacer lo que le guste y comer lo que quiera.

Inspirada por la idea, la nación responde al llamado. Cada pedazo de tierra privada es convertido en propiedad del gobierno. Los campesinos son alentados a "experimentar el comunismo allí donde viven": las cafeterías comunales con comida gratis empiezan a florecer como hierba mala después de la lluvia. En el frente industrial, Mao promueve "fábricas de acero en el patio trasero". A los pobladores locales se les ordena donar su woks, sus hachas y sus vasijas de agua.

El Gran Salto constituye la perfecta expresión de la mente y las creencias de Mao, de su osadía y su romanticismo. Espera ansioso los resultados. Al principio hay alabanzas por su visión, pero dos años después llegan informes sobre estallidos de violencia entre pobres y ricos. Los saqueos de comida y alojamiento se han convertido en un problema. Antes del otoño, la inquietud se vuelve tan grave que empieza a amenazar la seguridad. Todo se ha consumido, incluidas las semillas para plantar la próxima primavera, mientras que nada se ha producido. Las últimas reservas de la nación se han agotado. Mao empieza a sentir la presión. Empieza a darse cuenta de que conducir un país no es como ganar una guerra de guerrillas.

1959 empieza con inundaciones, a las que sigue una sequía. Una sensación de desesperación se apodera de todo el territorio. A pesar del llamado de Mao de luchar contra el desastre —"Es la voluntad del hombre, no el cielo, la que decide"— cientos y miles de campesinos huyen de sus pueblos natales en procura de comida. A lo largo de la costa, muchos de ellos son forzados a vender a sus hijos, y algunos envenenan a sus familias íntegras para terminar con la desgracia. En el invierno, la cantidad de muertos se eleva a veinte millones. Los informes se han apilado en el escritorio del primer ministro Chu.

Mao se siente más avergonzado que preocupado. Recuerda cuán decidido estaba a hacer realidad su plan. Ha emitido instrucciones:

"Correr hacia el comunismo."

"Demoler la estructura familiar."

"Una escudilla de arroz, un par de palillos, un juego de frazadas: el estilo del comunismo."

"Una hectárea, cuatro mil quinientos kilos de ñame, noventa mil kilos de arroz."

"Aparear el conejo con la vaca para que el conejo sea tan grande como la vaca."

"Criar gallinas grandes como elefantes."

"Cultivar porotos grandes como la luna y berenjenas grandes como repollos."

En junio se producen disturbios campesinos en las provincias de Shanxi y Anhui. El Politburó pide un voto para frenar la política de Mao.

Mao se retira durante los seis meses siguientes.

Mi marido ha caído de las nubes. Lo vi sólo una vez en tres meses. Se lo nota caído, desesperado. Nah me dice que no recibe a nadie. Basta de actrices. La noticia me llena de sentimientos contradictorios. Por cierto, tengo esperanza de que me busque a mí, pero también estoy sorprendida y hasta triste: nunca había imaginado que pudiera ser vulnerable.

Una noche, a altas horas, Kang Sheng me hace una visita inesperada. Mao te necesita, me dice excitado. La reputación del Presidente se ha visto terriblemente dañada. Sus enemigos ahora están aprovechándose de su error y se preparan para derrocarlo.

Tomo un trago del té de crisantemo. Nunca ha tenido un sabor tan maravilloso como ahora.

Empiezo a ver de qué modo puedo ayudar a Mao. La idea me excita tanto, que descuido la presencia de Kang Sheng. Veo prensas rodando, voces sonando en las radios y películas que se proyectan en las pantallas. Siento el poder de los medios de comunicación, la forma en que limpian y blanquean las mentes. Puedo sentir el éxito inminente. La energía corre por mi cuerpo: estoy a punto de entrar en un acto que lleva al clímax de mi vida.

Tratando de compartir el placer de haber encontrado un gran papel, explico a Kang Sheng cómo me siento. Pero se ha quedado dormido en el sofá.

Empieza con una convención en julio de 1959, en el monte Lu, una zona de veraneo donde el paisaje es majestuoso. Al principio, Mao luce humilde y modesto. Admite sus errores y alienta la crítica. Su sinceridad conmueve a los delegados y representantes de todo el país, entre ellos Fairlynn. Fairlynn critica el Gran Salto de Mao como un experimento de chimpancé; Yang Xian-xhen, un teórico y director de la Facultad del Partido Comunista, señala que Mao ha romantizado el comunismo y aplicado la fantasía a la realidad. El 14 de julio, el proclamado súbdito leal a Mao, el mariscal Peng De-huai, hijo de un campesino, un hombre conocido por sus grandes contribuciones y su carácter serio, envía una carta personal a Mao en la que lo informa de los resultados de su investigación privada —los chocantes hechos acerca del fracaso de la Comuna Popular— sobre el fruto del Gran Salto Adelante.

Mao fuma. Varios paquetes por día. Tiene los dientes marrones y las uñas amarillas por el tabaco. Escucha lo que los demás tienen que decir y no da respuestas. El cigarrillo viaja entre sus labios y el cenicero. De tanto en tanto asiente, fuerza una sonrisa, estrecha la mano de quien habla. Buen trabajo, has hablado en nombre de la gente. Valoro tu franqueza. Puedes sentirte orgulloso de ti mismo como comunista.

Una semana más tarde, Mao se declara enfermo y anuncia su renuncia temporaria. El vicepresidente Liu se encarga de los asuntos de la nación.

No asomo mi rostro en ninguna de las reuniones, aunque me encuentro en el monte Lu. Leo los informes que envía Kang Sheng y estoy más que bien informada sobre los procedimientos. Mao está herido. Tengo la sensación de que no lo soportará mucho tiempo: no es el tipo de persona que admite errores. Se considera comunista, pero por instinto es un emperador. Vive para ser líder; igual que yo, que no puedo verme sino como primera dama.

Aprovechando el momento, decido hacer un viaje a Shanghai. Me hago amiga de caras nuevas: artistas y dramaturgos jóvenes y ambiciosos. Cultivo relaciones asistiendo a sus estrenos y trabajo con ellos sobre material crudo. ¿Les gustaría consagrar su talento al presidente Mao?, pregunto. ¿Qué tal cambiar esa melodía por la favorita del Presidente? Sí, sed creativos y osados.

Educo a mis amigos enviándoles materiales de referencia, entre ellos *Incienso de medianoche*, una ópera china clásica y la famosa canción italiana *Vuelta a Sorrento*. Al principio se sienten confundidos: estaban acostumbrados al tradicional pensamiento lineal. Amplío sus mentes y gradualmente se benefician de mis enseñanzas, prosperan con mis ideas. Hay unas pocas mentes brillantes. Un compositor de violín es tan rápido que convierte el *Vals de las flores* de Tchaikovsky en una danza folclórica china y la llama *El rojo cielo de Yenán*.

Formo lo que llamo una "tropa cultural". Una tropa que Mao necesitará para librar sus batallas ideológicas. A duras penas puedo mantenerlo en secreto pues veo que va a funcionar. Me imagino a Mao mirándome con la sonrisa que me dedicaba hace treinta años. Al mismo tiempo, estoy insegura, hasta un poco asustada: Mao nunca ha visto la cosas como yo. ¿Cómo puedo saber que se sentirá complacido con lo que estoy haciendo?

Por primera vez en muchos años, no me molesta más el insomnio. Tiro las píldoras para dormir. Cuando me despierto, ya no me siento amenazada por mis rivales. Ni siquiera Wang Guang-mei me preocupa; a pesar de que ella y Liu, su marido, disfrutan de los reflectores, preveo que sus días están contados.

El vicepresidente Liu nunca se percata de que éste es el momento en que empieza la inquina de Mao. El complot se inicia cuando Liu se consagra a salvar a la nación. Liu anula el sistema de comunas y lo reemplaza con el programa zi-liu-de, de su propia invención, que permite a los campesinos ser dueños de sus patios traseros y vender lo que hayan plantado. Se estimula a los pobladores locales a que se organicen en pequeñas empresas familiares. En esencia, es capitalismo al estilo chino, un escupitajo en la cara de Mao.

Madame Mao Jiang Ching observa el estado de ánimo de su marido. Acaba de volver de Shanghai, donde junto con Kang Sheng ha estado observando cómo tiraban de las patillas al tigre Mao. Todos los días, después de la convención, Kang Sheng va a al hotel donde se aloja Madame Mao y le da las últimas noticias.

Presta atención al momento, le dice. El tornado dragón está llegando, está cerca. Mao va a atacar y será el fin de Liu. Observa: cuantos más enemigos se haga Mao, más rápido se volverá hacia ti.

Sin una advertencia, Mao vuelve a Beijing en septiembre. Pide una reunión del Politburó y anuncia la remoción del ministro de defensa, el mariscal Peng De-huai.

No hay debate sobre la decisión. Mao decide como si fuera su derecho, como sacarse un zapato del pie. Antes de que los miembros del Politburó tengan ocasión de reaccionar, el mariscal Peng es reemplazado por el discípulo de Mao, el mariscal Lin Piao, un hombre que alaba a Mao como a un dios viviente y que está tratando de convertir el Ejército de Liberación Popular en la "Gran Escuela de Pensamiento de Mao Tse-tung".

El mariscal Lin Piao es un personaje que me resulta familiar. He aprendido de Mao que ganó batallas clave durante la guerra civil y es un hombre de gran táctica. No menciono que encuentro sus últimas tácticas bastante transparentes. Es quien grita más fuerte "Larga vida al presidente Mao". Pero la vida es extraña: también es quien ordena que se bombardee el tren de Mao. En el futuro, Mao lo promoverá para que sea su sucesor y también ordenará que lo asesinen en su propia residencia.

El mariscal Lin siempre ha sido físicamente débil: lo opuesto de su nombre, que significa Rey del Bosque. Es tan delgado que puede arrastrarlo el viento. Su esposa Ye me dijo que no puede soportar la luz, el ruido o el agua. Como un vaso de miles de años, la humedad del aire lo perjudica. Tiene un par de ojos triangulares y cejas espesas. Trata de ocultar su magra estructura con el uniforme militar. Sin embargo, su enfermedad es fácil de advertir a través de su cuello delgado como el bambú y su cabeza inclinada como si pesara demasiado para ese cuello.

Y sin embargo, ahora ella se siente inspirada por Lin Piao. Su forma de saludar a Mao es muy simple e infantil, pero funciona y tiene gran efecto. Lin lo adula sin una pizca de pudor. En el prefacio a la segunda edición de *El Pequeño Libro Rojo de Citas* llama a Mao el marxista más grande de todos los tiempos. "El presidente Mao defiende y desarrolla el internacionalismo, el marxismo y el leninismo. Una frase del presidente Mao equivale a diez mil frases de otros. Sólo la palabra de Mao refleja verdades absolutas. Mao es un genio nacido del cielo."

Encuentra similitudes entre Lin Piao y Kang Sheng cuando se trata de adular a Mao. Lin y Kang no se llevan bien. Decide que, en atención a su propio futuro, quemará incienso en sus respectivos templos.

Hace mucho que Mao no requiere mi presencia. Cuando finalmente me invita, advierto que el Estudio de la Fragancia del Crisantemo ha cambiado de aspecto. Los crisantemos antes silvestres han perdido su energía ardiente. Las plantas se ven domadas, cortadas de manera uniforme, derechas como soldados. No se molesta en saludarme cuando entro. Está todavía en pijama. Me hallo frente a un hombre de sesenta y nueve años que se está quedando pelado y no se ha lavado en días. Su rostro es un dibujo borroso: carece de líneas claras. Me recuerda a un eunuco con el rostro mitad masculino y mitad femenino. Sin embargo, mi corazón se sacude.

Es mediodía. Él parece relajado. Siéntate, me dice, como si siempre hubiéramos estado cerca. El camarada Kang Sheng me dijo que tienes una idea importante que yo debería escuchar.

Tengo las palabras en la punta de la lengua. Me he estado preparando para esto. Cientos de veces ensayé el acto. Pero estoy nerviosa. ¿Realmente es ésta la manera de acercarme nuevamente a él?

Presidente, empieza ella. En la octava reunión de la décima convención señalaste que se percibe una tendencia a usar la literatura como un arma para atacar al Partido Comunista. No podría estar más de acuerdo. Creo que es la intención de nuestro enemigo.

No se advierte ninguna expresión en su rostro.

Ella prosigue como si fuera nuevamente Nora sobre el escenario. He leído con atención una pieza que hace poco se ha vuelto popular y creo que fue utilizada como un arma contra ti.

¿Cómo se llama?

Hairui despedido de su cargo.

Conozco el argumento. Es sobre el juez Hairui, de la dinastía Ming, durante el período de gobierno del emperador Jia-jing.

Sí, exactamente. El argumento cuenta cómo Hairui arriesga su cargo por hablar a favor de la gente, cómo combate heroicamente al emperador y es víctima de una purga.

Ya veo. Los ojos de Mao se estrechan. ¿Quién es el autor?

El vicealcalde de Beijing, el profesor e historiador Wu Han.

Mao guarda silencio.

Ella observa que lentamente se produce un cambio en su expresión. Sus arrugas se estiran y se ablandan. Sus ojos se vuelven una línea. Ella capta el momento y decide girar el cuchillo y apretarlo en el punto más sensible.

¿Alguna vez pensaste en esto, Presidente? ¿Por qué Hairui? ¿Por qué un héroe trágico? ¿Por qué la escena en la que cientos de campesinos se ponen de rodillas para despedirse de él cuando lo llevan al exilio? Si no es un grito a favor del mariscal Peng De-huai, ¿qué es? ¿Si no es decir que tú eres el mal emperador Jia-jing, qué es?

Mao se incorpora y empieza a caminar. Kang Sheng ya me había hablado de esa pieza, dice, dándose vuelta súbitamente. ¿Por qué no vas y controlas el asunto en mi lugar? Infórmame sobre lo que encuentres lo antes posible.

En ese momento oigo un aria familiar en mi cabeza.

Oh doncella en una torre del palacio.
calmando al hombre que la ama
como una luciérnaga dorada
en una cañada de rocío.
derramando sin que la vean
su matiz aéreo.
alma en hora secreta
con vino dulce como el amor
que desborda de su morada.

Después de su informe, Mao pierde la compostura.

Hace catorce años que estoy en el poder, ruge. Y mis opositores no han dejado de conspirar contra mí. Me agotan. Me he convertido en el Jardín de Yuanming: un marco vacío. Me sugieren que tome vacaciones, así pueden formar facciones en mi ausencia. ¡Qué tonto he sido! Los cargos importantes ya fueron llenados con su gente. Ni siquiera puedo llegar a la oficina del alcalde.

Ansiosa, ella responde: Sí, Presidente, exactamente por eso *Hairui despedido de su cargo* es un éxito: todo el asunto ha sido armado. Los críticos orquestaron la promoción de la pieza. Además de Wu Han, están Liao Mu-sha y Deng Tuo, los especialistas más influyentes de nuestro país.

Mao enciende un cigarrillo y se incorpora de su silla de ratán. Su expresión se ablanda un instante. Jian Ching, dice, muchos te consideran una intrigante, una persona de visión corta y sentimientos demasiado fuertes. Pero ahora estás viendo con claridad... Hace ocho años que el vicepresidente Liu gobierna el país y ha establecido una amplia red. Wu Han es sólo un revólver disparado por otros.

Los actores principales todavía no han hecho su aparición, observa ella.

Deja que vengan. Esta mañana leí un artículo que me envió Kang Sheng. Estaba escrito por los tres hombres que acabas de mencionar. ¿Se denominan a sí mismos La Aldea de Tres?

Sí. ¿Acaso uno de los artículos se titula "Las grandes palabras vacías"?

Él asiente. ¡Es un ataque!

Jiang Ching se recomienda a sí misma ser paciente. Ve la mano que está trabajando para cambiar su suerte. Se inclina hacia él, su voz llena de lágrimas. Presidente, tus enemigos están preparándose para dañarte.

Él se vuelve hacia ella y sonríe.

Incapaz de soportar su mirada, ella aparta los ojos.

Si hay un oficio que he dominado en mi vida es romper a la gente como nueces, dice de pronto. Cuanto más fuerte, mejor.

Estoy dispuesta a luchar a tu lado, Presidente.

¿Tienes alguna idea?

Sí.

Oigámosla.

Ella empieza a describir sus tropas culturales, describe las piezas en las que ha estado trabajando. Todos los personajes son simbólicos. Aunque las condiciones para el desarrollo de la creatividad son pobres —por ejemplo, los actores trabajan en sus patios traseros y usan enseres de cocina como elementos escenográficos—, su devoción, entusiasmo y potencial son grandes. Le cuenta que está lista para traer la compañía a Beijing y presentársela.

Mantente fuera de Beijing, me ordena. Hazlo en Shanghai. Habla con mi amigo Ke Qin-shi, el alcalde de Shanghai, por los fondos para la producción. Es hombre mío. Iría yo mismo a apoyarte, pero sería demasiado evidente. Ve a visitar a Ke y llévale mi mensaje. Vas en representación mía. Consigue escritores en los que confíes. Pide una denuncia y una crítica nacional de *Hairui despedido del cargo*. Es un globo de ensayo. Si hay respuesta, dejaremos de lado nuestra preocupación. Pero si no la hay, estamos en problemas.

Ella es incapaz de articular una palabra más, se siente tan feliz que le parece que debe despedirse para ocultar su emoción.

Él da una pitada a su cigarrillo y la acompaña hasta la puerta. Un momento, Jian Ching, dice, y espera a que ella le preste toda su atención. Te has quejado de que te encerré en una jaula. Puede que tengas razón. Han sido más de veinte años, ¿no es verdad? Perdóname. Estaba obligado a hacerlo. Me encuentro en una posición difícil. En todo caso, estoy terminando con eso. Ya has pagado lo suficiente. Ahora sal al mundo y rompe el encantamiento.

Ella se arroja a su pecho.

Él la abraza y la calma.

En sus lágrimas, el alba despliega su cualidad extraordinaria.

El secretario me dice que el alcalde Ke vino dos horas más temprano para esperar mi llegada. Es el ceremonial. Es para demostrar su cortesía. Le digo al secretario que aprecio la hospitalidad del alcalde.

El auto silencioso me lleva al número 1245 de la calle Hua-shan. El alcalde Ke está sentado a mi lado y anota cada palabra que digo. Le envío saludos de Mao y le digo que necesito encontrarme con escritores.

¿No puede Madame ubicar buenos escritores en Beijing? ¿No atrae la ciudad imperial a intelectos refinados?

Sonrío. Una sonrisa que demuestra absoluto ocultamiento, una sonrisa que el alcalde Ke interpreta y comprende. El alcalde es de origen campesino y su cabeza me recuerda a una cebolla. Lleva ropas de algodón blanco y sandalias de algodón negro, una indumentaria que los cuadros del partido usan para mostrar su origen revolucionario. Los zapatos, que no son de cuero, revelan una actitud antiburguesa. Estoy segura de que producirá resultados satisfactorios para Mao, digo. Dejo que se tome su tiempo, dejo que cuente con los dedos y calcule sus márgenes de ventaja.

El alcalde Ke me pide que le responda una pregunta. Una pregunta y será todo. Asiento. ¿Los escritores de Beijing han dejado de ser confiables?

No digo palabra.

Lo comprende. Comprende que Mao considera a Shanghai su nueva base, comprende que Mao está listo para aplastar a Beijing.

A la mañana siguiente, el alcalde Ke me llama y me anuncia que enviará a un escritor llamado Chun-qiao a mi mansión. Chun-qiao es el editor en jefe del diario *Shanghai Wen-hui*. El mejor que jamás haya conocido, me asegura.

Envíe al camarada Chun-qiao los saludos más cálidos del Presidente, digo.

Dos horas más tarde llega Chun-qiao. Bienvenida a Shanghai, Madame Mao. Hace una reverencia para estrechar mi mano. Es delgado como un bastón y fumador. Al cabo de unos minutos de conversación descubro que su mente es aguda como una tijera.

Shanghai puede hacer cualquier cosa que usted desee, Madame. Sonríe con la totalidad de sus dientes salientes.

En mi primera noche en Shanghai tengo dificultades para dormir. La ciudad me recuerda cómo me devoraba el corazón la atracción por Tang Nah y Dan y cómo anhelaba la atención de Junli. No había un lugar con la piel sana en el cuerpo de mi mente. Con qué heroísmo luché contra el destino. Mi juventud fue una espléndida hoguera con hierbas de pasión de intenso aroma. Nunca olvidé el aroma de Shanghai.

La noche es agridulce y está llena de lágrimas. No puedo dejar de recordar el pasado. Mis sufrimientos, la lucha, la sensación de estar enredada en mis propios intestinos, en cuclillas pero incapaz de devolver los ataques. Lentamente, el sendero de la memoria desaparece en la línea del horizonte. Observo cómo arden mis sentimientos y esparzo las cenizas. Me doy cuenta de que, si no puedo vivir la vida tendiendo mis viñas al sol, debo aprender a confiar en mis propios instintos. En ese sentido soy fiel a mi nombre. Jiang Ching. El verde sale del azul pero es más rico que el azul.

Chun-qiao demuestra ser una buena elección. Posee una clara noción de quién soy. Me trata como la igual de Mao. Con el mismo cuidado lucha por mis ideas y mis pensamientos, y amplía mi fuerza. La gente dice que él nunca sonríe, pero cuando me ve, florece como una rosa. Detrás de sus gruesas gafas, sus ojos parecen renacuajos: las pupilas nunca se le quedan quietas. Me dice que le he dado nueva vida. Creo que se refiere a una escalera hacia el cielo político. Que ha estado esperando muchos años un momento como éste. Nació para consagrar su vida a una causa, para ser el fiel primer ministro de un emperador.

Ella valora el comentario de Chun-qiao. Día tras día su diario la llama "la abanderada roja" y "la fuerza guardiana del maoísmo". Los artículos enumeran sus hazañas como revolucionaria y la más estrecha colaboradora de Mao. Chun-qiao pone énfasis en la creciente oposición a Mao. "Sin un ángel guardián como la camarada Jiang Ching, el futuro de China se haría pedazos."

El tambor suena. La actriz se prepara para su papel. Empeñada en influir en otros, no es consciente de cuán susceptible es a su propia propaganda. Nunca ha carecido de pasión. Empieza a representar su papel en la vida cotidiana. Se convierte en una característica suya abrir sus discursos con estas palabras: "A veces me siento demasiado débil para ponerme de pie, porque apoyar a Mao es apoyar a China; morir por Mao es morir por China".

Cuanto más habla, más rápido se fusiona con su papel. Pronto no hay diferencia. Ahora no puede abrir la boca sin mencionar que el Gran Salvador del Pueblo, Mao, está en peligro. Encuentra que la frase la une a su público: la heroína arriesga su vida por la leyenda. Ella misma se emociona cuando repite sus frases. De nuevo está en la cueva de Mao, de nuevo siente sus manos que suben por debajo de su camisa, y de nuevo la pasión se manifiesta en ella.

Se vuelve enérgica y sana. La respuesta del público a los medios es febril. Dondequiera que va, es acogida con bienvenidas y admiración. Los círculos artísticos y teatrales de Shanghai acuden a abrazarla. Jóvenes talentos hacen cola a sus pies y ruegan que les dé ocasión de ofrecer sus vidas. Guarden su regalo para el presidente Mao, dice ella. Les palmea el hombro y les da afectuosos apretones de manos. Sin perder tiempo, Chun-qiao recluta personas leales y forma lo que llama la Moderna Base Roja de Madame Mao.

En el proceso de recrearse, Jiang Ching estudia los textos de Chun-qiao y recita sus palabras en reuniones públicas. En mayo vuelve a Beijing para controlar las cosas con Mao.

Mi marido no está. Ha ido al sur y ha desaparecido en el hermoso paisaje del lago Occidental. Cuando le envío un telegrama a su secretario pidiendo una cita para encontrarnos e informarle de mis avances, me envía como respuesta un poema sobre el famoso lago.

Hace años vi un cuadro de este lugar.
No creí que existiera semejante belleza bajo el cielo.
Hoy, que estoy atravesando el lago,
pienso que el cuadro necesita trabajo.

Siento que quizás está listo por fin para reabrirme su corazón. Nunca he olvidado el poema que le envió Fairlynn y cuánto me lastimó. A las vírgenes puedo perdonarlas. Sí, me resentí con él pero nunca lo odié, ni siquiera en mis peores momentos deseé que lo derrocaran. Dios traza extraños giros. Aquí está, delante de mí para que yo lo ayude. Nunca hasta ahora he sido supersticiosa.

Estamos flotando en el lago Occidental. Es un otoño dorado. Las cañas son densas y las espadañas están en flor. Sauces llorones flanquean el dique y partes del lago se hallan cubiertas de hojas de loto. Conectados a la costa por un puente hay pabellones de diversos estilos, construidos a lo largo de las dinastías. El lugar tiene piedras intrincadas y está rodeado de álamos, durazneros y árboles de damascos. El famoso Puente Roto, hecho en mármol blanco y granito, tiene un cuerpo delgado y arqueado como un cinturón.

No hay nadie fuera de nosotros dos.

Mao parece absorto en la belleza. Al cabo de unos instantes levanta la barbilla para sentir el sol en la cara.

Los recuerdos me inundan: los días de Yenán y antes aún. Estoy llorando. No es por amor, sino por todo lo que he soportado, por la forma en que me he rescatado, por el triunfo de mi voluntad y mi negativa a ceder.

¿Te dije cómo conocí el lago Occidental? Mao habla de pronto, con los ojos clavados en un pabellón lejano. Fue por una jarra de cerámica de mala calidad que me trajo un pariente mayor que había visitado el lugar. La decoración de la jarra era un mapa de los lugares más bellos del lago. El agua, los árboles, los pabellones, los templos, puentes y galerías. Todos estaban claramente ilustrados y acompañados por títulos elegantes. Por ser un muchacho campesino, tenía pocas ocasiones de ver cuadros, de manera que llevé la jarra a mi cuarto y la estudié. A lo largo de los años me familiaricé tanto con esas escenas que entraron en mis sueños. Cuando más adelante, siendo adulto, visité el lago, sentí que era un lugar que conocía muy bien. Era como volver a entrar en mis antiguos sueños.

¿Qué? ¿Hay alguien que se atreve a no escuchar al presidente Mao? La voz de Chun-qiao revela una profunda conmoción.

Jiang Ching mueve su barbilla mientras su tono se vuelve misterioso: Tengo el pleno apoyo del presidente Mao para contra-atacar. Repite la frase como si disfrutara de su sonido.

¡Pleno apoyo! Chun-qiao exhala y junta las manos.

Aquí está mi análisis de la situación, prosigue Jiang Ching. *Hairui despedido del cargo* es la clave.

Chun-qiao se recuesta y se mesa el cabello. Por usted, Madame Mao, estoy dispuesto a hundir mi pluma en el jugo de mi mente.

Ella le ofrece su mano para que la estreche y luego, suavemente, le susurra al oído: Pronto los asientos del Politburó estarán vacantes y alguien tiene que llenarlos.

No bebo, pero hoy quiero demostrar que pongo mi vida en sus manos. Vamos, Chun-qiao, arriba las copas.

Bebemos *mai tais*. Es más de medianoche. Nuestro ánimo desborda entusiasmo. Estamos terminando los detalles de nuestro plan y eligiendo socios para la tarea.

Chun-qiao propone a su discípulo Yiao Wen-yuan, que es la cabeza de la Oficina de Propaganda de Shanghai. He prestado atención a ese hombre. Empezó a mostrar su talento político durante el movimiento antiderechista. Es conocido por sus críticas del libro de Ba-jin *Humanidad*. Un arma de calibre pesado. La gente lo llama "Palo de Oro". Su pluma ha derrumbado a muchas figuras inamovibles.

¡Bien! Necesitamos palos de oro, respondo. Palos de hierro y palos de acero. Nuestro rivales son tigres con dientes de acero.

Su siguiente reunión con Mao pone la historia en marcha.

10 de noviembre de 1965. Se levanta el telón de la epopeya de la Gran Revolución Cultural Proletaria. Es silenciosa al comienzo, como el cambio de las mareas. El sonido avanza desde la distancia. Después de ocho meses de preparativos a todo vapor, Jiang Ching, Chun-qiao y Yiao completan un borrador titulado "Acerca de la pieza *Hairui despedido del cargo*".

Mao revisa y relee el borrador. Una semana más tarde sale publicado en el *Shanghai Wen-hui*.

Nadie, del Politburó al Congreso, toma el artículo en serio. Nadie habla de él. Ningún otro diario lo reproduce. Como una piedra arrojada en un pozo vacío, no resuena una sola vez.

Jiang Ching entra en el estudio de Mao diecinueve días después de la publicación. Trata de ocultar su ánimo excitado.

La resistencia es evidente, comienza. Su voz está fuertemente controlada. Es un silencio organizado.

• • •

Mi marido se da vuelta hacia la ventana y mira afuera. La brillante luz de la luna baña el lago Zhong-nan-hai. El mar de árboles está cubierto de rayos plateados. Las sombras son de terciopelo negro. A poca distancia, entre la niebla, surgen los pabellones de Yintai y Fénix donde cada brizna de pasto, madera, ladrillo y tejas relata una historia.

Aquí es donde el emperador Guang-xu fue tomado como rehén por la emperatriz heredera. Mao habla súbitamente como siempre lo hace. El primer vicepresidente de la República de China, Li Hohg-yuan, estuvo en arresto domiciliario en el mismo lugar. ¿Crees que se atreverán?

Todos estamos listos para avanzar, Presidente. Tu salud es la fortuna de la nación.

¿Imprimiste el artículo en un cuadernillo?, pregunta Mao.

Lo hice, pero las librerías de Beijing no se mostraron interesadas. Sólo aceptaron, y con renuencia, tres mil ejemplares, contra los seis millones que vendió *Sobre el cultivo personal del comunista,* del vicepresidente Liu.

¿Le comentaste la situación al Jefe de la Oficina Cultural, Lu Din-yi?

Lo hice. Su comentario fue: "Es un tema académico".

Mao se pone de pie y escupe hojas de té. ¡Abajo con la Oficina Cultural y el Comité de la ciudad de Beijing! Movamos el país. Digámosles a las masas que sacudan lo barcos del enemigo. La revolución debe renovarse.

Tu orden ha sido transmitida.

La primera pareja de China utiliza su poder a pleno. Mao lanza el movimiento a través de los medios de comunicación. *Que la Revolución Cultural sea un proceso de purificación del alma* —dicen los periódicos, citando a Mao—. *El viejo orden tiene que ser abandonado. Un trabajador raso debe poder entrar en un teatro de ópera sin pagar nada; el hijo enfermo de un campesino debe recibir la misma atención médica que su gobernador provincial; un huérfano debe poder obtener la educación más alta y los ancianos y discapacitados deben recibir atención pública gratis.*

En pocos meses, crear el caos se vuelve una forma de vida. El saqueo no sólo es alentado, sino considerado un acto que "ayuda a apartarse de la perversa seducción". Seguir las enseñanzas de Mao se convierte en una práctica ritual, en una nueva religión. En la propaganda de veinticuatro horas de Madame Mao no queda nada de Mao sino que se trata del propio Buda.

Detrás de las gruesas paredes de la Ciudad Prohibida, Mao inventa consignas para inspirar a las masas. Emite edictos como un emperador. Hoy, *Todos son iguales frente a la verdad,* y mañana, *Demos la bienvenida a los soldados que se hacen cargo de las escuelas.* Los gobernadores y alcaldes, sobre todo el alcalde de Beijing, Peng Zhen, y el Jefe de la Oficina Cultural, Lu Din-yi, están desorientados. Sin embargo, Mao los obliga a ponerse al frente de su movimiento en nombre del Politburó, en tanto que encomienda a Kang Sheng que controle el desempeño del alcalde.

Jiang Ching es enviada a "recorrer el país y encender fuegos".

Puedes arriesgarte a producir desorden, le dice Kang Sheng. Si algo va mal, Mao siempre te respaldará. Mi situación es distinta; no tengo a nadie que me respalde. Debo ser cuidadoso.

Hay resistencia. Viene del vicepresidente Liu y su amigo el viceprimer ministro Deng Xiao-ping. Si Mao siempre ha considerado a Liu su rival, a Deng lo considera un talento valioso. Una vez dijo que la "pequeña botella" de Deng está llena de cosas asombrosas. Educado en Francia, Deng experimentó el capitalismo y le encantó. El hombre habla poco pero actúa a lo grande. Secunda al vicepresidente Liu en el apoyo a los programas capitalistas. El 5 de febrero, una jornada fría, él y Liu deciden hacer reunir al Politburó para discutir el urgente documento del alcalde de Beijing Peng Zhen: "El informe".

El objetivo del informe es clarificar la confusión que ha causado "Sobre la pieza *Hairui despedido del cargo*" de Madame Mao. La meta es restringir la crítica al ámbito académico, manifiesta Peng. Al final de la reunión, Peng pide a Liu y a Deng Xiao-ping que firmen una carta en apoyo de "El informe". Al día siguiente, tanto la carta como el informe son enviados a Mao.

Mi marido no pone objeciones a "El informe". En rigor, nunca se permite colocarse en una posición donde deba dar una respuesta por blanco o por negro. Mao comprende que un rechazo equivaldría a rechazar al noventa por ciento de los miembros de su gabinete. Mao vive para representar al salvador, no al verdugo.

216

En el futuro, Mao siempre será recordado por sus buenas acciones. Por ejemplo, la historia ampliamente comentada, de su asistencia al funeral del mariscal Chen Yi en 1975. Que llegara en pijama demostró lo apurado que estaba por llegar. Quienes lo vieron fueron inducidos a creer en la sinceridad de su dolor. Sin embargo, la verdad es que Mao podía haber salvado la vida del mariscal pronunciando un simple "no" para impedir que los Guardias Rojos lo torturaran hasta matarlo.

Esto no significa que tenga reservas respecto de las tácticas de mi marido. Estoy con él. Es un gran hombre, un visionario que sueña un gran destino para su país. La meta de la revolución es el paraíso. Siempre he comprendido que "la Revolución implica que una clase derroca a la otra por medio de la acción violenta": todos hemos puesto nuestra vida en la línea de batalla.

El juego sigue. Mao está dispuesto a aniquilar a la oposición. En las reuniones del Partido, sonríe y charla con Liu y con Deng. Pregunta por sus familias y hace chistes sobre la costumbre de Deng de jugar al póker. Mao tiene la habilidad de desarmar verbalmente, de encantar y hacer que sus víctimas depongan su desconfianza hasta que se convierten en una puerta abierta. Entonces pega el zarpazo.

El alcalde de Beijing, Peng Zhen, está encantado de que el Presidente no haga comentarios sobre "El informe". Supone que cuenta con su apoyo. Las noticias tranquilizan al vicepresidente Liu y a Deng Xiao-ping.

Conozco a mi marido. Puede fingir que está enfermo y retirado, pero volverá y tomará por sorpresa a sus enemigos. Es lo que hace ahora: planeando la batalla, disponiendo nuevamente las piezas en su tablero de ajedrez. Cree que el futuro de China está en juego. Cree que está enfrentado a un golpe de Estado, que su ejército se está rebelando. Cree que cuenta con el apoyo de una sola fuerza de las provincias del Norte, conducidas por el enfermo mariscal Lin.

Durante años, Lin ha empleado todo tipo de ardides a fin de ganar el favor de Mao. Respecto de su conducta, su colega el mariscal Luo Rei-qing no sólo está disgustado sino que lo critica por hipócrita.

He llegado a conocer a Lin a través de Kang Sheng. Éste dice que Lin Piao es una novia que toda su vida ha estado esperando el día de su boda y ahora tiene el anillo.

Visito a la familia de Lin. Menciono al mariscal Luo y digo que Luo es ahora nuestro enemigo común.

¿Cuál es su historia?, pregunta Lin.

Me gustaría tener un cargo oficial en el Partido. Pensé que el mariscal Luo era amigo íntimo de mi marido y estaría dispuesto a darme una mano. Me gustaría lograr que el ejército participara en la Revolución Cultural.

¿Qué ocurrió?

El mariscal Luo me rechazó. Me da demasiada vergüenza como para describir los detalles, ¡ni siquiera me dejó sacar un uniforme!

No siga Madame Mao. Sé lo qué hay que hacer. ¿Por qué no viene a mi cuartel y dicta un seminario?

20 de febrero de 1966. Con su flamante uniforme, Madame Mao Jiang Ching pronuncia un discurso contra "El informe". Es la primera vez en su vida que tiene una reunión a la que asisten jefes de Estado y hombres de las fuerzas armadas. Siente el típico miedo del escenario. Pero tiene confianza. Después le cuenta a Mao lo que ha hecho. Él la felicita.

Desde entonces, Lin Piao y Madame Mao Jian Ching se visitan con frecuencia. Forman una alianza para ayudarse mutuamente a eliminar a sus respectivos enemigos.

Después de mi discurso, el cuartel de Lin edita un folleto. Se titula *Resumen de las discusiones mantenidas por la camarada Jiang Ching y patrocinadas por el camarada Lin Piao*. Es el texto de mi discurso. El subtítulo es *Acerca del papel de las artes en el ejército*. En pocas palabras, *El resumen*.

La camarada Jian Ching es el miembro modelo de nuestro Partido, dicen las palabras manuscritas de Lin en la portada. *Ha hecho enormes contribuciones y sacrificios por nuestro país. La Revolución Cultural le ha dado oportunidad de demostrar su capacidad de liderazgo. Resplandece como un talento político.*

Mao está complacido con *El resumen*. He afirmado que el maoísmo es la mayor y única teoría del Partido Comunista chino.

En los cuatro meses que siguen, Mao me llama cuatro veces para revisar personalmente *El resumen*. En abril emite una orden para hacer de *El resumen* el libro de texto de todos los miembros del Partido Comunista.

Te toco con estas manos, las pongo sobre tus mejillas ardientes para que se enfríen.

Miro el espejo y me abrazo a mí misma por lo que he sufrido. Al sacarme los anteojos veo un par de ojos hinchados.

Te he hecho llorar, te he hecho amar y te he hecho pegar saltos mortales sobre puntas de cuchillos. Eras un abanico de invierno, un horno de verano: nadie te deseaba. Pero ahora ha llegado tu momento.

Mi nuevo papel me ayuda a ver la felicidad bajo una nueva luz. Está más allá de la lujuria y el compañerismo, más allá del concepto común del amor. He corrido por el desierto y sé que todo ser humano en esencia está solo. He decidido dejar de lado el silencio y responder con música. Me he convertido en una fuente exuberante.

En la tierra de mi corazón, el sol feroz del dorado invierno está saliendo entre las hojas.

¿Puedes ver los tallos de las lilas elevándose verdes y altos, y las abejas recolectando néctar de una infinita línea de trébol?

El 28 de marzo, Mao mantiene una reunión secreta en su estudio. Los únicos asistentes son Jiang Ching, Kang Sheng y Chun-qiao. Mao la considera una reunión del Politburó a pesar de que sus miembros oficiales, el vicepresidente Liu, el primer ministro Chu, el comandante en jefe Zhu De, el viceprimer ministro Chen Yun y Deng han sido excluidos.

La reunión dura tres días enteros. Mao señala que el informe del alcalde Peng ha fracasado para llevar adelante los principios del comunismo. *Es hora de rebelarse*, los instruye Mao. *El viejo Politburó ya no funciona a favor de la revolución. ¡Abajo la Oficina Cultural y el Comité del alcalde de Beijing! ¡Enviemos a los demonios al infierno y liberemos a los espíritus!*

Mao se vuelve hacia Chun-qiao y le pregunta cuánto tiempo llevaría redactar artículos de crítica contra "El informe".

Para el 2 y el 5 de abril, responde Chun-qiao.

¿El *Diario Popular* y *La bandera roja*?

Sí, servirá para lanzar un ataque nacional.

Tal como solía hacerlo en combate, Mao designa a Kang Sheng como fuerza de respaldo. Asegúrate de que te liberarás de cualquier perro que se atreva a bloquear el camino.

Terminada la reunión, están agotados. Ella lo observa en silencio. Sentado en la silla de ratán Mao descansa la cabeza contra el respaldo. Los ojos de Jiang Ching se llenan de lágrimas. Siente el salto del tiempo. Recuerda el momento en que se sentaba en la misma pose contemplando la conquista de China. Está tan enamorada de él que respira con cuidado, temiendo perturbar sus pensamientos.

En silencio, revisa las notas de la reunión. El silencio de la habitación le encanta. Sabe que él está cómodo con ella. La forma en que solían estar juntos en Yenán. La satisfacción, la unión.

Vamos a dar un paseo por el Palacio de Verano, dice Mao de pronto y se pone de pie.

Ella lo sigue sin decir palabra. Advierte que lleva un par de zapatos de cuero nuevos. Recuerda que detesta los zapatos nuevos. Le pregunta si quiere cambiárselos por sandalias de algodón.

No me duelen, explica él. Pequeño Dragón me los estiró.

El Salón de los Pinos solía ser un gran patio de antiguos árboles. Hay arcos al este, oeste y norte. También pilares de piedra exquisitamente tallados. La pareja camina lentamente entre los árboles. Ahora se hallan en el sendero imperial central que corre paralelo a un lago. Es la senda por la que el emperador Hsien Feng y la emperatriz Tzu Hsi solían pasear. El camino es estrecho y está sombreado por altos cipreses.

Ella sigue los pasos de él. Un kilómetro y medio después, la Pagoda de Tejas de Vidrio de los Muchos Tesoros queda a la vista. La pagoda es un edificio octogonal de siete pisos y más de quince metros de altura. Está cubierto de arriba abajo por ladrillos de vidrio azules, verdes y amarillos. Múltiples tallas de Buda embellecen las paredes. La pagoda descansa sobre una plataforma de piedra blanca, coronada por un pináculo dorado.

El viento trae un sonido melodioso. Mao levanta los ojos. En la parte más alta de la pagoda cuelgan campanas de bronce. Ella se acerca a él. Secándose la frente húmeda, alaba su buena salud. Él no hace comentarios y entra en la pagoda. No se detiene cuando pasa delante de una tableta de piedra en la que está tallada la ODA A LA PAGODA DE LOS MUCHOS TESOROS DE LA COLINA DE LA LONGEVIDAD CONSTRUIDA IMPERIALMENTE. Los caracteres están en chino, manchú, mongol y tibetano. Él se detiene frente a las estatuas de Buda.

Ya vine dos veces este mes, dice de pronto. Vengo para ver si puedo establecer un canal de comprensión entre el constructor de esta pagoda y yo.

Su voz es baja y ella apenas logra oírlo. Pero no dice nada.

Él prosigue. Mi pregunta es: ¿Por qué ese hombre instaló más de novecientas estatuas de Buda en el frente de este templo diminuto? ¿Qué lo llevó a hacerlo? ¿Qué tipo de locura? ¿Estaba aterrado? ¿Qué lo perseguía? Es un lugar peligroso para trabajar. Podía caerse en cualquier momento. De todos modos pudo haberse caído. ¿Por qué? Me parece que Buda era su protección: cuantas más estatuas construía, más protegido se consideraba. Debe de haber estado perseguido por esa idea. Debe de haberse quedado sin aliento en esa carrera consigo mismo.

De pronto, ella siente que Mao está hablando consigo mismo. Sobre su posición en el Politburó y sobre los enemigos que enfrenta. Mao tiene miedo.

¡Presidente!, dice ella. ¡Estoy contigo vayamos al cielo o al infierno!

Él se vuelve hacia ella, con la mirada llena de afecto.

Ella siente que la reconoce en la forma en que solía hacerlo hace treinta años, en la cueva de Yenán. Oye su propia voz proclamando nuevamente su amor en medio del bombardeo.

En la dedicación que ella le consagra, él vuelve a identificarse como un héroe. Lentamente la mirada de Mao se desvanece, su voz vuelve a hacerse casi inaudible. Ojalá que todo estuviera nada más que en mi cabeza. Un viejo idiota, paranoico sin ningún motivo. Ojalá que sólo estuviera preocupado por la caída de mis dientes. No creerás que esta mañana aplaudí porque fui de vientre sin problemas. Una cosa estúpida, sin embargo, controla mi estado de ánimo. También estoy perdiendo la vista, Jiang Ching. Ahora dime por favor que lo que siento no es verdad: que soy viejo y me estoy yendo por el desagüe imperial.

Ella se lamenta por él, pero no se siente infeliz. La verdad es que su miedo ha hecho que la vea. Necesita que el peligro no cese, a fin de poder mantenerse en la mira de él.

¡Condúceme al fuego!, le dice. Dame ocasión de demostrarte cuánto puedo hacer y cuánto haré por amor.

Él se tiende hacia ella.

Una vez más, Jiang Ching siente la presencia de la dama Yuji. La adoración vuelve y se potencia. Ella vuelve a entrar en escena. Los amantes caminan alrededor de los ocho lados de las estatuas de Buda, revisando los novecientos dioses azules, verdes y amarillos. Los amantes ya no están abrazados ni sus labios se besan, sino que hablan y empiezan a oírse uno al otro. Se turnan para describir las innumerables bestias que los rodean, oscuras trabajadoras de la tierra, terribles inocentes, asesinas y soñadoras, la gigantesca colmena de abejas, la forma en que silenciosamente se aparean y matan.

¡Oh, el cielo sabe lo que siento por ti!, grita ella con voz teatral. La frase es elegante y conmovedora. Tú ordenas, Presidente; aquí está mi espada.

Basta de actuar como solista. Basta de pasar la vida en un espléndido aislamiento. Mi cuerpo nunca se sintió tan joven. El 9 de abril me aburro escuchando las insustanciales autocríticas del alcalde Peng Zhen. Le dejo el asunto a Kang Sheng y a Chen Bo-da, un verdugo crítico que acabo de reclutar y que es también director del Instituto de Marxismo y Leninismo de Beijing. Envío a Mao un informe sobre Peng Zheng preparado por Chen Bo-da, titulado *La notificación 5.16.* A esta altura, percibo que Mao se ha decidido a derrocar al vicepresidente Liu: castigar al alcalde Peng, el hombre frontal de Liu, es el primer paso.

Como esperaba, Mao comenta el informe y ordena que la batalla se libre públicamente.

4 de mayo. Tiene lugar una reunión que termina de decidir la caída del alcalde Peng. El anfitrión no es Mao sino el vicepresidente Liu. A Liu no se le da opción. Es incapaz de rebelarse contra Mao. Se lo ve pálido. Respira hondo cuando pronuncia el discurso de denuncia de su amigo. Lee en nombre del Politburó. Apenas puede

soportar el espectáculo. Peng ha sido un fiel empleado y un ardiente defensor de sus programas.

El vicepresidente Liu no sueña ni remotamente que será el próximo. Si hubiera dedicado tiempo a leer *El romance de los tres reinos*, como hizo Mao, habría podido anticipar los planes de su líder.

Para complacer a Mao, el 8 de mayo, publiqué bajo el seudónimo de Gao Ju —Antorcha Elevada—, un artículo titulado "¡Disparen contra el grupo anticomunista del Partido!". Es mi primera publicación en treinta años. El artículo se convierte en la comidilla de la nación. Se oyen por todas partes gritos de "¡Protejamos al presidente Mao con nuestra vida!".

Es la noche del 9 de mayo. Pierdo el sueño de puro alegre. He tomado el destino en mis propias manos y recibo la recompensa. Mao llamó esta mañana para felicitarme. Quiso que recibiera un paquete de su ginseng. El teléfono volvió a sonar a la tarde. Era el secretario de Mao. Mao quería que fuera a cenar con él. Nah está en casa, dice el mensaje.

No tengo nada que ponerme, digo.

El secretario se sintió confundido. ¿Eso significa "no"?

Sentada en mi silla, siento que mi cuerpo tiembla. Finalmente, me desea. Todos los años de resentimiento se disuelven en una llamada telefónica. ¿Estoy loca? ¿Me está engañando otra vez? ¿O no es nada más que parte de su senectud? ¿O estoy soñando despierta? No ha dejado su práctica de longevidad y sigue acostándose con jóvenes, pero de todos modos quiere volver a conectarse conmigo. Y lo quiere con todas sus ganas.

A veces siento que lo conozco lo bastante como para perdonarlo: no lo impulsa la pasión o la lujuria y ni siquiera su gran amor por el país, sino el miedo. Otras veces siento que siempre ha sido un extraño para mí. Un ser distante y emocionalmente desconectado, como yo. Nunca le ha hecho una sola visita a su ex esposa Zizhen o a Anqing, su segundo hijo mentalmente perturbado, en sus respectivos hospitales. Igual que yo con mi madre: nunca intenté averiguar qué fue de ella.

· · · · ·

Mao no habla de la guerra de Corea. Es para evitar el dolor que le causó perder a Anying, su hijo mayor, que murió a causa de una bomba de los norteamericanos. Mao nunca se recuperó de la muerte de Anying. Madame Mao Jiang Ching sabe que ese hijo está siempre en sus pensamientos en momentos de celebración, en especial para el Año Nuevo chino. Mao nunca acepta invitaciones para visitar a sus amigos o asociados. Se debe a que no soporta la calidez de las familias. Dice que es un hombre contrario a las tradiciones, pero es porque todo lo tradicional se teje en torno a la familia.

¿Cómo puede Mao no sentir la pérdida o conmoverse por el dolor y la separación, siendo, como es, un poeta tan apasionado? Uno sólo puede suponer que, a lo largo de los años, el dolor ha cambiado o, una palabra más precisa, ha distorsionado su carácter. Su melancolía por sus pérdidas gradualmente se vuelve envidia por las ganancias de los otros. ¿Por qué el vicepresidente Liu tiene todo lo que a él le falta? Mao sabe que es frágil por naturaleza y que aprender a ser un Buda de piedra es su única forma de sobrevivir. Tomó las tragedias de su vida como la úlcera de su cuerpo: simplemente, tiene que convivir con ellas. Sin embargo, se siente frustrado por no tener capacidad para curar su dolor. No comprende que se debe compasión a sí mismo. Se ha enseñado a no aceptar semejante palabra en su diccionario emocional.

La cena ha terminado. Estamos alrededor de la mesa, relajándonos mientras tomamos té. Nah ruega que no hablemos de negocios, pedido que debo rechazar. Cuento con el tiempo que paso con Mao, porque mañana puede cambiar de opinión. Me he entrenado a fin de estar siempre preparada para lo peor.

Nah sale corriendo de la habitación. ¿Adónde vas?, grito. No me digas que vas a perder el tiempo tejiendo. ¿No llamaste a la gente que te pedí que llamaras? ¡Respóndeme! ¡Tienes dieciséis años, no seis!

Déjala en paz, dice su padre. Ha tomado un poco de vino y está de buen humor. Lleva sus habituales pijamas y zoquetes sin zapatos. La habitación está caldeada pero sigue siendo fría y vacía. No parece un hogar. Más parece un cuartel de guerra con libros, colillas de cigarrillos, toallas y jarros desparramados al descuido por todas partes. Se siente cómodo con este estilo de tránsito. Las paredes están desnudas y no logro adivinar su color original. El color del polvo. El suelo está hecho de grandes ladrillos gris-azulado. Una vez sugerí que instaláramos un piso de madera, pero Mao no quiso tomarse el trabajo. Sigue usando un mosquitero en verano. Su personal de servicio le hizo uno grande como una tienda de circo.

Tengo una tarea importante para ti, anuncia y deja su taza de té.

Abro los ojos y mis labios tiemblan de excitación.

He discutido con Kang Sheng que serías la mejor candidata para tomar el mando del aspecto ideológico de mis asuntos. ¿Qué te parece?

Si a tu bomba le hiciera falta un fusible ofrecería mi cuerpo por ti, Mao Tse-tung.

16 de mayo. Después de revisar siete veces *La notificación 5.16*, Mao pone su firma y titula el documento *Manual de la Revolución Cultural*. Cuando va a prensa, Mao establece un nuevo gabinete además del Politburó existente. Lo llama el Cuartel de la Revolución Cultural. Él es el jefe, Jiang Ching su mano derecha, y Kang Sheng, Chen Bo-da y Chun-qiao sus asesores clave.

A partir de ese momento, China está dirigida por Madame Mao Jiang Ching, con Mao detrás de cada uno de sus movimientos.

17

Junio de 1966. Mi verano ardiente. A pesar de que el sendero es áspero, el futuro se vislumbra brillante. Antes mi nombre carecía de autoridad. Los productores y los críticos de ópera mostraban escaso respeto y reescribían mis libretos. Tenía que luchar por cada línea y cada nota. La gente común me consideraba la gobernante de Mao. Excepto en Shanghai, donde Chun-qiao ejercía el control, nadie imprimía mis palabras. Ahora que tengo el apoyo de Mao, todos compiten por mi atención. La prensa, en mi opinión, es como un bebé: llamará madre a cualquiera que le ofrezca un pezón.

En nombre de Mao organizo un festival nacional: el Festival de Óperas Revolucionarias. Selecciono óperas en potencia y las adapto para que sirvan a los objetivos de Mao. Dispongo que artistas talentosos eleven las piezas a extravagancias de alta calidad, como *Toma la Montaña del Tigre por ingenio* y *El estanque de la familia Sha*. Hago que las óperas lleven mi firma y superviso personalmente cada detalle, desde la selección de los actores a la forma en que el cantante emite las notas.

Hay quienes aprenden rápido y quienes tienen mentes obstinadas. Tengo que tratar con todos ellos. No pasa un día sin que sienta la sombra de mi enemigo. Cuando la resistencia se vuelve fuerte y mis proyectos corren peligro, llamo a Mao por teléfono. Esta mañana, dos de mis dramaturgos fueron excluidos de su tarea. Los pusieron en la cárcel siguiendo una orden emitida por mi enemigo. La razón era vaga: "No han servido al pueblo con su corazón y su alma". No tengo idea de quién exactamente está a cargo de la oposición. Todo se hace por medio de los estudiantes. Hay una zona de guerra aquí. Mi enemigo tiene muchas caras y los estudiantes son manipulados.

Mao me consuela ofreciéndome ayuda sustancial. Haz una campaña, me dice. Establece tu propia fuerza. Ve a las universidades y habla en reuniones públicas en mi nombre. La meta es poner a los estudiantes de nuestro lado.

El festival de treinta y siete días resulta un gran éxito. Recibimos trescientas treinta mil personas. Para aumentar el entusiasmo, Mao y su nuevo gabinete asisten a mi ceremonia de cierre. De pie junto a Mao con un flamante uniforme color verde pasto, aplaudo. Cuando baja el telón, lloro de felicidad. Con la distribución del *Manual de la Revolución Cultural* en todas las comunas, fábricas, campus universitarios y calles, he establecido mi liderazgo. Siguiendo mis órdenes, los estudiantes, obreros y campesinos desafían a las autoridades. En las reuniones políticas recito el poema de Mao en el micrófono:

Las valientes ciruelas del verano florecen en la nieve.
¡Sólo las moscas lamentables lloran y se congelan
hasta morir!

La oposición no muestra señales de ceder. El vicepresidente Liu organiza sus propios grupos de contraataque. Sus mensajeros se llaman Equipo de Trabajo y su objetivo es apagar los "fuegos salvajes", destruir a Madame Mao.

Sin embargo, ella no está preocupada. Mao ha confirmado su deseo de derrotar a Liu, está decidido a incendiar al propio vicepresidente Liu.

Anoche soñó. Se abría paso hasta los brazos de su amante, sollozando penosamente. Él la consoló como si fuera una niña. Sus lágrimas le empaparon la camisa.

Esta mañana desayunan juntos. Estar uno con el otro se ha convertido en una forma de demostrarse cariño. Ella no le cuenta su sueño. El rostro de él está calmo y apacible. Comen en silencio. Él come pan y *porridge* con pimienta fuerte y ella leche y frutas con una tostada. Los sirvientes están de pie como árboles. Observan a sus amos mientras comen. Si estuvieran en su residencia, ella haría que se fueran. A Mao no le molestan. Le gusta tener guardias y sirvientes parados en cada rincón de la habitación mientras come. Puede mover el vientre delante de sus guardias y estaría perfectamente tranquilo.

• • •

Bueno, ¿y qué pasa con los estudiantes?, inquiere Mao mientras bebe ruidosamente su sopa de ginseng.

He instruido a un joven de la Universidad de Qinghua, un alumno de química de diecisiete años, para que me informe. Se llama Kuai Da-fu.

Me complazco en describir a Kuai Da-fu. Hablo de él como si fuera mi hijo. Tiene rostro delgado y carácter apasionado, un par de ojos de mapache y nariz grande. Sus labios me recuerdan el lecho de un río seco. Mao se ríe de esta observación.

Sigue, me insta. Sigue.

Es tímido, vulnerable y sin embargo lleno de pasión. No tiene estructura fuerte, es casi delicado, pero posee el carisma de un ídolo adolescente. Cuando habla, sus ojos chispean y su rostro se ruboriza. A pesar de que no tiene experiencia, su ambición y voluntad le garantizarán el éxito.

Mao empuja su escudilla y se recuesta contra su silla. Quiere saber cómo llegué a fijarme en él.

Fue su reacción a *La notificación 5.16*, le explico. Hizo un gran cartel que atacaba a la cabeza del Equipo de Trabajo, un hombre llamado Yelin. Llamaba a Yelin un promotor del capitalismo. Como consecuencia, lo expulsaron de la facultad y lo pusieron en arresto domiciliario durante dieciocho días.

¡Pero el joven no cometió ningún crimen!, dice Mao en voz alta, como si se dirigiera a una multitud.

En efecto, Kuai Da-fu no reconoció ninguna culpa, prosigue Madame Mao. En cambio, inició una huelga de hambre de un solo hombre.

¡Qué buen material!

También me pareció a mí.

Debe ser inspirador para los demás.

¿Qué debía hacer yo?

¡Visitarlo!

Es exactamente lo que hice. Envié a mi agente, el camarada Deng —probablemente no lo recuerdes, solía trabajar para Kang Sheng y es leal. Tiene un aspecto tan común y aburrido que se mezcla en la multitud sin despertar ninguna sospecha.

¿Sí?

Le dije que tenía mi apoyo y el tuyo. Le pedí que siguiera así y aprovechara la oportunidad para ponerse como ejemplo para la juventud de la nación.

En ese momento Mao se inclina y pone su mano sobre mi hombro. Frotándomelo cariñosamente, susurra: Es una bendición tenerte a mi lado. ¿Estás cansada? No quiero que te mates trabajando. ¿Qué tal unas vacaciones? Yo me voy mañana. ¿Te gustaría venir conmigo?

Me encantaría, pero necesitas que alguien se quede en Beijing. Me necesitas a mí para controlar la situación.

Mao ha estado evitando las llamadas del vicepresidente Liu. Se fue a Wuhan, en la provincia Hubei, pero Liu lo sigue, insistiendo en informarle de los problemas de Beijing, los disturbios estudiantiles, el reguero de pólvora. Le pide a Mao que ordene que se detengan. Liu no tiene idea de que él mismo está implicado en ellos.

Ningún historiador puede entender cómo Liu, un hombre brillante, pudo ser tan ignorante. ¿Cómo es posible que no perciba la irritación de Mao? Sólo puede haber dos explicaciones. Una, que es tan humilde que nunca se considera una amenaza para Mao. La otra, que sea tan confiado que supone que Mao no tiene ningún motivo para objetar sus acciones. En otras palabras, ya se ha visto conduciendo a China, ha visto a la gente y al congreso del Partido votando por él en lugar de hacerlo por Mao.

Mao no hace comentarios sobre el informe del vicepresidente Liu. Cuando éste le pide que vuelva a Beijing, el Presidente se niega. Antes de partir, Liu le pide instrucciones y Mao deja caer una frase: *Haga-lo-que-le-parezca-bien.*

Cuando Liu vuelve a la capital, su gabinete, que lo ha esperado con impaciencia, lo recibe en la estación del ferrocarril. Liu explica su intriga respecto de Mao. El gabinete trata de analizar la situación. Si Liu opta por dejar las cosas como están, es decir, permitir que Madame Mao Jian Ching y Kang Sheng sigan agitando al país, Mao puede volver y echarlo por no hacer su trabajo. Pero si detiene a Jiang Ching y a Kang Sheng, Mao puede ponerse del lado de ellos. Después de todo, es su esposa.

Luego de una discusión acalorada, Liu y Deng deciden enviar

más Equipos de Trabajo a que restablezcan el orden. Para asegurarse de la corrección de su acción, Liu disca el número de Mao. De nuevo no hay respuesta.

A esta altura, las escuelas han sido cerradas en toda la nación. Los estudiantes copian a su héroe Kuai Da-fu y llenan las calles con carteles de grandes caracteres. *¡Promovamos la revolución!*, se ha convertido en la consigna más común. Para impresionarse unos a otros, los estudiantes empiezan a atacar a peatones a los que sospechan pertenecientes a la clase alta. Arrancan ropas hechas de seda, destrozan pantalones ajustados y cortan los zapatos de cuero en punta. También atacan a la policía por ser una "máquina reaccionaria", y ésta queda paralizada. Los estudiantes y obreros forman facciones y empiezan a atacarse entre sí por el control de territorios. La economía de la nación se detiene.

En la reunión del Politburó, en Beijing, la voz del vicepresidente Liu suena ronca. Frente a todo su gabinete vuelve a discar el número telefónico de Mao: el caos debe pararse de inmediato, Presidente.

La respuesta de Mao llega fría e indiferente. No estoy listo para volver a Beijing. ¿Por qué no sigue adelante con sus planes?

¿Tengo su permiso?

Ha estado conduciendo al país, ¿no?

Con esto, Liu vuelve al trabajo. Se envían cientos de Equipos de Trabajo más. En dos meses, el reguero de pólvora ha sido apagado.

8 de julio de 1966. Mao me escribe. Envía la carta desde su pueblo natal, Shao shan, en la provincia de Hunán. Me cuenta la historia de un antiguo personaje llamado Zhong Kui, un héroe conocido por atrapar espíritus perversos.

Desde los sesenta me he convertido en un Zhong-Kui comunista. Prosigue describiéndose como un rebelde internacional: sabe que tengo cariño por los rebeldes y los bandidos. *Las cosas tienen sus límites. ¿Qué esperas al llegar a la cima sino empezar a bajar? Hace mucho que me he preparado para luchar hasta que todos mis huesos se pulvericen. Hay más de cien partidos comunistas en todo el mundo. La mayoría de ellos han abandonado el marxismo y el leninismo para abrazar el capitalismo. Somos el único partido que queda. Debemos enfrentar la crueldad de dicha realidad, debemos imaginar qué se proponen nuestros enemigos y debemos actuar previsoramente para sobrevivir.*

Veo el punto de vista de mi marido. Comprendo lo que está en juego y siento que está resuelto a destruir al enemigo. Veo dónde estoy parada yo. De nuevo me he convertido en una camarada de armas. Durante el día estoy en todo Beijing. He desarrollado cientos de proyectos y todos marchan al mismo tiempo. De tanto en tanto, mi cuerpo no logra estar a mi altura. Cae con fiebre. En esos momentos, mando a buscar a Nah y ella viene a mi lecho de enferma.

Nah intenta contenerme. No entiende por qué tengo que arriesgar mi salud. No le ve el sentido. Apenas puedo expresarlo yo misma. Una mujer como yo florece cuando vive a pleno. He apostado todo a su padre, sus sueños, su amor y su vida. No puedo soportar la idea de ser abandonada por segunda vez. No hay lógica en el asunto. Mao simplemente es mi maldición. Nunca desearía un amor como éste para mi hija. Es demasiado duro. Un impulso fatal me empuja. Como un salmón herido, nado contra la corriente para encontrar mi camino al lecho del río. Me preocupa que, si me detengo sólo por un segundo, Mao se aparte y mi vida se derrumbe.

Con la ayuda de Chun-qiao y Kang Sheng alerto a la prensa que me apoya. Digo a los jefes que la situación puede cambiar en cualquier momento. El presidente Mao está pensando en su decisión final. El 17 de julio disco el número de teléfono de Mao y dejo un mensaje. *La situación en Beijing ha madurado.* Al día siguiente, el tren de Mao vuelve a Beijing. Toma a todos por sorpresa.

Esa misma noche, el vicepresidente Liu se apresura a visitar a Mao. Pero los guardaespaldas lo detienen. El Presidente se ha retirado por esa noche. Sin embargo, Liu advierte que hay otros automóviles estacionados en la entrada. Evidentemente hay invitados.

Liu empieza a percibir cuál será su destino. Vuelve a su casa y habla de sus temores con su esposa. Los dos pasan la noche en vela. A medianoche discuten si despertar a los hijos para dejarles su testamento. Cambian de idea porque se convencen de que Mao es el líder del Partido Comunista, no un rey feudal. Pero siguen inquietos. Sentados al frío, esperan que se haga de día. Antes del alba, de pronto Liu se siente asustado.

Soy viejo, dice.

La mujer intenta calmar al hombre y lo abraza. Siente su cuerpo temblando ligeramente. Estás haciendo todo lo que puedes por el interés de China, le dice con ternura. ¿Pagarías el precio, si hubiera uno?

El hombre dice que sí.

Eres tozudo.

Fue el voto de nuestro matrimonio.

No lo he olvidado. Ella recuesta la cabeza sobre el pecho de él. Juro que orgullosamente recogeré tu cabeza si te matan por tus convicciones.

El miedo deja paso al coraje. Al día siguiente, los Liu confían sus temores a Deng y al resto de sus amigos. El aire frío está ahora en los pulmones de todos. Algunos miembros empiezan a planear su huida, mientras los demás esperan.

Me encuentro a solas con mi marido. Envió a buscarme a mí y sólo a mí. Estar conmigo es su forma de recompensarme. Espera que lo valore y lo hago. Hace seis meses gritaba: ¿Qué es el cuerpo, vacío de un alma?

Tengo cincuenta y dos años, y un matrimonio espiritual con Mao.

Afuera se oye una sinfonía de grillos. Esta noche suena magnífica. Mao y yo estamos sentados uno enfrente del otro. El té se está enfriando, pero nuestros sentimientos acaban de calentarse. Es más de medianoche y él no está cansado, yo tampoco. Él lleva su bata y yo un uniforme del ejército. No importa lo que uso ahora, pero vengo siempre cuidadosamente vestida. Quiero parecerme a como era en Yenán.

Está sentado en la silla de ratán como un gran barco encallado entre las rocas. Su abdomen es una mesa portátil. Descansa su jarro de té sobre la "mesa". La cara se le está poniendo más hinchada. Sus arrugas se extienden como una telaraña. Tiene los ojos mucho más pequeños, ahora. Las líneas de su rostro se han vuelto femeninas. Todo es hermoso para mí.

Has hecho un trabajo fantástico al mantenerme informado, dice, encendiendo un cigarrillo.

Le digo que no es nada. Tienes mi lealtad para siempre.

Mis colegas me llaman loco. ¿Qué piensas tú?

Stalin y Chiang Kai-shek solían llamarte así, ¿no es cierto? Es parte de la histeria: tus rivales envidian tu poder. Pero la verdad es que nadie salva a China fuera de Mao Tse-tung.

No, no, no, escucha, tienes que escucharme, algo está ocurriendo. No soy el hombre que conociste. Ven y siéntate a mi lado. Sí, así.

Charlamos. Me cuenta de sus largas noches insomnes. De cómo sospecha las conspiraciones en curso. Describe su horror de no ser capaz de controlar la situación, que cristalizó cuando regresó a la capital. Al ver que todo estaba bien —su ausencia de cinco meses no había causado problemas— entró en pánico. Ya lo ves, Liu ha demostrado al Partido y a los ciudadanos que puede conducir el país sin mí.

Hace una pausa. Tengo que quedarme solo. Oh, espera. Pensándolo mejor, no te vayas. Quédate y termina tu té.

Se vuelve a recostar. Sí, eso es lo que voy a hacer. Tengo que dar una orden... ¿Estás conmigo, Jiang Ching? Acércate más. Hay voces dentro de mi cabeza. Puedo oír a Liu preguntando cuál es su culpa y puedo oírme a mí mismo respondiendo: sencillamente no puedo dormir cuando oigo tus pasos que caminan alrededor de mi cama.

Espero hasta que mi marido termine su monólogo. ¿Qué piensas?, vuelve a preguntarme. Me mira con ansiedad.

No puedo darle una respuesta. Me he desconcentrado. Empiezo a improvisar una respuesta. Hablo con mi estilo habitual. Es tu visión la que llevará a China a la grandeza. Digo que la hostilidad es parte del asunto. La conspiración viene como resultado del gran poder. Sonríe. De todos modos, querido Presidente, estamos aquí para celebrar la vida.

Me siento un poco fuera de lugar. Su estado de ánimo de pronto cambia. Estoy cansado, dice. Tienes que irte ahora.

Me despido de él y camino hacia la puerta.

Jiang Chiang, me llama, levantándose de la silla de ratán. ¿Crees que somos capaces de llevar al pueblo al horizonte de una gran existencia?

Sí, respondo. Vamos a cultivar una inmensa madreselva roja y poblar el cielo con ella.

A la mañana siguiente, el vicepresidente Liu visita a Mao. Liu no sólo está ansioso sino inquieto. Mao lo saluda cálidamente, hace chistes sobre su viaje. Liu se siente afectado por el humor y la ligereza de Mao. Empieza a relajarse. Pero cuando se sientan, el tono de Mao cambia.

Fue una escena bastante triste cuando bajé del tren, comienza. Las puertas de las escuelas estaban cerradas, no había gente en las calles. La actividad masiva que era como la de los brotes de bambú en primavera, creciendo de buen humor, no se ve ahora. ¿Quién puso fin al reguero de pólvora? ¿Quién reprimió a los estudiantes? ¿Quién tiene miedo del pueblo? Antes eran los caudillos guerreros, Chiang Kai-shek y los reaccionarios. Mao hace un movimiento golpeando los brazos y habla en voz alta. Quienes reprimen a los estudiantes terminarán destruidos.

El vicepresidente Liu está estupefacto, incrédulo. Mao se ha vuelto un extraño ante sus propios ojos. Dolorosamente, cuestiona su propia habilidad y su juicio. No puede imaginar a Mao como el organizador del golpe de Estado de su propio gobierno.

El estudiante Kuai Da-fu, de la Universidad Qinghua, se ha convertido en un icono maoísta nacional. Ha demostrado ser un talentoso organizador. Creció en altura desde que lo vi por última vez. Cuando se lo señalo, se siente avergonzado. Ello hace que me guste más aún. Su conducta refleja mi esfuerzo. Kang Sheng dice que Kuai Da-fu es mi mascota. Difícil disentir con él: el joven necesita ayuda para construir su confianza en sí mismo. Le digo a Kuai Da-fu que no debería preocuparse por ser inexperto. El presidente Mao empezó su rebelión cuando tenía su misma edad. Alabo a Kuai Da-fu y lo aliento a cada paso. Tienes una verdadera comprensión del maoísmo. Eres un líder natural.

Me gusta observar a Kuai Da-fu cuando habla con sus compañeros. Parte de su atractivo viene de su torpeza. Su rostro pasa del rosa pálido al rojo y luego al azul. No sabe bastante, pero se esfuerza por que lo tomen en serio. Hoy cumple dieciocho años. Para poner nafta en el tanque de su ego, Kang Sheng, como excepción cambia su actitud natural y lo ayuda. Sigue a Kuai Da-fu y grita consignas. Muestra a la multitud que Kuai Da-fu tiene una conexión directa con Mao.

El muchacho está cerca del sol. El muchacho es dorado. Los estudiantes ansían que se les dé el mismo poder y respeto que a su líder, Kuai Da-fu. Los más ansiosos ya se han dispuesto a llamar la atención. Se llaman Tan Hou-lan de la Universidad Normal de Beijing, Han Ai-jin del Instituto de Aviación de Beijing, Wang Da-bin de la Facultad de Geología de Beijing y el poco conocido crítico literario de cuarenta años Nie Yuan-zi. Cada uno de ellos es líder de su propia facultad y trabaja duramente para complacer a Madame Mao Jiang Ching. Como cientos y miles de abejas que se reúnen para atacar a un animal, tratan de expulsar a los Equipos de Trabajo de los campus. Hay resistencia. Los Equipos de Trabajo insisten en volver a poner orden en las clases. Estallan peleas mientras la tensión sigue en aumento.

Designado por el vicepresidente Liu, la cabeza de los Equipos de Trabajo, Yelin, se mantiene firme. A pesar de que ha liberado a Kuai Da-fu del arresto domiciliario, Yelin ha ido a ver a Liu y a Deng y ha obtenido permiso para criticar a Kuai Da-fu como un ejemplo negativo. Mientras Yelin empieza su crítica pública, Madame Mao Jiang Ching y Kang Sheng van al rescate de Kuai Da-fu. Sin notificar a Yelin, Jiang Ching y Kang Sheng convocan a una reunión estudiantil y exigen que se dispersen los Equipos de Trabajo.

Yelin empieza a comprender que la lucha no es sólo entre él y los estudiantes. Poderes más altos están implicados. Algo que se ha negado a creer está ocurriendo. Para evitar la confrontación, deja el campus y va a esconderse a los cuarteles del Ejército de Liberación Popular, de donde viene originalmente.

Kuai Da-fu está decidido a mostrarse a la altura de las expectativas de Madame Mao Jiang Ching. Ha organizado un cuerpo estudiantil como ejército y lo ha bautizado Grupo de Montaña de la Banda Jiang. Los alumnos se proclaman soldados y cantan *Unidad es poder* día y noche, de un campus al otro. Los siguen miles de estudiantes de las provincias. El Grupo de Montaña de la banda Jiang es ahora una organización de 600.000 miembros, con Kuai Da-fu como comandante en jefe.

Para demostrar su poder, Kuai Da-fu toma con un grupo de estudiantes los cuarteles del Ejército de Liberación Popular. Exige que le entreguen a Yelin. Cuando los guardias los bloquean, los estudiantes forman una sólida pared. "¡Abajo Yelin!", gritan. Los guardias sostienen sus rifles y no les prestan atención. Ningún truco de Kuai Da-fu puede lograr que los guardias abran las puertas.

Los alumnos empiezan a cantar canciones con citas de Mao. "¡Es bueno rebelarse, está bien rebelarse y es necesario rebelarse!" Los guardias se hacen los sordos. Los alumnos cantan más fuerte, empiezan a treparse a la puerta.

Los soldados hacen fila y levantan sus rifles para apuntar.

Los estudiantes se vuelven hacia Kuai Da-fu.

"¡Agarren a Yelin y háganse respetar!", grita el héroe, recordando lo que determinó su fama. Se trepa a la cima de puerta y se yergue. Formando un megáfono con las palmas, de pronto declara una huelga de hambre. Después salta de la pared viviente y aterriza en el piso de cemento. Queda tendido como un pez muerto y cierra los ojos. Tras él, miles de cuerpos se acuestan en el suelo.

Son las diez de la mañana cuando recibo un informe de mi agente, el señor Dong. Lo he enviado para controlar secretamente a los estudiantes. Le pedí que le mandara recuerdos a Kuai Da-fu. He ordenado a los hospitales cercanos que mezclen agua con glucosa y se la entreguen a los estudiantes.

Hago que el operador me conecte con mi amigo Lin Piao, a quien Mao hace poco ha designado vicepresidente del Partido Comunista.

¿Qué ocurre?

Necesito su ayuda, mariscal Lin.

Hable, por favor.

Su empleado Yelin está haciéndoles pasar un mal rato a mis chicos de la Universidad Qinghua. Los chicos sólo quieren hablar con él, pero los guardias no entienden. Ahora están haciendo una huelga de hambre.

¿Qué piensa hacer con Yelin?

Voy a criticarlo como promotor del capitalismo.

¿Promotor del capitalismo? Nunca oí semejante título.

Mi querido vicepresidente, una vez que los chicos agarren a Yelin, van a tener una reunión del tamaño de un estadio para criticarlo bajo ese título. Van a gritar la frase oficialmente.

Por teléfono, oigo a Lin dar una orden. Lo oigo gritar, No me importa si Yelin está enfermo o no. ¡Si no se puede mover, sáquenlo en una camilla!

Después de poner a Yelin en manos de Kuai Da-fu, Madame Mao empieza a librar batallas más grandes. El 29 de julio inaugura una reunión política de 2.000 personas en el Gran Salón del Pueblo para honrar a los activistas de la Revolución Cultural. Se envían invitaciones a todos los oficiales de alto rango, incluidos el vicepresidente Liu, Deng y el primer ministro Chu. La reunión denuncia una vez más a los Equipos de Trabajo. Liu, Deng y Chu son presionados para que expresen sus críticas, a lo cual acceden con renuencia. Tanto Deng como Chu pronuncian discursos insustanciales, pero el vicepresidente Liu no cede con facilidad. Cuando le toca hablar hace preguntas a la multitud. ¿Cómo llevar adelante la Revolución Cultural? No tengo idea. Muchos de ustedes afirman que tampoco lo tienen claro. ¿Qué está pasando? No tengo clara la naturaleza de mi error. No me he dado cuenta de la grandeza de la Revolución Cultural.

¿Ven cómo nos rechazan?, dice Madame Mao Jiang Ching, aferrando el micrófono cuando sube al escenario. Los aplausos de la multitud se vuelven atronadores. Madame Mao prosigue, con voz resonante. Sugiere que la multitud eche una mirada al gallardete que hay sobre su cabeza, que dice: *¿Es la Revolución Cultural una actividad para las horas libres o un trabajo de tiempo completo?*

¿Ven cómo nuestros enemigos usan toda ocasión para apagar el reguero de pólvora revolucionario? ¿Y comprenden por qué el presidente Mao tiene motivo de preocupación?

Liu responde. Subraya la disciplina y las reglas del Partido Comunista. Dice que nadie debe estar por encima del Partido.

Madame Mao ha sido desafiada.

Veo gente que está de acuerdo con Liu. Se levantan murmullos entre la multitud. Los jóvenes empiezan a discutir entre ellos. Los representantes de las facciones suben al estrado y presentan sus puntos de vista uno por uno. El tono de quienes hablan empieza a cambiar. Frase tras frase, se hacen eco o simplemente toman partido por Liu.

¡Mi manifestación se está dando vuelta! Me siento en la silla del panel y empiezo a entrar en pánico. Miro hacia Kang Sheng, sentado en el extremo del banco, en procura de ayuda. Me echa una mirada que dice *Quédate tranquila* y luego se desliza de su asiento. Al rato vuelve. Me pasa una nota: "Mao está camino de aquí".

Antes de que pueda decirle a Kang Sheng lo aliviada que me siento, Mao aparece junto al telón. Aplaudiendo con las manos, osadamente se abre camino hacia el escenario. Al instante es reconocido. La multitud bulle: "¡Larga vida al presidente Mao!".

Retengo el aliento y me uno al grito de la multitud.

Mao no dice nada. Tampoco se detiene. Camina y sigue aplaudiendo desde la izquierda hasta la derecha del escenario y desaparece como un fantasma.

A la multitud se le recuerda de inmediato que Madame Mao Jiang Ching está respaldada por su hombre.

1° de agosto. Ella y Mao se encuentran nuevamente en el estudio de él. Él le dice que ha escrito una carta en respuesta a una organización llamada de los Guardias Rojos. Estoy agregando nuevas divisiones a tus fuerzas. Hace que ella se siente. Te doy alas. Los estudiantes son de la Escuela Media de la Universidad de Qinghua. Son todavía más jóvenes que tus chicos y no ven la hora de imitarlos.

Me gusta ese título: Guardia Roja. Demuestra agallas. Rojo, el color de la revolución; y Guardias, tus defensores. ¿Les diste alguna enseña?

Sí. Un brazal rojo con mi caligrafía, *Guardia Roja,* en ella.

Jiang le pregunta si puede unirse a él para inspeccionar a los representantes de los Guardias Rojos. Me gustaría ofrecer mi apoyo. Es bienvenida. Lo he programado para el 18 de agosto, dice. Ven conmigo a la Puerta de la Paz Celestial en la Plaza de Tiananmen.

Es el alba del 18 de agosto de 1966. Un millón y medio de estudiantes y obreros cubre la plaza de Tiananmen. Hay un océano de banderas rojas. El Bulevar de la Larga Paz está bloqueado por jóvenes de todo el país. Todos llevan un brazal rojo con la caligrafía amarilla de Mao que dice *Guardia Roja.* La multitud se extiende por kilómetros, desde la Puerta de Xin-hua hasta el Edificio de Seguridad, desde del Puente del Agua Dorada hasta la Puerta Delantera Imperial. Ante la noticia de la inspección de Mao, cientos y miles de organizaciones estudiantiles han cambiado su título de la noche a la mañana, convirtiéndose en Guardias Rojas, incluida la facción de Kuai Da-fu, el Grupo de Montaña de la Banda de Jiang. El uniforme verde y el brazal rojo en el brazo izquierdo es la moda. La multitud canta: "El sol dorado se alza por el este. Larga vida a nuestro gran líder y salvador, el presidente Mao".

Once de la mañana. En medio de la melodía de *Rojo en el Este* llegan los aplausos atronadores. Un millón y medio de personas gritan. Saltan las lágrimas. Algunos se muerden las mangas para retener los gritos. Mao aparece en lo alto de la Puerta del la Paz Celestial. Avanza lentamente hacia las barreras del extremo de la plataforma. Lleva el mismo uniforme del ejército y el brazal de los jóvenes. La gorra con una estrella roja en la parte de arriba descansa sobre su gran cabeza. Camina por el medio, con Madame Mao Jiang Ching a la derecha y el mariscal Lin Piao a la izquierda. Ambos llevan el mismo atuendo que Mao.

Siento mi vida tan completa que puedo morir de felicidad. La multitud nos empuja como la marea matinal. Es la primera vez que me muestro en público junto a Mao. El rey y su dama. Estamos envueltos por las oleadas sonoras. "¡Larga vida al presidente Mao y viva la camarada Jiang Ching!"

Siempre moviéndonos, bajamos de la puerta hacia la multitud. Los guardias de seguridad forman dos filas para armar un camino humano que proteja nuestra marcha. No prestamos atención a los colegas que hay detrás. Los dos avanzamos por la línea, mirando hacia el océano de cabezas que se mueven.

¡Larga vida!

¡Diez mil años de vida!

Estamos bajando. De pronto, como asaltado por la emoción, Mao se detiene y se vuelve hacia la puerta. Hace rápidamente todo el camino hacia el rincón derecho y se inclina contra la barra. Sacándose la gorra golpea los brazos y grita: "¡Larga vida a mi pueblo!".

Estoy dispuesta a trepar una montaña de cuchillos por el presidente Mao, jura el joven Kuai Da-fu en una reunión que Madame Mao Jiang Ching arregla para que conozca a Chun-qiao. Éste no tarda en esclarecerlo.

¿Cuándo estará maduro el tiempo?, pregunta Kuai Da-fu.

Escucha el llamado de tu corazón, responde Madame Mao. ¿Qué nos enseña el presidente Mao?

A arrancar las malas hierbas de raíz.

Aquí estamos.

Busca la raíz más grande, dice Chun-qiao.

Necesitamos una brecha, asiente Madame Mao Jiang Ching.

13 de enero de 1967, a medianoche. Mao mantiene una cálida reunión con el vicepresidente Liu en el Gran Salón del Pueblo. Al día siguiente Liu es arrestado y retenido de la noche a la mañana por los Guardias Rojos.

No es el fin de Liu, pero sí un fuerte puñetazo en el estómago. En el mundo de Mao se está sometido a una constante confusión y terror. Durante toda la Revolución Cultural, Mao hace creer a Jian Ching que está heredando China. Lo que se le oculta es que Mao le hace la misma promesa a otros, incluidos aquellos a quienes ella considera sus enemigos, Deng Xiao-ping y el mariscal Ye Jian-ying. Cuando a Deng se le hace creer que ha aferrado el poder de la nación, Mao cambia y le pasa la llave a otro hombre.

Madame Mao conoce las tácticas de su marido tan bien como cualquiera. Pero durante esa estación de fiebre cree hallarse exenta. Cree que es la principal determinante de la salvación de Mao. Representa su papel con tal convicción, que se pierde a sí misma. Sacrifica más de lo que sabe.

Estoy preocupada por Nah. Le pido que me ayude a controlar a los militares. Se ha graduado en la Universidad Popular con un diploma avanzado de historia. Pero Nah es una semilla torcida que no florecerá. Para ayudarla le pido al mariscal Lin que me presente personalmente a Wu Fa-xian, el comandante de la Fuerza Aérea. Pregunto si Wu puede ofrecerle un puesto a Nah como editora en jefe de *El ejército de liberación*. Se me concede el favor y Nah ocupa ese puesto. Unas semanas más tarde, mi hija me dice que se aburre. No importa cuánta saliva gasto, no piensa volver.

Durante las dos últimas semanas mis preocupaciones con respecto a Nah no me dejaron dormir. Trato de obtener ayuda de Mao, pero su humor se ha agriado. Está frustrado porque no puede generar el odio del público hacia el vicepresidente Liu. Mao piensa que la popularidad de Liu es una conspiración por sí misma. ¡Rompe la nuez!, dijo Mao la última vez que estuvimos juntos. No le importa el futuro de Nah. Me ha pedido que elija entre ayudarlo a él o ayudar a Nah.

Hoy estoy trabajando en la hija de otra persona. Estoy ayudando a Mao. Su nombre es Tao, la hija del matrimonio anterior del vicepresidente Liu. Tao está resentida por el divorcio de su padre y no se lleva bien con su madrastra. Visito a Tao y la invito a almorzar. Le ofrezco la oportunidad de ser maoísta. La escucho con paciencia y dirijo sus pensamientos. La presiono hasta que es capaz de expresarse libremente sin temor.

Creo que mi padre es un promotor del capitalismo, empieza la chica.

Sí, Tao, asiente suavemente Madame Mao Jiang Ching. Estás obteniendo la justicia que mereces. Afirma el tono y pule tu frase. Saca el "creo". Di: Mi padre es un promotor del capitalismo. Dilo con claridad. Piensa en la forma en que tu madrastra hizo que tu padre abandonara a tu madre. Piensa en cómo toma el lugar de tu madre en la cama. Recuerda tu dolor de niña. Wang Guang-mei debería pagar por tu sufrimiento. No llores, Tao. Siento tu dolor. Niña mía, tu tía Jiang Ching es quien habla. Tío Mao está detrás de ti. Déjame decirte algo, Mao ha sacado su propio cartel de grandes caracteres el 5 de agosto. El título es BOMBARDEEN EL CUARTEL. Estoy segura de que sabes a quién está bombardeando, ¿no? Es para salvar a tu padre. Para salvarlo de que lo saquen a patadas de la historia. Debes ayudarlo. El tío Mao y yo sabemos que no estás de acuerdo con tu padre y tu madrastra. Te han excluido de la familia Liu. Ahora tienes ocasión de establecerte como verdadera revolucionaria. Tao, nadie más hablará por ti. Debes hacerlo por ti misma. Que la luz ilumine tu oscuridad, niña. Vamos, escribe tus pensamientos y léelos mañana en la manifestación.

La joven tiembla cuando termina su discurso. El título es *El alma del diablo - Denunciando a mi padre Liu Shao-qi*. El efecto es abrumador. La historia de la corrupción de los Liu se desparrama de la noche a la mañana. Coloreados por el rumor y alimentados por la imaginación, los monstruosos detalles viajan de un oído al otro. Historietas que presentan a los Liu como sanguijuelas aparecen en todas las paredes y edificios de China. La pareja es descripta como un par de traidores y agentes occidentales desde la cuna.

25 de agosto. Kuai Da-fu conduce a cinco mil Guardias Rojas a diseminar panfletos para el próximo acontecimiento, llamado "Jui-

cio de los Liu". Kuai Da-fu marcha por la Plaza Tiananmen y grita por los altoparlantes: "¡Abajo, aplasten, hiervan y frían a Liu Shao-qi y a su socio Deng Xiao-ping!".

Me encuentro en el invernadero del Estadio de los Obreros de Beijing. Son las ocho de la mañana. Hay cuarenta mil personas en el estadio, entre Guardias Rojos, estudiantes, obreros, campesinos y soldados. He venido a probar mi poder. Kuai Da-fu estuvo en el frente, alentando a la multitud. El sonido hace estallar los oídos.

Kuai Da-fu ha retenido como rehenes a más de cincuenta miembros del congreso y del Politburó. Entre ellos, el alcalde de Beijing, la cabeza de la Oficina Cultural, y Luo Rei-qing, el ex ministro de Defensa Nacional. Son los hombres que creen que no tienen por qué respetarme, ya que su lealtad hacia Mao hará que éste los respalde en caso de malentendido. Bueno, veremos.

• • •

Luo Rei-qing es una canasta de estiércol. Tiene la pierna rota. Se resistió al arresto saltando de un edificio. Ahora, dos Guardias Rojos lo levantan con una polea enganchada a la altura del hombro. Parece un viejo chivo llevado a la feria. Madame Mao Jiang Ching oye un estallido de risa entre la multitud. En el improvisado escenario, sus enemigos están en fila, las manos esposadas a la espalda. Kuai Da-fu entrega a cada uno una gorra de burro con su nombre escrito en ella y tachado con tinta negra chorreante. Entre tanto, la multitud canta las enseñanzas de Mao: "La revolución no es una fiesta. La revolución es violencia."

Ella le ha dicho a Kuai Da-fu que Mao está feliz con sus logros. A pesar de que no le dijo que Mao quiere que dañen a los hombres, Kuai Da-fu ha adivinado lo que le gustaría a Mao que se hiciera.

Canto consignas con Kuai Da-fu. "¡Las enseñanzas de Mao son un trueno que rompe el cielo y un volcán que rompe el lecho del océano! ¡Las enseñanzas de Mao son la verdad!"

Mao me ha dejado ver el secreto de gobernar. El mariscal Peng De-huai era un hombre leal que una vez jugó un papel clave en el establecimiento de la república. Sin embargo, Mao me dijo que eso no significaba que Peng no se volviera un asesino. La capacidad de mi marido de adaptarse a los cambios emocionales lo ha mantenido a salvo todos estos años. No veo que tenga remordimientos. Está convencido de que no tener corazón es el precio que debe pagar.

Ella embruja al público. Quinientos mil Guardias Rojos están bajo su mando en todo el país. Son más poderosos que los soldados. Tienen libertad de espíritu y son creativos. La reunión dura cuatro horas y termina con los hombres ridiculizados y golpeados. El terco de Luo perdió sus dos piernas.

¡No nos detengamos hasta que no llevemos a los enemigos al otro lado!, grita histéricamente Madame Mao en el invernadero. Está excitada y aterrada al mismo tiempo. Kang Sheng le dijo que corren serios rumores de que sus enemigos "terminarán con la mujer de Mao en su propia cama". Ha rastreado la fuente hasta los militares, lo cual agrava todavía más el pánico de Madame Mao. Los "viejos muchachos" como el mariscal Ye Jian-ying, Chen Yi, Xu Xiang-qian y Nie Rong-zhen son íntimos amigos del vicepresidente Liu. Se sienten frustrados por la conducta elusiva de Mao. La rabia es tan grande que la atmósfera de Beijing echa humo. La palabra "matar" flota en el aire. Es una tradición convertir en víctima a la concubina de un emperador inadecuado. Matarla significa dar una lección al emperador. La trágica historia de amor entre el emperador Tang y la concubina Yang es un clásico. Matar a la mujer es un método comprobado para sanear las relaciones entre los caudillos guerreros.

Estoy aprendiendo a matar. Estoy tratando de no temblar. No hay punto medio, me digo. Matar o que me maten. El 10 de febrero de 1967 tiene lugar una reunión del congreso. La cuerda entre los grupos de oposición se hace más tensa. La cuestión principal es si reconocen o no mi liderazgo en el ejército; si a Kuai Da-fu y sus Guardias Rojos se les permite abrir filiales en el ejército y si a los estudiantes se les debe permitir organizar manifestaciones para criticar a los jefes militares. Todas las reuniones terminan con ambos bandos golpeando la mesa. Más tarde una carta secreta de petición firmada por los "viejos muchachos" es enviada a Mao por medio del mariscal Tan Zhen-lin.

Estoy segura de que Tan nunca se imaginó que yo tendría

ocasión de leer la carta. Pero así es. Mao me la muestra de buen grado. En ella se me describe como un "demonio de huesos blancos", una sanguijuela y una mala nube que cuelga sobre el cielo del Partido Comunista. Se me pide como sacrificio.

No te queda opción, dice Mao, arrojándose a su pileta de natación cubierta. Parece una nutria gorda: demasiado cerdo con azúcar y salsa de soja, pienso para mis adentros.

¿Qué vas a hacer?, me pregunta, flotando. El mariscal Tan dice que nunca lloró, pero ahora está llorando por el Partido.

Miro a mi alrededor tratando de encontrar un sitio donde sentarme, pero no hay sillas. No he estado en la pileta desde que fue renovada. No sé qué quiere decir Tan, respondo.

Mao se hunde en el agua y vuelve a subir. ¿Por qué no leemos su carta una vez más, entonces?

Renuncia a su afiliación al Partido. Y ha hecho tres cosas que lamenta en su vida.

¿Una?

Estar vivo hoy...

Se siente avergonzado.

Segundo, lamenta haberte seguido a ti y haberse vuelto revolucionario. Y tercero...

Lamenta haberse unido al Partido Comunista.

Precisamente, Presidente.

Mao rueda y nada con el adbomen hacia arriba. Parece que tuviera una pelota sobre el cuerpo. Cierra los ojos y sigue flotando. Al cabo de unos instantes nada hacia el borde.

Lo miro salir. El agua le chorrea en arroyuelos plateados. Ha aumentado muchos kilos. Tiene los músculos hinchados en el pecho y los brazos. Debajo de su panza inflada, las piernas se ven muy delgadas. Toma una toalla y se pone unos shorts grises.

Llama al primer ministro Chu para arreglar una reunión. Hablaré con los viejos muchachos el dieciocho. A propósito, quiero que vengas conmigo. Lin Piao y su esposa también.

Mi cielo brilla: Mao está tomando el revólver en sus manos.

Llamo a Kang Sheng y a Chun-qiao para celebrar la noticia.

La reunión, de significado histórico se inaugura la noche del 18 de febrero de 1967. El primer ministro Chu es el anfitrión. Ye, la esposa de Lin, y yo llegamos temprano junto con Kang Sheng, Chun-qiao y su discípulo Yiao Wen-yuan. Nos sentamos en el lado izquierdo de una larga mesa, con Mao y el primer ministro Chu en cada extremo. Todos vestimos el uniforme del Ejército de Liberación Popular.

Me siento excitada y un poco nerviosa. Me preocupa no tener un aspecto bastante duro. Ye es mejor. Es una típica esposa de militar que puede golpear la mesa más fuerte que su esposo. Dado que Mao quiere que Lin sea su sucesor, Ye ha estado actuando como una segunda dama. Conmigo es prudente, sin embargo. Ha aprendido la lección de Wang Guang-mei. Me hace cumplidos en toda ocasión y me invita a hablar en el Instituto del Ejército de Liberación Popular. Demuestra que me valora.

Ye me recuerda a una partera de mi aldea que se empolvaba la cara con harina para parecer una mujer de ciudad, con la piel clara. Ye nunca me cuenta sus antecedentes. Evita el tema cuando le pregunto. No está orgullosa de sus orígenes, estoy segura de que son humildes. Me alegra que no hable lenguas extranjeras y me alegra que no le guste leer. Egoístamente me siento feliz de que actúe como una tonta cuando habla frente al público. Es una pésima disertante. Una vez me dijo que cada vez que se para en un escenario, después tiene diarrea.

He estado pensando que, si hago bien mi juego, Ye puede ser una perfecta actriz secundaria. Su estupidez es un adorno para mi inteligencia. Por eso estoy dispuesta a ayudarla. Llegar a conocerla hará también más fácil destruirla en el futuro si es necesario. Después de todo, no tengo idea de cómo me tratarán los Lin después de que Mao muera. No sería difícil para ellos encontrar una excusa y librarse de mí. No confío en nadie.

Por ahora, Ye es la mujer que necesito para reemplazar a Wang Guang-mei. A Ye le gustan los rumores. Va de puerta en puerta coleccionándolos. Revuelve la basura y analiza sus hallazgos como una rata de albañal.

Mao no saluda cuando el mariscal Chen Yi, Tan Zhen-lin, Ye Jian-ying, Nie Rong-zhen, Xu Xiang-qian, Li Fu-chun y Li Xian-nian ingresan en el salón. El primer ministro Chu está acostumbrado al carácter imprevisible de Mao y da inicio a la reunión de todos modos. Con algunos chistes livianos, trata de relajar a todos. De pronto es interrumpido: Mao dispara.

¿En qué están ustedes, muchachos? ¿Dirigiendo un golpe de Estado? ¿Tratando de sacarme? ¿Ha sido Liu, siempre la opción secreta que tuvieron? ¿Por qué conspirar? Y ante todo, ¿por qué votar a favor de la Revolución Cultural? ¿Por qué no votan contra mí y viven con la honestidad que afirman tener como principio? ¿Por qué actúan como cobardes?

Los viejos muchachos están mudos.

El mariscal Tan mira al lado opuesto de la mesa donde Madame Mao Jiang Ching está sentada entre Kang Sheng y Chun-qiao.

Tan rompe el silencio. Me aferro a mi punto de vista. No lo entiendo, para ser honesto con usted, Presidente. ¿Qué es la Revolución Cultural si su meta es abolir el orden? ¿Por qué torturar a los padres fundadores de la república? ¿Qué sentido tiene crear facciones en el ejército? ¿Desgarrar al país? ¡Haga que lo comprenda, Presidente!

Los viejos muchachos asienten al unísono.

La franqueza de Tan parece sacudir a Mao. ¡Bien, Tan! ¡Por fin el diablo muestra su verdadera cara! ¿Sabe qué? ¡No hay manera de que le permita abortar la Revolución Cultural! ¡Los Guardias Rojos cuentan con todo mi apoyo! Lo que están haciendo es lo que China necesita. ¡Una operación del alma en escala masiva! ¡Necesitamos el caos! ¡El caos absoluto! La violencia es la única opción para dar vuelta la situación. Una nueva China sólo puede nacer de las cenizas de la anterior.

Ella alaba a Mao desde el fondo de su corazón. ¡Qué espectáculo! Caos, caos absoluto. Sonríe a pesar de que su rostro sigue manteniéndose grave. Se vuelve hacia Kang Sheng, pero no con la misma mirada de "estamos ganando".

Permitan que me exprese con claridad, prosigue Mao. Si la Revolución Cultural fracasa, me retiraré. Me llevaré al camarada Lin Piao conmigo. Volveremos a las montañas. Pueden quedarse con todo. Estoy seguro de que por eso están aquí hoy, ¿no es así? Quieren a Liu y quieren el capitalismo. Quieren devolver el pueblo chino a los terratenientes y a los grandes industriales. ¡Bien! Ya verán cómo se venden otra vez nuestros niños, cómo son explotados y obligados a trabajar hasta morir. ¡Quédense con todo! ¿Por qué no hablan? ¿Qué está mal? ¿Qué es este silencio y esa expresión amarga? Han tratado muy mal a mi esposa, la camarada Jiang Ching. Nunca la aceptaron como mi representante y un líder por derecho propio. ¿Cuál es la verdad detrás de esto? ¿Cómo fingen que no está dirigido contra mí? ¡Entonces tomen el poder! Vamos, mariscal Tan y Chen, usted, el que habla más alto, el más voluntarioso. ¿Por qué no arrestan a mi esposa? ¡Llévensela! ¡Mátenla! ¡Aprieten el gatillo! Destruyan los cuarteles de la Revolución Cultural. Envíen a Kang Sheng al exilio, libérense de mí de una vez por todas. Adelante, si tienen semejante odio por la camarada Jiang Ching y por mí. ¡¿Por qué no se van a la mierda, muchachos?!

Como un insecto que se arroja al fuego, Tan se pone de pie y empieza a jurar. ¡Vergüenza!

Mao aprieta los dientes. Un cigarrillo se rompe entre sus dedos. Cuando vuelve a hablar, su voz tiene un extraño sonido ronco, como si saliera entre flemas. Para mí está bien que elija volverse reaccionario. Está bien que se vuelva un enemigo del pueblo. ¿Qué puedo hacer? Hace treinta años, cuando salvé al ejército, fue porque el ejército estaba listo para ser salvado. ¿Tengo razón, primer ministro Chu?

El primer ministro Chu y los viejos muchachos bajan la cabeza. Mao remueve la memoria del pasado, de los horrores padecidos sin su liderazgo, de tres cuartos del Ejército Rojo destruido en meses, de la vergüenza de la mala conducción del Partido por parte de hombres que incluían al propio primer ministro Chu, y de cómo Mao, unilateralmente, convirtió la derrota en victoria.

Nah, de diecisiete años, está parada ante su madre.

¿Té o caldo de tortuga?, pregunta la madre.

No quiero hablar de mi casamiento. La hija baja su cartera.

¿Tengo derecho a saber el nombre del joven? La voz de la madre tiene un dejo estridente.

Llámalo camarada Tai. Tiene veintiocho años.

¿Eres consciente de que es un oficial de bajo rango?

Creí que todos los seres humanos creados bajo el cielo de Mao son iguales.

¿Te vas a sentar?

No.

Bueno, ¿te has preguntado alguna vez el motivo por el cual no tiene ninguna promoción?

Se jubila.

Querrás decir que se retira.

Lo que sea.

Espero que no vuelva a la aldea.

Vuelve, sí, y yo me voy con él.

La madre queda sin aliento. Trata de controlarse. Tras una larga pausa se las arregla para preguntar dónde queda el lugar.

Una aldea de la provincia Ninxia.

¿Ninxia? ¿El lugar fantasma...? Me haces esto a mí... ¿Por qué?

Nah mantiene la boca cerrada.

La madre respira hondo como si fuera a morirse si no lo hace. ¿Qué... qué dijo tu padre?

Me bendijo y me dijo que me apoyaría aunque eligiera entrar en un monasterio.

La madre se ahoga. Empieza a toser.

La hija toma una taza de agua y se acerca para dársela.

¡No tienes corazón! La madre la aparta de un empujón y grita, golpeándose el pecho. ¡No tienes corazón!

No me presentaste a tu familia política. ¿Quiénes son?

La hija no responde.

¡Nah!

No voy a contestarte porque sé que me vas a insultar.

Está bien, entonces tendré que hacer una protesta en tu boda.

No habrá boda, madre. Ya nos... La hija se aparta y mira por la ventana. Ya nos casamos y te puedo conseguir una copia del acta, si quieres verla.

Estupefacta, la madre se pone de pie, va hasta la pared y empieza a golpearse la cabeza.

Mañana nos vamos a Wunin. La hija observa a su madre y tiembla en medio de su llanto. Al cabo de un momento, la escena se vuelve insoportable. Sin decir una palabra, la hija se va.

La madre se acurruca como una pelota en un rincón de la habitación. Luego se arrastra por el piso hasta el sofá, sofocándose con una almohada.

Trato de cerrar los ojos con respecto a Nah, pero no puedo. El remordimiento me está comiendo el corazón. Ojalá le hubiera atado los cordones de los zapatos, preparado el almuerzo y cosido polleras cuando era una niña. Ojalá le hubiera hecho fiestas de cumpleaños e invitado a sus amigas a casa. Ojalá hubiera pasado más tiempo hablando con ella y aprendiendo a ayudarla en sus problemas. Pero es demasiado tarde y todo se me ha ido de las manos. Debe de estar muy sola y desesperada, para casarse como una forma de huir. Quiere castigarme. Quiere que sea testigo de cómo destruye su futuro, mi futuro. Solía pensar que ser la hija de Mao era su mayor fortuna... He descargado mi rabia hacia mi madre en mi hija, descuidándola como lo fui yo. He abandonado mi propio deseo de ser una buena madre.

Y oigo que mi corazón llora. Estoy dispuesta a abandonarlo todo con tal de recuperar el amor de mi hija. Pero no puedo. Estoy manejando los asuntos de Mao. Es como cabalgar en el lomo de un tigre: imposible bajarme. Vivo para complacer a Mao. Soy egoísta y no puedo huir de lo que me construyó como ser humano. No puedo vivir sin el cariño de Mao. En ese sentido soy deplorable, rehén de mis propias emociones. He tratado de superar mi condición deplorable. Soy una maldita heroína.

No salió bien. Ahora extraño a mi hijita. Sus bracitos alrededor de mi cuello. La forma en que entraba en puntas de pie en mi cama por la noche. Quiero que vuelva y me voy a volver loca pensando en lo que he hecho... ¿Qué ocurrió? ¿Qué me pasó que me negué a besarla cada vez que partía? Le enseñé a matar sus propias emociones. Quise hacerla fuerte para que pudiera tener una vida mejor que la mía.

Es el destino, habría dicho mi madre. No es mucho lo que uno puede hacer para cambiar el destino que le ha sido deparado. Sueño que me matan como la mujer de Mao. Es el papel que represento con pasión. Es el baile para el cual he nacido, y debo bailarlo.

18

La oscuridad del teatro, las filas de asientos vacíos, el sonido de los tambores y la música me calman los nervios. En estos momentos, voy y vengo constantemente de Beijing a Shanghai. Sigo reclutando talentos y buscando material para adaptar. Mi meta es crear personajes que sean ardientes maoístas. Me estoy manteniendo, tratando de que Mao vea mi importancia, de volverme indispensable. Otras personas también corren esta carrera para ganarse el afecto de Mao. Debo moverme rápido. Con el permiso de Mao y la ayuda de Kang Sheng y Lin Piao, he logrado prohibir otras formas de entretenimiento: lleno los escenarios con la mujer que me gustaría ser.

Ayer vi una pieza titulada *El muelle*. No sólo me impresionó su contenido sino que quedé maravillada de su diseño musical. Esta mañana llamé al alcalde de Shanghai, Chun-qiao. Le pregunté si conocía al compositor, Yu Hui-yong. Me gustaría tener una copia de su expediente cuanto antes.

La noche del 4 de octubre de 1969, Madame Mao da vuelta las páginas del expediente y queda fascinada con su descubrimiento. Se entera de que el compositor de treinta y siete años ha sido el creador de algunas de las mejores óperas de los últimos años. Al día siguiente, antes del desayuno, le dice a Chun-qiao que le gustaría conocer al camarada Yu cuanto antes.

Chun-qiao le informa que hay un obstáculo. El camarada Yu está preso. Fue arrestado a principios de la Revolución Cultural por haber sido traidor antes de la liberación. Saque mi auto y conécteme con el director de la prisión, ordena Madame Mao.

El director de la prisión manifiesta que será difícil liberar a Yu. No obstante, le envía de inmediato un registro del crimen de Yu. La historia empieza en 1947, cuando Yu era adolescente. Era miembro del Ejército de Liberación de Mao. La guerra civil estaba en su apogeo. Las tropas de Chiang Kai-shek habían bombardeado toda la zona de Jiao-tong y Uan-tai. A la división de Yu se le dio instrucciones de que enterrara sus víveres y enseres y se preparara para luchar por su vida. Yu se sintió devastado. Pensó en su madre y optó por cumplir con su deseo de ser un buen hijo. Antes del alba, Yu encontró un lugar tranquilo en la aldea y cavó un agujero bajo un árbol. Enterró su comida y sus pertenencias y dejó una nota: *Queridos hermanos de las tropas de Chiang Kai-shek: Puedo estar muerto cuando encuentren esta nota. Mi único remordimiento es que no he tenido ocasión de ser piadoso con mi anciana madre. Mi padre murió cuando yo tenía ocho años. Mi madre me crió sola y las penurias por las que pasó van más allá de toda descripción. Mi espíritu les estará agradecido y los bendecirá si pudieran enviar este paquete a mi madre en mi nombre. He aquí la dirección.*

Para desgracia de Yu, la nota no fue hallada por la oposición sino por sus propios camaradas. Se informó a las autoridades del Partido Comunista. Yu fue apresado y detenido durante seis meses. Más adelante, en una batalla mortal, se le dio ocasión de demostrar su lealtad. Sobrevivió y fue perdonado, pero su expediente quedó en manos de la policía secreta.

Cuando los Guardias Rojos del Conservatorio de Música de Shanghai descubrieron el expediente de Yu, lo celebraron: nunca hasta ese momento habían tenido ocasión de enfrentarse con un "verdadero enemigo".

Grandes producciones de *Tomando la Montaña Tigre por ingenio* y *El muelle* se están ensayando en Beijing y no se permite a su creador encontrarse conmigo. He puesto energía en mi pedido y exigí la atención directa del alcalde Chun-qiao. Estoy segura de que Chun-qiao está en dificultades. Estoy segura de que mis enemigos me hacen esto a propósito. Conocen el talento de Yu, tienen claro que, una vez que Yu y yo nos reunamos, vamos a formar un equipo invencible. Yu puede ayudarme a promover unilateralmente el maoísmo. Escribe, compone y dirige. Conoce las melodías populares y se ha graduado en música clásica occidental. Tiene hondas raíces en la ópera tradicional y un fuerte sentimiento del modernismo. Está formado en composición y toca casi todos los instrumentos.

Doy a Chun-qiao diez días para presentarme a Yu. Finalmente, cuando me encuentro en medio de la revisión de *Tomando la Montaña Tigre por ingenio* en el Salón de la Piedad, Chun-qiao viene con la noticia de que Yu fue enviado a Beijing.

¿Dónde está?, pregunto, tan excitada que levanto la voz. El actor que está en escena cree que le estoy gritando al él y se traga el parlamento.

En este momento Yu está en la Casa de Invitados de Beijing, me susurra Chun-qiao al oído. Se halla en muy mal estado. No pudo sacarse el uniforme de la prisión y huele como una bacinilla.

¡Envíemelo!

Media hora más tarde, llega Yu Hui-yong. En el momento en que Madame Mao Jiang Ching pone los ojos en el compositor, a medias hombre a medias fantasma, se incorpora y camina rápidamente hacia él. Ella se estira y le ofrece las dos manos. Lamento no haberte conocido antes, Yu.

El compositor/dramaturgo empieza a temblar. Es incapaz de emitir una palabra. Parece un anciano enfermo con cabello gris y barba enredada. Lleva un traje prestado. ¿Cómo podré devolverle su bondad, Madame? Llora.

Trabajemos juntos, responde Madame Mao.

Ahora la ópera ha llegado a su fin. El telón desciende y luego se levanta. Los actores se adelantan en fila. El público aplaude. El sonido se vuelve más potente. El personal de seguridad corre entre el escenario y el público. Es una señal para que Madame Mao suba al escenario. El lloroso Yu se pone de pie e intenta dejar paso a su salvadora.

Ven conmigo, Yu, dice Madame Mao. Ven conmigo a escena.

El hombre está emocionado.

Madame Mao toma el brazo de Yu y lo empuja sonriendo.

El hombre la sigue.

En el escenario, Madame Mao Jiang Ching se ubica en el centro con Yu parado a su lado. Los dos aplauden y posan para fotos.

• • •

El romanticismo de la obra de Yu me conmueve. Estar con él es como un sueño. No es muy atractivo de aspecto, ni alto ni fuerte, tiene una frente ancha y una mandíbula demasiado cuadrada. Pero debajo de las densas cejas hay un par de ojos brillantes. Me inspira como un gran artista. Dado que somos de la misma provincia, Shandong, podemos reflexionar sobre nuestras melodías infantiles favoritas. Lo invito a tomar el té todos los días. Es de una humildad extrema. No se sienta sin una larga retahíla de agradecimientos. No abre la boca a menos que le ordene hacer un comentario. Siempre lleva un cuaderno y lo abre cuando habla. Espera que yo hable. Me hace reír, de tan serio que es, de tan tonto. Le digo que no quiero que me trate como a un cuadro colgado en una pared. Quiero que se divierta y quiero divertirme. Mi vida ha tenido demasiadas tensiones, ya. Piensa en una forma de relajarme. Esta noche no hablaremos de trabajo. Esta noche hablaremos de pavadas.

Le lleva semanas sentirse cómodo conmigo. Por fin, vuelve a ser él mismo. Empieza a traer instrumentos para tocarlos durante el té. Un violín de dos cuerdas, una flauta y una guitarra de tres cuerdas. Es un regalo. Charlamos y me tararea canciones vinculadas con el arroz, melodías de tambor y antiguas óperas que imitan el sonido de los vientos en el desierto. A veces me uno a él. Canto arias de *El romance de la cámara occidental*. Bromeamos y nos echamos a reír. Su voz es pobre, pero canta de manera adorable. Tiene un estilo propio. Su alma se eleva con la música. Como una alumna, le hago preguntas. En esos momentos es cuando más confiado se muestra. Me trae libros que ha escrito: *Colección de canciones de tambor de Shan-dong, Colección de canciones folclóricas de Jiao-dong, Canciones del bosque de Shan-bei* y *Clásicos de banjo de una sola cuerda*.

El placer es enorme; con todo, no puedo expresarme plenamente. Mi posición lo intimida. Siempre hay una distancia entre nosotros. Para toda China soy la mujer de Mao. A ningún hombre se le permite tener pensamientos personales respecto de mí. A pesar de que me gustaría acercarme más a Yu, me contengo. El peor aspecto de nuestra amistad es que me responde como un sirviente. Cuando escucho su música apasionada, lo único que consigue es que me sienta más sola.

Las visitas continúan. Trato de mencionar a Mao lo menos posible. En rigor, nunca me pregunta sobre mi vida después del trabajo. Puedo advertir que a veces tiene curiosidad, pero no se arriesga: se quedaría sin palabras. Encuentra excusas para irse. Es sensible y débil en la confrontación. Le ruego que se quede e insiste en irse. Hacemos lo que yo llamo "movimiento de sierra" varias veces por día. A veces en público. La gente se confunde cuando me oye levantarle la voz a Yu.

¡Nunca me escuchas, Yu Hui-yong!, grita ella, casi histéricamente. Algún día tú y yo nos separaremos. ¡Y no tendré miedo!

Él corre a la puerta y se va. Nunca dice una palabra cuando ella se enoja. Más tarde, la gente le dice que él llora todo el camino hasta la Ópera de Beijing. No tiene hogar y vive en un depósito cerca de las bambalinas. Ha hecho un juramento público de que sólo vive para servir a Madame Mao Jiang Ching. No le importa que le cueste su relación con su esposa. No quiere sino impresionar a Jiang Ching. Así le paga su bondad, con su música y su vida. Su salud está declinando, tiene graves problemas estomacales y dolores en el hígado, pero nunca se queja. Dirige los ensayos día y noche. Come en forma irregular y no tiene noción del tiempo. A menudo deja pasar la hora de la comida e inocentemente hace morir de hambre a los actores. Hace esperar a la gente de la cafetería. Se ha convertido en una costumbre que la pausa para almorzar de Yu es a las cuatro de la tarde.

Ella no logra entenderse. Se siente herida y sin embargo espera la vuelta de Yu. Cuando no soporta más, envía a su secretario a que le exija una "autocrítica". Él no entrega ningún papel, pero entiende que Madame Mao lo está llamando de nuevo y le envía una cinta con un trabajo en desarrollo. Por lo general es una canción que acaba de componer. Una de las canciones se llama *No sería feliz si no cantara*.

Es una relación extraña. Intensa como una relación de amantes. Para tenerlo a su lado, ella lo promueve a nuevo jefe de la Oficina Cultural. Pero él rechaza la oferta y expresa su indiferencia a la política. Ella lo toma como algo personal, cree que él la desprecia. Él discute, tratando de demostrarle su lealtad. Para impresionarla, trabaja más. Está dejando sus huellas en todas las óperas y ballets de ella. Destaca el carácter femenino, su dedicación a una diosa. Lucha por ella. Para convencer a sus elencos de que prueben su nueva construcción musical y para reemplazar *shao-sheng* (papel principal masculino en falsete) por *lao-sheng* (masculino con voz natural), lleva a cabo seminarios que se prolongan durante semanas a fin de educar a los actores y a los protagonistas de los elencos. Para que la orquesta ejecute su mezcla de instrumentos occidentales y orientales, demuestra la armonía desmontando y armando los arreglos. Suprime las intervenciones del personaje masculino y consagra sus partes al femenino. Y, por último, sólo hay heroínas.

Cuando le entrega las nuevas producciones, ella queda muy impresionada y profundamente conmovida. En muchos sentidos, siente que es su compañero del alma. Siente un gran amor por él.

El efecto de las óperas empieza a manifestarse. La arias son transmitidas por radio en toda la nación. Las masas conocen las letras y tararean las melodías. La Revolución Cultural está en su punto más alto. Las óperas contribuyen a la popularidad de Madame Mao Jiang Ching, que se convierte en una superestrella en todos los hogares y se vuelve ambiciosa. ¡Quiero que todas mis óperas y ballets se filmen para el cine! No espera que la propuesta sea aprobada por la burocracia. Va al Tesoro Nacional y exige que le den los fondos. Adopta, para conseguirlos, una postura política: será la prueba de la lealtad que le tienen a Mao.

Su deseo le es concedido.

Hay que tener agallas para tocar las ancas del tigre, o nunca lo podrás montar.

¡Hay que promover las óperas revolucionarias! Creí que con el pronunciamiento de Mao lograría que mis filmes se hicieran sin problemas. Pero no es así. El inconveniente es que el estudio cinematográfico fue dividido en ocho facciones y nadie quiere trabajar con el otro. El jefe del departamento de iluminación le dice al camarógrafo en qué ángulo poner la cámara. El diseñador no acepta las órdenes del director con respecto al vestuario. El maquillador pone crema rosa en el rostro de la actriz, el color que personalmente más le gusta. Y el productor hace un informe sobre las "líneas antiMao" de los libretistas. Todos los días hay una pelea en el set. Han pasado meses y no se ha filmado una sola escena.

¡No puedo pasármela apagando incendios!, le grito a los jefes de los elencos. ¡Mi principal tarea es conducir la Revolución Cultural! Parecen oírme, pero ninguno de los problemas se resuelve.

Prometí al presidente Mao que los filmes estarían listos para proyectarse en otoño. ¿Se atreven a desilusionar a Mao?

Lleno la cafetería del estudio de filmación de Beijing con los grupos de las diversas facciones y les hablo con mis tonos más duros. Los cocineros, dentro de la cocina, se han calmado. Son las dos y media y no permito que nadie coma. Los platos se están enfriando.

Tienen que hacer que resulte, digo.

Necesito ayuda, declara Mao. Me hace volar de Beijing a Fujian, en el sur del país, donde se encuentra su tren, sólo para decirme eso. Le pregunto si está bien. Sonríe. Hace poco he estado leyendo el poema Tang *La larga separación*, y me gustaría compartir mis pensamientos contigo.

Retengo mis palabras amargas entre los labios.

¿Recuerdas ese poema?, me pregunta. Es sobre el emperador Tang Li, que fue obligado a ahorcar a su amante, la dama Yang. Se vio obligado a satisfacer a sus generales, que estaban a punto de hacer un golpe de Estado. ¡Qué poema tan doloroso! Pobre emperador, bien podrían haberlo colgado a él.

El tren sigue su marcha. El paisaje se desliza. Mao deja de hablar y me mira. Hay vulnerabilidad en sus ojos.

La larga separación es también mi favorito, digo.

Él reanuda su monólogo. Me lleva un rato darme cuenta de lo que dice. Está explicando la presión que siente. Le preocupan los obstáculos que enfrenta la Revolución Cultural. La mitad de la nación duda sobre su decisión respecto de Liu y simpatizan con él. A pesar de que la población no ha tenido ocasión de experimentar las ideas de Liu, ahora están seguros de que las de Mao no funcionan. Lo cual lo pone más que furioso.

La oposición está tratando de impedir que haga realidad el sueño comunista. Su tono se vuelve firme y su mirada se clava en el techo del vagón. Los intelectuales son las mascotas de Liu. No están interesados en servir a las masas. Se esconden en laboratorios, con sus guardapolvos blancos, y abandonan su patria en busca de fama mundial. Por supuesto que Liu cuenta con su lealtad, ha sido el papá rico para ellos. Y me preocupan también los viejos muchachos. Me están dando la espalda. Han organizado un ejercicio militar, pero para mí que están tramando un golpe de Estado.

• • •

Mao no le cuenta la historia completa. No le cuenta que está negociando con los viejos muchachos y que ha hecho pactos. Nunca le dirá que un día estará dispuesto a representar el papel del emperador Li y ensayará los parlamentos de *La larga separación*. Jiang Ching se niega a darse cuenta de que ése es el juego de Mao. Cuando está frente a él, su mente deja de procesar los hechos. No puede ver que jamás en su vida Mao ha protegido a nadie más que a sí mismo.

Para la historia, éste es el papel que le está reservado: la primera actriz de una gran tragedia.

Para conservar el cariño de él, ella hace cosas que la hieren en un nivel profundo. Por ejemplo, hace unas semanas, Mao tuvo una pelea con una de sus amantes predilectas. La mujer se fue. Mao llamó a Jiang Ching para que lo ayudara: le pidió que invitara a esa mujer a volver en nombre de la primera dama. Cuando piensa en el episodio, no sabe cómo pudo hacerlo. Se siente asombrada de la forma en que se violenta a sí misma.

Eres la persona en quien más confío. Y tú eres la única de la que realmente dependo. Bajo esa luz cálida ella cede, se entrega. Se traga su dolor y se pone el vestido para interpretar a la Yang de *La larga separación*.

A cambio de su favor, Mao promueve sus producciones. Para allanarle el camino, ordena una campaña a la que titula Hacer las Óperas Revolucionarias Conocidas en Todos los Hogares.

Ella siente que merece la compensación. De alguna extraña manera, su matrimonio con Mao se ha transformado y ha entrado en una nueva etapa. Ambos han superado sus obstáculos personales para centrarse en un cuadro más amplio. Para él, es la seguridad de su imperio; para ella, el papel de heroína. Retrospectivamente, no sólo ha roto con las restricciones impuestas por el Partido, sino que maneja la psiquis del pueblo. Está poseída por la visión de que, en el futuro, hasta puede realizar la tarea de Mao y conducir a China después de su muerte.

Jiang Ching no da por sentado su poder. No cree que ahora tenga el control completo sobre su vida. En el fondo, no confía en él. Sabe que Mao es capaz de cambiar de opinión, además, su mente se está deteriorando. Cuando la llama para que lo ayude con el problema de su amante, ¿olvida, acaso que ella es su esposa? Percibe inocencia en la voz de él. Su dolor es como el de un niño a quien arrancan su juguete favorito. ¿Es lógico suponer que mañana puede darle vuelta la cara y no reconocerla? Con la vejez, su paranoia ha aumentado y ella se está balanceando en la viga de su mente. Por ser Madame Mao, nunca le faltan enemigos. El precio de su éxito es que ya no duda cuando llega el momento de eliminar a un enemigo. Sin el menor remordimiento, ahora llama a Kang Sheng a medianoche para poner un nombre en su lista de ejecuciones. Está tratando con todas sus fuerzas de trabar las bocas que no se cerrarán, como las de Fairlynn y Dan. Teme que, cuando Mao muera, su batalla sea como mantener a raya el océano con un cepillo: su enemigo se la tragará viva.

Necesita a Chun-qiao y a Yu. También necesita hombres leales en el ejército. Recuerda cómo Mao eliminaba a sus enemigos en Yenán. Algunas ejecuciones erróneas que hizo y luego lamentó. Pero nunca deja que el sentimiento lo envenene. Dice: La victoria no es barata. Ahora le toca a ella, y repite la frase de él.

Estoy intentando hacer cine, y óperas y ballets. Tengo ocho en preparación y he dispuesto que la producción se haga en Beijing para poder supervisar los detalles mientras, al mismo tiempo, dirijo la Revolución Cultural. Sin embargo, las cosas no marchan como habría deseado. La lucha interna entre facciones se ha empeorado en el Estudio Cinematográfico de Beijing. Los actores están maquillados y vestidos, pero permanecen sentados todo el día sin hacer una sola toma. A medida que los días se arrastran empieza a difundirse un rumor: A menos que Mao envíe su guarnición, no habrá filme.

Le llevo el rumor a Mao. Es un cálido día de mayo. Lo encuentro en una reunión privada en el Gran Salón del Pueblo. No puedo comer, me dice cuando entro. Los dientes me matan. Estoy discutiendo testamentos con mis amigos.

Lo miro. Su rostro y sus manos están visiblemente hinchados.

¿Qué ocurre?, pregunta.

Me preocupa tu salud. ¿Por qué no te tomas un descanso?

¿Cómo puedo, si mis enemigos están caminando alrededor de mi cama?

Lo mismo me pasa a mí. Me siento frustrada.

¿Qué anda mal?

Me cuesta mucho sacar adelante el filme. La oposición es fuerte.

Bueno, no es nuestro estilo aceptar la derrota.

Pero no quiero sumar más tensiones a las que ya tienes.

Bueno, bueno, bueno, se ríe, bromeando. Tus enemigos te asesinarán en el minuto mismo en que yo exhale mi último aliento.

Mis lágrimas empiezan a acumularse. Sinceramente, puede no ser una mala solución.

Viene y suavemente me hace sentar. Mirándome dice: Cálmate, camarada Jiang Ching. Las cosas saldrán bien. Sólo dime cómo puedo ayudarte.

De la noche a la mañana, la Guarnición 8341 de Mao, conducida por el comandante Dee, llega al Estudio Cinematográfico de Beijing. Los soldados están armados y se mueven rápida y silenciosamente. No responden los saludos. Sacan a los trabajadores de sus casas y los escoltan a la cafetería.

Estoy aquí para cumplir la orden de Madame Mao Jiang Ching, declara el comandante Dee, un hombre bajo pero robusto y con una enorme nariz. Y no voy a soportar tonterías. Cualquiera que desobedezca mi orden será tratado militarmente. De paso, no aceptaré ningún tratamiento especial. Escuchen bien. Los pelotones números uno, tres y cuatro están asignados a las cámaras. Mis líderes no oirán ninguna indicación más que la del director de cinematografía. El pelotón número dos va al departamento de iluminación y el pelotón cinco estará a cargo del maquillaje y el decorado. Yo estaré a cargo de la dirección del filme y le daré informes cotidianos a Madame Mao Jiang Ching.

En menos de dos días, las cámaras empiezan a rodar; en un mes, la mitad del filme está lista. Nunca más se mencionan conflictos entre las facciones. La gente trabaja toda junta, como si manejara un gran negocio familiar. Al final del día, las latas filmadas se envían al laboratorio para ser procesadas y, al día siguiente, se editan los cortes y están listos para ser proyectados.

Encantada, Madame Mao inspecciona el set. Palmea el hombro del comandante Dee y alaba su eficiencia. ¡Si pudiera contar con este tipo de eficiencia en todos mis proyectos! Empieza a pensar en contratar al comandante Dee para más tareas.

No te confundas. Mao se sostiene la mejilla hinchada y habla con irritación. No eres lo que te crees. ¡La verdad es que nadie te obedecería si no vieran mi sombra! Cuando el comandante en jefe de la fuerza aérea Wi Fa-xian responde a tu llamado, sus ojos están en la silla donde yo estoy sentado. Cuando los Guardias Rojos gritan con su voz más alta ¡Un saludo para la camarada Jiang Ching!, es a mí a quien quieren complacer.

Comprendo, Presidente. Trato con todo mi empeño de mostrarme humilde y no discutir. Por favor, no dudes de que he consagrado mi vida a ayudarte. No sólo a ti. Tengo fe en mi habilidad para lograr que las cosas se hagan. Déjame comentarte mis recientes creaciones. Déjame mostrarte los cortes de filme de las óperas y ballets.

La óperas están bien, dice Mao. Toma un toalla caliente de una jarra hirviente y se la pone contra su mejilla hinchada. Estoy contento con tu trabajo. Los espectáculos son satisfactorios. Pero no los manejes como una alfombra mágica. Ésta es mi advertencia.

En este punto me pierdo. Pero no me atrevo a mencionar mi confusión. Hay muchas cosas con las cuales nos confundimos mutuamente en los últimos tiempos. No ponemos las cosas en claro. Es para mantener la paz. Probablemente sea mejor la confusión. Le digo al público que represento a Mao pero no formo parte de su vida. No tengo idea de cómo son sus días. No me hace feliz andar corriendo tras sus amantes y no me gusta el hecho de que se complazca en intimidarme. Me ha contado que a sus comandantes (y no quiere decirme los nombres) les encantaría colgarme en mi propia cama. Es cansador el solo hecho de mantenerse a la altura de su imaginación, en especial cuando juega a dios y al diablo al mismo tiempo. Además, odia que uno adivine lo que está pensando.

La temprana primavera sigue siendo fría. Por la mañana, la escarcha cubre de blanco la Ciudad Prohibida. Esta noche, los marcos de la viña se sacudían violentamente del otro lado de la ventana. Estalló una tormenta: el invierno no está dispuesto a partir. Sin embargo, ¿quién puede evitar que llegue la primavera? Después de medianoche, las pesadas nubes desaparecen del cielo. La luna se ve desnuda otra vez. Las ramas golpean mi ventana como llamados de los espíritus.

No sé lo que ocurrió la noche de la tormenta hasta que Kang Sheng no me lo dice después. Es el 30 de abril de 1967. Justo antes de que las nubes dejaran el cielo, Mao invitó a su estudio a los viejos muchachos que antes había atacado, para tomar un trago. Los recibió con patas de oso fritas y actuó como si nada hubiera ocurrido desde el 18 de febrero.

Por cierto que me sorprendió ver a todos esos viejos palos aparecer felizmente en el Palacio Nacional de la Cultura para la fiesta de celebración del 1º de mayo. Debería haberme dado cuenta de que mi marido jugaba a dos puntas. Debería haber entendido que, si bien Mao me había promocionado, mi nuevo poder lo saca de quicio y necesita disponer de otra fuerza para equilibrar el juego.

19

Ella sigue adelante, lanzándose agresivamente hacia el futuro. En la superficie es la administradora del poder de Mao e imagina que está por encima del dolor, como las heroínas de sus óperas. Pero por debajo no hay forma de poner paz en sus sentimientos: está entusiasmada con su papel pero también agotada y sacudida por la duda. A veces su amor por Mao parece desesperación, a veces odio. Y su dolor por Nah se ha negado a desaparecer. Si se lo permitiera, podría caer en la depresión. Todos los días siente que su carácter se pudre un poco. La noche anterior, cuando estaba en la cama, recordó a una joven de una antigua historia de amor. La joven era una amante despechada que envenenó el único pozo de la aldea.

Mao Tse-tung y Jiang Ching se aprovechan de los papeles que representan. Se ayudan entre sí y están próximos a derrocar a los Liu. Sigue habiendo dificultades para hacer que el público compre la imagen negativa de Liu. Es el único comunista que ha permanecido junto a Mao durante medio siglo. Para resolver el problema y reforzar su posición, Jiang Ching consulta a Kang Sheng en nombre de Mao.

Kang Sheng bebe lentamente su té. Llama traidor a Liu, le aconseja. Siempre ha sido la forma más efectiva de despertar una reacción. No importa si Liu se niega a entrar en escena. Creas el espectáculo para él. Primero, trae a los conocidos de Lui vinculados con agentes extranjeros. Interrógalos y haz que hablen de la manera que quieres que hablen. Comunista o no, ningún estómago puede soportar que lo inunden con agua de ajíes picantes. Tenemos una forma de abrir las mandíbulas. Habrá firmas; luego, publica la versión editada.

La cuestión no es que Liu sea traidor o no, le dice Madame Mao al equipo de investigadores. La tarea de ustedes es conseguir pruebas y hacer que aparezcan testigos. Tienen tres días.

El equipo trabaja contra el reloj. Aparecen algunos nombres. Un sujeto al que interrogan es Zhang Chong-yui, un profesor de sesenta y nueve años del Departamento de Lenguas Extranjeras de la Universidad Normal de la provincia de Hebei. Antes de la liberación era secretario principal en la Universidad Furen. No conoce personalmente al vicepresidente Liu ni a Wang Guang-mei, pero sí a sus amigos de la Universidad Furen. Zhang ahora es profesor de asuntos internacionales.

Trabajen sobre Zhang, ordena Madame Mao. Fuercen una confesión.

No puede hablar, informa el equipo. Al profesor Zhang le han diagnosticado un cáncer de hígado y se está muriendo. El hombre es un cráneo que respira. Tiene toda la cara hundida, los ojos amarillos de ictericia. Está con el lado derecho de la cara paralizado y su ojo izquierdo es incapaz de pestañear. Orina con sangre, y sale de la conciencia.

Corran contra la muerte, insiste Madame Mao. Debemos obtener su confesión, debemos tener su voz en cinta antes de que se muera. Recuerden que el presidente Mao espera resultados.

Empieza el interrogatorio. La cinta gira. Está llena de gritos y llantos.

¡Confesión o muerte! ¡Habla, Zhang Chong-yi! Dinos lo que sabes de la traidora Wang Guang-mei.

El moribundo murmura algunas palabras. No, por favor, no me tiren del brazo. Hablaré, estoy hablando. Está bien. Ahora recuerdo. Wang Guang-mei, una mujer, ¿no es así? Es la esposa del vicepresidente Liu, ¿no es así?

En la cinta se oye el ruido de un golpe, al cual sigue un grito de Zhang Chong-yi.

¡Dejen de darle puntapiés!, aúlla un interrogador. Se morirá si le dan un solo golpe más. Entonces tendremos problemas.

¡Ni se te ocurra engañarnos!, se oye la voz del interrogador principal.

Pero camarada, estoy diciendo la verdad. No estoy tratando de engañar a nadie. Ven, yo... no quiero morir.

¿Cuándo supiste que Wang Guang-mei era una agente extranjera? Ayer.

¿Cómo sabes que es una agente extranjera?

Bueno, ustedes me dijeron... ustedes me preguntaron qué hacía como agente extranjera. De manera que me imagino que debe ser una agente extranjera. Si no, ¿cómo me harían este tipo de pregunta?

¡Cuidado con lo que dices! Si ocultas a una agente extranjera, tú mismo eres un agente extranjero. Ahora es un buen momento para obtener crédito.

Comprendo, señor, jadea el moribundo. Ahora que he afirmado que es una agente extranjera, ¿me dejarán ir?... Déjenme ir, por favor, se lo ruego. Sé que Wang Guang-mei es una agente extranjera. No sólo una agente extranjera, también es una agente comunista.

En la cinta, la voz queda sin aliento. El sonido se desvanece. En el momento en que Jiang Chiang recibe la cinta, el profesor Zhang Chong-yi ya ha muerto. Jiang Ching estrecha la mano a los investigadores. El presidente Mao y yo estamos satisfechos de su trabajo. Ahora, necesitamos un testigo para Liu.

Se aplica el mismo método. De la noche a la mañana aparece un testigo. Esta vez es un amigo, un miembro del Partido de hace años, Wang Shi-yin, que sufre de cáncer de pulmón. Tiene el pecho cubierto de tubos de plástico, pero ello no arredra a los investigadores. Los gritos y alaridos estallan en la cinta.

No tengo idea. El paciente lucha para hablar. No soy un inventor de la verdad.

Ruido de objetos metálicos que golpean.

Llorarás cuando te mostremos el ataúd y será demasiado tarde, dice el investigador en jefe en voz baja. Nos forzarás a desconectar la máquina de oxígeno y arrancar los tubos. ¿Estás seguro?

Silencio.

Finalmente, se oye una voz desmayada. Hagan lo que quieran. De todos modos, me estoy muriendo: ya no le temo a nada. A pesar de que las palabras del hombre son inconexas, su voz es firme. He confesado todo lo que sé sobre el vicepresidente Liu. Si de algo pueden estar seguros es que no es un traidor sino un hombre íntegro y honesto. No hay nada más que puedan sacarme.

• • •

¡Vergüenza! Madame Mao Jiang Ching apunta sus dedos a los investigadores. Son unos incompetentes. Vuelvan y trabajen hasta tener éxito. Rómpanle la mandíbula si hace falta.

¿Y qué pasa si el sujeto muere?

¡Sigan interrogando a su espíritu!

26 de marzo de 1968. Wang Shi-yin, el paciente con cáncer de pulmón, el hombre de voluntad de hierro, muere durante el interrogatorio. A pesar de que no incrimina al vicepresidente Liu Shao-qi, en la convención del Partido Comunista del 24 de noviembre de 1968 Liu es declarado "traidor oculto" y expulsado del Partido Comunista.

La noticia sacude a la nación.

Madame Mao Jiang Ching controla el drama mayor desde bambalinas. Es testigo de la fragilidad de la vida en su forma más concreta. No hay sustancia cuando se habla de lealtad. La propia caída puede llegar cuando se da vuelta una mano. Los administradores de Mao traen primero a Wang Guang-mei para que sea criticada en público. La reunión política se desarrolla en el estadio de la Universidad Qinghua. Hay una multitud formada por trescientos mil Guardias Rojos. Los gritos son ensordecedores. Jiang Ching se siente rara: es surrealista ver a Wang Guang-mei. Una mujer que cae a causa de su marido. ¿La traicionarán a ella las masas de la misma manera algún día? Ahora comprende por qué Mao no corre riesgos cuando se trata de enemigos potenciales: no puede permitírselo. Los sospechosos tienen que morir.

A Mao le ha resultado difícil organizar la reunión. Sus obstáculos eran los hombres leales a Liu, incluido el primer ministro Chu En-lai. La decisión no se tomó hasta que Mao no forzó a los miembros del congreso a elegir entre él y Liu.

En la Biblioteca Nacional hay una famosa imagen de esa época. Una foto en blanco y negro documenta el momento de humillación de Wang Guang-mei. El fondo es un océano de cabezas. En el extremo izquierdo se ve un periodista que usa anteojos y lleva una cámara. Está excitado. Luce una sonrisa en el rostro. Wang Guang-mei se halla en el centro del escenario, su rostro a medias oculto bajo un sombrero de paja blanco de ala ancha: se la ha forzado a ponerse las ropas que usaba para sus visitas al exterior. Un "collar" de pelotas de ping-pong hasta las rodillas cuelga de su cuello. Es obra de Kuai Da-fu.

En el futuro, Kuai Da-fu será sentenciado a diecisiete años de prisión por lo que hace ahora. En el futuro, Madame Mao también pagará por esto y se le mostrará la famosa foto. Se negará a comentarla. Sin embargo, lo que dirá es que cuando era una joven actriz trazó una línea clara entre vivir y actuar. Pero, en realidad, para Madame Mao no hay frontera entre vida y teatro. La Revolución Cultural es un escenario y Mao, su dramaturgo.

La historia demostrará que la sobreviviente Wang Guang-mei es sabia. Cuando al mundo se le haga creer que Madame Mao Jiang Chiang es la única responsable de la muerte de su marido Liu, Wang Guang-mei dice: Liu no murió a manos de la Banda de los Cuatro (el nombre usado para aludir a Madame Mao Jiang Ching, Chun-qiao y dos de sus discípulos al final de la Revolución Cultural). Cuando mataron a mi marido no existía esa banda. ¿Quién es responsable? No da la respuesta. Espera que la población la busque por sí misma.

Sí, tengo un resentimiento personal contra Wang Guang-mei. Pero no es ése el motivo por el cual la denuncio. Mi deseo de complacer a Mao se ha convertido en la fuerza que impulsa cada uno de mis actos. Detenerme significaría la muerte. Nadie puede imaginar el placer que experimento cuando leo los informes de Kuai Da-fu, sabiendo que Mao estará orgulloso de mí. Me vuelve a Yenán, a la época en que yo era el único interés de Mao.

Wang Guang-mei merece el tratamiento que se le da. Ella, que me pisoteó induciendo a otros a pensar que era la primera dama de China. Ella, cuya fascinación fue captada por la cámara e impresa en diarios de todo el mundo. ¿Acaso no dijiste, con tus lindos labios de cereza, "Lamento que Madame Mao no esté bien como para saludarlos personalmente"? Nunca te di permiso para decir eso. Nunca deberías haber ido al exterior, nunca debiste usar ese collar de perlas blancas que no tiene precio y ese par de zapatos negros de tacos altos: nunca deberías haberme robado mi papel. Ahora está usando el vestido por última vez y la ridiculizan. Bajo el sol, en este claro día de abril, toma tu turno en mi escenario infernal.

Madame Mao reconoce ante sí misma que, a pesar de todo, admira a Wang Guang-mei. Madame Mao está casi conmovida por Wang Guang-mei.

Oigo suspirar a mi marido de noche, confiesa Wang Guang-mei a la multitud. Nunca lo he visto tan triste. Lamento que cierre sus ojos a la realidad. Su amor por China y el presidente Mao es ciego. Lo comprendo. No puede seguir si no sirve a China. Es su fe, su objetivo para vivir. Como esposa, acepto la suerte de mi marido. Acepto mi realidad.

Madame Mao Jiang Ching desearía poder hacer lo mismo con Mao. Ofrecerse en el altar del amor, vivir la ópera. Pero no podrá. El sentimiento hace que se sienta trágica. Mira el informe y gradualmente la furia la gana. Cuanto más demuestra Wang Guang-mei su voluntad de sufrir por Liu, más hondamente lastima a Madame Mao por dentro: ahora está desesperada por ver destruida a Wang Guang-mei.

En la parte trasera del escenario, Wang Guang-mei lucha con los Guardias Rojos. La han arrastrado hasta aquí. Ella señala la ropa que lleva, un traje marrón, y dice: Esto es un vestido. Lo usé para recibir a huéspedes extranjeros.

No nos importa. Hoy usará lo que le pongamos nosotros.

No puedo. El vestido no es adecuado; además es muy estrecho.

Lo llevó durante su viaje a las Filipinas.

Fue hace años. He envejecido y perdido la forma.

Parece que ha olvidado quién es.

Soy Wang Guang-mei.

No. Usted es la enemiga del pueblo... Tiene que ponerse esto.

No lo hago y no lo haré.

Póngaselo o haremos que se lo ponga.

Déjenme morir, entonces.

No hay trato. La volveremos a poner en el escenario. Se hundirá bajo los escupitajos de millones.

• • •

Más adelante, Madame Mao Jiang Chiang escucha una y otra vez la cinta en vivo que trajo Kuai Da-fu. En ella, la voz de Wang Guang-mei cambia. Habla como una heroína: pueden obligarme a arrodillarme pero no sacarme mi dignidad.

¡Abajo!, grita la multitud. ¡Esposa mugrienta del anticomunista! ¡No eres más que una espía y una traidora! Permitir tu libertad es permitir un crimen. Ésta es la dictadura del proletariado en su mejor momento.

Desvístanme, entonces, responde Wang Guang-mei. El resto de sus palabras desaparece entre los gritos de una multitud de trescientas mil personas: "¡Abajo Liu Shao-qi! ¡Abajo Wang Guang-mei! ¡Larga vida al presidente Mao! ¡Un saludo para nuestra querida Madame Mao Jiang Ching!".

La escena es grandiosa, pero la actriz Jiang Ching de pronto estalla en sollozos.

Ha llovido por espacio de tres días. La llovizna es como lágrimas que caen del cielo. Es un otoño poco común. Las luces eléctricas desnudas de toda la antigua ciudad de Kai-feng, en la provincia de Hebei, tiemblan en el viento como ojos de fantasmas.

Los ojos del vicepresidente Liu están cerrados desde hace días. Ha cumplido setenta años en prisión. Ha sufrido un ataque al corazón, tiene alta presión sanguínea, complicaciones diabéticas y una falla pulmonar. Es incapaz de tragar. Un tubo de alimentación entra por su nariz. Esta mañana abre los ojos. Lo que lo rodea es extraño, y hostiles los rostros que encuentra. Cierra los ojos de nuevo y yace en silencio. Una frazada de algodón está apretada en torno a su cuerpo.

El viento del norte silba por la noche en el patio. Hay en el cuadrángulo dos altos y antiguos árboles sin hojas, que se mueven como locos peleando. ¿Qué pasa por la mente de Liu? Su esposa ha sido sentenciada a muerte. A su hijo mayor, Liu Yong-bing, lo mataron a golpes en una reunión. Sus tres hijas están en prisión o han sido obligadas a exiliarse. Su socio y mejor amigo, Deng Xiao-ping, fue enviado a un lejano campo de concentración.

Liu no quiere creer que la república que ayudó a construir lo haya denunciado. No quiere creer que Mao haya ordenado su asesinato. Pasa sus últimos veintitantos días en la oscuridad.

La mañana del 11 de noviembre abre los ojos por última vez.

Mira el techo cubierto de telarañas, los insectos atrapados en las redes, disecados.

La última imagen que el pueblo chino tiene del vicepresidente Liu Shao-qi es la de un hombre con un libro en la mano tratando de explicar la ley a los estudiantes de la Universidad Qinghua. Los alumnos se ríen y se burlan. Creen que es un tonto. Lo empujan, mofándose de su Libro de la Ley.

¡La ley son las enseñanzas de Mao!, gritan los jóvenes.

Liu sabe que ha llegado su hora. Su cuerpo decide entregarse antes que su mente. No está listo para salir de la vida. No está listo, sin haber podido intercambiar una palabra con Wang Guang-mei y sus hijos, sin abrazar la urna de cenizas de su hijo Yong-bing.

La tristeza lo endurece minuto a minuto.

12 de noviembre de 1969, a las 6:45 de la mañana. El rostro del vicepresidente Liu de pronto resplandece. Sus arrugas empiezan a estirarse y sus músculos faciales se relajan. La eternidad se ha instalado en él. Hay casi una sonrisa cuando ese gran corazón deja de latir.

En la extrema quietud, la nieve empieza a caer. El viento deja de soplar y los viejos árboles dejan de sacudirse.

China está sumida en quietud.

Sentados bajo el sol de la mañana, los Mao disfrutan de té de crisantemo en tanto que Loto, la nueva secretaria y amante de Mao, le pasa el informe de la muerte de Liu. Mao da vuelta una página mientras enciende un cigarrillo. Sus ojos se mueven por el papel.

Madame Mao se inclina para echar una mirada.

Es la letra del primer ministro Chu. *Noventa y cuatro horas de interrogatorio sin pausa... Separado de su familia... gravemente golpeado y herido... Su infección de la vejiga empeoró... La fiebre persistió. Su cuerpo perdió el control... La cama estaba constantemente mojada. Fue encerrado en un pequeño cuarto sin comida ni agua. El tratamiento médico que envié fue bloqueado... Su peso bajó a treinta kilos... Murió de neumonía con complicaciones.*

Mao exhala el humo.

Madame Mao sabe que nuevamente se siente seguro.

Pasan a otros informes. Para el momento en que Mao llega a la noticia de la muerte del mariscal Peng De-huai, da muestras de cansancio.

¿Qué está haciendo Lin Piao?, le pregunta de pronto. ¿Sabías que las facciones de Wuhan están fuera de control? Los obreros del acero están fabricando ametralladoras ellos mismos. Seguro que están preparando una sangrienta guerra civil. ¿Le dirías a Lin Piao que haga algo al respecto?

No sé qué hace Lin Piao como ministro de defensa nacional. Parecería que su única tarea fuera halagar a Mao. Usa jets militares para traer langostas vivas a la cocina de Mao; envía pelotones a las montañas a buscar la mejor raíz de ginseng para Mao. Lin Piao trabaja para su propio futuro. Se forja ilusiones respecto de Mao y de sí mismo.

A diferencia de Lin, yo no me hago ninguna ilusión. Me preparo para el cambio inesperado de Mao. Es una fantasía y también una tragedia que yo sea la esposa de Mao. Si fuera Wang Guang-mei, habría podido ser una buena ama de casa. Detesto admitir que, después de todo, envidio a Wang Guang-mei: ella cumplió el mayor deseo de una mujer. Pero, una vez más, no estoy segura de que lo hubiera aceptado a cambio de perlas.

20

Una mañana, en la prisión nacional, se pronuncia el nombre de Fairlynn. Debe ser llevada para que sea testigo de una ejecución como parte de un programa de tortura.

Se oye el sonido de botas pesadas y aparecen los guardias. Los prisioneros son escoltados en un camión abierto. Fairlynn no sabe que sólo será testigo. Cree que es su último día sobre la tierra. Llora sin control y empieza a vociferar el nombre de Mao. Grita su historia junto a él. Viene un guardia y le tapa los ojos con un trozo de tela.

Fairlynn lamenta haberse molestado siquiera en escribir a Mao. Ella no le importa, ya no. Sin embargo, Fairlynn no puede dejar de pensar en él. Le cuesta mucho creer que el cariño de Mao no haya sido sincero. Recuerda la última vez que se separaron. "Perduremos", le susurró él en el oído. Se pregunta si no lo habrá ofendido al señalarle sus errores en 1957. Él no quería admitir que su Gran Salto Adelante era, en rigor, un gran salto hacia atrás. Ella sólo quiso expresar su conciencia como escritora. Se pregunta: ¿No fue acaso y ante todo su sinceridad, su franqueza, lo que le ganó el respeto y la adoración de Mao en Yenán? ¿No debería saber él que sus críticas surgían de un deseo de consolidar su poder? Creía que se habían entendido, uno al otro.

Debe de ser Jian Ching, entonces, concluye Fairlynn. Su mano negra debe de estar detrás de este telón.

Esto no es una fantasía, le digo a la principal actriz de mi ópera.

La heroína es real. Ha superado las penurias. Quiero que trates la pintura roja de tu pecho como una herida real. Que la sientas arder, que sientas que está consumiendo tu poder. Que te devora viva y lloras sin que te oigan. Proyecta tu voz con el mayor volumen posible.

Voy al estudio y me reúno con Yu, mi jefe. Trabajo con él estrechamente en la filmación. Estoy satisfecha con los progresos. Los detalles, en especial: el color de una mancha en los pantalones de la protagonista, la forma de sus cejas. Me gusta la calidad de sonido de los tambores en el fondo y de la orquesta. He reunido a los artistas más importantes de la nación. Disfruto con cada expresión de mi actriz favorita, Lily Fong, y me gusta la forma en que la iluminan. Le he dicho al equipo técnico que no permitiré imperfecciones. Ordeno que vuelvan a rodar tomas. Infinitas repeticiones de tomas. No las apruebo hasta que la toma no es perfecta. En este momento, tres mil trabajadores culturales están trabajando en mis proyectos. La cafetería está abierta veinticuatro horas por día. Yu me sorprende tratando de no dormirme durante uno de mis propios discursos. Estoy demasiado cansada.

¿Puedo detenerme? Se trata de una batalla sangrienta con espadas invisibles. La opción es vida o muerte. El otro día visité a Mao y fui testigo del deterioro de su salud: ya no puede salir de la silla de ratán sin que lo ayuden. Eso me aterró. Una casa no se mantiene si el poste central cae. Pero oculto mi miedo. Debo hacerlo. La nación y mis enemigos observan mi desempeño. Enfrento a un público aterrador.

Llamo a Yu por teléfono. Discutimos cómo hacer que el mensaje político de las óperas sea comprensible para la clase obrera. Estamos cortejando a la juventud: es crucial para mi supervivencia que se identifiquen con mi heroína. La diosa amante y atenta que abnegadamente se sacrifica por el pueblo.

Yu elige para el papel principal actrices que se parecen a mí. Ello me consuela.

Voy al set después de despachar los asuntos del día. En los estudios me siento como en casa. Siempre ha sido así. Las luces me tranquilizan. Mao se fue nuevamente al sur en su tren. No tengo idea de dónde se encuentra: mantiene su itinerario en secreto y cambia de idea a cada momento. Trato de ocuparme de mis propios asuntos, trato de pensar en el bien que Mao me ha hecho y tengo que recordarme a cada momento que debo ser agradecida.

Por cierto, debería sentirme satisfecha por la forma en que

finalmente las cosas se me han dado. Con Dee a cargo del set, mis filmes van saliendo. Las balas silenciosas que yacen en las recámaras de las pistolas de sus soldados hablan más fuerte que lo que jamás podría hacerlo mi voz.

El 1º de octubre de 1969 se estrena *Toma la Montaña del Tigre con ingenio*; es un éxito. En pocas semanas oigo cantar sus arias por las calles. Con el fin de hacer el libreto accesible para el público, ordeno que se lo publique íntegro en el *Diario Popular* y en el *Diario del Ejército de Liberación*. Ocupa todo el periódico y no hay espacio para otras noticias o acontecimientos.

En los meses que siguen, se termina *Historia de una linterna roja* y su estreno tiene lugar en los cines de toda la nación. Le siguen dos filmes de ballet de tres horas: *Las mujeres del destacamento rojo* y *La joven de cabellos blancos*, además de las óperas filmadas *El muelle*, *El estanque de la familia Sha* y *Ataquen a la división Tigre Blanco*.

¡Qué sensación! No puedo ir a ninguna parte sin que me feliciten.

Historia de una linterna roja se vuelve tan popular, que Mao expresa su deseo de verlo. Lo considero un honor y lo acompaño a su sala privada de proyección. Le gusta todo excepto el final, donde fusilan a la heroína y al héroe.

Es demasiado deprimente, se queja. Sugiere que le haga un final feliz. Estoy en desacuerdo pero le prometo tomar en cuenta sus observaciones y que pondré mis mayores esfuerzos en hacer el cambio.

Lo cierto es que estoy decidida a no hacer nada. No voy a tocar el final. Es simbólico. Traduce lo que yo siento con respecto a la vida. Las balas están en el aire. Es mi vida. Muchas veces me han disparado.

Es un espacio abierto. Postes de madera de la altura de un hombre se yerguen contra el cielo gris, a noventa centímetros de distancia uno de otro. Hay veinte de ellos. Las malas hierbas llegan a la cintura. El viento es áspero. Los prisioneros son sacados a puntapiés del camión y atados a los postes. Se les quitan las vendas. Rostros sin color, algunos con toallas metidas en la boca. El jefe de los verdugos grita una orden. Varios prisioneros empiezan a perder la conciencia. La cabeza les cae sobre el pecho como si ya les hubieran disparado.

Fairlynn está sacudida por fuertes temblores. Lucha por respirar. De pronto, sus piernas empiezan a caminar solas. Camina hacia el poste de madera en forma involuntaria, gritando: ¡Presidente Mao!

El jefe de los verdugos viene y la agarra del cuello. La arrastra a un costado. La mente de Fairlynn está paralizada. Siente como si fuera un pescado cocido puesto sobre un plato y al que le han sacado el espinazo.

Los soldados levantan los revólveres. Puede oírse el sonido del viento. Una mujer se da vuelta y sus ojos ven a Fairlynn. Es Loto su compañera de celda. Fairlynn rueda al suelo y luego se alza sobre las rodillas. De pronto ve a Loto que mueve la mano, levantando los puños hacia el cielo. La boca de Loto se abre mientras grita: "¡Abajo el comunismo! ¡Abajo Mao!".

La mujer deja de sacudir los puños hacia el cielo: una bala la ha alcanzado. Pero su boca sigue moviéndose.

Aterrada, Fairlynn levanta la cabeza y se arrastra hacia Loto. En su derredor todo gira, la tierra está dada vuelta. Los oídos empiezan a zumbarle. De pronto, el mundo empieza a flotar sin sonido frente a sus ojos.

Los prisioneros caen, desparramados en todas direcciones. Algunos se apartan de los postes. Cuerdas rotas por los disparos caen al suelo. Loto corre hacia Fairlynn. Sacude el cuerpo con la barbilla hacia el cielo. Tras ella, las nubes han caído a la tierra girando como gigantescas pelotas de algodón.

El jefe de los verdugos vocifera su última orden. En extremo silencio, Fairlynn es testigo de cómo se deshace la cara de Loto. La sangre dibuja un crisantemo en flor.

¡Experimento chimpancé! Fairlynn se desmaya.

Aunque Fairlynn sobrevive a la Revolución Cultural, en el momento en que el rostro de Loto se convierte en un crisantemo de sangre un importante compartimiento de su propia conciencia estalla también, como lo sugieren sus memorias (escritas en 1985 y publicadas por South Coast China Publishing en 1997).

Por cierto, el presidente Mao tiene sus debilidades. Parecen más punzantes en los últimos años de su vida. Creo que es correcto escribir sobre eso, pero, dadas las circunstancias me niego a revelar más de lo que se sabe. Hay gente que se propone negar las grandes contribuciones y hechos heroicos de Mao. No sólo quieren ensuciar su nombre sino que también pretenden que sea considerado un demonio, y eso no lo permitiré. No importa cuán erróneo fuera el tratamiento que se me hizo soportar en el pasado, no usaré mi pluma para escribir una sola palabra en contra de Mao.

En los últimos capítulos, la legendaria figura de setenta y nueve años, se detiene en un encuentro con Mao con tono de fascinación:

Fue en Yenán. Yo visitaba la cueva de Mao bastante a menudo. Casi todas las veces él me regalaba un poema, propio o de otros. Todos en su hermosa caligrafía y sobre papel de arroz. Una vez Mao me preguntó: ¿Estás de acuerdo en que Yenán es como una pequeña corte imperial, Fairlynn?

Pensé que estaba bromeando, de modo que respondí: No, ya que no hay una junta de cien asesores. Se rió y dijo: Eso es fácil. Pues hazla. Hagamos una lista. Sacó una lapicera, tomó una hoja de papel y dijo: Vamos, tú nombras a los candidatos y yo les concedo títulos.

Pronuncié los nombres que me venían a la mente mientras él los escribía. Estábamos de lo más divertidos. Mao escribió antiguos títulos junto a los nombres: Li-bu-bhang-shu, Juez de la Suprema Corte; Bing-bu-shang-shu, Ministro de Defensa Nacional. Hay otros, como primeros ministros y secretarios de Estado. Después de eso me preguntó: ¿Y qué pasa con las esposas y concubinas? Yo me reí. Vamos, Fairlynn. ¡Nombres!

En ese tema, por supuesto me retraje, porque no quiero más problemas con Jiang Ching.

Víspera de Año Nuevo. La nieve ha convertido la Ciudad Prohibida en una beldad congelada. No obstante, no estoy de humor para visitar mis flores de ciruelo favoritas. En la superficie he logrado un sueño: salí de las sombras que rodean a la concubina imperial y me he instalado como una futura gobernante. Y sin embargo, con gran desagrado de mi parte, de nuevo he perdido el camino a la puerta de Mao: ha rechazado mi invitación a pasar la víspera de Año Nuevo conmigo.

Tiene mucho que ver, estoy segura, con el éxito de mis óperas y ballets filmados: cree que mi popularidad ha opacado su nombre. Se siente dañado. ¿Qué ocurrirá? No tengo que mirar lejos: ése fue el motivo por el que derrocó a Liu.

Me siento tan sola como siempre, y aun así no puedo dejar de hacer lo que he estado haciendo. Como el musgo, estoy destinada a correr tras la luz. Para escapar a la depresión planeo mi fiesta de víspera de Año Nuevo en el Gran Salón del Pueblo. Invito a mi equipo creativo y a los miembros del equipo técnico, trescientos en total. Para la camarada Jiang Ching será un placer honrar a todos pasando la víspera de Año Nuevo con ustedes.

Después de una taza de vino, las lágrimas empiezan a caérseme. Para vencer mi estado de ánimo, pido a mis guardaespaldas que traigan petardos. Al principio se sorprenden: todos saben que tengo aversión a los ruidos excesivos y al humo. Es cierto que mis nervios están débiles, pero haría cualquier cosa con tal de ocultar mis sentimientos y aventar la sospecha pública de que estoy perdiendo la gracia de Mao.

Mis guardaespaldas vienen con las manos vacías: existe una regla de seguridad por la cual no se permiten fuegos artificiales frente al Gran Salón del Pueblo.

Bueno, no me importa. ¡Soy Jiang Ching! ¡Tráiganme petardos en veinte minutos, o quedan despedidos! ¡Róbenlos, si es preciso!

Media hora más tarde, los guardaespaldas llegan con varias cajas de petardos.

Comienza el estruendo de las balas. Los fuegos de artificio cubren el cielo. Los petardos saltan de arriba abajo y de un lado al otro. Me río hasta las lágrimas. Odio a Mao. Me odio por seguir este camino.

Cuando el jefe de seguridad del salón viene y trata de frenarme, le arrojo un "dragón de la tierra". Los petardos estallan como cuerdas mágicas, rodeándolo y dejando manchas negras de carbón en sus ropas.

Mis guardaespaldas me secundan. Le "disparan" al pecho y los pies, y él finalmente retrocede.

Ella cambia. El ritmo de su estado de ánimo refleja el humor de Mao y el tratamiento que le da. En público es más que nunca fanática de Mao. Reside en Shanghai y hace que todos los miembros de sus elencos de ópera usen uniformes del ejército. Les dice que cada espectáculo debería tomarse con tanta seriedad como si fuera una batalla. Para Jiang Ching, es la verdad más absoluta. Siente que tiene que pelear por el derecho a respirar. Se vuelve histérica y nerviosa. Nada dura para siempre, comenta por cualquier cosa. Cuando duerme bien, se despierta pensando en el pasado. Un día, le revela un secreto a su cantante de ópera favorita. ¿Sabes? Éste es exactamente el mismo escenario en el que representé a Nora.

Se pregunta dónde estará el actor Dan. La última vez que lo vio fue en la pantalla. Ha interpretado a emperadores y héroes de todo tipo. La imagen sigue siendo magnífica e irresistible. Desde la Revolución Cultural, su nombre ha desaparecido de los diarios y revistas. De pronto lo desea. Ahora comprende por qué la emperatriz heredera estaba obsesionada con los actores. Alimentada, y sin embargo hambrienta. Respiraba, pero se sentía enterrada viva. Perdura su necesidad de aferrarse a la fantasía.

No los puede tocar, pero los conserva como posesiones. Está rodeada de hombres apuestos e inteligentes. Hombres en cuyos ojos vuelve a verse como una diosa. Sus hombres favoritos son Yu Huiyong, el compositor, Haoliang, el actor de ópera, el bailarín Liu Qingtang y Zhuang Zedong, el campeón mundial de tenis de mesa. Hay un solo hombre que no se pondría de rodillas ante ella: Dan. Ella arde por él, pues valora su genio: comparado con los emperadores a los que interpreta, Mao es un simulacro. Y sin embargo, no puede soportarlo. Frente a él se siente derrotada.

Vuelven a encontrarse cuando ella está tomándose un breve descanso en el lago Occidental. Por casualidad se alojan en el mismo hotel. Dan ha estado haciendo investigaciones para una *Biografía de Lu Xun*, una película que sueña con realizar. Se cruzan en el hall. Ella lo reconoce, pero él no. Ella lo sigue a su habitación y él se sorprende. Se estrechan la mano. Esa noche Jiang se siente inquieta. Un apretón de manos ya no le resulta suficiente. La próxima vez que se encuentran, ella lo abraza. Sus brazos le rodean el cuello y sus labios buscan su boca.

Él se queda congelado pero no se aparta. El beso dura largos segundos. Es un buen actor. Finalmente, ella lo deja ir.

Están sentados uno frente al otro en una casa de té. Él le hace un cumplido sobre lo bien que se la ve. *El lugar más alto es el más frío*, responde ella, citando un antiguo poema.

El rostro de él palidece pero sigue con la representación. Jiang Chang se convence de que él está tan interesado como ella. Discuten de arte. Ella le dice que su papel como mariscal de la dinastía Ching fue su preferido. Él le pregunta si podría levantar la prohibición. Se produce un silencio. Madame Mao le pregunta si pensó en ella en todos esos años. Él sonríe, y al principio no responde. Al cabo de un rato, recita: Buda siempre me concede lo opuesto de lo que pido.

Ella sonríe. Te concederé lo que has estado pidiendo esta noche.

Él hace una pausa: Pero me he convertido en un hombre de entrañas vacías, dice.

A mis ojos eres siempre el osado Dan. Dime qué fue de tu vida después de *Casa de muñecas*. ¿Cómo está Lucy?

Ha habido una seguidilla de desgracias, suspira. Lo pusieron preso por sospechoso de comunista en la época de Chiang Kai-shek. Lo enviaron a una cárcel en el desierto de Xin-Jiang durante cinco años. A Lucy le dijeron que había muerto y se casó con mi amigo Du Xuan. Yo...

Dan, me gustaría compartir mis lágrimas contigo esta noche. Beberemos el licor imperial que traje de Beijing. Lo pasaremos bien. Aquí tienes... Mi llave.

Ella espera e imagina. Cuenta los minutos. Las diez y media y Dan todavía no aparece... Se ha ido del hotel.

El aire muerde y el agua envenena. Ella siente como si estuviera perdiendo sus propios pies, mientras complota para apoderarse de los zapatos nuevos de otras personas.

Por ese acto Dan es encarcelado. La excusa es una típica etiqueta de la Revolución Cultural: *Agente de Chiang Kai-shek*. La celda le recuerda a Dan un set de filmación en el que estuvo una vez mientras interpretaba a un comunista clandestino. La pared es de noventa centímetros de espesor y se encuentra a nueve metros bajo tierra. Vive en oscuridad total y se le dan dos escudillas de guiso chirle por día. También le proporcionan herramientas para que termine con su propia vida.

Por espacio de quince años, Dan lucha por ver la luz. No podía caminar ni una cuadra cuando salí, cuenta Dan tras ser liberado después de la caída de Madame Mao en 1977. Mi segunda esposa trató de divorciarse de mí. Mis hijos demostraron su resentimiento uniéndose a los Guardias Rojos. En una reunión política, mi hijo tomó un látigo y me golpeó.

¿Cómo puedo diferenciar la vida de un filme?

Lo que se ha rodado es desalentador. La dirección es rígida y la representación superficial. La luz está llena de sombras y las tomas están hechas desde el ángulo equivocado. Antes del almuerzo, ordeno que se cancele la producción. Todos están aterrados y eso me hace sentir un poco mejor. Pero mi buen ánimo no dura. Alguien está estirando la cabeza para recibir mis balas. ¡Qué acierto! Es un productor. Dice que deberíamos seguir filmando. El presidente Mao nos ha dado instrucciones de promover la ópera. No deberíamos dejar de trabajar por una cuestión de honor. El mayor idiota de la China es ahora el que no sabe captar lo que pienso. De manera que ordeno que lo despidan de inmediato. Ve, no puedo hacer esto sin esfuerzo. No hay necesidad de rogarle a nadie.

La actriz principal llora y piensa que ella es el motivo de que yo esté enojada. La despido también. ¡No soporto a los personajes lastimeros! Ojalá pudiera despedirme a mí también. Es horrible el papel que estoy desempeñando. No hay forma de hacer que brille. Nada funciona. Mi papel es ridículo. Tengo poder para silenciar a la nación, pero no puedo lograr el cariño de un individuo.

Su estado de ánimo empieza a cambiar drásticamente. La mitad de los miembros del equipo técnico son despedidos en un mes. Las producciones están hechas un lío. Por último, las cámaras dejan de rodar. Ella sigue buscando al enemigo. Cada vez más entrampada en su propia desgracia, ve veneno en su escudilla y asesinos detrás de las paredes.

La dama de la mansión, Shang-guan Yun-zhu, ha tratado de ponerse en contacto con su amante Mao desde la mañana. Quiere decirle que ha estado leyendo poemas sobre el Gran Vacío. Está cansada de su papel de amante y harta de las incesantes esperas. Quiere decirle cuánto extraña el escenario. Ha mirado las películas producidas por el Estudio Cinematográfico de Shanghai y reconoció papeles que originalmente fueron creados para ella. Quiere contarle sobre los llamados amenazadores de los agentes de Jiang Ching diciéndole que "cuente sus días". Pero no puede conectarse con Mao: su teléfono está desconectado y sus mucamas han desaparecido.

Hay sombras en la mente de Shang-guan. Siente su propio fin. Se imagina la risa de Madame Mao Jiang Ching mientras recita unos versos del siglo XIII:

Las niñas que recogían flores no se ven más.
De pronto
no me siento inclinada a mirar el paisaje
por vagabunda que sea.
Corro a través de todas las escenas.
El dolor me priva del placer que pueda hallar.

El año pasado
las golondrinas volaban rumbo al horizonte.
¿Quién sabe en casa de quién este año están?
Detente, por favor,
no escuches la lluvia nocturna en la tercera luna
porque no puede ayudar a que los capullos aparezcan pronto.

Es hora, murmura, cerrando lentamente el libro.

Se hallaban en medio de su acto amoroso. Mao estaba sentado en un sofá y Shang-guan Yu-zhu sobre su falda. Miraban fotos de sus películas, de los papeles que había interpretado. Eres una perla.

Ella sonrió, inclinandose. Una hilera de jazmines frescos colgaba de sus orejas.

Él la aferra y empieza a desvestirla.

Ella lo siente y siente su amor por él.

No te pongas triste, algún día haré que funcione, dice él.

Ella sacude la cabeza. Tengo miedo.

¡Oh cielos! ¡Cómo te extraño! Ten piedad. Vamos. Oh, fría belleza, tienes el corazón de piedra.

Cuanto más la acariciaba él, más triste se ponía ella. ¿Qué tal mañana? Sin embargo, no se atrevió a preguntar. Había preguntado antes y eso lo había apartado.

Shang-guan se sintió halagada pero preocupada cuando Mao la buscó por primera vez. Al principio se negó a engañar a su marido, el señor Woo, un director asociado, un hombre humilde del Estudio Cinematográfico de Shanghai. Pero eso no detuvo a Mao. Pronto el problema fue resuelto por Kang Sheng. El señor Woo ofreció a su esposa. El siguiente problema fue Madame Mao Jiang Ching. Shang-guan no pudo superar sus temores, tarea que Mao nuevamente encomendó a Kang Shen. Kang Sheng mantuvo a Shang-guan en secreto frente a Jiang Ching, hasta que se enteró de que Mao y Jiang Ching se había vuelto a unir: Mao no pensaba sacrificar a Shang-guan para complacer a Jiang Ching.

No era que Shang-guan careciera de perspectiva. Estaba en el negocio del espectáculo desde niña y conocía su naturaleza. Sabía lo que hacía: contaba treinta y cinco años cuando conoció a Mao y tenía su propio plan. Su carrera como actriz cinematográfica había llegado a la cúspide y estaba buscando una alternativa. Aceptó a Mao cuando Kang Sheng la convenció de que Jiang Ching había decaído en el favor de su marido y no era adecuada como esposa desde el punto de vista político. El análisis de Kang Sheng era completo e inspirador. La idea de convertirse en Madame Mao hizo que Shang-guan Yun-zhu abandonara a su marido y su carrera.

Shang-guan dejó Shanghai, entró en el palacio de Mao y se puso el vestido de la dama Xiang-fei. Sin embargo, pronto descubrió que no era la única amante que tenía Mao.

Shang-guan quiso marcharse, pero los detectives de Kang Sheng estaban en todas partes. Debemos cuidarte las veinticuatro horas del día. No tienes motivo para aburrirte. Estar a disposición del Presidente debería ser la única meta de tu vida.

¡Pero Mao no aparece desde hace mucho tiempo! Ha perdido interés y se alejó, ¿no lo ves?

Tu deber es esperar, prosiguió la voz fría.

Ella esperó durante el invierno y todo el verano. Mao nunca

acudió. Cuando empezó la Revolución Cultural y Shang-guan Yunzhu vio la foto de Mao y Jiang Ching parados uno junto al otro en la Puerta de la Paz Celestial, supo que estaba condenada.

Los pensamientos de Shang-guan se detienen. Delante de un largo espejo, sonríe agotada. Su residencia ha estado tranquila esta mañana. Es una mansión aislada en medio de hermosos parques en un suburbio de Beijing. Hace dos noches, Shang-guan descubrió que sus guardias habían sido removidos. Vino un pelotón de hombres nuevos.

El mañana ha empezado a desarrollarse, murmura. Mañana terminarán todos mis problemas. La pluma de mi imaginación finalmente ha sido atrapada.

Shang-guan se sienta y empieza a escribir una carta a su marido. Está enojada con él por haberla entregado. Aunque comprendo que te hallabas sometido a presión y no tenías alternativa, no puedo perdonarte. Mi vida es tan horrible que pienso que es mejor terminar con ella. Pero luego siente que no es honesta. El señor Woo nunca fue su elección en términos de amor. Fue ella quien se sintió atraída por la idea de convertirse en Madame Mao.

Rompe la carta.

Shang-guan se pone de pie y va al jardín a cerrar la puerta. Camina rápidamente y retiene el aliento como para evitar el aroma de la primavera. Se apresura y corre entre las plantas en flor. Su traje arrastra los pétalos. Vuelve a su dormitorio y cierra la puerta tras de sí. Mira a su alrededor. Dos ventanas que miran al este se elevan simétricamente como ojos gigantescos sin globos oculares. La cortina gris oscuro levantada parece dos espesas cejas. Un armario de madera roja alto hasta el techo, se yergue entre las ventanas. El piso está cubierto con una alfombra de color amarillo claro. La habitación le hace pensar en el rostro de Mao.

Shang-guan camina con elegancia. Se conduce como si estuviera frente a una cámara. Recuerda lo cómoda que se sentía ante los movimientos más difíciles de la cámara. Las sofisticadas exigencias técnicas nunca fueron un problema para ella. Tenía instinto y siempre estaba lista para decir su parlamento. Los directores de luz y de cámara la adoraban. Se comportaba según las expectativas de público y críticos por igual. Los críticos decían que su confianza era lo que la volvía encantadora y que sus interpretaciones mesuradas eran lo que conmovía.

Puede sentir el peso de sus pestañas postizas. Se ha puesto una densa capa de cremas y polvos. En el espejo, ensaya el acto. Levantando la barbilla, adopta una expresión distante. El aliento de la muerte sopla en sus mejillas mientras se pinta los labios por última vez. Después, toma una frazada blanca y cubre el espejo con ella. Se detiene frente al armario. Abre las puertas y su mano busca en el interior. Tira de un cajón y saca una escudilla de cerámica azul índigo cubierta con papel encerado marrón. Un cordón blanco ciñe el borde. Lo desata y levanta la tapa. Adentro hay un paquete de píldoras para dormir.

Cuidadosamente, Shang-guan estruja el borde del papel. Lo dobla en forma de diamante. Luego lo aplasta, antes de arrojarlo a un tacho de basura que hay bajo la mesa. Va a la cocina con la escudilla entre las manos. Toma un vaso y una botella de *shaoju* del armario y mezcla el licor con las píldoras. Revuelve y muele, tomándose tiempo para ello. Luego vuelve a su dormitorio y tiende la cama. Estira cada una de las arrugas de las sábanas. De debajo del lecho saca una valija negra, de la cual extrae un vestido y un par de zapatos. Se cambia la blusa por un vestido color durazno: un regalo de Mao. Luego cambia de idea. Se saca el vestido y lo cambia por una túnica azul marino que le compró a una monja en una localidad cerca de la montaña Tai. Se cambia las zapatillas por un par de sandalias negras de algodón. Pone el vestido color durazno y las zapatillas en la valija y vuelve a empujar ésta bajo de la cama.

Shang-guan traga la bebida sin un gesto de duda. Se lava las manos y se enjuaga la boca. Luego va a recostarse en la cama, extendiendo los miembros simétricamente.

Su mente empieza a vaciarse. La gente a la que ha conocido antes vuelve a su memoria, entre ellos Mao Tse-tung y Jiang Ching; luego se desvanece como humo. Siente que el destino finalmente la está liberando. Se ve correr por el desierto de la tierra, donde la paz le abre los brazos. Cuando llega el dolor y su aliento se hace débil, exhala un suspiro y susurra un texto que era su preferido cuando interpretaba a la dama Taimo:

¿Puede alguien reconstruir un hilo de jazmín a partir
[de una tetera?

21

Mantenerme a la altura de Mao me ha agotado, no obstante que las tácticas del juego se han vuelto más simples. La lucha por ganar la delantera se ha reducido a tres personas. El primer ministro Chu, el mariscal Lin Piao y yo nos hemos convertido en los únicos rivales. En abril de 1968, mi estrategia es aliarme con Lin y aislar a Chu.

No es que disfrute con el juego de la muerte. Si tuviera opción, preferiría quedarme con Yu y pasar el tiempo en los estudios de filmación y en los teatros. Pero mis rivales están al acecho para derribarme. Huelo sangre en el aire de Beijing.

Madame Mao trata de romper el sistema del primer ministro Chu. Su primer objetivo es reemplazar la Oficina de Seguridad Nacional de Chu, dirigida por los viejos muchachos, por la propia. Mao juega aquí un papel delicado. Alienta y respalda a ambos lados. Cree que sólo cuando los cabecillas de guerra están ocupados en constantes luchas internas el emperador logra paz y control.

Con el silencioso permiso de Mao, se alía con Lin Piao y finalmente paralizan la Oficina de Seguridad Nacional de Chu. Complacido, Mao pregunta si Jiang Ching puede quebrar al resto del país. Ella, excitada, acepta el desafío. A pesar de que el primer ministro Chu intenta por todos los medios desviar su acción, ella es agresiva y poderosa.

Ha comenzado oficialmente la tragedia de su vida. Cegada por la pasión sigue adelante, sin darse cuenta de que se le está diseñando un rol para ser destruida. Nunca ha perdido la fe en que algún día recuperará el amor de Mao. Por eso niega la realidad, rehúsa creer que, en el futuro, Mao habrá de sacrificarla.

Cuando las fuerzas de Madame Mao crecen demasiado y se vuelven demasiado fuertes, Mao se inclina hacia el primer ministro Chu y los viejos muchachos. En julio, Mao autoriza a que publique dentro del Partido la cantidad de muertos registrada en las luchas entre las facciones de la Guardia Roja. *Es hora de golpear a los perros salvajes antes de que se conviertan en una amenaza para la nación.* La acción de Chu para restablecer el orden prosigue.

Me mantuvieron en la oscuridad. Y no tengo idea de por qué Mao está enojado conmigo. No quiere hablarme pese a que he estado tratando de comunicarme con él. ¿Fue el primer ministro Chu la mano negra detrás de esto? A veces Mao puede ser tan inseguro que ve una tormenta en una brisa. Y las palabras de Chu tienen efecto sobre él. La última vez que me vio citó un dicho: *Cuanto más alto es el árbol, más larga es su sombra.* Lamento no haberle prestado atención. Espero que sólo sea su histeria. Una vez que siga su curso, su mente volverá al buen camino.

Para aislarme, Mao corta mi asociación con el mariscal Lin. Ordena a éste hacer que el ejército "limpie el lío que dejaron los Guardias Rojos de Jiang Ching".

Me siento destruida. En el acto le escribo una carta a Mao afirmando que he trabajado exclusivamente según sus instrucciones.

Mao no responde. Está intepretando a su verdadero personaje: el que no reconoce sentimientos ni memoria y sólo se deja llevar por el miedo.

Una vez más me traiciona y me cubre de mierda. Me siento sacudida, y no tengo a quién rogarle.

Mao despide a mi gabinete. Envía lejos a mi gente, serruchando así mis miembros. Una migración nacional de jóvenes. Doscientos millones de Guardias Rojos son enviados al campo con la excusa de "diseminar la semilla de la revolución en toda China". Pero, no se me permite decir una sola palabra. Su objetivo es demostrarme qué mal construido está mi poder: no tiene base. En eso, no soy distinta de Liu. Lo cual me hace morir de miedo. Temo pensar en el futuro. Si puedo ser despojada así mientras Mao está vivo, ¿qué pasará cuando muera?

Pero no, no puedo bajarme del tigre. La cuestión es comer o ser comida.

Lin Piao ve su ocasión de suceder tanto al primer ministro Chu como a mí. Corre. En la Novena Convención del Partido Mao nombra oficialmente a Lin Piao su sucesor.

Créanme. La historia está llena de trucos. El drama de la vida real es mejor que la imaginación de cualquier dramaturgo. El mariscal Lin no tiene confianza en que su salud aguante. Teme que Mao cambie de opinión y decide actuar. Urde un golpe de estado. Al mismo tiempo que le envía langostas vivas por avión a Mao, manda a su hijo a bombardear su tren. Bien, Mao es el brujo más grande en el templo de la magia: dispone de dos trenes de seguridad de cuatro vagones que salen de antemano. Lin no tiene la suerte de atraparlo.

Está sentada junto a Mao, frente a Lin Piao y a su esposa, Ye Qiun. Del otro lado de la mesa se halla el primer ministro Chu y su esposa Deng Yin-chao. Ella no se da cuenta de lo que está ocurriendo sino hasta la mañana siguiente. En la mesa no observa nada fuera de lo común. Mao empieza la ceremonia abriendo una botella de vino imperial, sellado dentro de su vaso de porcelana original de la dinastía Ming, 482 años atrás. Luego enciende incienso. Celebremos el Festival de la Luna.

Es una cena elaborada, con pepinos de mar y otros platos delicados de la tierra y el mar. Mao usa sus palillos para llenar el plato de Lin con tendones de tigre, cazado hace una semana en Manchuria. La atmósfera es agradable. Ella no es consciente de que su marido está protagonizando una ópera viviente. Se encuentra en un estado de animo sentimental. Mao ordenó a su secretario que le dijera que debe irse del banquete exactamente a las diez y media. Ella lo tomó como un insulto, pero ha concurrido a la cena de todos modos. Durante la comida, siente que el corazón se les estruja al mirar los patios, las flores y árboles de bambú. Solía vivir aquí con Mao. El licor hace que las estatuas de animales de las antiguas tabletas de piedra y las fuentes adquieran vida. Se da vuelta hacia el otro lado. La pequeña huerta es como un cuadro de cosecha. Las arvejas están verdes y los pimientos rojos. De nuevo recuerda su vida en Yenán.

El grupo viste como todos los días, excepto Mao, que esta noche se ha ataviado de una manera extrañamente formal y lleva una chaqueta almidonada abotonada hasta la barbilla. Después del brindis se vuelve hacia Lin. ¿Cómo anda el ejército?

No lo pueden derrotar.

Hiciste buen trabajo en Wuhan.

No fue nada aplastar a los rebeldes.

Bajo tu mando, el Ejército de Liberación Popular ha demostrado ser un buen ejemplo para el pueblo, dice el primer ministro Chu, insertando finalmente su comentario.

Lin ha estado trabajando demasiado, interrumpe la esposa de Lin. Su médico le pidió que guardara cama. Pero todos sabemos que se sale de quicio cuando oye el llamado del Presidente. Respira por usted, Presidente.

Muy bien, muy bien. Mao pone dos costillas de cerdo fritas en el plato de Lin y luego llena su propia copa con más vino. Ye Qiun, debes cuidar a tu hombre. Es el único que tengo, tiene que dirigir el negocio cuando me vaya.

El primer ministro Chu parece no tener apetito, pero trata de comer para complacer a su anfitrión. Su esposa saca cuidadosamente la piel grasosa de su pescado y lo reemplaza con vegetales verdes. De tanto en tanto, observa a su marido con preocupación. Come lentamente y está prestando mucha atención a Mao.

Bueno, ¿qué has estado haciendo, primer ministro?

Chu se limpia la boca y afirma que acaba de volver de un viaje por las tres provincias del Norte. Fui a controlar a los Guardias Rojos enviados hace un año.

Oh, cuidando a los chicos. Mao ríe y asiente. ¿Y cómo están? Me lo preguntaba. ¿Se adaptaron a la situación y han sido productivos? Supongo que saben cómo manejar tractores mejor que los campesinos, son cultos y pueden leer las instrucciones, ¿no es así? Espero que produzcan una gran cosecha. Es un buen año en materia de clima.

El panorama en realidad no es tan halagüeño, replica el primer ministro Chu. Los jóvenes y los pobladores locales no se llevan bien. Los muchachos no saben mucho de la importancia de aprovechar las estaciones. Pensaban que las máquinas podían hacer cualquier cosa en cualquier momento. Pero era la estación lluviosa. Cientos de tractores entraron en los campos: eran como ranas con las piernas cortadas. Se atascaron y no pudieron moverse un centímetro. Y cuando se dieron cuenta de su error, era demasiado tarde. Con la ayuda de los pobladores locales recogieron con la hoz todo el trigo que pudieron y dejaron el resto pudriéndose en los campos. El último día que estuve allí, los chicos usaron sus ropas y frazadas para guardar el grano y lo extendieron en las camas para que se secara...

Siempre hay que pagar un precio por las lecciones, interrumpe Mao. Como si no le interesaran más los detalles de Chu, se vuelve hacia Jiang Ching. Te está yendo bien, ¿no es así?

No sabe adónde apunta él, de manera que responde rápidamente. Sí, Presidente, las óperas filmadas andan muy bien. Los elencos están preparando otras. Sería un honor si el Presidente pudiera inspeccionar al elenco.

Él le dirige una sonrisa misteriosa y luego sigue haciendo comentarios sobre el vino. A ella le cuesta seguirlo: por un lado, trata de generar conversación, por el otro, no presta atención a lo que se dice. Es la primera vez que ella representa un papel sin saber siquiera qué es lo que está en escena.

El grupo sigue bebiendo. *No esperen demasiado. La verdad es que ningún lisiado te prestará su bastón.* Entre tragos y brindis, Mao arroja sentencias como si estuviera borracho. *La mayor felicidad de los ratones es robar un puñado de grano.*

Oh, caramba, exclama el anfitrión, me olvidé por completo de la hora. Deberíamos hacer esto más a menudo, ¿de acuerdo? ¿Primer ministro Chu? Jiang Ching, ¿estás llena?

Miro mi reloj. Son las diez y media. Me levanto. Mao se acerca y me da un apretón de manos, como a un camarada.

¿Qué se supone que diga? ¿Gracias por la cena? Me voy en silencio.

Nos iremos con la camarada Jiang Ching. El primer ministro Chu y su esposa se ponen de pie.

Nosotros también. Los siguen los Lin.

Mao levanta su mano hacia Lin. No, quédate por lo menos media hora más. Realmente, aún no hemos tenido tiempo de hablar.

Cuando los Lin vuelven a sentarse, Mao charla con libertad. Pregunta por la familia y la salud de Lin y le sugiere lugares donde tomarse unas vacaciones. Escucha con escasa atención y le recomienda a Lin su propio médico de hierbas. Luego le pregunta a Ye qué sueña para su hijo "Tigre". Ye se siente halagada y empieza a parlotear sobre los logros de Tigre.

Tu hijo es talentoso y merece un alto cargo en el ejército. Mao enciende un cigarrillo. La gente lo necesita. Escucha, Lin Piao, ¿alguna vez pensaste en promover a tu hijo como comandante en jefe de todo el ejército? De esa manera te puede liberar para que te encargues de mis asuntos.

Bueno, Tigre sólo tiene veintiséis años...

Si no lo haces tú, lo haré yo. Le debe este regalo al pueblo.

A las diez y cuarenta y cinco los Lin se despiden.

Permítanme que los acompañe hasta la puerta, se ofrece Mao. Me gustaría despedirlos personalmente.

A medianoche, suena el teléfono en el Jardín de la Quietud. Jiang Ching levanta el tubo medio dormida. Es Kang Sheng.

Los Lin están muertos, informa. La misión se ha cumplido prolija y silenciosamente dentro del complejo de la ciudad Prohibida.

Para ocultar su emoción, Madame Mao inquiere sobre los detalles de la ejecución.

Uno de los sirvientes de mesa de Mao es un experto en transportes y otro, en explosivos. ¿No estás contenta?

Lo está, pero también está asustada... ¿Hará Mao lo mismo con ella, algún día?

¿Cómo van a comunicarle la noticia al mundo?, pregunta controlando a duras penas su voz.

Aquí está, acabo de terminar el borrador: *15 de septiembre de 1971, de la Agencia Noticiosa Nueva China: El enemigo del pueblo Lin Piao fue atrapado en un intento de asesinato del presidente Mao. Lin tomó un pequeño avión y voló a Rusia después de que su maléfico plan fue descubierto. El avión de Lin cayó en Mongolia al quedarse sin nafta.*

Con Lin Piao fuera del juego, el primer ministro Chu y yo nos hemos convertido en los únicos rivales para el cargo de sucesores de Mao. Tengo que apurarme. Debo luchar contra los hombres del primer ministro Chu, así como contra mi propio marido.

Estoy ansiosa, y apenas si puedo quedarme quieta. En sueños oigo pasos. Me pongo nerviosa cuando me acerco a los armarios, pues temo que haya asesinos detrás de las ropas. Me salteo las comidas a fin de reducir las ocasiones de ser envenenada. Cambio de secretarios, guardaespaldas y sirvientes cada dos semanas. Pero las caras nuevas me asustan más todavía. Sé que es tonto, pero no puedo no sospechar que sean espías del primer ministro Chu.

El panorama del otoño dorado en la Ciudad Prohibida y en el Palacio de Verano ya no me interesa. Antes me encantaba caminar por el puente de quinientos dragones de piedra, pero ahora temo que una mano misteriosa salga del agua para empujarme hacia ella.

Decido ir a Shanghai, donde mi amigo Chun-qiao se ha convertido en el secretario principal del Partido de los Estados del Sur. He pasado a depender de Chun-qiao. Seleccionamos juntos a los futuros miembros de mi gabinete. De nuevo me recomienda a su fiel discípulo, ahora el famoso "mariscal de las lapiceras" Yao Wen-yuan, y a otros dos hombres de talento. Uno es Wang Hong-wen, un apuesto joven de treinta y ocho años muy parecido a Anyin, el hijo muerto de Mao. Wang es el jefe del Sindicato de Trabajadores de Shanghai. Chun-qiao señala que los sindicatos han sido recientemente transformados en fuerza militar y están a mi mando.

Excelente. Felicito a Chun-qiao y a sus hombres. Es exactamente lo que necesitamos. Me gustaría llevarlos a todos ustedes a Beijing. Me gustaría presentarles a Mao. Y por supuesto, llevaré al compositor Yu, mi querido amigo. Mao es un fanático de su trabajo y debería estar trabajando en un cargo mucho más importante del que tiene ahora. De manera que nada importa que Yu sea un artista y un palurdo que a menudo se pone dos medias diferentes. Lo adoro. No hay nadie que entienda mi aspecto artístico mejor que Yu. Está bien que le disguste la política. A mí también. El tema es que no puedes disfrutar de la composición si tu cabeza y tus pies van a distintos lugares. De todos modos, Chun-qiao, dejaré que tú esclarezcas a Yu.

Armándose de todo su coraje, lleva a su nuevo talento político ante Mao. Los movimientos del anciano son rígidos y su mano tiembla; le faltan la mitad de los dientes delanteros; y sin embargo, de nuevo se siente encantado con su esposa. En especial lo impresiona el apuesto Wang Hong-wen con su aspecto de pino. Como si fuera un hijo, atrae a Wang a su lado y lo invita a que vuelva a visitarlo. Unos meses después, Mao nombra a Wang vicepresidente del Partido Comunista en reemplazo de Lin Piao. Mao anuncia la promoción en la convención del Partido.

Hay una condición. Con gran conmoción de mi parte, Wang Hong-wen me dice que Mao lo quiere por mascota suya, no mía. En rigor, Mao quiere que "deje de ser amamantado por Jiang Ching".

Esto es un robo. Hablo con Wang y exijo su lealtad. Pero Wang es un hombre que carece de honor. Se cuelga del pecho más grande. Le pido a Chun-qiao que le diga a Wang que, si sigue siendo desleal a mí, dejaré que se "filtre" la información de sus verdaderos antecedentes: no es un hombre que tenga ningún talento. Abandonó la escuela secundaria y su historia es inventada.

Después de eso, Wang se reubica. Pronto Mao averigua que Wang habla por mi boca. El anciano empieza a dudar de sus componendas. Nos llama "la Banda de los Cuatro", refiriéndose a Wang, Chun-qiao, su discípulo Yiao y yo.

10 de enero de 1972. En el funeral del mariscal Chen Yi, Mao actúa de manera sentimental. En un principio no había aceptado asistir, pero cambió de idea a último minuto. Para la nación es una clara señal de que Mao está revalorizando a los viejos muchachos.

Mao llega cuando el funeral ya ha comenzado. Baja del auto y se apresura hacia el ataúd. Su aparición sorprende a todos. Un detalle es inmediatamente captado por las cámaras: Mao viste su chaqueta negra y los faldones de su pijama blanco se le ven por debajo. Ello sugiere que vino aquí con tanta prisa que no tuvo tiempo para cambiarse. Da a entender que Mao no pudo obligarse a no venir. Para el anfitrión, el primer ministro Chu, la llegada de Mao no sólo ha honrado a los viejos compañeros, sino que también es una denuncia contra Jiang Ching y su banda.

Al término de la ceremonia, Mao mantiene una conversación a puertas cerradas con el primer ministro Chu. Días después, de la oficina del primer ministro Chu sale un documento titulado "Poner de nuevo las cosas en orden".

¿Qué puedo hacer sino lavarme la cara con mis lágrimas? Si

Mao deposita su confianza en los viejos muchachos, simplemente no tengo futuro. A pesar de que hace poco al primer ministro Chu se le ha diagnosticado un cáncer, no descansará hasta que no vea a su camarada Deng Xiao-ping asegurarse el cargo de primer ministro. Incluso desde su cama de hospital, Chu dirige un espectáculo en los medios. Le pide a la gente que transfiera a Deng el cariño que le tiene a él. Es un show bastante conmovedor. Deng ahora está acaparando los titulares. *Confíen en el camarada Deng para revitalizar la economía de la nación* se ha convertido en una consigna en todos los hogares.

Ella se resiste a verse disminuida. Cree en su red y en los fieles que tiene en los medios de comunicación, que en los últimos meses han impreso los manuscritos de todas sus óperas. Por espacio de una década ha trabajado para crear una imagen perfecta de sí misma a través de óperas y ballets. Una heroína con un toque de masculinidad. La mujer que vino de la pobreza y se elevó hasta conducir a los pobres a la victoria. Cree que la mente de los chinos ha sido manipulada. Es hora de probar el agua: el público debería estar dispuesto a abrazar a una heroína en la vida real.

Tengo todo planeado, le dice por teléfono a Kang Sheng. Estoy en medio de un gran proyecto, preparándome para entrar en un escenario real.

Hagas lo que hicieres, susurra Kang Sheng, pon veneno en la escudilla de arroz de Chu antes de que él lo ponga en la tuya. Mao está perdiendo la cabeza y más vale que te apures.

No puedo respirar. Mi peor pesadilla se ha apoderado de mí. Estoy atascada en una clásica historia de la Ciudad Prohibida. El escenario se llama Patio Olvidado. Los personajes son concubinas imperiales sin miembros. Me visitan en mis sueños y no me dejan por la mañana.

No veo ninguna chance de retrasar el reloj de Mao.

Voy a recoger manzanas a la Colina de Carbón, le dice Jiang Ching a Mao. ¿Quieres venir conmigo?

Estoy saltando sobre mi última pierna, tose el hombre de setenta y nueve años. Puedo sentir que mis huesos decaen a cada segundo.

¿Por qué no llamas al médico?

¡No! ¡Cuelga el teléfono! En estos días, una cucaracha puede ser asesina.

Ella lo mira.

Él transpira a mares y luego vuelve lentamente a su cama.

Está más que cansado, piensa ella. Este hombre se está extinguiendo. A pesar de que tiene apetito, se ha estado matando de hambre. No tiene dientes, pero se niega a ponerse una dentadura de plástico. Está tan débil, que se ha hundido en la pileta.

Él la llama sin un motivo en particular. Ayer hizo lo mismo. Cuando llegó, él no tenía nada que decirle. Esperó pacientemente, pero no pudo recordar nada. Murmura algo sobre la presión alta y unos tajos pequeños que no cicatrizan. El médico dice que tengo úlceras. Están en todas partes. En la boca, en la garganta, en el estómago, en los intestinos y en el ano. Mira. Abrió la mandíbula. ¿Ves la úlcera? Aquí, bajo la lengua, las heridas. Me salen regularmente y me duran todo el día.

Ella huele la muerte en el aliento de él.

Es hora. Las palabras salen accidentalmente de su boca.

Él se vuelve hacia ella con un movimiento rápido.

Perdón, lo que quiero decir es que nunca es demasiado tarde para cuidarse la salud.

Trato de levantarme y caminar, jadea Mao. Sigo caminando. Temo que si dejo de caminar, nunca volveré a hacerlo. Me gusta la forma en que mis pies tocan el suelo. Me gusta sentir su solidez. El olor de la tierra me consuela. Sólo cuando camino puedo experimentar mi vida y saber que estoy viviendo y que mis órganos funcionan. Oh, qué maravilla la forma en que bombean mis pulmones. ¡Un cuerpo sano caminando sobre una tierra sana! Es lo único en lo que puedo confiar y de lo cual depender. Y por eso estoy respirando. ¿Ves? Cuando estiro las piernas, la tierra me recibe. Me saluda, me apoya y me alaba, no importa lo terrible que sea. Me pongo de pie, el suelo está debajo de mí, sincera y silenciosamente. Se extiende desde mis pies hasta el infinito.

Ella se imagina a una artista del maquillaje puliendo las uñas del muerto.

Como fascinado por sus propios pensamientos, Mao se agarra

del brazo de ella y prosigue. No he hecho gran cosa porque sueño que camino toda la noche y me pregunto si lo he hecho en estado de sonambulismo... No recuerdo si anoche había estrellas. Era... como si alguien me hubiera arrojado al camino. Estaba cansado pero no podía detenerme. Porque no quiero morir. Hay malas señales. Hubo otro complot para asesinarme. ¿Sabes algo de eso? ¿Sí? Lo he percibido. Confío en mi instinto. Viene de alguien que se llama a sí mismo mi camarada de armas, alguien que conoce mis costumbres y secretos, alguien que ve lo que estoy haciendo ahora. ¿Conoces a esa persona?

Suelta el brazo de ella y se deja caer en la silla de ratán.

Jiang se saca los anteojos, enjuga el sudor que corre por su frente. Luego vuelve a ponérselos. Pero no se quedan en su lugar. Todo el tiempo se le deslizan: hay humedad en su nariz. Trata de sostener los anteojos con los dedos. Siguen sin quedarse en su lugar. Por fin, se decide y se los quita.

Sabes, *Jia-zei-nan-fang: El ladrón de la casa es de quien más difícil resulta defenderse.* Estoy seguro de que sabes de qué hablo, ¿no?

Los ojos de ella se abren. Aclarándose la garganta, responde: Querido Presidente, tienes el amor de todos en este país. Has realizado más que cualquier otro ser humano en la tierra. Has captado y redefinido la rabia y los anhelos de nuestra nación. Nos has dado el mejor ejemplo de lo que es el verdadero espíritu de un patriota. Tus compatriotas te idolatran de una manera como nunca antes...

¡Cállate! Mao pega un salto. ¡Asegúrate de que *Huang-mu-niang-niang,* la Madre del Cielo no vacíe ninguna bacinilla de su majestad el día que me entierren!

La noche deja olor como el aliento de una boca infantil. La mente de Jiang Ching vuelve a la escena de la mañana. Se pregunta si todo es tan sólo sonambulismo. Cuando cruza el patio, oye a los gatos maullando del otro lado de las profundas paredes, y un fuerte estornudo sale de un arbusto.

Recostado en su cama, Mao duda de que su pileta sea confiable. Llama al jefe de la fuerza de seguridad y pregunta si la pileta es a prueba de misiles. Como la respuesta no es certera, Mao ordena que destruyan la pileta. ¡Conviértanla en un refugio subterráneo a prueba de bombas!

Se convoca a un equipo de médicos por los problemas de sueño de Mao. Pero, nada de lo que prescriben da resultado. Mao empeora después del verano. Se niega a salir de la cama, más aún a peinarse, lavarse o vestirse. Permanece en pijama las veinticuatro horas del día. Está cada vez más inquieto. Confunde a su secretario con un asesino y le arroja un tintero cuando viene a comunicarle la noticia de la visita del presidente norteamericano Richard Nixon.

Mao describe sus síntomas a un médico. Oigo llovizna, día y noche esa incesante lluvia la tengo dentro de mi cabeza. Me enloquece.

No puede esperar más. Quiere lograr que Mao redacte un testamento. Está segura de que en cualquier momento tendrá un ataque al corazón o caerá en coma. Visualiza el accidente, la sangre que le inunda el cerebro.

Mao no quiere verla. Pero ella sigue presentándose, inventando excusas para entrar en su dormitorio.

Él despide a un guardia que no atina a detenerla en la puerta.

Como cabeza de gobierno en ejercicio del Estado, ella recibe y escolta a los Nixon a sus óperas y ballets. Ello la hace sentir orgullosa y finalmente recompensada. Pero, entretanto, siente que el peligro se acerca. Habla nerviosamente y al intérprete le cuesta seguirla.

No siento la edad a pesar de mis sesenta años. Ejercito mi fuerza todos los días. Mao ha fracasado en ocultar su mala salud al público. En manos de su mejor camarógrafo y editor cinematográfico, la saliva de Mao corre lamentablemente en un documental llamado *Saludando a Imelda Marcos*. Los párpados se le caen, su barbilla se afloja, la boca y la mandíbula están fuera de lugar. Ochenta y dos años. El sol no puede evitar ponerse. Lo que me frustra es que no reconoce su destino. Se niega a irse. No me pasa los asuntos. Me digo que es demasiado viejo para pensar en mí.

Ha sido una batalla demasiado larga como para bajar los brazos justo ahora. Hace unos años le pedí a Chun-qiao que hiciera una propuesta en nombre del Comité del Partido de Shanghai y se la enviara a Mao. Con brilante estilo, Chun-qiao me describía como "la iniciadora de la Revolución Cultural" y la "contribuyente clave del Partido Comunista". *En momentos de crisis, la camarada Jiang*

Ching pone su equipo de guerra personal en línea. Conduce al Partido y la Revolución ella sola. Lucha contra los enemigos más duros, como Liu Shao-qi y Deng Xiao-ping. No hay ninguna persona mejor que la camarada Jiang Ching para conducir la nación y seguir llevando la bandera de Mao Tse-tung.

Para mi gran desilusión, al cabo de tres años de recoger polvo en el escritorio de Mao, la propuesta es descartada. Es más, Mao escribe un comentario horrendo en su tapa: *Rechazado.*

Estoy tirada en el suelo sin aliento. No tengo fuerzas ni para matarme. Si Mao me hubiera demostrado que era el rey de Shang, habría imitado a la dama Yuji y me habría degollado alegremente. Y habría habido dignidad en ello. Pero es demasiado tarde. Todo es un lío.

Se acerca el amanecer y no he dormido. Recuerdo mi juventud, el primer momento en que nuestros ojos se encontraron. Todavía me asombra: un momento de magia pura, la felicidad. La forma en que él y yo estuvimos de pie delante de la cueva de Yenán, incapaces de separarnos.

Ahora soy un perro acorralado y golpeado. Muerdo para escapar. La ironía es que mi personaje se niega a abandonar su idealismo. Mi personaje trata de salvar a mi alma. Me empuja a vivir, a sobrevivir y a crear luz en el infierno. Cada vez que voy al teatro veo un efímero fantasma de mí misma. Oigo mi voz en la heroína, la forma en que conquista el miedo. Ruego que el espíritu permanezca conmigo. Y me siento bien. La esperanza vuelve a colmarme. Sigo diciéndome que habrá vida después de Mao. Cuando el amor muera, seguirá habiendo algo por lo cual vivir. Está en mí. La imagen de Madame Mao. La muerte de Mao me ayudará a definir mi papel.

Pero al salir del teatro, nuevamente se siente débil. Extraña, dada su forma de hablar y moverse. A través de ella aparece la víctima. Respira el aire sucio y huele la basura. El sentimiento es equivalente a descubrir un cuerpo podrido, con una sábana de moscas encima, a las cinco de la mañana junto a la orilla de un hermoso río de primavera. Nada puede hacer para cambiar el curso de su destino. Es conducida.

La voz con que habla no le es familiar. Sigue adelante, sin embargo. No hay mapa y no sabe si alguna vez encontrará su camino, pero sigue andando. Tiene que decirle a Yu: He sobrevivido a los rápidos y, ahora tan sólo moverme se ha convertido en un viaje. Ya no pide ver a Mao. Echa de menos a Nah, pero la deja en paz: mejor no recordar su fracaso como madre. Está demasiado frágil como para soportar más pérdidas. Cada día cambia de hotel, cada día se pone el uniforme y dirige batallas de propaganda promocionándose a sí misma. En noviembre lanza una campaña en favor de Chun-qiao como primer ministro. Espera la respuesta de Mao. No hay amago ninguno. Supone que Mao lo está pensando. Ruega. Recorre el país y alaba a Chun-qiao cual una agente de prensa.

Personalmente, no es fanática de Chun-qiao, un hombre lleno de odio. Pero lo necesita, necesita una cabeza fuerte, un hombre que sea tan poderoso y decidido como Mao. Chun-qiao es hábil para complotar, su carácter refleja el de Kan Sheng. Chun-qiao es un elocuente teórico comunista por oficio. Sus trabajos han contribuido mucho a avivar la llama de la Revolución Cultural. Su capacidad para convencer es incomparable. Él y su discípulo Yiao trabajan bien juntos. Como músicos, Chun-qiao vende melodías y Yiao vende arreglos. Han estado trabajando en *Las grandes citas de la camarada Jiang Ching*.

No puede decir que no esperaba que Mao cambiara de idea respecto de ella. Pero cuando llega el momento, se encuentra mal preparada.

17 de julio de 1974. Mao ordena una reunión del congreso que se realiza en el Pabellón de la Luz Púrpura.

Sin aviso previo, nombra a Deng Xiao-ping nuevo primer ministro. Se lo ve cansado y poco interesado. El cigarrillo se le cae de los dedos varias veces. Da por terminada la reunión mientras se está sirviendo té.

Antes de que Jiang Ching tenga tiempo de acomodarse al primer shock, llega el segundo. Al día siguiente de la promoción de Deng, Mao emite un documento público criticando a Jiang Ching como jefa de la Banda de los Cuatro. La prensa de Beijing lo sigue de inmediato. Los rumores se vuelven noticias oficiales. Jiang Ching creyó que controlaba los medios de comunicación, pensó que tenía fieles, pero ahora comprueba que ha sido una tonta. No tiene temple para la política. Ha estado en ella por los motivos equivocados. Siempre ha sido así: fue así cuando estuvo con Yu Qiwei y con Tang Na. Estuvo en política para estar cerca del hombre al que amaba, pero terminó perdiéndose. No sabe cuándo el chiste de Mao de que ella es la jefa de la Banda de los Cuatro se convirtió en un título criminal oficial.

22

El 1º de octubre de 1975, Día Nacional de la Independencia, la prensa de Shanghai, conducida por *Noticias de la Liberación*, publica una serie de notas sobre Wu, la emperatriz convertida en emperador de la dinastía Han, alrededor del 200. La nota alaba la sabiduría de Wu y su fuerza y éxito en la conducción de China durante medio siglo. Junto a las notas hay fotos de Madame Mao Jiang Ching. Las fotos documentan sus visitas a fábricas, comunas, escuelas y destacamentos de las fuerzas armadas. Aparece entre la masas de rostros ásperos. Su expresión es firme y sus ojos miran al futuro con un resplandor en ellos. En Beijing, las críticas prosiguen. La semana siguiente la noticia del empeoramiento de la salud del primer ministro Chu en el hospital cubre las páginas. Una semana más tarde, Madame Mao Jiang Ching desaparece de los diarios y Deng Xiao-ping domina la escena.

Hay un hombre importante al que los medios de comunicación han estado descuidando. Es Kang Sheng. Tiene una enfermedad terminal y sufre de paranoia. En el distanciamiento de Mao percibe la caída de Jiang Ching y no quiere caer con ella. Ha jugado un papel ambiguo entre los Mao. Él no desconoce que Kang Sheng ha dado a Jiang Ching información crucial que la ayudó a llegar a donde está. Para demostrar su desagrado, Mao ha dejado de responder las cartas y notas de Kang Sheng.

El hombre de la barba de chivo está asustado. Se ha pasado la vida complaciendo al emperador, y ahora se enfrenta al deshonor y el fin.

• • •

Tengo un mensaje terriblemente importante para que le pases al Presidente. Desde su lecho de enfermo, Kang Sheng habla con los enviados personales de Mao: la sobrina de Mao Wang Hai-rong, el viceministro de la diplomacia y Tang Wen-sheng, la confiable traductora de Mao. Durante muchísimos años he retenido esta información. Estoy cerca del final de mi vida y siento que le debo la verdad al Partido: Jiang Ching y Chun-qiao son traidores. El expediente fue destruido, pero la verdad permanece.

Las bocas de las dos mujeres se abren de asombro.

Debería haber visitado al Presidente yo mismo si hubiera querido oírme, continúa Kang Sheng, lloroso. Sólo que no me queda mucho tiempo para trabajar por él. Debe darse cuenta de mi lealtad.

Kang Sheng cierra los ojos y se reclina contra su almohada. Ahora, saca tu cuaderno y anota con cuidado. Te demostraré que soy bueno para el Presidente por última vez.

Con una voz que se desvanece, Kang Sheng da el año, la fecha, los testigos y el lugar de la traición de Madame Mao Jiang Ching.

Estoy descuidando a la oposición. Kang Sheng puede ponerme más abajo de lo que estoy. Pongo todo mi esfuerzo en acercarme al endurecido Mao. Tiene que abrir esa mandíbula y pronunciar mi nombre ante la nación. Voy a intentarlo todo, cueste lo que costare. Felizmente encuentro a alguien que me ayuda. Es el sobrino de Mao, Mao Yuan Xin. Le hago saber que su tía Jiang Ching está dispuesta a adoptarlo como príncipe del reino. El hombre expresa su disposición y de inmediato se muestra digno de confianza ante los ojos de su tío. Ahora no tengo que luchar con los guardias y podré enviar mensajes directamente a Mao a través de Xin.

Mis enemigos y yo corremos contra el aliento de Mao. Ya ni tengo noción de las horas y los días. Ya no tengo apetito. Mis sentidos están centrados en una sola cosa: el movimiento de la boca de Mao. A pesar de que me he convencido de que su amor por mí ha muerto hace tiempo, todavía espero un milagro. Le he pedido a Xin que esté junto a su tío todo el día, con un grabador y una cámara. Estoy a la espera de que Mao súbitamente recupere lo mejor de sí. En ese caso podrá volver a verme y se acordará de honrar este amor. Ahora lo necesito con desesperación, necesito que su dedo me toque. Su frase "Jiang Ching me representa" lo aclararía todo. *Un solo movimiento del dragón equivale al viaje de diez años de un caballo marino.* Me salvaría y me curaría. Hasta he pensado en una alternativa. Con las palabras de Mao podría retirarme. Tengo más de sesenta años. Mirar el futuro ha dejado de ser mi mayor interés. Sin embargo, no puedo vivir sin honor. Soy Jiang Ching, el amor de la vida de Mao.

Pero no lo hará. No pronunciará mi nombre. Su silencio se ha convertido en la venia para que otros me obliguen a desaparecer, para que me asesinen a sangre fría. No importa lo mucho que me esfuerce en pintar el negro de rosa, la verdad habla en voz alta por sí misma. Mao está decidido a llevar adelante su traición, quiere castigarme por ser quien soy, quiere echarme la culpa por la muerte de su amante Shang-guan Yu-zhu. Me ha marcado como su enemiga.

Entonces, ¿por qué me preocupo por encargar que se construya una tumba para nosotros dos en la Casa Fúnebre de la colina Babo? ¿Por qué habría de estar junto a mí en lugar de estar junto a Zizhen o Kai-hui? ¿O Shang-guan Yun-zhu? No quisiera registrar nuevamente la forma en que solía amarme. Me duelen los ojos de tanto llorar por tu calidez nocturna. ¿Por qué no yaces solo, después de todos estos años de odiarme?

En medio de la densa nieve de enero de 1976, muere el primer ministro Chu. Había jugado contra la tendencia política siendo lento y tonto, ciego y sordo. Muchas veces brindó con los demonios. Sin embargo, es recordado como el primer ministro del pueblo. Para desilusión de Madame Mao, la nación desobedece la orden de Mao de quitarle importancia a la ceremonia y hace duelo por Chu. Guirnaldas blancas cubren la Plaza Tiananmen. Para el enfermo Mao, eso demuestra un evidente resentimiento. Sospecha que el amigo de Chu, el recién promovido primer ministro Deng Xiao-ping, está planeando una traición.

Con palabras balbuceantes y tragadas a medias, Mao ordena que derroquen a Deng Xiao-ping. La orden es cumplida de inmediato. La nación se sume en el desconcierto.

Madame Mao Jiang Chiang no pierde tiempo. Aprovecha la situación y entra en escena de un salto. En nombre de Mao promueve a sus futuros miembros del gabinete: Chun-qiao como primer ministro, su discípulo Yiao como viceprimer ministro, Wang como ministro de defensa nacional y Yu como ministro de cultura y artes.

Yu quiere que yo comprenda sus sufrimientos. Se está marchitando como pasto de verano sometido a un exceso de calor. Está aterrado por el nuevo título, pero me niego a soltarlo del gancho. Estamos frente a frente en mi oficina, en plena discusión. Abro la ventana de un empujón para que entre el aire frío. Me siento frustrada y molesta. El cielo es una sábana azul zafiro, con nubes como zarpas que la atraviesan. Te sostendré, le prometo. Puedes ser un jefe títere. Tus ayudantes limpiarán el polvo tras de ti. ¿Y qué tiene de malo que seas un artista? Se espera que hagas las cosas de manera diferente. Se supone que un gran genio tiene espinas, ya se lo he dicho a todos. La gente comprenderá.

Él gime, murmura y ruega.

Mi voz se vuelve tierna. Un arco iris se está formando frente a ti, Yu. No tienes más que abrir los ojos.

Se enjuga la frente húmeda con su manga y sus labios empiezan a estirarse. Yo... no puedo hacerlo. Yo...

No me digas nada de tu miedo. ¡Te he subido al barco! ¡Yu Hui-yong, el barco está navegando! ¡Vamos, sube a la cubierta!

Ella prosigue, con gestos animados, los brazos en alto, subiendo y bajando en el aire. ¡Un golpe más, y el fruto de la victoria caerá en nuestras manos!

Yu deja de luchar.

Madame Mao se sienta, se hunde en el sofá.

Los otros miembros del gabinete los miran.

Yu va a la ventana y toma una maceta de flores. Suavemente afloja la tierra con su dedo. Es una especie silvestre. De pronto dice: Las hojas se cierran a su alrededor como una corona, el tallo tendrá pequeñas flores blancas. Gira la planta hacia el sol. Me encanta observar la forma en que las plantas levantan sus hojas y la forma en que se oscurece su verde. Realmente es así.

Madame Mao está erguida como la estatua de Lenin en la Plaza Roja de Moscú. No hay sentimentalismo en su voz. La base es que no permitiré ninguna traición. Tú eres mi hombre. Hace una pausa para contenerse, pero de pronto se echa a llorar. Si tienes que hacer que te ruegue, estoy de rodillas ahora. Te ruego que dejes de insultarme... No soy fría y sin sentimientos por naturaleza... antes elegí el amor. Pero no le trajo sentido a mi vida: he perdido el alma de artista... es mi mala suerte. Uno puede curar la enfermedad, pero no la suerte. La batalla que libro es inevitable. Mi corazón se está rompiendo... Déjame recordarte, a todos ustedes, que no hay forma de salir. Estamos en esto todos juntos y somos soldados. De manera que corramos adonde está el fuego.

9 de septiembre de 1976. La historia de China da vuelta una página. A los ochenta y tres años, Mao Tse-tung exhala su último suspiro. Enterada de la noticia por Xin, Jiang Ching se introduce en el Estudio de la Fragancia del Crisantemo. Busca un testamento entre las cartas y documentos de Mao. Pero no hay ninguno. Dándose vuelta, ordena una reunión del Politburó en el Pabellón de la Luz Púrpura. Quiere anunciar personalmente la muerte del Presidente.

Sólo se presentan los miembros de su gabinete. Controla con su secretario qué está ocurriendo y le dicen que una nueva figura, un hombre llamando Hua Guo-feng, un secretario provincial nacido en el pueblo natal de Mao, se ha hecho cargo. Está planeando hablar con ella: Mao ha dejado un testamento nombrándolo su sucesor.

¡Ridículo! ¡Absolutamente ridículo! Oye su propio eco en el salón vacío.

El palacio está en silencio. Es un día sin viento. El cuerpo de Mao yace en el Cuadrante Hunan del Gran Salón del Pueblo. Está más derecho que cuando respiraba. Tiene su cabello largo hasta las orejas peinado hacia la parte trasera del cráneo. Los rasgos se ven apacibles: no hay rastros de dolor. Los brazos están envueltos junto a los muslos. La chaqueta gris ha sido almidonada. Una bandera roja, con la cruz amarilla de la hoz y el martillo, cubre su cuerpo desde el pecho hacia los pies.

¡Mentiroso! Madame Mao Jiang Ching golpea la mesa con sus puños. El Presidente no dejó ningún testamento.

El estilo de la letra es definitivamente el de Mao, murmura el secretario. Fue confirmado por un arqueólogo y un calígrafo que se especializa en *sing-shu*.

Madame Mao mira la escritura, reteniendo el aliento.

Es el funeral del siglo. La Plaza de Tiananmen está inundada de flores de papel blanco. Encima de la Puerta de la Paz Celestial, Madame Mao se halla junto a Hua Guo-feng, quien pronuncia para la nación el discurso de conmemoración. Vestida con un traje negro, Madame Mao lleva la cabeza cubierta con un chal de satén negro. A duras penas puede compartir la plataforma con su enemigo.

El ataúd de cristal es grande. Las mejillas de Mao están cubiertas de polvo, sus labios se ven artificialmente rojos. Le han levantado las comisuras de la boca para que formen una sonrisa. El cuerpo yace como la ladera de una montaña —desde el pecho se precipita una súbita curva—, pues los intestinos vaciados hacen que su estómago parezca una llanura chata. La cabeza se ve enorme.

Madame Mao se encuentra a tres pasos del ataúd, estrechando la mano de personas desconocidas venidas del extranjero y de la nación. Lo ha estado haciendo desde hace dos horas. Tiene el cuello rígido y la muñeca lastimada. Pálida y nerviosa, lleva un pañuelo de seda blanca y lo usa para tocarse las mejillas de vez en cuando. Ni siquiera puede simular lágrimas. Sigue pensando en lo que Mao le dijo. *Serás empujada y clavada dentro de mi ataúd.*

Nah ha sollozado junto a su madre.
Mi cielo ha caído.
La mitad del cielo, Nah.
No, todo el cielo.
Realmente, eres una inútil.

Hua, la nueva cabeza de China, tiene la cara de una vieja lagartija. Sus párpados se entrecierran a la mitad de sus pupilas, prestándole una expresión adormilada. Su traje gris es copia del de Mao. Está de pie, rígido, una sonrisa helada en su rostro. Cuando Madame Mao cuestiona el testamento, toma un rollo del bolsillo de su chaqueta y muestra la familiar escritura que dice: *Para el camarada Hua Guo-feng. Contigo a cargo, descanso.*

Ella se ríe histéricamente, se aparta y camina hacia la puerta gritando: Yo tengo la versión real del testamento de Mao. Mao lo puso, personalmente, en mi propio oído. Se topa con el mariscal Ye Jian-ying, de setenta y nueve años, que va camino a presentar sus respetos a Mao.

¿Cómo puede ser testigo de esto y no hacer nada, mariscal?, grita ella.

El mariscal pasa a su lado y no le presta atención.

¡El cuerpo del Presidente no se ha enfriado y ya todos están complotando para hacer un golpe de estado!

¡Camarada Jiang Ching!, grita el mariscal Ye Jian-ying, mi vida no me dará más que diez años de tiempo, pero estoy dispuesto a abandonar esos diez años por el bien de este país.

5 de octubre de 1976, temprano en la mañana. Un fuerte viento azota las hojas en el aire. De la noche a la mañana, el verde del jardín imperial se ha vuelto amarillo. Los troncos desnudos apuntan hacia el cielo como estacas. En el Salón del Puerto de los Pescadores, Madame Mao Jiang Ching da una fiesta de despedida.

Las lámparas de bronce en forma de antorcha resplandecen con todo su brillo en el salón. Es más de medianoche. Madame Mao recibe a los invitados con una lujosa cena y su ópera filmada en rodaje. Tras la proyección, las luces vuelven a encenderse y la anfitriona se pone de pie. Luciendo un largo y elegante vestido azul, brinda por la salud y la suerte de todos. Hay nerviosismo oculto bajo su máscara sonriente. Se calma haciendo chistes; sin embargo, nadie se ríe.

Los invitados son fieles de todos los ámbitos. Entre ellos, los famosos cantantes de ópera. ¿Saben de qué estaba hecha la torta de cumpleaños de la emperatriz Wu? Madame Mao habla como si estuviera en escena. Luego se responde a sí misma. Estaba hecha de tierra, semillas y hierbas malas. ¿Por qué? ¡Es nutritivo!

Unas pocas risas llegan del público. El monólogo prosigue. Los temas cambian de manera desconectada. En un momento, Madame Mao critica la relación entre el eunuco Li Lian-ying y la emperatriz heredera. Al siguiente, describe el telar hecho a mano que usaba en Yenán.

Los hilos se rompían de nada, dice riéndose. Pensaba para mis adentros: ¡Qué revolucionaria de salón soy si no puedo vencer a un estúpido telar! De manera que me quedé despierta toda la noche hasta que lo hice funcionar. Sí, así soy yo: terca como una mula. Bueno, basta de chistes. Estoy ansiosa, como pueden darse cuenta. ¿De qué hablábamos? Sí, hablábamos de la devoción al precio de la muerte. No es un tema ligero, no.

Tras un momento de silencio, prosigue. Mi destino es ser reina o prisionera. Mao ha dejado que averigüe el final sola. Es su forma de enseñar. Como he dicho, detestaba que uno se diera cuenta de lo que pensaba. Como actriz, interpreto el momento. El ejército está fuera de mis manos y es mi mayor preocupación. Cuando el Presidente estaba vivo, no osaban tocarme; ahora pueden hacer cualquier cosa. Hua Guo-feng no es amenaza para mí. La amenaza son los viejos muchachos, Ye Jian-ying y Deng Xiao-ping. Una vez tuve una conversación con Mao sobre el tema. Dije que tal vez yo hubiera nacido para interpretar un papel trágico. El Presidente me respondió con humor y dijo que era un comentario fascinante.

¿Lo es? Mira a todos los presentes. Imaginen que me atrapan y me matan mañana. Mírenme bien. Estoy tranquila. Lo que me preocupa son ustedes, sus vidas y sus familias. Cada uno de ustedes. Los perseguirán. Es posible que no los maten, pero los harán sufrir. Hay que pagar un precio por ser seguidores míos. ¿Qué voy a decir? ¿Qué voy a decirles a sus hijos? ¿Soy una causa que vale la pena?... Baja la cabeza y sus lágrimas corren. ¿Qué puedo hacer para protegerlos?

El público responde con sollozos. El cantante de ópera Hao Ling, protagonista de *La leyenda de la linterna roja* avanza. Hombres valientes, grita. Vamos al Politburó, vamos adonde la gente pueda oírnos, a las emisoras de radio, a los escenarios, a las salas de prensa. ¡Manifestemos nuestro profundo deseo y la petición de que la camarada Jiang Ching sea presidente del Partido Comunista y presidente de China! Cambiemos las cosas con actos. Estoy seguro de que la gente nos seguirá.

El salón resuena en una sola voz. Siguen juramentos de lealtad. Un invitado saca un pañuelo blanco. Se muerde el dedo medio y con su sangre escribe una frase: *La camarada Jiang Ching como presidente, o mi cerebro derramado contra la Gran Muralla.*

El 5 de octubre, en el Salón del Puerto de los Pescadores, es un gran momento en mi vida. La gran pasión demostrada por los grandes actores, la magia del escenario. La realidad pasa al olvido.

A través de mis lágrimas ardientes veo entrar en el salón a Chun-qiao y a su discípulo. Dan por finalizada la fiesta con un mensaje de emergencia: mi enemigo ha empezado a actuar. A pesar del pánico de Chun-qiao, me tomo tiempo para decir adiós personalmente a todos. Tengo la sensación de que es la última vez.

Hao Liang, le digo al actor: Me gustaría agradecerte el buen trabajo que hiciste para el filme. En el futuro los filmes hablarán por nosotros. Has iluminado mi vida. Días y noches hemos transpirado para lograr excelencia en el cine. La memoria es nuestro regalo mutuo. No puedo regalarte lo suficiente, pero mi corazón se mantendrá cerca de ti en el cielo o en el infierno. El héroe que interpretaste en escena murió a manos del enemigo. Recuérdanos a ambos así.

Al alba, llamo a Chun-qiao para que me pase información. Me informa que los viejos muchachos y los jefes militares se han estado visitando constantemente. Le pido que venga de inmediato a mi casa. Llega media hora más tarde.

¿Hablaste con mis amigos, el comandante Wu y el comandante Chen?, le pregunto. He cultivado una buena relación con ellos y prometieron apoyarme.

Eres una tonta si piensas que cumplirán la promesa que te hicieron cuando Mao vivía. He tratado de comunicarme con ellos, pero no me devuelven los llamados.

Empiezo a sentir el peso del cielo.

Olvídate del ejército. Chun-qiao rechina los dientes. Tenemos que depender de nuestras propias fuerzas.

¿Los obreros armados de Shanghai?

Sí. Pero no tenemos tiempo.

¿Cuánto lleva preparar un golpe de estado? Aferro las manos de Chun-qiao. Tenemos que agarrar a los viejos muchachos antes de que nos agarren a nosotros.

Por lo menos unos días.

¡Actúa ahora, el hacha está cayendo! ¡Me voy a Shanghai!

Por favor, camarada Jiang Ching, por tu salud y seguridad, déjanos el tema a nosotros.

¡No confío en ti!, grita ella. ¡Tu visión pesimista me perturba! ¡El espectáculo tiene que hacerse exactamente al revés y hay que invertir los personajes! ¡Somos nosotros los que tenemos el hacha!

Las primeras órdenes ya se han dado. Debemos poner nuestra fe en manos de Buda. Debemos confiar... en el pueblo. La voz de Chun-qiao pierde súbitamente su energía.

Ella se obliga a seguir. Le dice a su secretaria que irá al parque de la colina Jing por la tarde. Consigue a mi fotógrafo, dile que estaré en el Parque de los Manzanos.

Es un día nublado, perfecto para fotos. El cielo es una gasa natural que ayuda a emparejar la luz. El parque fue construido originalmente para los emperadores de la dinastía Sung. Hace seiscientos años, el emperador Jing se colgó aquí después de perder a su país. Me trepo a la cima de la colina sin detenerme. Bajo mi vista se extiende el panorama completo de la gran ciudad imperial.

Al fotógrafo no le gustan los manzanos como fondo de mis fotos. Dice que los árboles cargados de frutos distraen demasiado. Piensa que debería ubicarme junto a las peonías. Pero Manzana, *Ping*, era mi nombre, le digo. Me conecta con mi pasado. Hoy me atrae la eternidad porque huelo la muerte. Esta toma será mi foto de convicta o la que reemplace a la de Mao en la Puerta de la Paz Celestial.

Finalmente, el fotógrafo se instala. Aparta mi silla de los árboles lo más que puede, a fin de que las manzanas queden fuera de foco. Ahora tiene problemas con mi chaqueta Mao. He cambiando mis ropas mientras él batallaba con las manzanas. Le gusto más con este vestido, pero yo insisto en parecer un soldado. Me gustaría llevar estas ropas cuando muera. Es para recordarle al pueblo que he luchado como un hombre.

El fotógrafo fija el ojo en la lente. Me pide que sonría: no quiere sacar una foto de la muerte. Pero no puedo sonreír. Esta mañana vi mi rostro en el espejo: tengo la mandíbula floja y los ojos sin expresión. No he podido dormir mucho. Las píldoras para dormir no dan resultado.

El clic del disparador continúa. Siete rollos. Por último, le gusta una toma. ¿Cuál? Ésa en la que se distrajo. ¿Viajó lejos su mente, Madame? Se percibía en su mirada soñadora. Capté a la mujer joven que hay en usted, la mujer que reconozco por la foto de usted y el Presidente parados juntos frente a la cueva de Yenán.

Oh, ésa era mi preferida.

Estudié la imagen cuando era estudiante de fotografía. Me alegro de haber captado nuevamente a la heroína que hay en usted. Su expresión me conmovió. Revelaré los negativos y le enviaré las copias en unos días. Se dará cuenta en seguida de a cuál me refiero. Es la mejor foto que he sacado en mi vida.

El negativo nunca pasa a positivo.

5 de octubre de 1976. El salón de guerra de los cuarteles militares de China está lleno de mariscales y generales. Con una foto de Mao sobre el mapa, empieza la reunión. Alrededor de la mesa se hallan el comandante en jefe, mariscal Ye Jian-ying, junto a él Hua Guo-feng, el viceprimer ministro Li Xian-nian, Chen-Xi-lian, y el recién promovido a jefe de la Guarnición 8341, Wang Dong-xin.

El sonido del teléfono rompe el silencio. Wang levanta el tubo. Tras unos segundos, informa: El enemigo ha hecho un movimiento. Inteligencia Naval del Mar de la China Oriental ha descubierto que el astillero Jiang-nan de Shanghai ha convertido dos barcos en buques armados. La fuerza obrera ha construido una defensa alrededor de toda la bahía. Hace un momento vinieron a reclamar la base de artillería Wu-song del ejército.

Los miembros del salón de guerra se recuestan en sus asientos. Lo único que perturba sus mentes son las consecuencias de destruir a Madame Mao a sólo veintisiete días de la muerte de Mao. ¿Estará de acuerdo la nación con esa acción? ¿Podría salirles el tiro por la culata?

6 de octubre. Hua Guo-feng convoca a Jiang Ching para reunirse en el Salón de la Piedad por la noche. La secretaria de Jiang Ching, Pequeña Luna, pregunta el motivo de esa reunión. La publicación del quinto volumen de obras del fallecido presidente. La respuesta es suave.

La camarada Jiang Ching no estará presente. La voz de Pequeña Luna es gentil pero clara. Sí, por supuesto, le pasaré el mensaje lo antes posible.

Madame Mao Jiang Ching aparece en la puerta. Lleva un traje y un chal color arena alrededor del cuello. Se acerca mi cumpleaños número sesenta y tres, dice. Nunca celebré mis cumpleaños. No había gran cosa que celebrar. Pero mi vida está cambiando y el pueblo empezará a celebrar mi cumpleaños. Confío en su juicio.

Como una mala hierba, ella atraviesa la verdad. Extiende los brazos y empieza a cantar como la heroína de la ópera. *¡Rompe el pavimento del patio, y atravesará el rincón más desolado para encontrar aire y luz!*

La noche envuelve la habitación. Pequeña Luna está sentada junto al teléfono.

¿Sigue sin responder la oficina de Chun-qiao?, pregunta Madame Mao.

Sí.

¿Qué pasa con Yao?

Tampoco hay respuesta. A propósito, Madame, también hemos perdido contacto con Wang.

En un súbito choque de pensamientos, el miedo se manifiesta. Madame Mao siente el gradual endurecimiento de su respiración. Pasan imágenes por su cabeza, como en una película, que luego demuestran responder a lo que en realidad ocurrió.

La primera toma es el reloj que cuelga de la pared del Salón de la Piedad. Son las diecinueve y cincuenta y cinco. Por la puerta del salón entra Chun-qiao con pasos rápidos. Viste una chaqueta Mao y se lo ve pequeño y delgado como si lo enfocara un gran angular. De pronto, tras él aparecen dos guardias. Saltan sobre su espalda y lo tiran al suelo. Le sacan los anteojos. No hay lucha y se lo llevan. Son las veinte y quince.

El escenario cambia. Ahora es el Salón del Ala Oriental. Entra el discípulo Yao. Salen dos guardias y bloquean su camino. Él mira a su alrededor y cae de rodillas. Luego viene Wang Hong-wen. Cuando Wang ve a los guardias que se acercan, se da vuelta para correr pero no llega a la puerta. Intenta pelear, pero finalmente lo amarran.

Un guardia camina hacia la cámara. Ostenta una expresión de exaltado júbilo. Estira el brazo y apaga la cámara.

Nadie responde a sus pedidos de ayuda. Nadie está en casa. Todos se han "hospitalizado" para evitarla.

De pronto la invade la sensación de que es indigna. Sus recuerdos de infancia vuelven a ella: el rostro de su padre, las lágrimas de su madre. El dolor vuelve a la superficie, el terror. El agua sube y ahora le llega a la garganta. Oye los gritos de su padre. ¡Basta ya!

· · ·

¿Por qué hay tanto silencio aquí? ¿Por qué, Pequeña Luna, me miras como un alma en pena? ¿Tuve razón? ¿Finalmente los lobos infestaron mi tierra? ¡Basta! ¡Deja de temblar como una cobarde!... Ya... nada puedo hacer, supongo. Los militares siempre fueron mi punto débil. El Presidente no me dio bastante tiempo como para dominar a los caudillos. Los caudillos... tal vez... no puedo decir que la trampa no haya sido armada por el propio Mao... Ven aquí, Pequeña Luna.

Pequeña Luna se levanta. Su cuerpo delgado como un palo está rígido y sus ojos congelados.

Ven, niña, y siéntate junto a mí. Charlemos. Alégrame. Déjame contarte la historia de mi vida. Porque en unos minutos será una historia diferente. Me llamará el Demonio de Huesos Blancos. Vamos, Pequeña Luna, no frunzas la boca. No se te ve atractiva cuando tienes la mandíbula tensa. Eres una linda chica. ¿Por qué no me dejas que te arregle las cejas? Tráeme las tijeritas. Tengo que hacerlo ahora o nunca. ¿No? ¿Qué pasa? No me mires como si te hubieras tragado un huevo podrido. ¡Vamos, ánimo!

Pequeña Luna tuerce la boca y respira agitada.

Ma aburre oír siempre el sonido de mi propia voz. ¿Dónde están los lobos?

En silencio, come su última comida como Madame Mao. Ordenan a Pequeña Luna que la acompañe, pero la joven no puede pasar bocado. Saca los caparazones de las almejas con sus palillos y pone la carne en el pequeño plato lateral de Jiang Ching.

Gracias, valoro tu lealtad y desearía que fueras Nah. Es la tontería de una madre. Ahora parece... que no fue tan tonta... Escapó al desierto de Ninxia... el reino de la laxitud... De todos modos, esto corona mi vida. Es hora de ser mártir, de clavarme un palillo en la garganta: me estoy preparando. Una buena actriz puede manejar cualquier escena... ¿Dónde está Yu Hui-yong? Tengo que oír mis óperas. Yu es un cobarde nato, no me sorprendería que terminara matándose. Es demasiado delicado y vive dominado por los sentimientos y el miedo. Ése es el problema de los artistas. Somos artistas. Por eso Yu se matará. Lo mismo haré yo, me temo. ¿Por qué hablo de esto? ¿Por qué hablo de ser una artista? La música de Yu me hace llorar. Ya lo estoy extrañando. Chun-qiao es el más duro de todos nosotros y ésa es su fortuna.

El sonido de su falda de seda se detuvo.
En el pavimento de mármol crece el polvo.
Su cuarto vacío esta frío y silencioso.
Las hojas muertas se amontonan contra el felpudo.

6 de octubre, medianoche, el Jardín de la Quietud. A través de las espesas paredes se oyen ruidos. El sonido de pasos aumenta detrás de las puertas. Susurros. Alguien habla con el guardia. Sí, señor, responde el guardia. Una alta sombra se aproxima. Un hombre salta. Es Zhang Yiao-ci, el segundo al mando del 8341. El ruido de la puerta al cerrarse y trabarse. Zhang Yiao-ci permanece inmóvil en la entrada. Al cabo de un momento, avanza y entra en la mansión. Golpea la puerta. Sus dedos tiemblan.

Está abierto, se oye la voz de la primera dama.

Zhang Yiao-ci se precipita. Su mano derecha descansa sobre el arma que lleva a la espalda.

Madame Mao Jiang Ching está sentada en el sofá, con un jarro de té. Su calma inmoviliza al hombre.

El hombre mira a su alrededor, sudando a mares.

Desde el cuadro de la pared mira hacia abajo un pájaro de patas largas.

Madame Mao habla, se ríe con voz estridente. ¡Hace mucho que me anticipé a este día! He desparramado flores a lo largo de todo el camino que va de mi dormitorio a la puerta.

El hombre jadea y se obliga a articular las sílabas: Jiang Ching, enemiga de la república, el Politburó ha ordenado su arresto.

Cuando el telón imaginario se levanta, la actriz se fuerza a avanzar. Imagina el público de miles de millones de personas gritando vítores y sacudiendo banderas. Un océano rojo. El color cauteriza sus ojos, se huele el sol cálido. Avanza en medio de la música de su ópera. En su cabeza, los tambores y trompetas entran juntos. Recuerda una vez en que Yu describió sus sentimientos cuando componía por orden de ella: es el sonido de cientos de motores de tren echando humo y moviendo sus pistones. Las notas se tensan y se retuercen casi hasta romperse. Es como si el compositor estuviera ahogado por las zarpas de la locura y sacara por separado cada nota del gancho de su mente y las tirara todas juntas en un balde gigantesco y empezara a revolver.

Luego hay una pausa. Puede oír sollozar a Yu. A ello le sigue un silencio tan completo, que oye el crujido del tiempo. Una estrella fugaz cae.

Una vez más, ve su vida como un filme. Y una vez más es una mujer joven parada sobre un techo que da a la ciudad de Shanghai y sueña con su futuro. Ve al chico de las nueces de gingko y oye su pregón: ¡*Xiang-i-xiang-lai-un-u-nu*! El tono del muchachito es suave y despreocupado. Todavía está claro. El viento de la noche sopla a través de la larga calle oscura. El chico se pone en cuclillas frente a su wok con una brazada de luz.

Se ve en la celda de la prisión nacional de Qin-Cheng, donde la esposa del vicepresidente Liu, Wang Guang-mei, ha pasado doce años antes que ella. Madame Mao está sentada de cara a la pared. Le ordenan que haga muñecas para exportación. Tiene que cumplir con su objetivo de producción diaria. Las muñecas se venderán en jugueterías de todo el mundo. Cose diminutos vestidos de colores sobre los diminutos cuerpos de plástico. Decenas, centenas y miles de muñecas entre 1976 y 1991. Borda la primavera en los vestidos, traza flores surgidas de su imaginación. Cuando los guardias no miran, secretamente borda su nombre, *Jiang Ching*, en la parte interna de los vestidos. Después la descubren y se lo prohíben. Sin embargo, es demasiado tarde para recuperar aquellas que ya fueron embarcadas. Canastos de muñecas con su firma. Fuera de China y en todo el mundo. ¿Dónde aterrizarán? ¿En el canasto olvidado de un niño? ¿En una vidriera?

Es hora de vaciar el escenario. Recuerden, siempre se encontrarán conmigo en los libros sobre China. No se asombren de ver mi nombre ensuciado. Es lo único que pueden hacerme. Y no se olviden de que fui una actriz, una gran actriz. Actué con pasión. Quienes están fascinados por mí, me deben un aplauso, y aquellos a quienes les causo disgusto, pueden escupir.

Les agradezco a todos que hayan venido.

Agradecimientos

Gracias a:

Sandra Dijkstra, mi agente, por haber tenido la gran fuerza de remar a través del río revuelto. Cinco años para llegar a la orilla. *Madame Mao* te saluda.

Anton Mueller, mi editor, por tener el talento, la paciencia y la habilidad de averiguar quién soy como escritora y mostrarme el camino para extraer lo mejor de mí.

Michele Dremmer, una vez más, por tu cariño.

Bibliografía

Lin Qing-shan: *The Red Demon* (El demonio rojo). Century Literature, China, 1997.

Dai Jia-fang: *Time of the Revolutionary Operas* (La época de las óperas revolucionarias). Knowledge Publishing, China, 1995.

Biography of Mao Tse-tung (Biografía de Mao Tse-tung). China Institute of the Communist Party, 1996.

The Myth of History (El mito de la historia). South Sea Publishing, China, 1997.

Behind the Important Decisions (Detrás de las decisiones importantes). South Sea Publishing, China, 1997.

Peng Jin-Kui: *My Uncle Peng De-huai* (Mi tío Peng De-huai). China Publishing, 1997.

Zhang Yin: *Record of Jiang Ching and Roxane Witke Conversations* (Registro de las conversaciones de Jiang Ching y Roxane Witke). Century Literature, China, 1997.

The National Famous Figures (Las figuras nacionales famosas). South Sea Publishing, China, 1997.

The Tendency of the High Court (La tendencia del Tribunal Superior). South Sea Publishing, China, 1996.

Jing Fu-zi: *Romance of the Zhong-nai-hai Lake* (El romance del lago Zhong-nai-hai), Lian-Jing Publishing, Taiwan.

Jing Fu-zi: *Mao and His Women* (Mao y sus mujeres). Lin-Jiang Publishing, Taiwan.

Lives of the True Revolutionaries (Vidas de los verdaderos revolucionarios). South Sea Publishing, China, 1996.

Ross Terrill: *The White-Boned Demon* (El demonio de huesos

blancos). William Morrow, 1984.

Ross Terrill: *Mao - A Biography* (Mao - Una biografía). Harper and Row, 1980.

Roxane Witke: *Comrade Chiang Ch'ing* (Camarada Chiang Ching), Little, Brown, 1977.

Yao Ming-le: *The Conspiracy and Death of Lin Biao* (La conspiración y muerte de Lin Piao). Alfred A. Knopf, 1983.

Edgar Snow: *The Long Revolution* (La larga revolución). Random House, 1972.

Dr. Li Zhi-Sui: *The Private Life of Chairman Mao* (La vida privada del presidente Mao). Random House, 1994.

Zhao Qing: *My Father Zhao Dan* (Mi padre Zhao Dan). China Publishing, 1997.